ANNE PÄTZOLD

When We Fall

ANNE PÄTZOLD

When We FALL

Roman

LYX

LYX in der Bastei Lübbe AG
Dieser Titel ist auch als E-Book und Hörbuch erschienen.

MIX
Papier aus verantwortungsvollen Quellen
FSC® C014496
FSC
www.fsc.org

Originalausgabe

Herzlichen Dank an Yoo-ri Kim für die Übertragung des Titels ins Koreanische.

Textredaktion: Christin Ullmann
Covergestaltung: Sandra Taufer, München
Coverabbildung: © Phatthanit/shutterstock
Satz: Greiner & Reichel, Köln
Gesetzt aus der Adobe Caslon
Druck und Einband: GGP Media GmbH, Pößneck

Printed in Germany
ISBN 978-3-7363-1305-7

1 3 5 7 6 4 2

Sie finden uns im Internet unter: lyx-verlag.de
Bitte beachten Sie auch: luebbe.de und lesejury.de

Für Simone – ich meinte es ernst, als ich sagte,
dass die ganze Reihe für dich ist.

1. KAPITEL

»Wenn du noch länger auf das Blatt starrst, fängt es Feuer.«

Verwirrt blickte ich auf, als die Worte langsam zu mir durchdrangen. Das Bild, an dem ich arbeitete, wurde ersetzt vom Anblick des leeren Raums vor der Museumsgarderobe. Ich blinzelte, bis die Punkte vor meinen Augen verschwanden. Es fiel mir oft schwer, aus den Welten, die ich mit meinen eigenen Händen schuf, aufzutauchen. Nur wenn ich zeichnete, waren meine Gedanken endlich leise.

Lana saß auf dem Stuhl neben mir, als hätte sie schon seit Längerem versucht, meine Aufmerksamkeit auf sich zu ziehen. Sie hatte die roten Haare in einem lockeren Zopf zusammengebunden, ihre Beine unter dem knöchellangen Rock überschlagen und die Arme vor der Brust verschränkt.

Während ich sie ansah, tauchte eine kleine Sorgenfalte zwischen ihren Augenbrauen auf. »Alles in Ordnung?«, fragte sie.

Statt einer Antwort nickte ich.

»Du siehst … erschöpft aus«, sagte sie vorsichtig und meinte damit die dunklen Ringe unter meinen Augen und die fahle Hautfarbe, die aufgrund des Schlafmangels mein stetiger Begleiter waren.

Ich sah nicht nur müde aus – ich *war* müde. Die letzte Nacht, in der ich ohne Unterbrechung durchgeschlafen hatte, war mittlerweile über eine Woche her. Denn während die Temperaturen draußen stiegen, fühlte es sich zu Hause an wie knapp über dem Gefrierpunkt. Die Tatsache, dass Liv gar nicht mit mir redete und Mel nur dann, wenn sie etwas Wichtiges mit mir abstimmen musste, sorgte dafür, dass ich mich nachts im Bett nur von einer Seite auf die andere wälzte. Unzählige Gedanken zogen ihre Kreise durch meinen Kopf. Bis auf die Augenblicke, in denen ich mich mit einem Blatt Papier in eine andere Welt flüchten konnte, gaben sie mir keine Ruhe.

»Meine Schwester hat mich mit ihrer Erkältung angesteckt«, antwortete ich ausweichend. Es war nicht mal eine Lüge. Nicht ganz. Tatsächlich hatte Liv sich einen miesen Schnupfen eingefangen, zu dem sich in den letzten Tagen ein Husten gesellt hatte. Allerdings verbrachte ich so wenig Zeit wie noch nie mit ihr. Die Ansteckungsgefahr lief also so gut wie gegen null.

Lana zog eine Augenbraue in die Höhe. »Und dann schleppst du dich trotzdem hierher?«

Ich zuckte mit den Schultern. »Zu Hause würde ich mich auch nur langweilen.« Und im Internet nach Dingen suchen, die ich seit über einer Woche krampfhaft versuchte zu meiden. »Da kann ich genauso gut hier sitzen und zumindest ab und zu mit einer Person kommunizieren.«

Lanas Blick schweifte skeptisch durch die Garderobe, und ich konnte ihre Gedanken erahnen. Leute, die an einem Mittwochmittag durch die Galerie spazierten, waren vermutlich nicht unbedingt solche, mit denen ich ausschweifende Gespräche führen würde. Schließlich zuckte sie mit den Schultern, als wollte sie sagen: »Du musst es wissen.«

Sie richtete ihre Aufmerksamkeit auf mein aufgeschlagenes Skizzenbuch. Glücklicherweise war ich bei meiner neusten Illustration noch nicht sehr weit fortgeschritten, ich hatte erst vor einer Stunde damit angefangen.

Heute Morgen war mir beim Aufräumen der erste *Harry-Potter*-Band in die Hände gefallen. Ich hatte ihn nie zurückgegeben. Der Gedanke hatte mich den ganzen Weg zum Museum verfolgt.

Er lag noch zwischen den Büchern, die sich auf meinem Nachtschrank stapelten, und ich verbannte ihn sofort in die unterste und hinterste Reihe meines Buchregals. Leider traf der Spruch »Aus den Augen, aus dem Sinn« dafür nicht zu. Während ich hier im Museum herumsaß, hatten meine Finger so sehr mit dem Verlangen gekribbelt, mein Handy zu nehmen und den archivierten Chat von Jae-yong und mir zu öffnen, dass ich das Ding ausstellen und in meinem Rucksack verstauen musste.

Ein Seufzen entwich mir ungewollt.

Lana hob ihren Blick. »Geh nach Hause, Ella. Bevor ich es tue und dich meine Schicht absitzen lasse.«

Ergeben packte ich meine Sachen ein und machte mich auf den Weg nach Hause.

Die Nachmittagssonne schien mir unnachgiebig auf den Kopf. Es war schwül, und mit jedem Schritt traten neue Schweißperlen auf meine Stirn. Dabei ging ich so langsam, dass sich ständig Leute auf dem schmalen Gehweg an mir vorbeischoben. Ich ließ mir viel Zeit, ging eine Station weiter als nötig, wartete auf den nächsten Zug, den nächsten, dann den nächsten …

Trotzdem stand ich nicht einmal eine Stunde später vor unserer Wohnungstür. Alles in mir sträubte sich dagegen, hineinzugehen. Immer wenn ich zu Hause war, dröhnte mir Livs Schweigen in den Ohren. Ich hatte in den letzten Tagen so häufig versucht, ein Gespräch mit ihr anzufangen, dass ich irgendwann aufgehört hatte mitzuzählen. Normalerweise war sie immer diejenige, die den ersten Schritt tat, um das Eis zu brechen. Dieser Gedanke ließ den Knoten in meinem Magen nur noch weiter anschwellen.

Ich holte tief Luft, versuchte mich zu wappnen und schloss die Tür auf. Mein Blick glitt durch das Wohnzimmer, zum Flur und Livs Tür. Wenn ich sie abpassen und nur ein paar Worte mit ihr wechseln könnte. Ich wollte hören, dass es ihr gut ging. Stattdessen sah ich die dünne Wolldecke unordentlich auf der Couch liegen. Auf dem Tisch stand ein halb volles Glas Cola. Ich stellte meinen Rucksack auf dem Boden ab, um die Decke zusammenzulegen, und griff nach der Fernbedienung, um den Fernseher auszustellen. Ich hob den Kopf an und …

Mein Daumen ruhte auf dem roten Knopf, der den Bildschirm schwarz hätte werden lassen. Ich hätte nur leicht drücken müssen, um ihn auszuschalten – aber schmerzlich bekannte tiefbraune Augen sahen mir vom Bildschirm entgegen und ließen mich zögern.

Liv musste sich das Interview mit NXT angesehen und es in ihrer Eile, mir aus dem Weg zu gehen, gerade in dem Augenblick gestoppt haben, als eine Großaufnahme von allen fünf Bandmitgliedern eingeblendet wurde.

Bevor mein Verstand einsetzen konnte, war mein Blick über die vier anderen hinweg zu dem Mann geschweift, der rechts außen saß. Seine Haare waren immer noch rosa. Statt der Wellen, die er zuletzt getragen hatte, fielen sie ihm glatt in die Stirn, und er trug eine Brille mit durchsichtigen Rändern.

Bumm. Bumm. Bumm.

Mein Herzschlag dröhnte mir in den Ohren, das gleiche Gefühl wie an *jenem* Tag zuckte durch meinen Körper. Sorgte dafür, dass mir kalt wurde. Sogar eine Gänsehaut überzog meine Arme.

Wie in Trance betätigte mein Daumen die Ausschalttaste. Ich richtete mich auf, legte die Fernbedienung vorsichtig auf dem Couchtisch ab. Dann griff ich nach meinem Rucksack und ging in mein Zimmer.

Die Tür fiel hinter mir ins Schloss, und ich glitt erschöpft an ihr hinunter. Die letzten Tage hatte es so gut funktioniert. Wenn ich das Internet mied und mich hinter einem Buch vor der Welt versteckte, konnte ich beinahe so tun, als wäre nie etwas passiert.

Mein Blick glitt in meinem Zimmer umher, fiel immer wieder auf mein Bücherregal mit dem *Harry-Potter*-Band, der mich zu verhöhnen schien. So als wüsste er genau, was in mir vorging, während die Welt außerhalb sich immer weiterdrehte. Das Gefühl, dass ich in einem Traum feststeckte, wurde mit jedem Tag stärker. Mein Körper war so langsam, so absolut träge, dass ich den ganzen Tag liebend gern im Bett verbracht hätte. Nur die Arbeit im Museum hinderte mich daran, es tatsächlich zu tun.

Auf meinem Schreibtisch stapelten sich bemalte Seiten neben Zeichenutensilien. Ich hatte ihn nicht mehr aufgeräumt, seit ich vor dem Treffen mit Jae-yong so nervös gewesen war. Und jetzt konnte ich mich nicht dazu aufraffen, es endlich nachzuholen.

Ich krabbelte auf mein Bett und unter die Decke, die noch von der Nacht zerwühlt war. Mit einem Seufzen zog ich sie mir über den Kopf und schloss die Augen. Die Dunkelheit hieß mich sofort mit einer tröstenden Umarmung willkommen.

Livs Schweigen, Mels kalte Schulter, Erins Entfernung ... Meine Brust drückte so sehr, dass ich kaum Luft bekam. In manchen Nächten – spätabends, wenn es dunkel war und meine Schwestern in ihren Betten lagen – fragte ich mich, ob die letzten zwei Monate überhaupt passiert waren.

Was, wenn ich sie geträumt hatte?

Nach dem Tod unserer Eltern hatte ich mir so lange eingeredet, es wäre nur ein schlimmer Albtraum, aus dem ich bald aufwachen würde, dass es Momente gab, in denen ich es tatsächlich geglaubt hatte. Nur ... war immer mehr Zeit vergangen. Und meine Eltern waren nicht wiedergekommen, egal, wie sehr ich darum gefleht und gebeten hatte, endlich aufzuwachen.

Mit ausgestrecktem Arm drehte ich mich an den Bettrand, um nach meinem Handy im Rucksack zu greifen, und rollte mich wieder auf den Rücken. Unschlüssig scrollte ich durch meine Chats. Ich wusste nicht, woher die Kraft kam, Jae-yongs zu ignorieren. Ich hatte ihn löschen wollen, aber … ohne diesen Beweis würde ich das Ganze am Ende doch als ein Hirngespinst abtun. Das Wissen, dass er da war, war auf eine Weise beruhigend, die ich selbst nicht gänzlich verstand. Beruhigend – und absolut nervenaufreibend. Diese unsinnige Hoffnung, es könnte eine Nachricht von ihm eintrudeln, brachte mich beinahe um den Verstand. Schnell schloss ich die App wieder, schnappte mir meinen Laptop vom Nachttisch und öffnete Netflix in dem Versuch, mich mit einer neuen Serie abzulenken. Für einen Augenblick hatte ich sogar das Gefühl, es könnte klappen, aber bereits während der zweiten Folge zog die Handlung in einem gleichmäßigen Rauschen an mir vorbei. Ich ließ sie weiterlaufen, hoffend, dass die Geräusche mich schläfrig machen würden.

Es war draußen bereits dunkel geworden, als ich die Wohnungstür auf- und zugehen hörte. Mel hatte in letzter Zeit häufig bis spät in die Nacht gearbeitet. An manchen Tagen bekam ich sie nur zu Gesicht, wenn ich frühmorgens aufwachte und in die Küche stolperte, um mir ein Glas Wasser zu holen. Sie saß dann am Küchentisch mit einer dampfenden Tasse Kaffee vor sich und beantwortete bereits die ersten Mails des Tages. Es war mir ein Rätsel, wie sie es mit so wenig Schlaf überhaupt schaffte, sich aus dem Bett zu schälen und zum Job zu gehen. Ich wusste nicht, wie es ihr ging, und auch nicht, wie ich sie überhaupt danach fragen sollte. Dass ich in New York gewesen war, ohne ihr vorher davon zu erzählen, hing wie eine graue Wolke über uns. Und ich traute mich nicht, den ersten Schritt zu tun, um sie aufzulösen.

Ich drückte mich gerade von meinem Bett hoch, als es an meiner Zimmertür klopfte. »Ja?«, sagte ich mit rauer Stimme und musste mich räuspern.

Die Tür ging einen Spaltbreit auf, Mels Blick landete sofort auf mir. Erleichterung blitzte in ihren Augen auf – zumindest glaubte ich das.

Ich zog meine Beine an den Körper und setzte mich in den Schneidersitz. »Was gibt's?«, fragte ich.

Sie zögerte einen Moment, schob sich die Haare aus dem Gesicht. »Ich wollte nur nach dir sehen.«

»Das … machst du in letzter Zeit öfter«, sagte ich vorsichtig.

Statt zu antworten, hob sie eine Schulter. Schweigen legte sich über uns, und dieses beklemmende Gefühl breitete sich wieder in meiner Brust aus. Seit dem ganzen Chaos in New York war alles anders. Ich konnte mich kaum noch erinnern, was passiert war, nachdem meine große Schwester Jae-yong und mich in meinem Zimmer gefunden hatte. Aber ich erinnerte mich sehr wohl, wie sich Jae-yong von mir löste. Sein trauriger Blick, der mir das Herz brach, als er ging. Und wie seine Arme plötzlich von Mels ersetzt wurden. Sie hatte mich einfach nur gehalten und kein Wort gesagt, bis ich vor Erschöpfung eingeschlafen war.

Als ich am nächsten Tag mit ihr reden wollte, tauchte plötzlich diese Mauer zwischen uns auf, die vorher nicht da war. So verzweifelt ich auch versuchte, sie zu erklimmen – ich würde es nur schaffen, wenn Mel mir eine Hand reichte. Leider hatte ich die Befürchtung, dass sie dazu noch nicht bereit war, egal wie sehr ich es mir wünschte.

»Hast du schon gegessen?«, fragte Mel und durchbrach damit das Schweigen.

Als Antwort deutete ich auf den mit Krümeln übersäten Teller auf meinem Schreibtisch. Ich hatte mir während des Serienmarathons ein Sandwich gemacht, an dem ich lustlos geknabbert hatte. Mein Hungergefühl war anscheinend ebenfalls hinter der Mauer verschwunden.

Mels Blick folgte meinem Finger, ehe sie ihn wieder auf mich richtete. »Ich mach mir auch noch schnell etwas und gehe dann ins Bett. Muss morgen früh raus.«

Ich sagte nichts dazu, auch wenn alles in mir danach verlangte, sie auf die Ringe unter ihren Augen hinzuweisen, die mit jedem Tag dunkler zu werden schienen. »Ist gut«, antwortete ich stattdessen und wartete ab, bis sie meine Tür hinter sich geschlossen hatte.

Frustriert ließ ich mich rückwärts in die Kissen fallen, zog die Decke wieder bis unter mein Kinn. Meine Füße rieben beinahe unbewusst in einem regelmäßigen Takt über das Bettlaken, ungeduldig darauf wartend, dass es unter der Decke warm wurde. Der Bildschirm meines Laptops hatte sich längst in den Ruhemodus verabschiedet. Das einzige Licht, das noch in den Raum fiel, war das der Straßenlaterne, die direkt vor meinem Fenster stand.

Ich war erleichtert, als ich merkte, wie sich die Müdigkeit langsam an mich heranschlich. Sie kam in kleinen Schüben, die erst meine Glieder, dann meine Augenlider schwer werden ließen. Bis mich schließlich meine Träume gefangen nahmen – und mit ihnen die Sehnsucht nach einer Person, die mit jedem Tag unerreichbarer zu werden schien.

2. KAPITEL

Ich: Rate mal, wo ich gerade bin.

Mit dem Handy in der Hand setzte ich mich auf eine Bank und genoss die kühle Brise, die mir die Haare aus dem Gesicht wehte. Die Antwort kam wenige Minuten später.

Erin: China?
Erin: Nein, warte.
Erin: Im Palast des Scheichs

Ein Lachen entkam mir unwillkürlich.

Ich: Von welchem Scheich genau reden wir?
Erin: Dem Scheich von Chicago
Ich: Hatten wir unterschiedliche schulische Ausbildungen, oder war ich einfach krank, als Mr Ravenport die Geschichte der Scheiche Chicagos erklärt hat?
Erin: Pffft.
Erin: So wie ich dich kenne, hast du gerade mit dem Kopf in den Wolken gehangen und von deinem letzten book boyfriend geträumt.

Ich: …
Ich: Touché

Es dauerte ein paar Minuten, bis die nächste Nachricht von ihr eintrudelte. Während ich wartete, spazierten Familien an mir vorbei, die den Pier rauf- und runterliefen. Direkt neben mir stolperte ein Junge und hätte seine Eistüte beinahe auf meiner Hose verewigt. Glücklicherweise konnten seine Eltern ihn gerade noch vom Sturz abhalten. Sie warfen mir einen entschuldigenden Blick zu und zogen ihn dann in die entgegengesetzte Richtung davon. Ich sah ihnen einen Augenblick hinterher, ehe ich wieder auf mein Handy schaute.

Erin: Wo bist du denn?

Statt ihr meine Antwort zu schreiben, schickte ich ein Foto von meiner Aussicht. Direkt vor mir lag Lake Michigan, der sich bis zum Horizont erstreckte. Ich saß auf einer Bank am Navy Pier und versuchte, den Anblick dieser unendlichen Weite aufzusaugen, wobei mein Herz vor Freude hüpfte. Doch jedes Mal, wenn ich einen Blick über die Schulter warf, wo die monströsen Hochhäuser über mir aufragten, zog es sich ein wenig zusammen. Die Skyline von Chicago war etwas Besonderes, keine Frage. Den Touristen nach zu urteilen, die um mich herumschwirrten und fasziniert an der gläsernen Fassade hinaufblickten, war sie vielleicht sogar schön. Aber wenn dieses Aufeinanderprallen zweier Dimensionen mir eins zeigte, dann, wie groß und laut Chicago war.

Früher waren Erin und ich hierhergekommen, um die Dutzenden Hotdogstände auszuprobieren, die über den Navy Pier verteilt waren. Ihr unbeschwertes Lachen hatte mich immer davon abgehalten, diese Art von Gedanken weiterzuverfolgen. Aber ohne sie fühlte es sich an, als wäre die gesamte Stadt in den letzten Wochen und Monaten noch voller und lauter geworden.

Erin: Oh, geliebter Navy Pier
Erin: Wie sehr ich dich vermisse.
Ich: Niemand hat von dir verlangt, ihn zu verlassen.

Ich biss mir auf die Unterlippe, nachdem ich die Nachricht abgeschickt hatte. Die Worte fühlten sich sofort falsch an.

Erin: Ella
Erin: Das ist nicht fair.

Ich spürte, wie ich mich verspannte, als ich ihre Antwort las. Mit der freien Hand rieb ich mir über das Gesicht, legte den Kopf in den Nacken und stieß ein langes Ausatmen Richtung Himmel aus. Nein. Nein, es war nicht fair. Aber ich konnte diese Bitterkeit nicht unterdrücken, sosehr ich es auch versuchte. Wie konnte sie darüber nachdenken, ihre Zeit in Australien zu verlängern, wenn ich sie so dringend an meiner Seite brauchte? War der Gedanke zu egoistisch? Aber wie konnte ich es ohne sie schaffen, wenn es ihre Unterstützung, ihr Mut, ihre Motivation waren, die mich sonst immer vorantrieben?

Mein Kopf drohte zu platzen. Meine Gedanken waren so chaotisch, dass ich mich in dem einen Moment ganz normal fühlte und im nächsten, als würde ich mich durch Treibsand bewegen. Meine Emotionen hielten mit. Hatte ich mich eben noch mit meiner Aussage im Recht gefühlt, wollte ich jetzt nur noch die Zeit zurückdrehen und die Nachricht verschwinden lassen. Ich seufzte. Kein Wunder, dass ich mich so erschöpft fühlte.

Ich: Ich weiß. Entschuldige.
Erin: Schon gut. Aber warum bist du heute zum Navy Pier gegangen?
Ich: Keine Ahnung. Um meinen Kopf frei zu kriegen, schätze ich.
Erin: Frei wovon?
Ich: Du weißt wovon. Müssen wir jetzt wirklich darüber reden?
Erin: Hast du etwas anderes vor?

Als ich nicht sofort antwortete, setzte sie noch eine Nachricht hinterher.

Erin: Hör zu, ich weiß, dass du es im Augenblick lieber verdrängen würdest. Aber davon wird es dir nicht besser gehen. Und ich kenn dich gut genug, um es in deinen Textnachrichten lesen zu können, wenn du nur so tust, als wäre alles in Ordnung.
Ich: Was willst du hören?
Erin: Wie es dir geht. Kommst du klar? Kann ich irgendwas tun, damit du dich besser fühlst?

Die Zeit zurückdrehen? Mel und Liv dazu bringen, wieder mit mir zu sprechen? Jae-yong zu mir bringen …

Ich: Ich glaube nicht. Ich habe gerade einfach das Gefühl, als wäre alles zu viel und meine Stützen würden eine nach der anderen zusammenbrechen. Aber ändern kann daran niemand was, also mach dir keinen Kopf.
Erin: Sind meine Sorgen so unwichtig?
Ich: Was? Nein, natürlich nicht. Wie kommst du darauf?

An ihrer Antwort tippte sie eine ganze Weile. Während ich wartete, starrte ich auf den See vor mir, lauschte dem Wasser, ließ mich von dem Geräusch trösten. Wenn ich mich nur nie wieder von hier wegbewegen müsste …

Erin: Ella, es geht dir offensichtlich schlecht. Als wir das letzte Mal telefoniert haben, hast du so sehr geweint wie noch nie. Du sagst, alles stürzt auf dich ein, aber wenn ich dich frage, wie ich dir helfen kann, wischst du meine Sorge einfach weg. Natürlich mach ich mir einen Kopf, wenn es dir schlecht geht. Aber ich hab von hier aus nicht die besten Möglichkeiten, um dir zu helfen, deswegen musst du mir ein bisschen entgegenkommen – auch wenn das jetzt gerade vielleicht schwer ist.

Mein Brustkorb tat weh. Ich hatte nicht einmal mitbekommen, dass ich Erin unbewusst zu Liv und Mel hinter die Mauer gestellt hatte. Dabei sollte ich doch am besten wissen, dass gerade sie immer an meiner Seite war.

Ich: Ich fühl mich einfach so hilflos.
Ich: Ich hab das Gefühl, ständig eine ganze Wagenladung Backsteine mit mir rumtragen zu müssen, ohne die Möglichkeit, sie ablegen zu können. Und jedes Mal, wenn mir Liv zu Hause die Tür vor der Nase zuknallt, kommt einer dazu. Und noch einer, wenn Mel mich so skeptisch anguckt. Und dann noch einer, wenn ich an Jae-yong denke.
Ich: Es ist so anstrengend, und ich bin so erschöpft, dass ich gar nicht mehr weiß, wie es sich ohne das Gewicht überhaupt angefühlt hat.
Erin: Erinnerst du dich noch, wie es mir letztes Jahr ging?
Ich: Natürlich.

Als könnte ich das je vergessen. Es hatte Tage gegeben, an denen ich sie nur mit Müh und Not aus dem Bett und dem Haus locken konnte. Ich spürte eine Gänsehaut auf meinen Armen, als ich daran zurückdachte, wie ratlos ich gewesen war. Das Gefühl, dass sie sich von mir und allen anderen entfernte und ich sie nicht mehr zu packen bekam, war so präsent, als wäre es erst gestern gewesen.

Erin: Und weißt du, was mich immer dazu gebracht hat, trotzdem aufzustehen und mein Bestes zu versuchen? Egal, wie wenig das an manchen Tagen war?
Ich: Nein, das hast du mir nie erzählt.
Erin: Du, Ella. Du warst das. Weil du mich nie aufgegeben hast, auch wenn ich es selber schon getan hatte.
Erin: Es ist gerade schwer, ich weiß. Wirklich. Aber ich sehe, wie du dich bemühst, und darauf solltest du genau-

so stolz sein, wie ich es bin. Und wenn du dich mal nicht aufraffen kannst, ist das auch in Ordnung. Ich hoffe nur, dass du weißt, dass ich immer hinter dir stehen und dir die Daumen drücken werde.

Meine Sicht verschwamm mit den Tränen, die mir in die Augen stiegen. Ich konnte kaum sehen, was ich tippte – es war nur ein kurzes »Danke«, weil ich zu mehr gar nicht in der Lage war. Ich hoffte, sie verstand trotzdem alles, was darin mitschwang. Dass ihre Worte wie Balsam für meine Seele waren und ein klein wenig Gewicht von meinen Schultern nahmen. Auch wenn es den Gedanken, sie vielleicht erst in einem knappen Jahr wiedersehen zu können, noch unausstehlicher machte.

Ohne sie fühlte ich mich so klein in dieser riesigen, riesigen Stadt. Die Hochhäuser in meinem Rücken, die vielen Menschen, deren Gemurmel wie ein Rauschen an meine Ohren drang. Und mittendrin ich. Mit meinen Tränen, die mir heiß über die Wangen rollten, weil ich sie einfach nicht mehr unterdrücken konnte. Ich ließ sie zu. Ließ sie sich ihren Weg hinunter bahnen, über mein Kinn, bis sie mir auf die verschränkten Hände in meinem Schoß tropften. Erst dann hob ich einen Arm und wischte mir mit dem Handrücken über die Augen.

»Ist schon gut, Ella«, flüsterte ich mir selbst leise zu. »Alles wird gut.«

Zu Hause führte mein Weg mich als Erstes in die Küche. Ich hatte den ganzen Tag kaum etwas gegessen, und mittlerweile spürte ich das auch. Als ich Mel am Küchentisch sitzen sah, ihr Laptop aufgeklappt vor ihr, stockte ich für einen Augenblick mitten in der Bewegung.

Sie schaute kurz auf, sagte aber nicht mehr als »Hallo«, ehe sie einen Schluck Kaffee aus ihrer großen Tasse trank und dann am Laptop weitertippte. Sie trug ihre schwarze Brille statt der Kontaktlinsen, die sie sonst jeden Morgen einsetzte, und ihre Haare waren etwas zerzauster als gewohnt.

Ich ging langsam an ihr vorbei und nahm mir zögerlich einen Joghurt aus dem Kühlschrank. Sollte ich mich zu ihr setzen? In mein Zimmer gehen? Sie ansprechen oder schweigen? Glücklicherweise musste ich die Entscheidung nicht treffen. Ich hatte mich nur einen halben Schritt vom Kühlschrank entfernt, als Mel die Stille brach.

»Mrs Elliot hat gefragt, ob jemand von uns noch mal nach ihrem Computer sehen könnte«, erklärte sie und warf mir über die Schulter einen Blick zu, ein müdes, kaum wahrnehmbares Lächeln auf den Lippen.

»Wundert mich gar nicht«, murmelte ich. Wenn ich mir als ersten Computer das teuerste Gerät gekauft hätte, das es derzeit auf dem Markt gab, wäre ich auch vollkommen verwirrt von all den Einstellungen und Funktionen gewesen.

Mel lehnte sich von ihrem Laptop zurück und griff nach ihrer Kaffeetasse. »Könntest du das die Tage bitte übernehmen?«

»Hat sie gesagt, was genau die Probleme sind?«

Mel schüttelte nur den Kopf. »Sie hat es mir nur gestern im Vorbeigehen gesagt. Du kennst sie doch. Sie will uns nicht länger als nötig belästigen.« Mit einem Augenrollen kommentierte sie Mrs Elliots Zurückhaltung. Dann folgte ein Gähnen, das sie mühsam versuchte zu unterdrücken.

Ich beobachtete sie, während sie die Brille abnahm, um sich kurz über die Augen zu reiben, ehe sie einen weiteren großen Schluck Kaffee trank. Wie lange sie wohl schon hier saß?

»Kannst du bald Schluss machen für heute?«, fragte ich vorsichtig.

»Ich hab noch ein bisschen was zu tun.«

Ein paar Minuten blieben wir noch so – in dieser merkwürdigen Schwebe des Schweigens und einer ersten Annäherung. Ich wiegte meinen Joghurt abwechselnd in beiden Händen, dann räusperte ich mich und machte ein paar Schritte in Richtung meines Zimmers. »Ich lass dich dann mal in Ruhe arbeiten.«

Mels Nicken war für mich Antwort genug. Ich verlangsamte meine Schritte, als ich an Livs Tür vorbeiging. Kaum ein Mucks war aus ihrem Zimmer zu hören, aber die Hoffnung, dass sie nach draußen kam und ich mit ihr reden konnte, wollte trotzdem nicht verschwinden.

Ich warf mich auf mein Bett, zog den Deckel von meiner Joghurt und aß ihn in Ruhe auf. Dann nahm ich ein Buch von dem Stapel auf meinem Nachttisch. Es war eine moderne Nacherzählung von *Die Schöne und das Biest*, die Erin mir mal empfohlen hatte. Ich hatte das Buch bereits vor einer Weile begonnen und beiseitegelegt, als ich mit *Harry Potter* angefangen hatte. Auf dem Rücken liegend hielt ich es über meinen Kopf und las dort weiter, wo mein Lesezeichen steckte. Ich versank in der Geschichte und merkte kaum, wie es draußen dunkler wurde. Erst als meine Augen so trocken waren, dass sie regelrecht brannten, legte ich das Buch beiseite.

Lesen half, meine Gedanken zu verlangsamen. Keine Ahnung, was ich ohne Bücher in meinem Leben gemacht hätte, aber ich war froh, es nicht herausfinden zu müssen. Nur hatten sie im Augenblick auch diesen bittersüßen Nachgeschmack. Die *Stolz-und-Vorurteil*-Ausgabe, die ich mir in New York gekauft hatte. Das gesamte *Harry-Potter*-Universum. Jae-yong und ich teilten diese Verbindung zu Büchern, das war etwas, was mich ihm näher gebracht hatte. Aber jetzt? Ich konnte kein Buch in die Hand nehmen, ohne mich zu fragen, ob er es kannte oder sogar schon gelesen hatte.

Ich klappte es zu, als ich die Buchstaben auf den Seiten kaum noch erkennen konnte. Dann schaltete ich die Nachttischlampe neben meinem Bett ein und stand auf. Sie spendete ausreichend Helligkeit, dass ich auch an meinem Schreibtisch genug sehen konnte. Mein Stuhl knarzte, als ich mich daraufsetzte. Vor mir lag ein kleiner Papierstapel, daneben Bleistifte und schwarze Fineliner verstreut. Ein Blatt lag so nah an der Schreibtischkante, dass es drohte, hinter die Heizung zu fallen. Ich streckte mich über den Tisch, zog es zu mir und drehte es noch in der Bewegung um. Dunkle Augen starrten mir entgegen. Der Rest der Zeichnung war farblos. Ich hatte es nie geschafft, sie zum Leben zu erwecken, hatte es nie geschafft, Jae-yongs Haare, seine Kleidung, sein Gesicht mit Farbe zu versehen. Allein dieser Anblick verursachte ein Ziehen in meiner Brust. Zittrig sog ich die Luft ein.

Ich sollte dieses Bild in die unterste Schublade meines Schreibtisches verbannen, aber ich konnte mich einfach nicht überwinden, es aus den Händen zu legen. Das würde ich die nächsten Tage bereuen, wenn sein Lächeln wieder vor meinen Augen aufblitzte. Aber jetzt gerade? In diesem Moment? Es war mir egal. Es war in Ordnung, wenn ich dafür nicht vergaß, wie gut es sich angefühlt hatte, bei ihm zu sein. Solange ich dieses Gefühl von Wärme und Geborgenheit in meinem Herzen einfangen und immer wieder abrufen konnte, war es mir recht, dass die Enge in meiner Brust damit einherging.

3. KAPITEL

In der Bibliothek war es so leise, dass man selbst das Papierrascheln von der anderen Seite des Saales hören konnte. Abwesend tippte ich mit meinem Stift auf das Lehrbuch, das aufgeschlagen vor mir lag. Den Absatz über die Wichtigkeit von Social Media im Marketing las ich gerade zum dritten Mal durch, weil keines der Worte hängen bleiben wollte.

Matt saß mir gegenüber, den Kopf ebenfalls über ein Buch gebeugt, die Stirn in Falten gelegt. Im Gegensatz zu mir machte er sich allerdings nebenbei Notizen und schien gut voranzukommen. Ich stieß ein Seufzen aus und ging dazu über, kleine Figuren an den Rand meines Buches zu malen.

»Ich weiß, ich hab dich das schon hundertmal gefragt«, begann Matt, »aber willst du wirklich nicht wenigstens ein einziges Mal einen Kunstkurs belegen?«

Verwirrt hob ich den Blick. Matt betrachtete mich mit einem neugierigen Ausdruck auf dem Gesicht und deutete auf den bemalten Rand meines Lehrbuchs. »Mr Vegas Kurs zum Beispiel ist wirklich gut. Ich bin mir sicher, dass es dir gefallen würde.«

Ich brauchte einige Sekunden, ehe ich meine Gedanken wieder eingefangen hatte, die bei der Erwähnung des Kunstkurses in alle Richtungen davongesprungen waren. »Ich kann es mir im Augenblick nicht erlauben, mein Studium zu vernachlässigen.«

Wenn ich daran dachte, wie angespannt die Situation zu Hause war, wollte ich dieses Gespräch im Moment unter keinen Umständen mit Mel führen.

»Du könntest den Kurs als *Free Elective* belegen«, sagte Matt. »Nur zum Spaß, um zu sehen, ob es dir gefällt.«

»Ich denke darüber nach«, sagte ich knapp und versuchte den kleinen Funken Hoffnung zu unterdrücken, der kurz in mir aufflammen wollte. Es war nicht so, als hätte ich das noch nie in Erwägung gezogen. Im Gegenteil, ich hatte mich schon so oft durch das Kursangebot der Kunstfakultät gescrollt, dass ich wahrscheinlich alle Seminare, die für mich infrage kamen, im Schlaf hätte aufsagen können. Doch ich kam mit dem Stoff aus meinem Major schon kaum hinterher. Dazu noch einen Kurs zu belegen, der nichts mit meinem eigentlichen Studium zu tun hatte, erschien mir einfach nur unvernünftig. Zumal mir das für meinen späteren Beruf ohnehin nichts bringen würde und somit verschwendete Zeit wäre.

Matt beobachtete mich einen Moment lang, bevor er seufzte. »Sag Bescheid, wenn du deine Meinung änderst.« Damit wandte er sich wieder seinen Aufzeichnungen zu.

Ich spürte, dass er mit meiner Antwort nicht zufrieden war, und wollte gerade den Mund öffnen, um ihm meine Entscheidung zu erklären, als mein Blick plötzlich an einer Gruppe Mädchen hängen blieb, die ein paar Tische entfernt hinter Matt saßen. Sie fielen mir nur auf, weil sie im Gegensatz zu allen anderen keinerlei Bücher vor sich liegen hatten. Sie sahen auch nicht aus, als hätten sie vor, zu lernen oder Hausarbeiten zu schreiben. Stattdessen steckten sie die Köpfe zusammen und tuschelten miteinander – gerade leise genug, dass ich sie aus dieser Entfernung nicht hören konnte. Ich hätte mir nichts dabei gedacht, wenn sich das Mädchen, das mit dem Rücken zu mir saß, nicht ständig umgedreht und mir Blicke über die Schulter zugeworfen hätte.

Ich widerstand dem Drang zu prüfen, ob irgendetwas hinter mir ihre Aufmerksamkeit auf sich zog, und versuchte, mich auf die Arbeit vor mir zu konzentrieren. Aber jedes Mal, wenn ich aufsah, kreuzte sich mein Blick mit dem eines der Mädchen. Eine Gänsehaut überzog meine Arme. Unwillkürlich machte ich mich kleiner, um Matt als Sichtschutz zwischen mir und der Gruppe zu benutzen – was nicht unbemerkt blieb.

»Alles in Ordnung?«, fragte er mich, die Stirn leicht gerunzelt.

»Äh, ja, alles gut.« Ich zog mein Lehrbuch zu mir heran, bemüht, nicht auf die Gruppe hinter ihm zu achten, die ich weiterhin aus den Augenwinkeln wahrnahm.

»Sicher?«, hakte er nach. »Du wirkst in letzter Zeit so …«

Neugierig sah ich ihn an, das Getuschel für einen Moment vergessend. »So?«

»Niedergeschlagen«, antwortete er schließlich.

Meine Antwort blieb mir im Hals stecken. Mit einem Räuspern versuchte ich, meine Überraschung zu überspielen. Ich hatte nicht erwartet, dass er mich auf mein fahriges Verhalten ansprechen würde. Bisher hatte ich nicht darüber nachgedacht, wie sehr die vergangenen Wochen auch äußerlich an mir kleben mussten. Ich atmete tief durch und hob meine Mundwinkel zu einem halben Lächeln an. »Gerade ist einfach viel los.«

»Wir haben außerhalb des Studiums nicht so viel miteinander zu tun, aber, na ja – falls du drüber reden möchtest …«

Ich unterbrach seinen stolpernden Versuch mit einem leichten Kopfschütteln. Diesmal war das Lächeln auf meinen Lippen echt. »Du hilfst mir schon genug, wenn du mich nächstes Semester in *Statistics* nicht durchfallen lässt.«

Matt nickte sichtlich erleichtert. »Ich weiß nicht, wie viel Mitspracherecht ich bei deiner Note haben werde, aber ich kann dir zumindest beim Lernen meine moralische Unterstützung anbieten.«

Ich hob einen ausgestreckten Daumen in die Höhe. »Gute Antwort.«

Daraufhin widmeten wir uns unseren Aufgaben, bis Matt sein Buch schwungvoll zuklappte und die Arme über dem Kopf ausstreckte. Nach einem Blick auf sein Handy begann er, seine Arbeitsmaterialien in seiner Tasche zu verstauen. »Okay, ich glaube, ich muss dich jetzt leider allein lassen.«

Ich sah ihm zu, wie er erst das Lehrbuch, dann den Notizblock samt Stiften verschwinden ließ, ehe er den Reißverschluss der Tasche zuzog. »Hast du noch was Schönes vor?«

»Ein Freund feiert den Einzug in seine erste eigene

Wohnung, und mir wurde die ehrenvolle Aufgabe des *designated drivers* zugeteilt. ›Schön‹ ist nicht unbedingt das erste Wort, das mir einfällt.«

Ich warf ihm einen mitfühlenden Blick zu. »Klingt spaßig.«

»Absolut.« Damit schob er seinen Stuhl zurück, stand auf und warf sich die Tasche über die Schulter. »Sehen wir uns nächste Woche? Gleiche Zeit, sollte ich den Abend überleben?«

»Ich werde da sein«, sagte ich und rief ihm ein leises »Viel Glück« hinterher, als er sich abwandte und Richtung Ausgang schlenderte. Er winkte mir noch zu, dann verschwand er zwischen den Bücherregalen.

Eigentlich hatte ich vorgehabt, noch eine Weile die Ruhe in der Bibliothek zu genießen und die letzten zehn Seiten meiner Hausarbeit zu schreiben ... Allerdings war mit Matt auch mein Sichtschutz verschwunden, der mich vor den neugierigen Blicken der Mädchen bewahrt hatte. Ich vertiefte mich angestrengt in mein Buch, versuchte, mich dahinter zu verstecken. Auch ohne aufzusehen, spürte ich, dass sie mich immer noch anstarrten.

Du bildest dir das nur ein. Aber das mulmige Gefühl, das sich in meinem Bauch breitmachte, sagte etwas anderes. Ich hielt es noch gute zehn Minuten aus, dann beschloss ich, aus der Bibliothek zu fliehen. Jede meiner Bewegungen wurde beobachtet, während ich meine Sachen gar nicht schnell genug zusammenpacken konnte.

Ich lief nach draußen, schaute immer wieder über meine Schulter, als befände ich mich in einem Actionfilm, verfolgt vom Bösewicht. Meine Beine trugen mich wie von selbst zur Bahnstation, und glücklicherweise fuhr eine gerade in diesem Augenblick ein.

Meine Schultern waren noch immer verkrampft, als sich die Türen hinter mir schlossen. Wäre an meinem Shirt eine Kapuze gewesen, hätte ich sie mir in diesem Moment übergezogen. Stattdessen hielt ich meinen Kopf die gesamte Fahrt über gesenkt. Die Angespanntheit löste sich erst aus meinem Körper, als ich die Wohnungstür hinter mir geschlossen hatte. Endlich konnte ich mich in meinen vier Wänden verkriechen.

Ich hatte mir das nur eingebildet, richtig? Die Mädchen in der Bibliothek … Vielleicht hatten sie gar nicht mich angeguckt? Vermutlich gab es eine plausible Erklärung dafür, auf die ich gerade einfach nicht kam.

Vorerst zufrieden mit dieser Theorie ließ ich mich rücklings auf mein Bett fallen. Aus reiner Gewohnheit zog ich mein Handy aus der Hosentasche, um nachzusehen, ob Erin mir geschrieben hatte. Als ich den Bildschirm entsperrte, passierte für eine Sekunde gar nichts. Dann explodierte das Benachrichtigungsfenster förmlich. Es pingte und pingte und pingte mit Nachrichten von Social-Media-Apps, von denen ich nicht mal mehr wusste, dass ich sie installiert hatte. Bis es zu viele Mitteilungen waren und der Bildschirm komplett überfordert einfror. Verwirrt startete ich das Handy neu, bevor ich mir ansehen konnte, woher das alles kam. Im nächsten Moment wünschte ich mir, es nie gesehen zu haben. Ich war froh, dass ich bereits lag. Dennoch tippte ich auf die erste Benachrichtigung. Twitter öffnete sich, und die paar Sekunden, die ich warten musste, waren wie die Ruhe vor dem Sturm. Der

Post war in einer Sprache verfasst, die ich nicht mal mit viel Mühe hätte entschlüsseln können. Aber meine Augen verweilten eh nur den Bruchteil einer Sekunde auf dem Text, ehe sie zum angehängten Bild flogen.

Dem Bild.

Diesem gottverdammten Bild, das so unschuldig aussah – und trotzdem so viel Schaden angerichtet hatte.

Ich klickte auf einen anderen Post. Die angezeigte Anzahl der Retweets und Likes ließ mich schlucken. Ich überflog die Kommentare, wechselte zu Instagram, sah mehr Posts, immer und immer wieder mit dem gleichen Bild. Jae-yong, wie er mich in den Armen hielt. Man sah ihn genau – seine rosa gefärbten Haare waren zu auffällig, als dass man ihn nicht hätte erkennen können.

Und jedes einzelne Mal war ich auf dem Bild verlinkt.

Ich hatte angenommen, dass mich niemand erkennen würde. Mel, ja. Liv, ja. Weil sie meine Familie waren, mich jeden Tag sahen und selbst die Tatsache, dass ich nur von hinten fotografiert worden war, nicht ausreichte, um sie zu täuschen. Aber all diese Leute – woher wussten sie plötzlich, wer ich war? Woher kannten sie meine Social-Media-Accounts? Ein Schauer lief mir über den Rücken, als ich darüber nachdachte, wie jemand nach Hinweisen gesucht haben musste, um herauszufinden, wer die Frau auf dem Foto war. Und direkt noch einmal, als mir die Blicke der Gruppe in der Bibliothek einfielen.

Das … das war nur ein Zufall gewesen, richtig? Sie hatten nicht wissen können, dass ich dort war. Aber sosehr ich genau das glauben wollte – die Art und Weise, wie mein Magen sich verknotete, sprach Bände.

Meine Hände zitterten, als ich mein Handy sinken ließ. Ich fuhr mir mit einer Hand durchs Haar, versuchte meine Atmung – mich – unter Kontrolle zu bringen.

Ich stand von meinem Bett auf, setzte mich wieder hin. Stand ein weiteres Mal auf, in der Hoffnung, die Bewegung würde mir zu einer Antwort verhelfen, was ich jetzt tun sollte. Aber nichts. Mein Kopf war leer. Ich konnte keinen Gedanken greifen und fühlte mich permanent wie mit Eiswasser übergossen. Meine Finger kribbelten mit dem Verlangen, mehr Nachrichten zu lesen. Warum jetzt? Warum wurde ich ausgerechnet jetzt auf dem Foto erkannt? Wer machte sich noch über einen Monat später die Mühe, darüber nachzudenken? Als hätte allein die Existenz des Bildes nicht ausgereicht, um so vieles zu zerstören, von dem ich nicht einmal im Schlaf gewagt hatte zu träumen.

Ich lief in meinem Zimmer auf und ab, bis jegliches Sonnenlicht vor meinem Fenster bereits verschwunden war. Mein Handy hielt ich mit verkrampften Fingern fest gepackt. Gerade als ich mich hinsetzen wollte, hörte ich, wie die Haustür aufging, gefolgt von leisen Stimmen, die sich miteinander unterhielten. Am liebsten wäre ich sofort aus dem Zimmer und direkt zu meinen Schwestern gestürmt, aber meine Füße waren wie am Boden festgewachsen. Ich versuchte, mir gut zuzureden, meine Beine zu bewegen – aber die Mauer war so hoch …

Ein Klopfen an meiner Tür unterbrach meine Gedanken. Mel wartete mein leises »Ja« ab, ehe sie in mein Zimmer kam, einen angespannten Ausdruck auf dem Gesicht. Ihr Blick glitt kurz zum Fenster, dann zurück zu mir.

»Vor der Haustür stehen einige Reporter«, war das Erste, was sie zu mir sagte.

Mein Atem entwich mir schlagartig, und ich verschränkte die Arme vor der Brust. »R-reporter?«

Mel nickte, fuhr sich mit einer Hand über das Gesicht. »Kommst du mit mir? Ich glaube, es ist am besten, wenn wir uns kurz zusammensetzen.«

Ich folgte ihr in die Küche, wo Liv bereits an unserem Esstisch saß und in ihrem Handy versunken war. Als wir in den Raum traten, sah sie kurz in meine Richtung, dann legte sie es mit dem Bildschirm nach unten auf den Tisch und presste die Lippen aufeinander. Ich setzte mich ihr gegenüber, Mel sich links von mir.

Für einen Augenblick herrschte ein angespanntes Schweigen – und zu meiner Überraschung war es Liv, die es als Erste durchbrach. »Das Foto ist gerade wieder überall auf Twitter zu sehen. Es wurde sogar ein Statement veröffentlicht.«

»Ein Statement?« Ich hatte mich so vollständig aus der Social-Media-Welt von NXT ausgeklinkt, dass ich davon nichts mitbekommen hatte.

Liv nickte, sah mich aber nicht an, als sie erklärte: »Sie haben gesagt, dass Jae-yong in New York eine alte Freundin getroffen hat, die er schon seit vielen Jahren kennt. Sie haben nicht bestätigt, dass du das auf dem Foto bist, und jetzt streiten sich Fans und Medien, ob du es bist oder nicht.«

Ich verzog das Gesicht, als ich mir vorstellte, was möglicherweise über mich im Internet gesagt wurde.

»Das habe ich befürchtet«, antwortete Mel. Die Anspannung in ihren Schultern stach mir ins Auge. Wenn alle Fäden rissen, war es immer Mel, auf die wir uns verlassen konnten. Die Sorge in ihren Augen ließ die ganze Situation noch wesentlich bedrohlicher werden.

»Als ich vorhin nach Hause gekommen bin, war noch niemand da«, sagte ich und unterdrückte das Bedürfnis, aufzustehen, um im Wohnzimmer aus dem Fenster zu sehen.

Mels Blick wurde für eine Sekunde weich. Sie streckte ihre Hand aus und legte sie auf meine. »Zum Glück.« Dann setzte sie sich aufrecht hin. »Aber jetzt sind sie da, und ich bin mir ziemlich sicher, dass sich das die nächsten Tage nicht ändern wird.«

Ich hatte es geahnt, trotzdem sorgte ihre Aussage dafür, dass sich der Knoten in meinem Magen noch etwas fester zusammenzog. »Was heißt das?«

Liv lehnte sich auf ihrem Stuhl vor, die Augen ebenfalls auf Mel gerichtet.

»Ich möchte nicht, dass ihr mit ihnen sprecht«, fing unsere große Schwester an. »Keine Posts auf irgendwelchen Social-Media-Kanälen für die nächsten Tage. Und ich möchte auch nicht, dass eine von euch beiden alleine diese Wohnung verlässt, solange die vor unserer Tür stehen.« Sie wandte sich an Liv. »Du hast zum Glück Ferien, bitte bleib die nächsten Tage erst mal zu Hause. Wenn du wirklich dringend irgendwohin musst – zum Tanzen oder woandershin –, dann sag Bescheid, und ich fahre dich. Oder ich frage Josh, ob er es übernehmen kann.«

Liv runzelte die Stirn – vermutlich hatte sie sich ihre

Ferien anders vorgestellt. Trotzdem nickte sie stumm, sichtlich überfordert mit der Situation.

Immerhin war ich damit nicht allein.

»Was ist mit meiner Arbeit?«, fragte ich. »Wir haben kein zweites Auto, und du kannst uns nicht beide hin- und herfahren und gleichzeitig deinen Job machen.«

Die Falten auf Mels Stirn vertieften sich. Anscheinend war ihr der Gedanke auch bereits gekommen, aber ihr Gesichtsausdruck machte mir nicht gerade Hoffnungen, dass sie eine befriedigende Lösung gefunden hatte. »Ich kann dich am Wochenende fahren.«

»Und unter der Woche?«

»Ich möchte nicht, dass du mit dem Bus oder der Bahn fährst«, sagte sie.

»Ich kann nicht einfach nicht zur Arbeit gehen«, erwiderte ich. »Von dem Geld mal abgesehen, wird niemand die ganzen Schichten übernehmen, für die ich mich über die Semesterferien eingetragen habe.«

Mel zögerte einen Moment. »Nimm ein Taxi, wenn du zur Arbeit musst«, sagte sie schließlich. »Ich geb dir das Geld. Es gefällt mir nicht, dass du überhaupt dorthin gehst, aber eine bessere Lösung fällt mir gerade auch nicht ein. Aber falls dort jemand auftaucht, möchte ich, dass du nach Hause gehst und dich krankmeldest.«

Ich biss mir auf die Zunge, unterdrückte den Drang zu widersprechen. Ständig mit dem Taxi zu fahren würde viel zu viel Geld schlucken. Und wenn im Museum tatsächlich jemand auftauchte … Bei dem Gedanken drehte sich mir der Magen um. »Ich muss Matt schreiben, dass ich die nächste Zeit nicht mit ihm lernen kann«, murmelte ich.

Weder Mel noch Liv schienen es gehört zu haben. »Du hast keinen Kontakt mehr zu ihm, richtig?«, fragte Mel.

Ich stockte eine Sekunde. Die brauchte ich, um zu verstehen, dass sie Jae-yong meinte. Eine Sekunde, in der mein Herz einen Schlag aussetzte. Dann nickte ich.

»Diese Leute dort draußen«, sie deutete mit einem Kopfnicken zum Fenster, »wollen Dinge über *ihn* erfahren, Ella. Wenn sie erst einmal bemerken, dass du nichts zu erzählen hast, werden sie das Interesse verlieren und zu dem Schluss kommen, dass sie doch die Falsche haben.«

Sie setzte an, sich durch die Haare zu fahren, ehe sie sich an ihren straffen Zopf zu erinnern schien und die Hand fallen ließ. »Wir können jetzt nichts daran ändern, dass sie da sind. Aber wir können es aussitzen und den Leuten die Wahrheit zeigen: dass es nichts zu sagen gibt. Habe ich recht?«

Mit jedem Wort, das sie sprach, beruhigte ich mich ein bisschen. Ich ignorierte, wie sie zu hinterfragen schien, ob ich den Kontakt zu Jae-yong tatsächlich abgebrochen hatte. Konzentrierte mich voll auf die eigentliche Aussage: Ich hatte nichts zu sagen. Es gab keine Neuigkeiten, keine Geheimnisse, keine Dinge, die Reporter aufdecken konnten. Ich hatte seit Wochen nicht mit Jae-yong geredet.

Ein weiteres Mal nickte ich zögerlich.

»Gut.« Mel legte ihre Hand auf meine, drückte leicht zu. »Wir kriegen das schon hin, Ella.«

Zitternd atmete ich aus. Ich war froh, so froh, dass Mel mir einen Teil meiner Last abnahm. Ich hatte keine Ahnung, was ich allein getan hätte. Es war immer Mel, an die ich mich wandte, wenn alles schiefging. Die mich stützte. Und dass sie auch diesmal wie selbstverständlich hinter mir stand und mir half – obwohl ich ihr Vertrauen enttäuscht hatte –, ließ mein Herz ein wenig leichter werden. Ich schenkte ihr ein dankbares Lächeln.

Mel zog ihre Hand zurück, und ich meinte, ein leises Seufzen von ihr zu hören. Sie sah so müde aus, wie ich mich fühlte. »Ich werde Josh Bescheid sagen müssen.«

Das ließ mich aufhorchen. »Wegen den Reportern?«

Sie nickte. »Auch. Er hat mich gefragt, ob wir nächste Woche seine Familie besuchen wollen. Aber so wie die Situation jetzt ist, kann ich euch nicht allein lassen.«

»Mel«, begann ich. Stockte. Am liebsten hätte ich ihr zugestimmt, sie darum gebeten, nicht mehr wegzugehen, während alles so katastrophal war. Aber … »Du solltest mit ihm fahren.«

Mels Blick sprach Bände. »Ella, ich werde sicher nicht einfach in den Urlaub fahren, wenn Reporter vor unserer Haustür stehen und darauf warten, meine kleine Schwester in den nächsten großen Medienskandal zu verwickeln.«

»Du kannst auch nichts daran ändern«, erwiderte ich dickköpfig. Mel brauchte so dringend einen Urlaub. »Liv und ich können uns allein für ein paar Tage in der Wohnung einsperren.«

»Und wer fährt Liv zu Charlie? Zum Tanzkurs?« Mel schüttelte den Kopf. »Es wäre unverantwortlich, und du weißt, dass ich das nicht mit gutem Gewissen machen könnte.«

»Charlie kann auch einfach hierherkommen zum Lernen«, mischte Liv sich zum ersten Mal ein. Sie erwiderte Mels Blick fest, genauso überzeugt davon, dass Mel eine Auszeit brauchte, wie ich.

»Und ich könnte sie mit dem Auto zum Tanzstudio bringen und dort auf sie warten, bis sie fertig sind«, fügte ich hinzu.

Wenn Liv die Idee missfiel, ließ sie es sich nicht anmerken, wofür ich dankbar war. Mel wirkte nicht sonderlich angetan von unserem Vorschlag und presste die Lippen zusammen, aber immerhin schien sie darüber nachzudenken.

Mel zögerte. »Ich müsste mit Josh darüber sprechen …«

»Tu es«, sagte ich nachdrücklich.

Mit einem Seufzen gab sie sich geschlagen. »Ich bin in meinem Zimmer, wenn was ist, in Ordnung?«

Liv und ich nickten gleichzeitig und schauten Mel hinterher, als sie die Küche Richtung Flur verließ. Mit einem Mal war es so still, dass das Ticken der Küchenuhr in meinen Ohren unglaublich laut klang. Liv schwieg, ich ebenfalls. Wir saßen uns gegenüber, sahen einander nicht an. Ich öffnete den Mund, um etwas zu sagen, schloss ihn aber gleich darauf wieder. Und schließlich stand Liv auf, umrundete den Tisch auf dem Weg aus dem Raum.

Ich rieb mir über die Augen. Die Erschöpfung überrannte mich gerade mit voller Wucht. Mir war nach Weinen zumute, aber ich hatte das Gefühl, in den letzten Wochen bereits alle Tränen vergossen zu haben, die ich in mir hatte. Mein Kopf brummte, mein Körper fühlte sich schwer wie Blei an. Plötzlich schlang Liv ihre Arme von hinten um mich, drückte nur für den Hauch einer Sekunde zu, ehe sie mich wieder losließ. Als ich mich umdrehte, sah ich gerade noch, wie meine kleine Schwester im Flur verschwand.

4. KAPITEL

Ich bekam die halbe Nacht kein Auge zu. Die meiste Zeit wälzte ich mich im Bett hin und her und versuchte, die Panik zurückzukämpfen, die in mir hochsteigen wollte. Ich war im Dunkeln in mein Zimmer gegangen, hatte die Vorhänge zugezogen und mich nicht getraut, einen Blick nach draußen zu werfen. Der Gedanke, dass dort Leute auf mich warteten, hatte mir genügend Zündstoff für Albträume gegeben.

Als mein Wecker kurz vor neun klingelte, lag ich bereits hellwach im Bett. Der Mix aus Müdigkeit und Angespanntheit war genug gewesen, mir jegliche Hoffnung auf Schlaf zu rauben. Ich brauchte eine Weile, bis ich mich aufraffen konnte, das Zimmer zu verlassen, um mich zu duschen. Ich sehnte den Abend bereits herbei.

Wie abgesprochen rief ich mir für den Weg zur Arbeit ein Taxi. Ich wartete im Wohnzimmer, den Blick nach draußen auf die Straße gerichtet, damit ich sah, wenn das Taxi vorfuhr. Mein Herz hämmerte in meiner Brust, als ich ein paar Minuten später die fünf Stockwerke nach unten lief. Im Flur blieb ich vor der Haustür stehen, atmete einmal tief durch. Mit gesenktem Kopf öffnete ich die Tür, hoffend, dass ich so vielleicht unsichtbar sein würde.

Aber schon nach wenigen Sekunden hörte ich, wie leise Gespräche verstummten, und sah aus den Augenwinkeln, wie sich Füße in Bewegung setzten.

Als der Auslöser der ersten Kamera ertönte, zuckte ich zusammen. Das Geräusch hallte durch meinen gesamten Körper. Ich zog die Schultern hoch, als könnte ich mich kleiner machen, konzentrierte mich auf das Taxi, das nur wenige Meter entfernt an der Straße auf mich wartete. Aber ich hatte gerade einmal ein paar Schritte zurückgelegt, als plötzlich ein Dutzend Leute um mich herumstanden.

Kameras wurden mir direkt ins Gesicht gehalten. Einige Personen stellten sich mir genau in den Weg und ließen mich auch nach mehreren Anläufen nicht vorbei. Ich wollte mich nur an ihnen vorbeidrängen, ins Auto springen und sie hinter mir lassen – aber als sie dann auch noch anfingen, Fragen zu stellen, war es mit meiner Konzentration vorbei.

»Wie lange kennst du Jae-yong schon?«

»Bist du mit NXT befreundet?«

»Haben sie dir von ihrem neuen Album erzählt?«

»Was hast du zu dem Foto zu sagen?«

Ihre Fragen kreisten wie wütende Bienen um meinen Kopf. Die Stimmen überschlugen sich nur so, während Frage um Frage um Frage auf mich abgefeuert wurde. Ich versuchte, sie zu ignorieren. Versuchte es wirklich. Aber je länger sie drängelten, je mehr Platz sie mir nahmen und je mehr Fotos sie schossen, desto schneller schlug mein Herz. Mein Hirn hatte auf Autopilot umgeschaltet und schrie mir zu, wieder zurück ins Haus zu flüchten. Doch ich zwang mich, weiterzugehen, die Kameras so gut wie möglich beiseitezuschieben, obwohl ich den Reportern am liebsten zugeschrien hätte, dass ich nichts zu sagen hatte – dass es nichts zu sagen gab. Meine Stimme blieb mir auf halbem Weg im Hals stecken, als sich eine groteske Frage zwischen den anderen hindurch in meinen Gehörgang bohrte.

»Haben sie dich dafür bezahlt, Zeit mit ihm zu verbringen?«

Abrupt blieb ich stehen. Mein Kopf zuckte ungewollt nach oben, auf der Suche nach der Person, die diese Frage gestellt hatte.

»Wie bitte?«, brachte ich atemlos hervor.

Die Leute hielten ihre Kameras weiterhin auf mein Gesicht gerichtet. Angespanntes Schweigen hing in der Luft, während alle auf meine Antwort warteten. Mein Blick traf auf einen Mann mittleren Alters in der zweiten Reihe. Er hielt den Arm ausgestreckt in meine Richtung, ein Mikrofon in der Hand, um meine Worte aufzufangen. Sein Mund war zu einem süffisanten Grinsen verzogen. Ich sah ein zufriedenes Blitzen in seinen Augen, als er bemerkte, dass er meine ungeteilte Aufmerksamkeit hatte.

»Ich meine ja nur – diese fünf Jungs haben eine ziemlich enge Beziehung zueinander. Ein bisschen *zu* eng, wenn du mich fragst«, sagte er.

Ich presste die Lippen aufeinander und spürte, wie mir vor Wut und Hilflosigkeit die Röte in die Wangen schoss.

Nicht mit ihnen sprechen. Mel hat gesagt, wir sollen nicht mit ihnen sprechen.

Mühsam schluckte ich die Worte, die mir auf der Zunge lagen, runter. Wandte den Blick von dem Mann ab und schob mich so schnell wie möglich an den ganzen Leuten vorbei. Die letzten Schritte zum Taxi legte ich rennend zurück. Ich riss die Hintertür auf, sprang auf die Sitzbank und zog sie so kraftvoll hinter mir zu, dass das Auto wackelte. »Zum *Museum of Contemporary Art* bitte.« Ich machte mich im Sitzen so klein wie möglich, während der Fahrer das Auto aus der Traube von Reportern manövrierte.

»Verrückter Tag, was?«, sagte er freundlich. Im Rückspiegel sah ich seinen fragenden Blick.

Das Bedürfnis zu lachen stieg in mir hoch, aber ich schluckte es hinunter. »Sehr.«

Ich entspannte mich erst, als ich aus dem Taxi gestiegen war und die Treppen zum Museumseingang hochlief. Hinter meinen Schläfen drückte es, ich fühlte mich so erschöpft, als wäre ich bereits den ganzen Tag unterwegs gewesen. Es war noch still, die Garderobe völlig leer. Das Museum öffnete erst in einer Viertelstunde, und ich war froh um die paar Minuten Ruhe. Ich setzte mich auf den Stuhl und überlegte kurz, meinen Skizzenblock herauszuholen. Aber wenn es eines gab, was ich im Augenblick nicht war, dann inspiriert. Die Angespanntheit seit gestern, die Begegnung mit den Reportern – das alles förderte meine Kreativität nicht gerade.

Wie automatisch griff ich nach meinem Handy. Ich hatte gestern alle Benachrichtigungen ausgeschalten – andernfalls wäre mein Handy vermutlich zu nichts mehr zu gebrauchen gewesen. Jetzt fielen mir beinahe die Augen aus dem Kopf, als ich Instagram öffnete und sah, wie viele Verlinkungen angezeigt wurden. Wie viele Kommentare plötzlich meine privaten Bilder hatten, die ich hin und wieder postete.

Eins zeigte Liv und mich am Tag ihres Middleschool-Abschlusses. Wir lachten beide, Liv hatte Sahne im Haar, weil ich ihr den Überraschungskuchen ins Gesicht gedrückt hatte, nachdem sie einen Witz zu viel über meine Backkünste gerissen hatte. Die Kommentarspalte darunter war endlos, und nicht wenige davon brachten mich vor Wut und Entsetzen zum Kochen.

nxtkings: das ist sie??? hahahahh
wowooseok: @vvkajanxt wenn sie ihn rumkriegt, schaffen wir das mit links!
vvkajanxt: @wowooseok südkorea, wir kommen!
nevernotnxt: lass jae bloß in ruhe!
nextnxt: welche von beiden ist sie?
jaeyongswife: gut, dass er dich abserviert hat!!

Eine Gänsehaut überzog meine Arme. Nicht alle waren schlimm – einige Leute verteidigten mich sogar, obwohl sie mich nicht kannten. Ich scrollte und scrollte mich durch meine Bilder, Posts und Tweets, aber kaum einer war verschont geblieben. Je mehr ich las, desto unbehaglicher wurde mir. Ich hatte nie darüber nachgedacht, wer meine Social-Media-Seiten sehen könnte, hatte nie damit gerechnet, mich damit so verletzlich zu machen.

Es kribbelte mir in den Fingern, im Internet nach NXT zu suchen. Es wäre so einfach gewesen, dabei hatte ich mir geschworen, es nicht zu tun. Nicht schwach zu werden, es auszuhalten, bis der Riss in mir geheilt war und sie aus meiner Umlaufbahn verschwanden.

Aber noch viel stärker war das Verlangen, zu erfahren, was in den Medien für Nachrichten kursierten.

Ehe sich mein Verstand zu Wort melden konnte, hatte ich meinen Internetbrowser geöffnet und »NXT« in die Suchleiste eingegeben. Beim ersten Blick auf die Ergebnisse fand ich nicht das, wonach ich suchte. Ich zögerte einen Augenblick, biss mir auf die Unterlippe. Gab mir einen Ruck und tippte »nxt jae-yong ella archer« ein – dann klickte ich auf *Suchen*.

Sofort fühlte ich mich unwohl. Meinen Namen in Verbindung mit der Band und Jae-yong zu suchen, kam mir so merkwürdig vor, dass ich mich innerlich wand. Es dauerte nicht lang, bis die Seite sich aufgebaut hatte – und mir bestätigte, dass alles sogar noch schlimmer war, als ich angenommen hatte. Direkt die ersten Vorschläge waren News zu meiner Person. Überschriften wie »Wer ist Ella Archer?« wechselten sich mit Theorien darüber ab, woher ich NXT kannte.

Ich stolperte von einer Seite zur nächsten. Neben *dem* Bild sah ich einige, die heute Morgen entstanden sein mussten. Fotos, die von meinen Social-Media-Kanälen genommen und im Internet verbreitet wurden, als wären sie nicht mehr als ein Beweis meiner Existenz, nicht ein Teil meiner Privatsphäre, die sich mit einem Wimpernschlag in Luft aufgelöst hatte.

Ich legte mein Handy beiseite, als ich bemerkte, wie fest ich es umklammert hielt. Meine Schultern waren angespannt, mein Nacken tat weh – als könnte die Haut dort jeden Moment reißen und das nervöse Wrack darunter entblößen. Ich atmete bemüht ruhig. Konzentrierte mich auf das grelle Licht in der Garderobe. Den Stuhl unter mir. Den Boden unter meinen Füßen.

Ich atmete und atmete und atmete. Holte mein Handy hervor, tippte eine Nachricht. Und wartete.

Ich: Hast du gerade Zeit?
Erin: Ja. Was ist los?

Ohne groß nachzudenken, rief ich sie an. Es klingelte und klingelte, und ich wollte gerade wieder auflegen, als sie sich endlich meldete.

»Hey du«, sagte sie, und ich spürte unwillkürlich ein leichtes Lächeln auf meine Lippen treten. »Soll ich fragen, oder erzählst du es mir von allein?«

Ich holte tief Luft. Wo sollte ich anfangen? »Das Foto …« Ich räusperte mich, versuchte es noch mal neu. »Jemand hat mich auf dem Foto erkannt.«

Stille. Sie spiegelte den geschockten Zustand, in dem ich mich im Augenblick befand. An Erins Stelle hätte ich daraufhin nicht gewusst, was ich erwidern sollte. Aber ich hoffte so sehr, dass sie die richtigen Worte finden würde. Im Hintergrund hörte ich sie tippen, dann fluchte Erin leise, ehe sie wieder mit mir sprach.

»Ich hab es gerade gesehen«, sagte sie. »Oh, Ella, das tut mir so leid. Kann ich irgendwas tun?«

Ich wusste nicht, was ich antworten sollte. Die Wahrheit war: Ich brauchte so dringend jemanden, der auf meiner Seite stand und greifbar war. Die mühsam in den letzten Wochen zusammengeklebten Stücke meiner selbst fingen langsam an zu bröckeln.

Es dauerte einige Minuten. Erin wartete geduldig auf meine Antwort und hörte mir aufmerksam zu, als die Überforderung der letzten Tage und Stunden aus mir hervorsprudelte. Dass ich mir so wünschen würde, mit der Situation klarzukommen, aber es einfach zu viel war. Dass ich Jae-yong vermisste. Dass ich Angst vor den Reportern hatte.

»Weiß Mel, was gerade alles bei dir passiert?«, fragte Erin.

»Seit gestern stehen Reporter vor unserer Tür. Sie hat sie gesehen, als sie nach Hause gekommen ist. Dass es im Internet auch so schlimm ist, habe ich gerade erst gesehen. Sie haben sogar meinen Instagram-Account gefunden.«

»Ella … Du solltest die Kommentare nicht lesen. Was auch immer die Leute sagen, sie kennen dich nicht, hörst du?«

Ich sagte ihr nicht, dass ich einige bereits gelesen hatte. Dass sie seitdem in meinem Kopf herumsprangen.

»Ella«, sagte Erin, nachdrücklicher diesmal. »Stell alle deine Accounts auf Privat. Ich kenne dich. Du wirst dir jeden einzelnen Kommentar und jede Nachricht durchlesen, bis du es nicht mehr aushältst.«

»Ja, ich weiß«, sagte ich leise. Sie hatte recht – natürlich hatte sie das. Ich würde den ganzen Tag nichts anderes tun, als jede Minute mein Handy zu checken. Es war dieser Kontrollzwang, dieses »Ich muss wissen, was andere über mich sagen, um es besser machen zu können«, der mich häufig um den Schlaf brachte. Die Reaktion auf das Foto von Jae-yong und mir war bereits Beweis genug, dass ich es nie jedem würde recht machen können. Vermutlich wäre es das Beste, wenn ich meine Accounts komplett löschte. So würde ich gar nicht erst in Versuchung kommen, mir die Kommentare wieder und wieder durchzulesen.

Ich fuhr mir mit der Hand über das Gesicht und seufzte tief.

»Du hast gesagt, Mel weiß es. Redet ihr wieder miteinander?«

Das freudlose Auflachen konnte ich mir nicht verkneifen. »Nein. Wenn Mel nicht gerade in Arbeit versinkt, wechseln wir kaum drei Worte miteinander. Und Liv … Liv ist immer noch unglaublich sauer auf mich.«

»Ich weiß, dass es gerade schrecklich sein muss, aber weißt du – das mit Liv wird schon wieder. Sie ist supersauer, ja, aber das ist sie nie lang. Erinnerst du dich noch, wie ich mehrere ihrer Autogrammkarten zerstört habe, weil ich Orangensaft über den Couchtisch gekippt habe? Ich glaube, sie hätte mich am liebsten in die Vorhölle verbannt, aber nachdem ich ihr ein riesiges Eis spendiert habe, waren wir wieder Freunde.«

Bei der Erinnerung lachte ich leise auf. Liv war so wütend gewesen, dass sie vermutlich das gesamte Haus zusammengeschrien hätte, wäre Mel nicht ins Wohnzimmer gekommen und hätte verlangt zu wissen, was los war. Allerdings war es dabei nur um Autogrammkarten gegangen. Nicht um tatsächliche Personen – um echte Gefühle.

»Mel fährt nächste Woche vielleicht mit Josh weg, um seine Eltern kennenzulernen«, sagte ich. »Ich hab Angst, allein zu sein, aber sie braucht die Auszeit so dringend – und wenn ich Liv vom Training abholen könnte … Vielleicht hört sie mir dann zu.«

»Bestimmt«, redete Erin mir gut zu. »Und wenn sie es nicht tut, setze ich mich in den Flieger, und wir kidnappen sie und fahren mit ihr nach Nauru. Dann kann sie gar nicht anders, als uns zuzuhören.«

»Man kann nicht nach Nauru *fahren*«, sagte ich. Ein paar Sorgen fielen bei der unerwarteten Wendung des Gesprächs von mir ab. »Außer du hast irgendwo ein Amphibienfahrzeug stehen.«

»Zwei Dinge«, erwiderte Erin. »Erstens, dir sagt Nauru wirklich was? Unter ›unbekannteste Länder der Welt‹ wurde mir das in den Top Ten ausgespuckt.«

»Das ist das unnütze Wissen, um das du mich immer beneidest.«

»Ha«, sagte sie. »Und zweitens würde ich für dich auch irgendwo ein Amphibienfahrzeug auftreiben.«

Ich biss mir auf die Unterlippe. Dass Erin sich die Zeit nahm, mit mir über alles und nichts zu reden, obwohl es bei ihr gerade mitten in der Nacht sein musste … »Ich vermisse dich ziemlich doll, weißt du das eigentlich?«, fragte ich.

»Natürlich weiß ich das«, sagte sie. »Mir geht es ja nicht anders.«

Ich zögerte einen Augenblick, unschlüssig, ob es gerade der richtige Moment für diese Frage war. »Sag mal … Hast du dich denn schon entschieden, ob du deine Zeit in Australien verlängern möchtest? Ich weiß, es sind noch ein paar Monate bis dahin, aber, na ja. Wir haben seit dem letzten Gespräch nicht weiter drüber geredet …«

Mit der Antwort ließ sie auf sich warten. Mein Blick schweifte durch den menschenleeren Raum vor der Garderobe. Das war das erste Mal, dass ich mich glücklich schätzte, einen so unspektakulären Job zu haben.

»Ganz ehrlich? Keine Ahnung«, sagte sie schließlich. »Mittlerweile sagt mir mein Bauchgefühl jeden Tag was anderes. Ich vermisse Chicago und dich und meine Familie … Aber ich kann mir auch nicht vorstellen, in ein paar Monaten meine Sachen zu packen und zu Hause einfach wieder dort weiterzumachen, wo ich aufgehört habe.« Sie seufzte. »Wenn du eine Universallösung für solche Fälle kennst, ist jetzt der Moment, mir davon zu erzählen.«

»Die könnte ich selbst gut brauchen.«

»Das hatte ich befürchtet.«

»Ich frag nur, weil … als du mir davon erzählt hast, länger in Australien zu bleiben, hab ich nicht unbedingt positiv reagiert. Ich wäre so froh, wenn du wieder nach Chicago kommst, glaub mir. Aber falls du noch bleiben möchtest, würde ich dir alle Chicagoer Köstlichkeiten per Post zukommen lassen, damit du nicht so viel Heimweh hast.«

»Ist notiert.« Ihrer Stimme nach bedeutete ihr meine letzte Aussage so viel wie mir das gesamte Telefonat. »Danke.«

5. KAPITEL

Nach einer Woche war ich es satt, in der Wohnung eingesperrt zu sein. Ich hatte mein Zimmer komplett auf den Kopf gestellt, nur um es dann wieder aufzuräumen. In meinem Skizzenblock hatte ich so viele Seiten vollgemalt, dass ich mir bald ein neues würde zulegen müssen. Das leise Kratzen meines Bleistifts auf dem Papier war das Einzige, was mich davon abhielt durchzudrehen. Wenn es eine Möglichkeit gegeben hätte, mich nur für ein paar Minuten nach draußen zu beamen, hätte ich sie sofort ergriffen. Die einzige Abwechslung bestand darin, dass ich mal in der Wohnung und mal an meinem Arbeitsplatz herumhockte, was mich beinahe die Wände hochgehen ließ.

Vor unserer Haustür standen tagsüber immer noch Reporter, allerdings weniger als noch vor ein paar Tagen. Laut Mel beschäftigte die Medien gerade ein Skandal eines US-amerikanischen Promis. Vermutlich war der um einiges interessanter als eine unbekannte neunzehnjährige Studentin, die nicht mal mehr Kontakt zu der Person hatte, die die Journalisten eigentlich interessierte. Ein, zwei Reporter blieben mit ihren Vans hartnäckig auch nachts vor unserem Haus. Aber selbst die schossen nur aus der

Ferne Fotos und belagerten mich nicht so wie an den ersten Tagen.

Seit zehn Minuten tigerte ich schon wieder durch die Wohnung, durch den Flur ins Wohnzimmer, und machte dort am Fenster halt. Ich wartete nur darauf, dass ich endlich zur Arbeit konnte. Sosehr ich mein Zuhause auch liebte, irgendwann hatte selbst ich zu viel von unseren vier Wänden.

»Heute ist nur ein Einziger da«, murmelte ich.

Mel beobachtete mich von ihrem Platz am Küchentisch aus. Ein paar Unterlagen waren vor ihr ausgebreitet, aber gerade war ihre volle Aufmerksamkeit auf mich gerichtet.

»Wie geht's dir, Ella? Ganz ehrlich?«, fragte sie, statt auf meine Aussage einzugehen.

Ich wandte mich vom Fenster ab und meiner großen Schwester zu, versuchte dabei, nicht allzu überrascht auszusehen.

Die Gespräche, die sie in letzter Zeit initiiert hatte, konnte ich an einer Hand abzählen.

»Mir geht's gut.« Was hätte ich sonst sagen sollen? Körperlich ging es mir schließlich gut …

Sie wirkte nicht überzeugt, hakte aber nicht weiter nach. Unser Gespräch war ein einziges Minenfeld: Nur eine falsche Frage, und wir liefen Gefahr, dass unsere kleinen Annäherungsversuche sich wieder in Luft auflösten. Um das zu vermeiden, lenkte ich das Thema in eine andere Richtung. »Hast du schon mit Josh über euren Trip geredet?«

Hätte ich sie nicht schon mein ganzes Leben gekannt,

wäre mir nicht aufgefallen, wie sie leicht zusammenzuckte.

»Ich habe ihm gesagt, dass ich noch drüber nachdenken muss.« Sie stockte, als sie meinen ungläubigen Blick sah.

Ich ging ein paar Schritte auf sie zu. »Ihr wollt doch schon heute Abend los, oder nicht? Es ist nur noch ein Reporter, und die letzten zwei Tage hat niemand mehr versucht, mit mir zu sprechen.«

Sie antwortete mir nicht, starrte nachdenklich auf einen Punkt neben ihrem Laptop.

»Ich meine das ernst, Mel. Du kannst wirklich gehen. Livs Tanzstudio ist vom Museum nicht sehr weit entfernt. Es wäre nicht mal ein Umweg.«

Für ein paar Sekunden hielt ihr Schweigen noch an. Dann schien sie sich endlich entschlossen zu haben. »Du holst sie direkt nach der Arbeit ab, und ihr fahrt ohne Umwege nach Hause.«

Ich wollte mir das zufriedene Grinsen verkneifen, wirklich. Aber es war einfach stärker als mein Wille. »Geht klar.«

»Und danach bleibt ihr in der Wohnung. Ich leg euch Geld auf den Tisch, bevor ich gehe, dann könnt ihr beim Lieferservice bestellen.«

»Mel«, unterbrach ich sie sanft. »Wir sind nicht das erste Mal allein. Und wenn was ist, können wir dich doch immer erreichen. Oder wohnen Joshs Eltern weit entfernt?«

»Zwei Stunden, je nach Verkehr. Nah genug, dass ich zurückkommen kann, falls etwas sein sollte.«

»Mach dir keine Sorgen«, versuchte ich, sie zu beruhigen. »Wenn du wegen der Arbeit unterwegs bist, haben wir auch nur Mrs Elliot für den Notfall.«

»Sorgenvoll ist meine Grundeinstellung, wenn es um euch geht«, sagte sie, aber ihre abgewandten Augen verrieten mir, dass es nicht nur das war.

Ich hatte eine leise Ahnung, was sie im Augenblick noch beschäftigen könnte. »Seine Eltern werden dich bestimmt mögen«, sagte ich vorsichtig – und traf damit genau den wunden Punkt.

Sie brachte ein halbes Lächeln zustande. »Ich hoffe es.«

»Werden sie«, wiederholte ich und sah dann auf mein Handy. *Na endlich.* Ich schnappte mir meinen Rucksack, den ich neben der Couch abgestellt hatte, und schwang ihn mir über die Schulter. »Ich muss zur Arbeit.«

»Livs Tanzkurs endet um sechs!«, rief Mel mir hinterher, als ich schon halb zur Wohnungstür raus war.

»Ich weiß. Ich werde dort sein«, erwiderte ich und winkte ihr schnell zu. »Bis morgen. Und viel Spaß heute Abend!«

»Bis morgen«, hörte ich Mel noch sagen, ehe die Wohnungstür hinter mir zufiel.

Meine Schritte hallten durch das Treppenhaus. Ich gab mir nicht die Gelegenheit zu zögern, bevor ich nach draußen ging. Die zwei Reporter, die ein paar Meter entfernt nahe der Straße standen, sahen auf, als die Tür hinter mir zufiel. Erleichterung machte sich in mir breit – ich hatte Mel ermuntert, mit Josh zu fahren, aber in Wahrheit trommelte mein Herz den gesamten Weg bis zum Auto über in meinem Brustkorb. Ich stieg ein, ließ den Motor an und parkte aus, ohne dass einer der Journalisten auch nur zwei Schritte in meine Richtung gelaufen kam.

Na also.

Im Museum hatte ich meine Ruhe, sosehr meine paranoide Ader mir auch weismachen wollte, dass jeden Moment jemand vorbeilaufen und mich erkennen könnte. Glücklicherweise kam es nicht dazu. Die Stunden vergingen gleichermaßen ereignislos wie an den meisten Tagen, bis ich kurz nach fünf endlich das Gebäude verlassen und mit dem Auto Richtung Tanzstudio fahren konnte.

Ich brauchte eine gute halbe Stunde dorthin – in Chicago galt das als direkt nebenan. Eine weitere Viertelstunde verging mit der Suche nach einem Parkplatz. Als ich endlich durch den mit Linoleum ausgelegten Flur lief, hatte ich gerade noch fünf Minuten, um den richtigen Raum zu finden.

Eine Frau im Hosenanzug saß davor. Sie sah von der Hochglanzzeitschrift auf ihrem Schoß auf, als ich vor der verschlossenen Tür des Studios stehen blieb.

»Sie machen heute ein bisschen länger«, erklärte sie mir, bevor ich fragen konnte.

»Ah. Danke«, erwiderte ich, und sie versenkte den Blick wieder in ihr Magazin.

Ich suchte mir einen Platz ein paar Stühle weiter und verbrachte ein paar Minuten damit, Bilder in den Maserungen an der Decke zu erkennen, bis ich schließlich mein Handy zückte. Nach dem Gespräch mit Erin hatte ich meine Social-Media-Accounts gelöscht, und in gewisser Weise hatte ich damit meinen eigenen Wunsch erfüllt: Ich konnte so tun, als wäre nichts von dem jemals passiert. Wenn ich vor ein paar Tagen nicht schwach geworden wäre … Ich hätte selbst gern gewusst, was ich mir dabei gedacht hatte, als ich vor zwei Nächten in meinem Bett lag und fand, NXT zu googeln wäre eine gute Idee.

Nichts. Nichts hatte ich mir dabei gedacht.

Aber statt es bei dem einen Mal zu belassen, war es die Nacht darauf wieder passiert. Und nun saß ich hier und sperrte schon wieder jegliche Vernunft hinter eine Tür mit sieben Siegeln.

NXT hatten erst vor Kurzem ihre Stadion-Welttournee gestartet. Momentan waren sie in Asien, und seit ich über die Konzerttermine gestolpert war, konnte ich nicht anders, als die Auftritte zu verfolgen. Es war unglaublich. Ich hatte mich davon abgehalten, die Termine zu zählen, aber die Liste war so lang, dass mir schwindlig wurde. Im Augenblick waren sie in Japan, bereits seit ein paar Tagen, und sie würden auch noch eine Weile dort bleiben.

Ich scrollte an den Videos vorbei, las ein paar Artikel über ihre bisherigen Konzerte und blieb schließlich an einem Bild hängen, das wohl von einem der ersten Konzerte der Tour stammte. Es zeigte vier der Jungs, wie sie in einer fast perfekten Reihe nebeneinanderstanden. Konfetti regnete wie übergroße Schneeflocken auf sie hinunter, und das Licht strahlte sie von hinten an. Das Bild wirkte beinahe unecht. So weit weg von allem, was ich bisher erlebt hatte.

Mein Blick blieb an der Person hängen, die ein paar Meter abseits auf dem Boden saß, den Kopf der Masse an Fans zugewandt. Jae-yong. Ob er die Konzerte wohl genoss? Die Aufmerksamkeit, die Lichter, die Massen an Menschen. Ob er manchmal an mich –

Die Studiotür prallte mit einem lauten Knall gegen die Wand, und ich schob das Handy in meine Hosentasche. Mädchen und Jungs in Livs Alter strömten aus dem Raum. Manche unterhielten sich aufgeregt, andere steuerten stumm auf den Ausgang zu. Liv kam als eine der Letzten durch die Tür. Sie redete dabei mit dem Jungen, den ich auch schon bei ihrer Aufführung gesehen hatte, unterbrach das Gespräch aber, als sie mich sah. Nach einem kurzen »Tschüss« in seine Richtung steuerte sie auf mich zu. Ein paar Locken hatten sich aus ihrem Zopf gelöst und hingen ihr verschwitzt ins Gesicht.

»Können wir?«, fragte sie mich, die Hände um ihre Sporttasche geschlungen.

»Willst du dich nicht umziehen?« Die anderen Mädchen waren in einem Raum links von uns verschwunden.

Liv schüttelte nur den Kopf und wischte sich mit einer Hand über die Stirn. »Ich dusche zu Hause.«

»Du musst wegen mir nicht bis zu Hause warten. Ich bin schon groß, ich kann mich hier beschäftigen, während du …«

»Hey, Liv!«, unterbrach mich eine Stimme, und ich sah fünf Mädchen aus der Umkleide auf uns zukommen.

»Hey, Annie«, grüßte Liv zurück mit einem deutlich gezwungenen Lächeln. Mein Blick wanderte zwischen den beiden hin und her.

»Deine Idee mit der Endformation war gut heute. Weiter so.«

»Danke.« Ich sah, wie Liv ihre Stirn auf das Lob hin

runzelte. Ihrer Stimme merkte man diese kleine Regung allerdings kaum an.

Annies neugieriger Blick zuckte zu mir. »Ist das deine Schwester?«

»Ja«, sagte Liv knapp.

Etwas blitzte in Annies Augen auf. Sie warf einen Blick über die Schulter zu den anderen vier Mädchen, ehe sie sich wieder mir zuwandte. »Du bist Ella?«

Mein Blick zuckte verwirrt zu Liv, die presste nur die Lippen fest zusammen. »Ja?«

Die Mädchen um uns herum begannen miteinander zu tuscheln. Ihre Worte konnte ich im Trubel des Studios nicht verstehen, aber als die Erste ihr Handy herausholte, machte sich ein ungutes Gefühl in meinem Bauch breit.

Annies Blick wanderte kurz über mein Gesicht, ehe sie mich merkwürdig angrinste. Sie senkte ihre Stimme ein wenig, sprach aber trotzdem noch laut genug, dass es alle deutlich hören konnten: »Ist er ein guter Küsser?«

Einen Moment lang starrte ich sie sprachlos an. »W-wie bitte?«

Die Mädchen hinter ihr kicherten. Annie zog die Augenbrauen hoch. »Du bist doch die, die mit Jae-yong fotografiert wurde, oder? Sag schon«, sagte sie verschwörerisch, »ist er wirklich so durchtrainiert, wie er in den Videos aussieht?«

»Hast du die anderen auch kennengelernt?«, meldete sich ein anderes Mädchen zu Wort – diejenige, die mittlerweile ihr Handy in die Höhe hielt und mich darüber hinweg betrachtete.

Ich öffnete den Mund, schloss ihn wieder. Öffnete ihn ein weiteres Mal. »Ich …«

»Wie sind sie in echt?«

»Tragen sie auch privat Markenklamotten?«

»Haben die anderen Freundinnen?«

»Wie hast du ihn kennengelernt?«

»Haben sie dir wirklich Geld –«

»Es reicht!«, schnitt Liv ihnen das Wort ab. »Lasst meine Schwester in Ruhe!« Mit wütend zusammengezogenen Augenbrauen starrte sie die Mädchen an.

Annie hielt ihrem Blick stand, die Stirn gerunzelt. »Sei nicht so, Liv. Du bist doch sicher genauso neugierig wie wir.«

Liv sah aus, als würde sie innerlich kochen. »Darum geht es nicht. Habt ihr jeglichen Sinn für Privatsphäre verloren?« Ihr Blick schoss zu dem Mädchen mit der Kamera. »Und nimm endlich dein Handy runter, Rory.«

Ob sie der Aufforderung nachkam, sah ich nicht. »Lass uns gehen, Ella«, murmelte Liv mir zu. Nachdem ich aufgestanden war, drehte sie den Mädchen den Rücken zu und steuerte den Ausgang an.

Ich folgte ihr stumm. Als wir ins Auto stiegen, hatten wir noch immer kein Wort ausgetauscht. Ich zögerte, den Motor anzulassen. Liv starrte stur geradeaus. Nach einigen Sekunden ließ ich meine Hände in den Schoß fallen und lehnte mich im Fahrersitz zurück.

»Danke«, sagte ich in die Stille zwischen uns. Ich sah sie an, wartete einen Augenblick ab. Die nächsten Worte waren mir so häufig durch den Kopf gegangen, dass sie beinahe von allein aus meinem Mund purzelten. »Und es tut mir leid. Dass ich dir nichts erzählt habe, meine ich.«

Liv löste den Blick nicht sofort vom Fenster. Hätte ich sie nicht so genau beobachtet, wäre mir vermutlich nicht einmal aufgefallen, wie sie die Augenbrauen leicht zusammenzog. Ein Zeichen, dass sie mir zuhörte.

Dann seufzte sie. »Habt ihr gelacht?«

Ihre Frage kam so unerwartet, dass ich einen Augenblick stockte. »Wie bitte?«

Nun wandte sie mir doch den Blick zu. In ihren Augen sah ich die Verwirrung, die ich ebenfalls spürte. »Ich hab in deiner Nähe ziemlich oft von ihm und der Band geschwärmt. Da seid ihr schon zusammen gewesen, oder?«

Die Worte blieben mir im Hals stecken. Alles hatte ich erwartet – Wut, Ärger, Enttäuschung. Aber dass ihre Gedanken in diese Richtung gegangen waren … Mein Herz zog sich schmerzhaft zusammen.

»Ich würde nie … Wir haben nicht …«

Liv beobachtete mich, während ich nach den richtigen Worten suchte.

»Ich würde niemals über dich lachen, Liv«, brachte ich hervor. »Selbst wenn ich deine Leidenschaft für etwas nicht verstehe.« Ich sagte es mit so viel Nachdruck, wie ich konnte, trotzdem schien sie nicht vollends überzeugt. Ihre Haltung blieb angespannt.

»Hast du ihm erzählt, dass ich ein Fan bin?«, fragte sie leise.

»Ja«, sagte ich ehrlich. »Ich habe ihm gesagt, wie viel dir ihre Musik bedeutet.« Ich deutete auf das Tanzstudio vor uns. »Und wie sehr es Teil deines Lebens ist.«

Sie biss sich auf die Unterlippe.

»Du kennst mich, Liv. Du weißt, dass ich niemals schlecht über dich reden würde«, sagte ich und wünschte mir, damit den Teil in ihr zu erreichen, der diese Gedanken hervorgerufen hatte.

»Warum hast du es mir dann nicht erzählt?«, fragte sie und sah mir zum ersten Mal, seit wir in diesem Auto saßen, direkt in die Augen.

»Es war … nie der richtige Augenblick.« So abgedroschen das auch klingen musste, es war die Wahrheit. »Jae-yong hat von seinen Verträgen erzählt und dass er keine Freundschaften oder … Beziehungen haben darf.«

Livs Augen blitzten auf. »Ich dachte, diese Knebelverträge hätten sie schon vor Jahren abgeschafft.«

Ahnungslos zog ich eine Schulter nach oben – das war ihr Gebiet, nicht meines. Ich wusste nur, was Jae-yong mir gesagt hatte. »Er hat mich gebeten, es niemandem zu erzählen. Und ja, ich weiß, Mel hat mir schon gesagt, wie falsch das klingt.«

»Warum falsch?«, fragte Liv – und überraschte mich damit.

»Na ja«, begann ich. »Für sie klang es wohl nach etwas, was man zu einer Person sagt, die man ausnutzen will.«

»Und hat er das?«

»Hat er was?«

»Dich ausgenutzt«, wiederholte sie meine Worte. Ich sah in ihren Augen, dass es keine urteilende Frage war.

»Nein«, erwiderte ich, ohne zu zögern, und schüttelte den Kopf so vehement, dass mir die Haare ums Gesicht flogen. »Nein, nie. Im Gegenteil, er ist … er war …

gut. Für mich, meine ich.« Gefühle zu erklären war nichts, worin ich viel Übung hatte.

»Und … redet ihr noch miteinander?«

»Seit New York nicht mehr«, antwortete ich und senkte den Blick.

Liv beließ es dabei, und wenn ich ehrlich sein sollte, war ich erleichtert darüber. Sicher hätte sie einiges dazu loswerden wollen, hielt sich aber zurück. Ob sie so empathisch war, dass sie mein schmerzhaft pochendes Herz hören konnte, oder ob sie nur den instabilen Frieden zwischen uns nicht gefährden wollte, wusste ich nicht. Aber ich war ihr dankbar. Sehr sogar.

Stille legte sich über uns. Sie war weniger erdrückend als das Schweigen, das die ganzen letzten Wochen über zwischen uns gestanden hatte. Dieser Moment fühlte sich … leichter an. Als wäre ein Gewicht von meinem Brustkorb verschwunden, das es mir schwer gemacht hatte, richtig zu atmen.

Ich griff zum Autoschlüssel, um endlich den Motor anzulassen und uns nach Hause zu fahren.

»Hast du Hunger?«, fragte Liv, und ich grinste sie an.

»Sie hatten keine Sprite, deswegen hab ich dir Mello Yello mitgebracht.« Liv reichte mir eine gelbe Dose, ehe sie sich auf den Sitz fallen ließ und die Tür mit einem Knall hinter sich zuzog.

Ich betrachtete das Getränk skeptisch. »*Mello Yello*? Hättest du nicht statt der Sprite einfach eine zweite Cola bestellen können?«

Sie war so damit beschäftigt, in der Papiertüte auf ihrem Schoß zu kramen, dass sie meinen neckenden Tonfall nicht mitbekam.

»Sieh es positiv: Du musst für die nächsten drei Tage nicht schlafen, bei dem Koffeingehalt, der da drinsteckt.«

Ich setzte zu einer Antwort an, entschied mich dann aber um und stellte die Dose zu meinen Füßen ab. Der fettige Geruch von Fast Food erfüllte den Wagen und ließ meinen Magen erfreut grummeln.

Liv nahm sich ihren in Servietten eingewickelten Hotdog aus der Tüte und gab sie dann an mich weiter. Es war schon einige Monate her, seit ich das letzte Mal auf dem Parkplatz von Gene & Jude's Hotdogs gegessen hatte. Der zugegebenermaßen eher unscheinbar wirkende Laden lag für gewöhnlich nicht auf meinem Weg. Aber vom Tanzstudio aus war es ein nicht allzu weiter Abstecher, und den hatten wir früher oft gemacht, wenn ich sie vom Training abgeholt hatte. Umso mehr freute ich mich über Livs Vorschlag. Es war beruhigend, hier sitzen und so tun zu können, als hätte sich in den letzten Monaten kaum etwas geändert.

Liv schien es ähnlich zu gehen. Ich hatte meinen Hotdog noch nicht einmal ausgepackt, da war ihrer schon halb aufgegessen. Die ganze Zeit über summte sie eine mir unbekannte Melodie. Das tat sie nur, wenn sie sich wohlfühlte.

Mit meinem ersten Bissen fielen einige der Pommes, die ganz im Gene-&-Jude's-Stil wie ein Topping auf dem Hotdog lagen, auf die Serviette in meinem Schoß. Ich kümmerte mich nicht weiter darum, sondern versuchte, das Brötchen samt Inhalt zu essen, ohne die Hälfte auf meiner Kleidung zu verteilen. Niemand sollte je behaupten, Hotdogs zu essen wäre eine Leichtigkeit.

Liv schob sich das letzte Stück in den Mund und wischte sich die Hände an ihrer Jeans sauber, bevor sie ihr Handy aus der Hosentasche zog.

Ich quittierte das mit einer hochgezogenen Augenbraue. »Wenn Mel das sehen würde …«

»Sie lernt gerade Joshs Familie kennen. Glaubst du wirklich, sie würde es interessieren, ob ich mir Fett an die Hose schmiere?«

»Touché«, sagte ich kauend und nahm, mein eigenes Getränk ignorierend, einen Schluck von der Cola, die Liv zwischen uns gestellt hatte.

Für eine Weile beobachteten wir beide den Trubel, der sich um den Fast-Food-Laden abspielte. Einige sagten, hier gäbe es die besten Hotdogs – aber ob das die Schlange tatsächlich rechtfertigte, die sich bis an die Eingangstür zog? Ich hatte fast zwanzig Minuten im Auto auf Liv gewartet.

»Oh, oh …«, holte Liv mich da aus meinen Gedanken.

Mein Blick schoss in ihre Richtung. »Oh, oh?«

»Es tut mir so leid, Ella.« Mit weit aufgerissenen Augen starrte sie auf ihr Handydisplay. »Ich hatte keine Ahnung, dass sie so was machen würde.«

Ihr Tonfall gefiel mir ganz und gar nicht. »Liv«, sagte ich warnend. »Sag einfach, was los ist.«

Sie biss sich auf die Unterlippe, druckste noch einen Augenblick herum, dann drehte sie das Handy in meine Richtung. »Das Video von eben ist auf Twitter.«

»Was?!« Ich ließ den Rest meines Hotdogs achtlos auf

die Serviette in meinem Schoß fallen und griff nach dem Handy. Liv und ich waren darauf zu erkennen. Als ich auf das Video tippte, um den Ton anzuschalten, hörte ich nur noch Liv zu dem Mädchen sagen, sie solle endlich die Kamera runternehmen. Dann wurde der Bildschirm dunkel.

Diesmal kam das »Oh, oh« von mir. Ich sah Liv mit großen Augen an, und sie schaute mit ebenso großen Augen zurück.

»Haben das schon viele Leute gesehen?«

»Ähm«, machte Liv. Sie mied meinen Blick, was mich nur noch mehr beunruhigte. »Das kommt darauf an, wie du ›viel‹ definieren würdest …«

»Liv, lass dir jetzt bitte nicht alles aus der Nase ziehen, dafür reichen meine Nerven nicht aus«, bat ich sie.

Sie tippte auf ihr Handy und hielt es mir wieder unter die Nase. »Es haben schon viele Leute gesehen. Mehr als fünfzigtausend, um genau zu sein.«

Als mein Blick auf die Zahlen der Likes, Retweets und Kommentare fiel, auf die Liv deutete, überkam mich das Verlangen zu schreien. »Das kann nicht wahr sein.«

Ich sank nach hinten, halb an die Fahrertür gelehnt, und wünschte, hoffte, betete, dass ich nur träumte. Ich wollte, dass es endlich ruhiger wurde. Wollte mich zurückziehen und meine Wunden flicken. Stattdessen startete ein winziges Video den ganzen Trubel aufs Neue. Ich konnte nur hoffen, dass meine Schweigsamkeit in dem Video auch die Reporter vor unserer Haustür überzeugen würde, dass ich nichts zu sagen hatte.

Voller Mitleid sah Liv mich an. Nicht diese negative

Art von Mitleid, die mir die Kehle zuschnürte. Sondern die Art, die mir zeigte, dass sie mir gern helfen würde, aber nicht wusste, wie.

»Lass uns erst mal nach Hause fahren«, sagte ich nach ein paar Minuten, die sich wie eine halbe Ewigkeit anfühlten. In meinem Kopf wurden wieder lautstark Gedanken abgefeuert. Was ich jetzt brauchte, um ihn wieder in seine Schranken zu weisen, war mein Zimmer, ein Zeichenblock und die Möglichkeit, die Außenwelt komplett auszublenden.

Liv nickte stumm und nahm mir den Müll ab, der vom Essen übrig geblieben war. Ich startete das Auto und manövrierte uns vom Parkplatz. Glücklicherweise verging die Autofahrt ohne jegliche Zwischenfälle. Selbst der Stau, der für gewöhnlich auf den Highways herrschte, hatte sich gelockert. Noch erleichterter war ich, als ich das Auto auf der gegenüberliegenden Straßenseite von unserer Wohnung parkte und feststellte, dass keine weiteren Reporter auf mich warteten.

Nachdem die Wohnungstür hinter uns ins Schloss gefallen war, atmete ich hörbar aus. Ich begab mich direkt zur Couch und ließ mich der Länge nach fallen – wie eine Puppe, der man die Fäden durchgeschnitten hatte. Auf meinem Handy sah ich eine Nachricht von Erin, beschloss aber, mich erst später darum zu kümmern.

Es juckte mich in den Fingern, Instagram oder Twitter zu öffnen. Ich hatte keine Accounts mehr, aber es war seltsam, dass dieses Video von mir existierte und ich keine Ahnung hatte, was die Leute dazu sagten. Was sie über *mich* sagten – oder Jae-yong.

Liv rettete mich davor, eine Dummheit zu begehen, indem sie meine Füße anhob, sich auf die Couch setzte und meine Beine auf ihrem Schoß ablegte. »Ich hab immer erwartet, dass von uns dreien ich die Erste bin, die eine Internet-Bekanntheit wird«, sagte sie nach einer Weile.

»Ich kann es dir nicht empfehlen«, erwiderte ich. Mein Name war keine zwei Wochen bekannt, und ich wünschte mir nichts sehnlicher, als die Zeit zurückdrehen zu können.

Liv runzelte die Stirn, als müsste sie ein mathematisches Problem lösen. »Wie geht's dir?«, fragte sie nach einer Weile.

»Gut«, antwortete ich, ohne zu zögern. Ein Reflex.

Livs Stirnrunzeln vertiefte sich nur. »Ella, ich bin keine sieben mehr. Ich weiß, wenn du mich anlügst.«

Ich öffnete den Mund, um ihr meine Ehrlichkeit zu beteuern, schloss ihn aber gleich darauf wieder. »Was willst du hören? Dass ich die Situation hasse? Tue ich. Aber es ändert nichts daran, wie es ist.«

Einen Moment lang schwieg sie. »Ich glaube«, setzte sie dann vorsichtig an, »Jae hat das auch nicht einfach so weggesteckt.«

Mein Herz setzte für einen Schlag aus. »Was meinst du?«

»Er ist irgendwie anders seit dem letzten Comeback. Im Netz gehen schon die wildesten Theorien herum.«

»Wie anders?«

»Na ja, normalerweise ist er auf Konzerten immer der, der am meisten mit den Fans interagiert, weißt du? Er nimmt Handys aus der Menge, um Selfies zu schießen, setzt sich in Songs ohne Choreo so nah wie möglich an den Bühnenrand und schaut sich den Ocean an oder …«

»Den was? … Ocean?«

»Es gibt so etwas, das nennt sich Lightstick. Die meisten K-Pop-Bands haben ein ganz eigenes Design, das sie von anderen Gruppen abhebt. Die kann man online oder auf Konzerten kaufen. Und die meisten Fans bringen ihren Lightstick zum Konzert mit. Das Coole ist, dass Lichttechniker durch Bluetooth steuern können, in welcher Farbe sie gerade leuchten sollen. Und das Lichtermeer wird unter den Fans als Ocean bezeichnet.«

»Ah«, machte ich auf ihre Erklärung hin und nickte verstehend. »Hast du auch so einen Lightstick?«

Sie verzog das Gesicht. »Ich wollte warten, bis ich auf ein richtiges Konzert von NXT gehe, bevor ich mir einen hole.«

Sie verlor sich einen Augenblick in ihren Gedanken, ehe sie den Kopf schüttelte und mich ansah. »Na ja, jedenfalls ist Jae momentan nicht ganz bei der Sache. Er hat während der letzten drei Konzerte mehr Fehler in den Choreos gemacht als sonst und einmal sogar seinen Einsatz im Song verpasst. Das passiert sonst nie.«

Ihre Worte drangen nur langsam zu mir durch. Dass es ihn genauso traf wie mich … Wenn ich mir vorstellte, wie er sich im Augenblick fühlen musste, wurde mein Herz ganz schwer. In dem Moment hätte ich alles dafür gegeben, ihn zu sehen. Ich legte den Kopf in den Nacken und sah an die Decke, um das aufgeregte Summen in meinen Ohren zu beruhigen.

»Es ist besser so«, sagte ich schließlich und wusste nicht, ob ich versuchte, es ihr weiszumachen oder mir selbst.

Liv strich mir beruhigend über ein Bein. »Hm.«

»Aber sehen wir es positiv«, lenkte ich unser Gespräch zu leichteren Themen. »Ich habe jetzt alle Zeit der Welt, endlich die ganzen Serien aufzuholen, die ich in letzter Zeit verpasst habe.«

Für Liv war das Ansporn genug, mir von allen Filmen und Shows zu berichten, die sie sich aktuell anguckte. Ich spürte erst jetzt so richtig, wie sehr ich es vermisst hatte, mit meiner kleinen Schwester zu reden. Zeit mit ihr zu verbringen, war immer ein Highlight meines Tages. Die letzten Wochen ohne ihre sonnige Art waren wesentlich härter gewesen, als ich mir selbst eingestanden hatte.

Es waren diese kleinen Lichtblicke, die mich weiter vorantrugen.

6. KAPITEL

Ich wachte nur langsam auf. Mein Körper schien zu zögern, sich dem Tag zu stellen. Mein Kopf war gefüllt mit einer Mischung aus Träumen und Erinnerungen, die ein wohlig-warmes Gefühl zurückließen, als ich die Augen aufschlug. Ich fühlte mich so geborgen wie das letzte Mal, als Jae-yong mich in New York umarmt hatte. Aber mit jeder Minute, die verging, verblasste der Traum weiter.

Ich drehte mich auf den Rücken und lauschte der Stille der Wohnung. Vor zwei Stunden war ich kurz aufgewacht, als Charlie und ihre Mom Liv abgeholt hatten. Ich wusste nicht, was sie für den Tag geplant hatten, und hatte auch nicht die Motivation aufgebracht, aus dem Bett zu steigen und sie zu fragen. Stattdessen hatte ich mich sofort zurück in meine Traumwelt geflüchtet. Nachdem Liv mir gestern erzählt hatte, wie Jae-yong in den letzten Tagen und Wochen nach außen hin wirkte, hatte mein Kopf mir keine ruhige Minute gegeben. Ich wollte wissen, wie es ihm ging. Das Verlangen, ihm zu schreiben, war übermächtig.

Mein Zimmer war dunkler und grauer als sonst. Irgendwann mitten in der Nacht hatte es angefangen zu gewittern. Und wie es schien, hielt das Unwetter noch immer an. Ich kuschelte mich tiefer in meine Decke und tastete verschlafen nach meinem Handy, das irgendwo unter meinem Kopfkissen lag. Gestern hatte ich vergessen, Erin zu antworten, und wollte das jetzt nachholen. Ich öffnete den Messenger, es dauerte eine Millisekunde, bis die Nachrichten aktualisiert waren.

Eine Millisekunde, in der mein Herz beschloss, den nächsten Schlag auszusetzen.

Ruckartig setzte ich mich auf und ließ mein Handy beinahe fallen. Ich musste träumen. Ich hatte mich doch umgedreht und war noch einmal eingeschlafen. Anders konnte ich mir den Namen nicht erklären, der ganz oben mit zwei ungelesenen Nachrichten angezeigt wurde.

Mehrere Sekunden vergingen, in denen ich wie versteinert auf meinem Bett saß und meine Lungen anflehte, normal weiterzuatmen. Mit mittelmäßigem Erfolg.

Jedes Mal, wenn der Bildschirm dunkel wurde, wartete ich einen Augenblick und entsperrte ihn dann wieder. Das Ergebnis blieb immer das gleiche, trotzdem traute ich meinen Augen nicht. Es mussten Überreste meines Traumes sein. Mein Unterbewusstsein, das den Wunsch von dort hervorholte, wo ich ihn versteckt gehalten hatte.

Ich rieb mir über die Augen, aber Jae-yongs Name blieb schwarz und dick oben stehen. Ich konnte nur den Anfang der Nachricht lesen, aber was ich sah, reichte meinem Herzen, um direkt noch einen Sprung zu machen.

In mir rang die Neugier mit dem Wunsch, die Nachricht zu ignorieren. Den Chat zu archivieren, zu löschen und weiter mit geschlossenen Augen durch die Welt zu gehen. Verdrängung – darin war ich in den letzten Wochen und Monaten eine Meisterin geworden. Aber je mehr ich versuchte, es mir auszureden, desto mehr wollte ich sie lesen. Mein Zeigefinger schwebte über dem Chat. Ich holte tief Luft und kniff die Augen zu, als könnte ich mich so vor den Worten verstecken, die mich erwarteten. Blind tippte ich auf den Bildschirm, atmete aus und öffnete die Augen.

Jae-yong: Ich habe das Video gesehen.
Jae-yong: Geht es dir gut?

Mein Herz klopfte und klopfte und klopfte. So stark, dass ich das Gefühl bekam, es wollte rausspringen und davonlaufen. Ich wäre ihm nur zu gern gefolgt.

Stattdessen legte ich mein Handy beiseite und starrte an die Zimmerwand.

Soll ich antworten?

Nein, sollte ich definitiv nicht.

Aber du willst antworten.

»Argh!« Ich stöhnte auf.

Wenn es darum ging, was ich wollte, hätte ich nie aufgehört, mit ihm zu reden. Ich nahm mein Handy wieder zur Hand, schrieb eine Antwort, löschte sie wieder. Ob es Jae-yong auch so ergangen war, bevor er mir die Nachrichten geschickt hatte? Hatte es ihn auch einen Versuch und noch einen und noch einen gekostet, die richtigen Worte zu finden? Und hatte die Nervosität ihn auch so im Griff gehabt wie mich, als ich die Nachricht absendete?

Ich: Du solltest mir wirklich nicht schreiben.

Keine Sekunde später schob ich das Telefon unter mein Kopfkissen, dann stand ich auf. Mein Blick fiel auf die kleine Uhr auf dem Nachttisch. 10:30 Uhr. Mein Kopf rechnete die Zeitdifferenz aus, ohne dass ich darüber nachdachte. Es musste gerade halb zwei Uhr morgens in Japan sein.

Ob er bereits schlief? Sich auf das nächste Konzert vorbereitete? Ob er …

Ein dumpfes Piepen ertönte durch das Kopfkissen. Mein Blick flog zu meinem Bett, einige Augenblicke vergingen, während derer ich mit mir rang. Nachsehen? Nicht nachsehen?

Schließlich gab ich den inneren Kampf auf. Ich krabbelte auf mein Bett, griff unter das Kissen und hielt die Luft an.

Jae-yong: Ich denke jeden Tag an dich, Ella.

In meinen Ohren rauschte es. Wären die letzten Monate eine meiner Skizzen gewesen, hätte ich in diesem Moment zum Radierer gegriffen und sie verschwinden lassen. Um neu zu starten. Um vorsichtiger zu sein. Oder um gar nicht erst auf diese Award-Show zu gehen und ihn kennenzulernen. Sosehr ich es mir allerdings wünschte: Ich konnte die Vergangenheit nicht ändern.

Ich las mir die Nachricht noch einmal durch, dann ein drittes Mal, und spürte, wie ein Kloß mir den Hals zuschnürte. Diese Worte … Ich hatte mir so gewünscht, sie von ihm zu hören. Doch jetzt, wo ich sie schwarz auf weiß vor mir hatte, taten sie so sehr weh, dass es mir den Atem raubte. Wieso schrieb er mir ausgerechnet, wenn ich endlich das Gefühl hatte, einen winzigen Schritt nach vorn gemacht zu haben?

Ich: Das ist nicht fair.

Ich: Du kannst so etwas nicht sagen, wenn du weißt, dass ich nicht das antworten kann, was du hören möchtest.

Was ich sagen möchte.

Ich: Bitte schreib mir nicht mehr.

Mit beiden Händen das Handy umklammernd starrte ich auf die letzten Nachrichten. Ein Teil von mir hoffte so sehr, dass er meine Bitte ignorieren und mir antworten würde. Ich wollte wissen, wie es ihm ging, wissen, was er tat. Wie die Konzerte waren, ob er und seine Bandmitglieder sich trotz allem verstanden.

Eine halbe Stunde verging, und nichts kam zurück. Ich versuchte, es auf die Uhrzeit zu schieben, dabei war mir klar, dass er nur meinem Wunsch nachkam.

Ich bemühte mich, es positiv zu sehen: Der Austausch war so kurz gewesen, dass ich einfach so tun könnte, als wäre er nie passiert. Nach kurzem Zögern tat ich genau das und redete mir ein, dass es besser so war. Dass auf diese Weise niemand verletzt werden würde. Aber statt mit dieser Ausrede im Kopf duschen zu gehen und mich für den Tag fertig zu machen, fand ich mich an meinem Schreibtisch wieder. Einen Bleistift in der Hand und ein A4-großes Blatt Aquarellpapier vor mir. Mit Aquarellfarben hatte ich schon lang nicht mehr gemalt, aber es fühlte sich richtig an, dieses Papier zu benutzen. Ich dachte nicht nach, während ich Linien zog und sie zu einem Bild verband. Kurz überlegte ich, ein Hörbuch anzumachen, verwarf den Gedanken allerdings und ließ mich einfach fallen. Mel würde erst spät von ihrem Besuch bei Joshs Eltern zurückkommen – wenn sie nicht vorher sogar noch ein paar Stunden auf der Arbeit einlegte –, Liv war bereits weg, und ich war froh um die Ruhe, die in der Wohnung herrschte. Erst als ich die unscheinbare Eule im oberen Bereich fertig gezeichnet hatte, tauchte ich aus meinem Flow wieder auf … Und sah Hogwarts vor mir liegen. Wenig ausgearbeitet, nur ein grobes Gerüst der riesigen Schule und das Wasser davor. Sie sah anders aus als in den Filmen. Die Türme waren weniger spitz und der Burgcharakter deutlicher. Aber es war unverkennbar Hogwarts.

Ich legte den Stift ab und fuhr mir mit den Händen durch meine ungekämmten Haare. Dann lehnte ich mich in meinem Schreibtischstuhl zurück und drehte mich gedankenverloren um die eigene Achse. Ich wollte nicht darüber grübeln, warum mir ausgerechnet *Harry Potter* in den Sinn kam. Der Grund war offensichtlich.

Obwohl ich die Reihe vor wenigen Monaten überhaupt zum ersten Mal gelesen hatte, verband ich so viel damit. So viele positive Erinnerungen, für die ich dankbar war. Ich war so froh, dass Mom und Dad uns schon von klein auf Geschichten vorgelesen hatten und ich immer wieder dahin zurückfand. Und wenn ich nicht zu den Worten fand, dann eben zu den Welten, die meine zwei Hände kreierten, solange ich nur einen Stift hatte.

Es war dieses Gefühl, das mich von innen wärmte, auf das ich mich den Tag über konzentrierte, um das Gedankenkarussell von mir fernzuhalten. Es gelang mir sogar – irgendwie. Mit meiner Arbeit als Beschäftigung und Erin, die mir ab und an per Nachricht Gesellschaft leistete.

Trotzdem war ich froh, als ich abends wieder nach Hause kam. Froh und nervös. Die Nachricht von Jaeyong war das eine. Als ich das Treppenhaus hochlief, war sie nur noch ein Gedanke in meinem Hinterkopf, abgelöst von der Unsicherheit, wie es um Liv und mich gerade stand. Unsere Gespräche gestern hatten sich beinahe normal angefühlt, und doch war es so gut wie unmöglich, von heute auf morgen alles Geschehene zu vergessen und da weiterzumachen, wo wir vor ein paar Wochen aufgehört hatten.

Die Haustür fiel hinter mir ins Schloss, und diesmal war es nicht die verschlossene Zimmertür, die ich als Erstes sah. Stattdessen entdeckte ich meine kleine Schwester im Wohnzimmer auf der Couch. Der Fernseher lief leise. Als ich näher kam, sah sie auf, und ich blieb stehen – so als würden meine Beine die Unsicherheit spüren, die mich zögern ließ. War zwischen uns alles in Ordnung? Konnte ich normal mit ihr sprechen, mich einfach zu ihr setzen, oder sollte ich ihr noch etwas Raum geben?

Aus den Augenwinkeln sah ich einen bekannten animierten Bösewicht über den Bildschirm jagen. Sofort griff ich nach diesem Strohhalm. »Du guckst *Arielle*?«

»Ja«, sagte sie. »Möchtest du mitgucken?«

»Oh. Ja, wenn es dir nichts ausmacht.«

Liv schüttelte den Kopf, rückte auf dem Sofa ein Stück

zur Seite und machte mir damit Platz. Ich setzte mich neben sie, ein wenig steif und doch mehr als glücklich, wieder Zeit mit ihr zu verbringen. Immerhin machte es Liv nichts aus, dass ich bei ihr saß. Nach und nach entspannte ich mich. Wir verfolgten das Geschehen auf dem Fernseher, obwohl wir den Film mittlerweile schon hundertmal gesehen haben mussten. Zwischendurch tauchte Liv immer mal wieder in ihr Handy ab.

»Soll ich uns vielleicht etwas zu essen bestellen?«, fragte sie mich schließlich.

Ich nickte. »Pizza?«

Zur Antwort öffnete sie die App des Lieferdienstes auf ihrem Handy.

Wir redeten nicht, während wir die Pizzen Stück für Stück aufaßen. Als nur noch abgeknabberte Ränder in den Kartons übrig waren, senkte sich Stille über uns. Ich fragte mich, ob es ihr genauso ging wie mir – ob sie auch unsicher war, wie sie mit mir sprechen sollte. Welche Themen in Ordnung waren und welche nicht. Livs Aufmerksamkeit schwankte zwischen dem Film und ihrem Handy hin und her, während ich versuchte, meinen Kopf auszustellen. Ich wollte es einfach genießen, Zeit mit ihr zu verbringen, aber ich hatte das Gefühl, als läge noch ein wenig Zögern zwischen uns. Darin, wie wir ein bisschen leiser über die Witze des anderen lachten und vorsichtiger miteinander redeten. Zusätzlich kreisten Jae-yongs Worte immer wieder durch meinen Kopf. Ein bisschen fühlte es sich an, als hätte ich etwas Verbotenes getan, dabei hatte ich ihm nicht einmal von mir aus geschrieben. Trotzdem fragte ich mich unweigerlich, wie Liv reagieren würde, wenn sie es wüsste. Was Mel sagen würde.

Der Abspann von *Arielle* war längst durchgelaufen, als ich Livs Blick auf mir spürte. Ich sah, wie sie mich nachdenklich betrachtete, den Mund kurz öffnete und dann wieder schloss. Ich wollte sie gerade von ihrer Unentschlossenheit erlösen, als sie sich doch überwand, ihre Gedanken auszusprechen.

»Ella?«

»Ja?«

»Wegen dem Video von gestern«, begann sie, spielte mit dem Handy in ihren Händen. »Ich war den ganzen Tag auf Twitter, und heute Nachmittag war es aus dem NXT-Hashtag schon fast wieder verschwunden. Stattdessen ist jetzt überall ein Mitschnitt vom Konzert, den alle sehr süß finden.«

»Was für ein Mitschnitt?«, fragte ich neugierig, bevor ich mich davon abhalten konnte.

»Magst du es sehen?« Auf mein Nicken grinste sie, entsperrte den Bildschirm ihres Telefons und reichte es mir dann.

Es war ein Fan-Video, nicht sehr lang, nur etwa zwei Minuten. Und es begann damit, dass Min-ho am Ende eines Liedes die Stimme wegbrach. Ein paar Sekunden später sah man, wie Ed auf ihn zuging, um sich wie eine Klette an ihn zu hängen, bis er wieder lächelte. Am Ende des Videos lachte Min-ho auch schon wieder über etwas, das Hyun-woo gesagt hatte. Kurz bevor der Bildschirm dunkel wurde, sah ich Jae-yong am Rand auftauchen, nur für den Bruchteil einer Sekunde, ehe er sich aus dem Bereich der Kamera bewegte. Meinem Herzen reichte das, um sich schmerzhaft zusammenzuziehen.

Ich gab Liv das Handy zurück. »Was war mit Min-ho?«

»Ein paar Minuten vorher haben alle Fans zu *Soft Love* mitgesungen. Das ist ein älterer Song von ihnen, der den Jungs viel bedeutet. Ich hatte so Gänsehaut, weil sie nur sprachlos auf der Bühne standen und aussahen, als könnten sie es gar nicht glauben.« Liv lachte leise. »Dabei ist das schon auf so vielen Konzerten passiert. Man sollte meinen, sie hätten sich langsam dran gewöhnt.«

Ich biss mir auf die Zunge, um nicht nach Jae-yong zu fragen. Solche Momente auf der Bühne zu erleben, musste ihm viel bedeuten. Ich versank in meinen Gedanken, in den Erinnerungen daran, wie dankbar er geklungen hatte, wenn er von den NXT-Fans sprach. Wie zurückhaltend und liebevoll und witzig er war.

Liv dagegen schien mit den Gedanken schon wieder viel weiter zu sein. Ich sah aus den Augenwinkeln, wie sie sich nervös über ihre Hose strich. »Sag mal, Ella … Hast du vielleicht Lust, mit mir ein Geschenk für Charlies Geburtstag aussuchen zu gehen?«

Überrascht hob ich beide Augenbrauen an, schob Jaeyong und NXT in den hintersten Winkel meiner Gedanken. »Wann?«

Liv zuckte mit den Schultern. »Diese Woche. Wenn du möchtest?«

Ein kleines Lächeln zuckte in meinen Mundwinkeln. Es war immer noch holprig mit uns beiden – aber es ging voran.

»Ich würde sehr gern mitkommen.«

7. KAPITEL

»Meinst du, Charlie freut sich über so was?«

Liv hielt mir ein Paar Krümelmonster-Socken vor das Gesicht.

»Über Socken?«, fragte ich und verzog den Mund. »Ich weiß nicht – würdest du dich an ihrer Stelle darüber freuen?«

Sie betrachtete das Paar in ihrer Hand, ehe sie es zurück in die Wühlkiste fallen ließ und den Laden nach weiteren potenziellen Geschenken scannte. »Vermutlich nicht.«

Ich hatte mir den heutigen Tag von der Arbeit freigenommen. Zwar hatte ich Charlie bisher nur ein- oder zweimal gesehen und war bei der Geschenksuche bestimmt keine große Hilfe, aber Liv hatte darauf bestanden. Und wenn ich ehrlich mit mir war, wollte ich es ihr auch gar nicht ausschlagen.

»Guck mal, das können wir Mel zum Geburtstag kaufen«, meinte Liv und deutete auf ein Geschenkeset mit Schlafmaske, Lavendelspray und einem kleinen Kissen mit dem gleichen Duft. Es war kitschig und mit Sicherheit nur als Spaß gemeint. Doch das schlechte Gewissen durchzuckte mich wie ein Blitz.

Wenn ich daran dachte, wie viel zusätzlichen Stress die

letzten beiden Wochen für Mel bedeutet haben mussten … Sie hatte die ganze Zeit angespannt gewirkt, war einkaufen gegangen, weil sie weder mich noch meine kleine Schwester nach draußen lassen wollte. Von ihrem Besuch bei Joshs Eltern hatte sie kaum etwas erzählt, und ich hatte mich nicht getraut, sie danach zu fragen. Das müde Lächeln, das ihre Lippen das gesamte Wochenende über kaum verlassen hatte, nahm ich aber als Anzeichen dafür, dass alles glattgelaufen war. Und auch die Reporter waren nun immerhin verschwunden.

»Ich weiß nicht, ob das etwas ist, worüber Mel sich freuen würde«, sagte ich ehrlich. Auch wenn ich es ihr gern aufgezwungen hätte.

Als wir auch das letzte Geschäft erfolglos durchstöbert hatten, warf Liv den Kopf in den Nacken und stöhnte verzweifelt auf. »Wenn die NXT-Tickets nicht so teuer und schon längst ausverkauft wären, hätte ich ihr so gern eins geschenkt.« Sie hielt inne und wandte sich mit einem entschuldigenden Ausdruck im Gesicht um. »Sorry.«

Ich zuckte betont unbekümmert mit den Schultern. »Du musst nicht Lord Voldemort aus ihrem Namen machen, wenn ich in der Nähe bin.«

Es war ja nicht so, als hätte ich im Augenblick selbst das Thema NXT um jeden Preis vermieden. Im Gegenteil. Nach der Nachricht von Jae-yong war es mir umso schwerer gefallen. Ich konnte es einfach nicht mehr. Täglich verfolgte ich ihre Konzerte, sah mir Aufnahmen der Fans an, die meistens so verwackelt waren, dass man kaum erkennen konnte, auf wen sie die Kamera hielten.

Obwohl ich es mir damit nur noch schwerer machte, über Jae-yong hinwegzukommen, hoffte ich, irgendwo einen Strohhalm zu finden, irgendein Zeichen, dass alles gut werden würde. Es war Schwachsinn, das wusste ich. Aber die unsinnige Hoffnung blieb trotzdem.

Als könnte das die Stunden in New York ungeschehen machen, rief mir meine Vernunft zu. Ich schob sie beiseite.

»Wieso besorgst du ihr nicht irgendwelchen Merchandise online?«, fragte ich Liv schließlich, als wir uns an den Menschen vorbei Richtung Ausgang schlängelten.

Sie zog die Nase kraus. »Weil ich viel zu spät dran bin und die meisten Merchandise-Seiten mindestens eine Woche zum Liefern brauchen.«

»Du könntest ihr selbst was basteln«, schlug ich vor. »Einen dieser Lightsticks, oder du malst ein Bild.«

Nach ein paar Schritten vermisste ich Liv neben mir und drehte mich um. Sie war stehen geblieben und sah mich mit großen Augen unverwandt an, als hätte ich gerade die perfekte Idee gehabt. Ich brauchte einige Sekunden, bis mir klar wurde, weshalb sie mich anstarrte, wie sie mich anstarrte.

»Oh nein«, sagte ich und schüttelte den Kopf, um meinen Standpunkt zu verdeutlichen. »Nein, Liv, vergiss es.«

Sie setzte den gleichen Welpenblick auf, mit dem sie mich bereits vor Monaten dazu gebracht hatte, mit ihr auf die Award-Show zu gehen. Wodurch der ganze Schlamassel überhaupt entstehen konnte.

»Ich werde kein Bild von ihnen malen.« Statt Livs Antwort abzuwarten, stieß ich die Tür nach draußen auf und schlug den Weg nach Hause ein.

Liv brauchte nicht lang, um mich einzuholen. Sie wollte mir den Weg versperren, doch ich verlangsamte mein Tempo nicht. Ihr blieb nichts anderes übrig, als rückwärts vor mir herzulaufen. Wie sie dabei geschickt jedem Passanten auswich, war mir ein Rätsel.

»Aber deine Bilder sind die schönsten, die ich kenne, Ella«, versuchte sie, mich zu überreden. »Dein Stil ist toll und so verträumt realistisch, und ich wette, es würde genial aussehen, wenn du die Band mit diesen speziellen Farben, die du da hast, hervor…«

»Liv«, stoppte ich sie aufgebracht, »gerade eben hast du dich noch dafür entschuldigt, dass du ihren Namen in meiner Gegenwart gesagt hast. Und jetzt glaubst du, ein Bild von ihnen zu malen, würde mir weniger schwerfallen?«

Sie stolperte über ihre eigenen Füße, ich konnte sie gerade noch am Arm packen und zur Seite ziehen, bevor sie eine Mutter mit Kinderwagen umriss. Die Frau warf uns trotzdem einen bösen Blick zu, während wir warteten, bis sie an uns vorbeigegangen war.

Liv vermied es, mir in die Augen zu sehen, und zupfte ihre Ponyfransen zurecht – was sie immer tat, wenn sie ein schlechtes Gewissen hatte. »Tut mir leid.«

Ich verzog meinen Mund zu einem halben Lächeln. Ein Friedensangebot. »Wenn sie noch auf andere Bands steht, kann ich ihr aber gern dafür ein Bild malen.«

»Warum haben wir uns eigentlich nichts zu essen aus der Mall mitgenommen?«, fragte ich, als ich zu Hause vor dem geöffneten Kühlschrank stand. Der Anblick war ernüchternd. »Und warum schaffen wir es nie, ordentliches Essen vorrätig zu haben?«

Liv hatte es sich bereits auf dem Sofa bequem gemacht und ihr Handy hervorgeholt. »Weil das seit sieben Jahren so ist und wir uns jetzt vermutlich auch nicht mehr ändern werden.«

»Hm.« Ich warf trotzdem einen weiteren Blick in den Kühlschrank, als könnte in den letzten Sekunden auf magische Weise Essen aufgetaucht sein.

»Im Schrank rechts über dem Herd sind noch Kekse von mir, die kannst du essen.«

Ich griff mir besagte Kekse und nahm sie mit in mein Zimmer an den Schreibtisch, wo ich nach einigem Zögern und noch mehr Diskusionen mit mir selbst NXT auf meinem Laptop googelte. Ich versuchte gar nicht mehr, meiner Vernunft zuzuhören. Ganz oben wurden Videos angezeigt, ein Thumbnail eines Konzerts folgte dem nächsten. Als ich auf die Leiste mit den Videos klickte, stach eins heraus. Mein Atem stockte, als ich Jae-yong auf dem Vorschaubild sah. Ohne nachzudenken, klickte ich es an.

Der Link führte zu einer Seite namens »V Live«, die bis auf eine dicke grellblaue Kopfleiste komplett weiß war. Es dauerte einige Sekunden, bis das Video geladen hatte, während sich eine Kommentarspalte rechts davon ständig aktualisierte. Ich scrollte darin, aber nur eine Handvoll Posts war auf Englisch, wobei die meisten schrieben, sie hätten das letzte »V Live« auf der Streamingplattform verpasst. Wofür genau das stand, wusste ich nicht – aber die Frage verschwand ohnehin aus meinem Kopf, als ich plötzlich seine Stimme hörte. Ich zögerte, musste mir erst einen Ruck geben, um meine Augen von der Kommentarspalte zu lösen.

Auf die Flut an Emotionen, die es in mir auslöste, Jae-yong zu sehen, war ich nicht vorbereitet.

Er wirkte müde. Als hätte er seit Tagen kein Auge zugemacht. Er saß an eine Wand gelehnt, den Kopf leicht in den Nacken gelegt, und blinzelte so langsam, als könnte er jeden Moment einschlafen.

Ich ballte meine Hände zu Fäusten. Meine Fingerkuppen kribbelten mit dem Verlangen, ihm die zu langen Haarsträhnen aus der Stirn zu streichen. Er sah genau so aus, wie ich ihn von unserem letzten Gespräch in meinem Zimmer in Erinnerung hatte. Und doch ganz anders. So als wäre ein Licht ausgegangen, mit dem er sonst alle Blicke auf sich gezogen hatte. Ein kleiner Funken Hoffnung meldete sich in mir, dass die Sache zwischen uns der Grund war. Dass ich der Grund war. Ich wollte mich daran nicht festhalten, konnte gleichzeitig aber nicht widerstehen.

Min-ho saß neben ihm, er redete zum größten Teil, beantwortete auf Koreanisch Fragen, die ich nicht sehen konnte. Jae-yong dagegen war beinahe beunruhigend still.

»Wir sind noch gar nicht so lange auf Tour, aber es fühlt sich schon wie eine Ewigkeit an«, sagte Min-ho gerade, wie mir die englischen Untertitel verrieten. »Vielleicht weil unsere letzten Konzerte außerhalb von Korea schon einige Monate her sind.« Er runzelte die Stirn und starrte angestrengt auf den Bildschirm, dann wandte er sich Jae-yong zu. »Alle fragen, ob es dir gut geht, Jae«, sagte er, ehe er wieder in die Kamera guckte. »Wir leiden alle ein bisschen am Jetlag, aber das gibt sich spätestens, wenn wir auf der Bühne stehen und euch sehen.« Er drehte sich noch einmal zu Jae-yong um. »Stimmt's?«

Es wirkte, als führten sie für einen Augenblick ein stilles Gespräch. Und was auch immer es beinhaltete – es sorgte dafür, dass Jae-yong sich kurz darauf bemühte, am Geschehen des Streams teilzuhaben. Beide redeten nun von den letzten Konzerten, welche Locations sie am besten fanden und worüber sie sich ärgerten.

»Ich hab meinen Einsatz in *Not The One* völlig vergeigt«, sagte Min-ho zerknirscht.

Jae-yong schüttelte den Kopf leicht. »Niemand außer dir hat irgendeinen Fehler bemerkt.«

Min-ho sah nicht überzeugt aus, ließ das Thema aber fallen. »Eigentlich wollte Ed heute ein V Live machen, aber er und Hyun-woo streiten sich seit einer halben Stunde um die letzte Packung Ramyeon, die ich in meinem Koffer gefunden habe. Deswegen haben wir es übernommen.«

»Wir waren schon lange nicht mehr zusammen live«, fügte Jae-yong nachdenklich hinzu. Er hatte sich mittlerweile im Schneidersitz hingesetzt, die Arme auf den Knien aufgestützt und den Kopf leicht zur Seite gewandt, um Min-ho anzusehen. Sein Shirt war weit ausgeschnitten, gab den Blick auf seine Schlüsselbeine frei. Es fehlte nicht viel, damit man komplett in seinen Ausschnitt hätte gucken können, aber es schien ihn nicht zu stören.

Ein Hauch Eifersucht machte sich in mir breit. Im Augenblick konnte ich nur das sehen, was er seinen ganzen

Fans zeigte: die Person vor der Kamera. Ich wollte ihn so gern in echt vor mir haben, ihn umarmen, küssen, dass mir ganz schwindlig bei dem Gedanken wurde, es vielleicht nie wieder tun zu können.

»Die letzten Wochen waren ein wenig … hektisch«, erwiderte Min-ho, ein Zögern in der Stimme.

Jae-yongs Antwort war ein leises Schnauben, das sein Freund im nächsten Moment zu überspielen versuchte.

»Bevor wir eine Welttour starten, gibt es immer so viel vorzubereiten. Und irgendwie kommen die meisten Dinge erst kurz vor knapp. Ich hab es erst ein paar Tage vor unserem ersten Flug geschafft, meinen Koffer zu packen, weil ich …« Min-ho stockte, warf Jae-yong einen unsicheren Blick zu, der daraufhin die Augenbrauen fragend in die Höhe zog und sich, Min-hos Blick folgend, dem Bildschirm näherte. Er kniff die Augen leicht zusammen. Mit einem Mal waren beide so still und bewegungslos, dass ich mich kurz fragte, ob das Video sich aufgehängt hatte.

Dann lehnte Jae-yong sich wieder zurück. Die entspannte Haltung von eben war wie weggefegt, er presste die Lippen fest aufeinander.

Min-ho zögerte einen Augenblick, sah Jae-yong kurz an, ehe er weitersprach. »Jedenfalls – zum Packen brauch ich meistens nicht lange«, griff er das Thema wieder auf. »Woo-seok möchte immer für alles gewappnet sein, aber ich bin zufrieden, solange ich die essenziellen Dinge dabeihabe.«

Es wirkte, als wollte Min-ho unbedingt die lockere Atmosphäre beibehalten, die auf Jae-yongs Seite am seidenen Faden hing. Der wirkte von Sekunde zu Sekunde mehr, als würde er jeden Moment platzen, während er den Blick weiterhin starr auf etwas leicht unterhalb der Kamera richtete. Bis er Min-ho auf einmal mit einem einzigen Wort unterbrach, das mehr einem Laut glich. Im Untertitel wurde es nicht übersetzt. Das war auch nicht nötig. Denn er beugte sich wieder nach vorn und sah eindringlich in die Kamera.

»Nur weil ihr sie nicht kennt«, sagte er mit angespannter Stimme, »gibt euch das nicht das Recht, schlecht über sie zu sprechen.« Dann stand er auf. Und verschwand aus dem Bild.

Im nächsten Moment flog meine Tür auf. Liv stand in meinem Zimmer, ihr Handy in der Hand. Ihr Blick flog zu meinem Bildschirm, dann zurück zu mir. »Hast du's gesehen?!«

8. KAPITEL

»Er könnte … Er könnte alles damit meinen, Liv. Du weißt doch gar nicht, wovon er spricht«, sagte ich, bevor Liv überhaupt den Mund öffnen konnte.

Doch sie kümmerte sich nicht um meine Ausrede, verdrehte nur die Augen und wedelte mit ihrem Handy vor meiner Nase rum. »Du unterschätzt die Fans von NXT, Ella.« Sie tippte kurz auf ihrem Telefon herum, dann streckte sie es mir entgegen. »Ich wollte auch wissen, worauf genau er reagiert hat, deswegen hab ich ein bisschen durch Twitter gescrollt und bin auf diese Screenshots vom Livestream gestoßen.«

Ich nahm ihr das Handy ab. Liv deutete auf die Kommentare links im Bild, die neben dem Video durchgelaufen waren. Jemand hatte sich die Mühe gemacht, einzukreisen, was für Kommentare in der Zeit aufgetaucht waren, als Jae-yongs Auftreten sich mit einem Mal verändert hatte. Mir blieb der Mund offen stehen und der Atem im Hals stecken, als ich so viele … Feindseligkeiten las.

»Ich hoffe, sie lässt ihn endlich in Ruhe! Sie ist bestimmt nur hinter seinem Geld her. Schaut doch mal, wie sie aussieht, so jemanden könnte er niemals ehrlich mögen«, las ich laut vor. *»Habt ihr die Zeichnungen auf ihrem Insta-Account gesehen?*

Da kann selbst mein Hund besser malen. Izzy passt so viel besser zu dir, Jae-yong …«

Ich verstummte.

»Izzy ist ein Idol aus einer Girlgroup«, erklärte Liv schwach. »Manche Fans shippen die beiden, weil sie sich bei Award-Shows schon mal miteinander unterhalten haben.«

Ich verstand nicht wirklich, was sie sagte. In meinen Ohren rauschte es so laut, dass die Worte meiner kleinen Schwester nur an mir vorbeizogen.

»Nimm es bitte nicht ernst, Ella«, sagte sie nach einem Augenblick leise. »Nicht alle Fans sind so, wirklich nicht. Sie kennen dich nicht mal und sind bestimmt nur eifersüchtig. Was sie erzählen, ist Mist – und Jae-yong weiß das auch. Deswegen hat er das gesagt.«

»Ja.« Ich war nicht sicher, ob die Stimme wirklich mir gehörte, hatte nicht das Gefühl, Liv aktiv geantwortet zu haben. Viel zu sehr war ich damit beschäftigt, die Gedanken, die wie aufgeregte Bienen durch meinen Kopf schwirrten, zu verfolgen.

»Außerdem«, fügte Liv hinzu, und etwas in der Art und Weise, wie sie es sagte, ließ mich aufblicken, »außerdem ist das Ganze sogar momentan in den Twitter-Trends. Aber nicht wegen den ganzen bescheuerten Fans.« Sie zeigte mir einen anderen Screenshot auf ihrem Handy. »Es gibt sogar einen Hashtag, der vor ein paar Stunden in einigen Ländern auf Platz eins war.«

#letellabreathe

»Let Ella breathe?«, wiederholte ich laut, was dort stand. »Ehrlich?«

Liv nickte und zuckte mit den Schultern. »Die meisten Fans sind wirklich in Ordnung«, sagte sie, als wollte sie unbedingt, dass ich ihr den Teil glaubte.

»Das zweifle ich auch gar nicht an, aber …« Ich lehnte mich in meinem Stuhl zurück, seufzte und rieb mir über die Schläfen, hinter denen sich Kopfschmerzen ankündigten. Dann schaute ich zu meiner kleinen Schwester auf, als sich eine Frage an die Oberfläche drängte. »Wird er dafür viel Ärger bekommen?«

»Er dürfte so was niemals vor laufender Kamera sagen«, antwortete sie – und bestätigte damit meine Befürchtung.

Das nächste Seufzen von mir war noch lauter. Ich schloss die Augen und verzerrte das Gesicht unwillkürlich, als ich versuchte, rational zu denken, während meine Gefühle sich im Kreis drehten. »Ich …«

Liv unterbrach mich, bevor ich den Satz beenden konnte. »Nachdem das Foto veröffentlicht wurde, ist er zu dir gekommen. Er beschützt dich vor seinen eigenen Fans. In den Interviews sieht er in letzter Zeit aus wie ein Zombie.« Ihre Stirn legte sich in Falten. »Tausende von Leuten würden sich die Haare ausreißen, um in deiner Haut zu stecken.«

Ich fuhr mir mit den Händen über das Gesicht, bemüht, den Frust nicht an Liv auszulassen. »Ich habe nie darum gebeten, einen *Weltstar* kennenzulernen.«

Meine kleine Schwester sah mich traurig an. »Du hast ihn aber trotzdem bekommen.«

Livs Worte gingen mir immer noch durch den Kopf, als ich im Bett lag und die gesamte Wohnung still und dunkel war. Es musste kurz nach Mitternacht sein. Und ich konnte partout nicht einschlafen, egal, wie oft ich mich von einer Bettseite auf die andere rollte.

Wenn sich meine Gedanken nicht gerade um das drehten, was Liv gesagt hatte, gingen sie zu meinem Handy, das nur eine Armlänge von mir entfernt lag. Es wäre so einfach gewesen, ihm zu schreiben. Dabei fühlte sich schon die Idee wie ein riesiger Brocken an, der auf meiner Brust lag. Ich hatte Jae-yong gebeten, mir nicht noch einmal zu schreiben. Und zu dem Zeitpunkt hatte ich es auch so gemeint. Aber …

Ich seufzte. Meine Entschlossenheit war seit seiner Nachricht immer weiter gebröckelt. Der seidene Faden, an dem mein Verstand noch gehangen hatte, war zum Zerreißen gespannt, seit ich ihn in dem Video gesehen hatte.

Ich hatte es versucht. Ich wollte den Kontakt zu ihm abbrechen und ihn vergessen. Um es mir leichter zu machen und nicht weiter darüber nachzudenken, was hätte sein können. Ein glatter Schnitt. Ganz einfach. Nur interessierte sich mein Herz reichlich wenig dafür, was einfach war und was nicht.

Ich drehte mich auf die linke Seite und griff nach meinem Handy. Das Metall fühlte sich kühl an in meiner Hand, und ich musste einige Male blinzeln, als mich das Bildschirmlicht in der Dunkelheit meines Zimmers blendete.

»Du wirst dir selbst nur das Herz brechen, Ella Archer«, flüsterte ich mir zu. Ich öffnete unseren Chat. Die letzten Nachrichten schienen mich zu verhöhnen. Zwei Monate hatte ich durchgehalten, nur um innerhalb weniger Tage schwach zu werden. Einige Minuten vergingen, in denen ich auf mein Handy starrte und hoffte … dass mir die richtigen Worte einfallen würden, dass er mir schrieb, dass alle Hindernisse mit einem Mal verblassten. Ich suchte nach einem möglichen Gesprächsanfang, aber jede Idee wirkte abgedroschen und falsch.

Nach einer halben Stunde hatte ich die Nase voll von mir selbst und schickte die zuletzt getippte Nachricht in einem Anflug von Mut einfach ab. Ich redete mir ein, dass es nichts gebracht hätte, noch stundenlang darüber zu brüten. Mein Herz sackte mir trotzdem in den Magen und schlug dort Purzelbäume, als die Nachricht raus war. Sie lautete:

Danke.

Ich ließ das Handy auf die Matratze fallen und zog mir die Decke über den Kopf. Schlaf fand ich auf diese Weise zwar nicht, dafür aber dieses winzig kleine Feuer, das in meinem Bauch glühte. Die letzten paar Monate hatte ich es ignoriert, es erstickt und hinter unzähligen Türen versteckt.

Ich kniff die Augen zusammen und … wartete. Bis ich müde wurde oder eine Antwort kam. Bei einem von beiden würde ich mich glücklich schätzen. Plötzlich vibrierte es neben meinem Kopf. Ich riss die Augen auf – und blieb für Sekunden erstarrt unter meiner Decke liegen, weil ich hoffte, aber nicht glauben wollte, dass es eine Nachricht von ihm sein könnte.

Als ich mich endlich dazu überwand, aus meinem Kokon hervorzukommen und auf mein Handy zu schauen, hielt ich die Luft an und ärgerte mich gleich darauf. Es war schließlich nur eine simple Nachricht.

Jae-yong: Schon gut.

Enttäuschung breitete sich in mir aus. Was auch immer ich erwartet hatte – zwei winzige Worte waren es nicht gewesen. Trotzdem fasste ich all meinen Mut zusammen und tippte eine Antwort.

Ich: Du hast bestimmt Ärger dafür bekommen, oder?
Jae-yong: Es ging.

Ich biss mir auf die Unterlippe, unsicher, ob die kurz angebundenen Antworten mir sagen sollten, dass er nicht mit mir reden wollte, oder … oder … *Vielleicht steckt doch ein anderer Grund dahinter?*

Ich: Sagst du das nur, damit ich kein schlechtes Gewissen habe?

Seine nächste Nachricht ließ einige Minuten auf sich warten. Als sie ankam, musste ich mich zusammenreißen, nicht verzweifelt in die Stille unserer Wohnung zu schreien.

Jae-yong: Ella, versteh mich nicht falsch. Ich freue mich, dass du mir schreibst, aber … Was ist aus der Bitte in deiner letzten Nachricht geworden?

Er hatte recht. Ich musste nur ein wenig nach oben scrollen, um auf die Nachricht zu stoßen, die er meinte. Aber wie sollte ich seine Frage beantworten? *Ich habe meine Meinung geändert*? Welche Meinung war das überhaupt gewesen? Die, die man von mir hören wollte? Meine eigene?

Ich: Die Nachricht … war das, was ich sagen sollte.
Jae-yong: Und?
Ich: Sie war nicht das, was ich sagen möchte.
Jae-yong: Was möchtest du sagen?

Schnell tippte ich meine Antwort, atmete tief ein und aus. Dann drückte ich auf *Senden.*

Ich: Dass ich dich vermisse.

Wieder musste ich auf seine Antwort warten. Ich wusste nicht mal genau, wo er sich gerade aufhielt – oder wie spät es bei ihm war. Ob er seinen Tag gerade erst angefangen oder bereits ein paar Stunden hinter sich hatte.

Mein Handy blinkte auf.

Jae-yong: Du machst mich gern sprachlos, oder?

Ich lachte leicht, spürte, wie mir tausend Steine vom Herzen fielen.

Ich: Das war nicht meine Absicht.
Jae-yong: Was hat sich geändert?

Ich: Ein Video. Ein Hashtag mit meinem Namen, der auf Twitter trendet. Ein Mensch, den ich mag, der für mich einsteht, obwohl wir nichts mehr miteinander zu tun haben dürfen.
Jae-yong: Er klingt nett.
Ich: Ja, das ist er.

Dann stockte das Gespräch. Ich überlegte und überlegte, was ich schreiben konnte, aber mir wollte nichts einfallen. Es fühlte sich an, als hätten wir uns nie richtig kennengelernt und müssten nun wieder von ganz vorn anfangen.

Jae-yong: Woo-seok war nicht begeistert von mir. Um deine Frage noch richtig zu beantworten.
Jae-yong: Im Moment sind das die wenigsten.

Wäre es nicht schon vor ein paar Wochen passiert, hätte ich in diesem Moment gehört, wie mein Herz einen Riss bekam. Ich spürte den Schmerz nur dumpf in meiner Brust. Vermutlich weil ich mich in den letzten Wochen so an seine Existenz gewöhnt hatte.

Ich: Es hat sich nichts geändert, oder?
Jae-yong: Was meinst du?
Ich: Alles. Das mit uns.
Jae-yong: Ich wünschte, ich könnte dir etwas anderes sagen. Aber nein, hat es nicht.

Ich vergrub das Gesicht mit einem Seufzen in meinem Kissen. Natürlich nicht. Ich war froh über seine Ehrlichkeit. Wirklich. Nur … Warum musste es so kompliziert sein? In Büchern und Filmen wirkte alles immer viel einfacher. Die Beziehung meiner Eltern war so märchenhaft gewesen, dass ich mir als kleines Kind sicher war, später auch so etwas zu haben. Jemanden, den ich ohne jegliche Vorbehalte lieben konnte. Aber die Realität war über diese Vorstellung hinweggewalzt und hatte ihr die bunten, schillernden Farben genommen, mit denen ich sie mir ausgemalt hatte. Das verträumte Glitzern wurde in meinem Kopf von blitzenden Kameras abgelöst.

Ich brauchte eine Weile, um aus meinen Gedanken wieder aufzutauchen. Eine neue Nachricht blinkte auf meinem Handy.

Jae-yong: Ich möchte es trotzdem.

Bumm bumm.

Mein Herz pochte wieder überdeutlich in meiner Brust.

Ich: Ich kann dir nicht ganz folgen.

Jae-yong: Ich möchte wieder Kontakt zu dir. Ich möchte dir schreiben. Mit dir reden.

Jae-yong: Wenn du das auch möchtest, meine ich.

Ich: Und dann?

Jae-yong: Was meinst du?

Ich: Wir schreiben. Und reden. Und dann? Warten wir, bis die Welt es wieder rausfindet und kaputtmacht?

Jae-yong: Ehrlich? Ich weiß es nicht. Ich weiß nicht, was passieren wird.

Jae-yong: Ich weiß nur, dass ich dich vermisse. Und dass es wehtut. Und dass ich mich so nicht mehr fühlen möchte.

Ich: Du hast gesehen, was passieren kann.

Jae-yong: Es muss nicht noch mal passieren. Wir können vorsichtiger sein.

Jae-yong: Aber ich verstehe, wenn du keinen Kontakt mehr zu mir möchtest. Dann höre ich auf, mich bei dir zu melden.

Jae-yong: Ich weiß nicht, ich dachte nur, weil du mir geschrieben hast …

Ich: Ich habe Angst.

Jae-yong: Ich auch.

Ich: Und dieses Gespräch in meinem Zimmer? Ich weiß nicht, ob ich das noch mal könnte.

Jae-yong: Ich weiß, Ella. Ich weiß. Du musst dich nicht rechtfertigen.

Wenn ich jetzt nicht mehr antwortete … Dann würde Jae-yong sich unweigerlich noch weiter von mir entfernen. Wie ein Foto, das Jahr um Jahr verblasste. Wenn ich versuchte mir vorzustellen, dass das alles irgendwann nur eine bittersüße Erinnerung sein könnte, zog sich mein Magen schmerzhaft zusammen.

Ich: Aber … nicht mit dir zu reden ist für mich auch keine Option.

Jae-yong: Ella …

Jae-yong: Was bedeutet das?

Ich hatte mich noch nie so gleichermaßen sicher und unsicher bei etwas gefühlt.

Ich: Ich möchte es auch. Trotz allem.

Ob es die richtige Entscheidung war? Keine Ahnung. Vielleicht würde ich es schon bald bereuen. Aber zum ersten Mal sprach mein Herz lauter als mein Kopf, und ich hörte ihm zu.

Jae-yong: Dann wäre es okay, wenn ich dir morgen wieder schreibe?

Ein Lachen blubberte angesichts seiner unschuldigen Frage in mir hoch. Das Glimmen in meinem Bauch nahm zu und füllte mich mit einer wohligen Wärme. Ich drehte mich auf die Seite und las noch einmal über den Chat, bevor ich meine Antwort tippte und das Handy beiseitelegte.

Ich: Ja.

9. KAPITEL

Jae-yong nahm meine Antwort ernst. Seine nächste Nachricht las ich früh am Morgen, nachdem ich endlich aus meinem tiefen Schlaf aufgewacht war.

Jae-yong: Guten Morgen. ☺ Hast du gut geschlafen?

Dieses vertraute, kribbelig-warme Gefühl, das Jae-yong immer in mir auslöste, zog durch meinen ganzen Körper.

Ich: Besser als die Tage davor. Und du? Wo seid ihr eigentlich gerade?

Eingekuschelt in meine Decke genoss ich den Moment der Ruhe, sog ihn so tief in mich ein, wie ich nur konnte, ehe ich die Decke beseiseiteschob und mich für den Tag fertig machte.

Ich saß bereits eine knappe Stunde im Museum, als mein Handy wieder aufleuchtete.

Jae-yong: Ist es in Ordnung, wenn ich dir ein Foto schicke?

Ich: Gern.

Gleich darauf ging eine weitere Benachrichtigung bei mir ein. Das Foto war durch das Fenster eines Flugzeugs geschossen worden und zeigte eine hell erleuchtete Stadt von oben, die im Dunkeln ein einziges Lichtermeer zu sein schien. Darunter stand »Berlin bei Nacht« geschrieben.

Ich: Dann startet jetzt die Europatour?
Jae-yong: Wir geben morgen unser erstes Konzert in Berlin, Deutschland. Den Tag danach noch eins.
Ich: Danach Paris, richtig?
Jae-yong: Ja, genau. Dann Amsterdam, und das letzte Konzert hier findet in London statt.

Danach würden sie weiter in die USA fliegen. Ich wusste, dass sie auch in Chicago Termine hatten, sprach es aber nicht an.

Ich: Das muss ziemlich anstrengend sein, oder?
Jae-yong: Es geht. Das Adrenalin hält einen aufrecht, bis man irgendwo genug Ruhe hat, um kurz die Augen zuzumachen.
Jae-yong: Min-ho schläft zum Beispiel jedes Mal ein, wenn sein Make-up gemacht wird. Ich glaube, Ed hat einen ganzen Fotoordner mit solchen Bildern auf seinem Handy.
Ich: Der wäre für eure Fans bestimmt pures Gold wert.

Jemand tippte auf den Tisch vor mir. Ich sperrte mein Handy schnell – paranoid genug, zu befürchten, jemand könnte mit einem einzigen Blick darauf erkennen, mit wem ich mich gerade unterhielt. Dann sah ich auf.

»Oh.« Meine Augenbrauen zuckten in die Höhe, als ich Lana vor mir stehen sah. »Was machst du denn hier? Hast du heute nicht frei?«

Sie nickte. Ihre Ohrringe strichen ihr dabei über die Schultern. »Ich habe meinen Geldbeutel gestern hier liegen lassen und ihn eben vom Fundbüro abgeholt. Ich dachte, ich schaue mal nach, wie aufregend es an deiner Front aussieht.«

Aufregender als sonst. »Es geht schon. Ruhig genug, dass ich mir Tiervideos anschauen kann«, sagte ich und wedelte mit meinem Handy in der Luft herum.

Lana grinste. »Dabei wollte ich dich natürlich nicht unterbrechen.«

»Schon gut. Sie rennen mir ja nicht weg.« Erst da bemerkte ich, wie Lana auf ihren Füßen vor und zurück wippte und wirkte, als würde sie jeden Augenblick platzen.

Ich zog eine Augenbraue in die Höhe. »Und du bist wirklich nur hier, um mir einen Besuch abzustatten?«

»Ehrlich gesagt: Nein.« Sie schaute mich mit großen, leuchtenden Augen an.

Ich verkniff mir ein Lachen und tat ihr den Gefallen, ihr den Grund für ihren Besuch aus der Nase zu ziehen. »Okay, Lana. Warum bist du dann hier?«

»Gut, dass du fragst, Ella!«, sagte sie überschwänglich, und ich erwiderte ihr Grinsen. »Hast du am Samstag schon was vor?«

»Samstag? Nein, eigentlich nicht. Samstage sind bei mir meistens frei.«

Lanas Grinsen wurde daraufhin ein Stück breiter, auch wenn ich das Gefühl nicht loswurde, dass etwas Unsicherheit darin mitschwang. »Hast du Lust, etwas mit mir zu unternehmen? Meine Freunde sind alle beschäftigt, und du hattest gesagt, du hättest vielleicht auch mal Lust dazu …«

Sie schaute mich so hoffnungsvoll an, dass mir nichts fernerlag, als ihr das abzuschlagen. »Wie klingt ein Kaffee gegen zehn für dich?«

Lana klatschte in die Hände. »Das passt mir super! Ich kenne ein ganz süßes Café in der Nähe vom Navy Pier, die haben das beste Bananenbrot, das du dir vorstellen kannst, und der Kaffee ist wirklich grandios.«

»Du hattest mich bei ›Bananenbrot‹.« Ich freute mich wirklich. Lana und ich hatten zwar schon mal darüber geredet, uns außerhalb der Arbeit zu treffen, waren dann aber nie zu dem Punkt gekommen, das tatsächlich umzusetzen.

»Ich schick dir nachher noch die Adresse. Bis dann!« Lana verabschiedete sich und ließ mich mit meinen Gedanken allein. Sobald sie aus meinem Blickfeld verschwunden war, griff ich automatisch wieder nach meinem Handy.

Jae-yong: Beweisstück A dafür, dass Min-ho überall schlafen kann, wenn er will: Er liegt auf dem Boden vor meinem Bett und ist dort eingenickt.

Ich musste unwillkürlich auflachen, als ich mir Jae-yongs Schilderung bildlich vorstellte.

Ich: Wieso schläft er VOR deinem Bett?
Jae-yong: Ich hab ihm verboten, mir wieder das Bett streitig zu machen, und er war zu faul, die paar Meter bis zu seinem Zimmer zurückzulegen.
Ich: Wieder? Macht er das öfter?
Jae-yong: Sagen wir so – ich habe zu oft auf unbequemen Sofas schlafen müssen, weil er der Typ Mensch ist, der einschläft, sobald sein Kopf auch nur ein Kissen berührt.
Ich: Du könntest einfach in sein Zimmer gehen, oder?
Jae-yong: Ich glaube, ich bin es mittlerweile einfach so gewohnt, dass jemand (Min-ho) die ganze Nacht durchschnarcht, dass ich in einem ruhigen Umfeld gar nicht mehr schlafen könnte.

Auf gewisse Weise verstand ich das sogar. Zwar war ich meistens froh, wenn ich mich abends gemütlich in mein Bett kuscheln konnte, aber es hatte eine Zeit gegeben, in der Erin und ich so oft beieinander übernachtet hatten, dass es sich merkwürdig angefühlt hatte, wenn ich die Matratze plötzlich ganz für mich allein hatte.

Erin. Wie sollte ich ihr erzählen, dass ich wieder mit Jae-yong schrieb? Dass ich es ihr sagen würde, stand außer Frage. Ich hatte es ihr schon einmal verschwiegen, bis alles über mir zusammengebrochen war. Und so verständnisvoll sie auch reagiert hatte – ich würde nicht noch einmal den gleichen Fehler machen.

Ich wechselte zu Erins und meinem Chat, aber statt ihr sofort zu schreiben, strich ich mir die Haare hinter die Ohren, lehnte mich in dem unbequemen Metallstuhl zurück und tippte einen unregelmäßigen Rhythmus auf die Tischplatte. Ihr Name starrte mir von meinem Handybildschirm entgegen. Als der Bildschirm dunkel wurde, gab ich mir innerlich einen Tritt.

Ich: Erin, ich muss dir was sagen.

Wie spät war es bei ihr gerade? Vielleicht acht Uhr, neun Uhr morgens? Ich wartete ungeduldig auf ihre Antwort, holte meinen Skizzenblock hervor, nur um ihn sofort wieder zuzuklappen, als mein Handy aufleuchtete.

Erin: Nachricht oder Videochat?
Ich: Ich glaube, per Nachricht reicht.
Erin: Dann schieß los.

Ich gab mir gar nicht erst die Möglichkeit zu zögern, sondern fiel direkt mit der Tür ins Haus.

Ich: Ich hab mit Jae-yong geschrieben.

Mein Handy rutschte mir beinahe aus der Hand, als ein eingehender Videoanruf von meiner besten Freundin aufblinkte. Innerlich wappnete ich mich bereits für das, was nun folgen würde, als ich den Anruf annahm. »Hey.«

»WAS SOLL DAS HEISSEN?«, donnerte sie los. »Mit ihm geschrieben? Wie? Wann? Worüber?«

Panisch schaute ich mich an meinem Arbeitsplatz um, aber es war weit und breit niemand zu sehen. Erin starrte mich vom Bildschirm unentwegt an – die Zahnbürste in ihrer Hand hielt sie so fest gepackt, dass ich Sorge hatte, sie könnte gleich in zwei Teile brechen.

Ich räusperte mich. »Na ja, also – es gab ein Video … in dem hat er mich vor seinen Fans in Schutz genommen und …«

»Und du dachtest dir: ›Wow, was ein Held‹, und hast deinen Verstand zusammen mit deinem Höschen zum Fenster rausgeschmissen?« Ihre Augenbrauen waren so weit nach oben gezogen, dass sie beinahe ihren Haaransatz berührten.

Hitze schoss in meine Wangen. »Ich hab mich bedankt. Der Rest hat sich dann ergeben.«

Erin schaute mich einen Moment ungläubig an, dann drehte sie sich von der Kamera weg, legte die Zahnbürste beiseite und spülte sich schnell ihren Mund aus. Die Kamera wackelte hin und her, als sie das Bad verließ und in ihr eigenes Zimmer ging. Kaum saß sie an ihrem Schreibtisch, hatte sie ihr Handy abgestellt und die Arme vor der Brust verschränkt. Bei ihrem Blick zog ich den Kopf ein.

Ein paar Minuten vergingen in Schweigen. Ich wusste nicht, was ich sagen sollte, und Erins Gesichtsausdruck nach rang sie innerlich mit sich, wie sie nun reagieren sollte.

»Ich weiß nicht, Ella. Ich halte das für keine so gute Idee«, sagte sie ernst. Ihr war anzusehen, dass sie eine deutliche Meinung zu dem Thema hatte. Aber Erin hatte die letzten Wochen auch nicht in meinem trägen Körper verbracht. Sie hatte Jae-yong nicht kennengelernt und nie gespürt, wie viel schlimmer es gewesen war, als ich ihn nicht mehr in meinem Leben hatte.

»Die Situation ist immer noch *genau die gleiche* wie vorher auch«, fuhr sie unbeirrt fort, als ich nicht reagierte. »Die Wahrscheinlichkeit, dass du wieder verletzt wirst, ist ziemlich hoch, Ella. Und du rennst trotzdem genau drauf zu. Mal ganz davon abgesehen, dass du eine Verschwiegenheitserklärung unterschrieben hast. Glaubst du, die Anwälte von NXT machen halbe Sachen, wenn jemand so einen Vertrag bricht?«

Sie hatte recht. Ihre Sorgen waren begründet. Jedes Mal, wenn ich an den unscheinbaren Umschlag dachte, den ich in die unterste Schublade meines Schreibtisches geschoben hatte, wurde mir kalt. Ich fühlte mich innerlich so zerrissen, konnte nicht klar denken. Aber ... es von Erin so direkt gesagt zu bekommen ... Ich hatte angenommen, dass sie es verstehen würde, so wie sie mich immer verstand. Hinter mir stehen würde. Und ich spürte unwillkürlich Wut in mir hochblubbern, weil es ausgerechnet bei Jae-yong nicht so war.

»Wirklich, Erin? Du hast nicht mal ein bisschen Verständnis für mich, während du selbst darüber nachdenkst, länger in Australien zu bleiben, wegen eines Kerls, der auch völlig unerreichbar ist?«

Die Stille, die darauf folgte, war ohrenbetäubend laut. Nach und nach wurde mir bewusst, was ich gerade gesagt hatte. Das schlechte Gewissen schoss so schnell an die Oberfläche, dass ich eine Gänsehaut auf meinen Armen spürte. »Tut mir leid. Das hab ich nicht so gemeint.«

Erin presste die Lippen aufeinander. Auf ihrem Gesicht wechselten sich Schock und Kränkung ab. Eine kleine Falte erschien zwischen ihren Augenbrauen, und ich hörte, wie sie ihren Atem angespannt ausstieß. »Ich muss arbeiten. Können wir darüber später weiterreden?«

Nein, nein, nein. Nicht Erin. Ich wollte mich nicht auch noch mit Erin streiten. Aber im Augenblick waren wir beide so aufgeladen – wenn wir das Gespräch jetzt weiterführten, würde ich vermutlich mehr Dinge sagen, die ich danach bereute. Daher zwang ich mich, die Gefühle, die in mir brodelten, runterzuschlucken. »Ist gut.«

»Bis später«, sagte sie kurz angebunden.

Mein »Hab dich lieb« blieb mir im Hals stecken, als sie direkt auflegte.

10. KAPITEL

Unser Streit verfolgte mich. Er drückte auf eine Weise auf meine Schultern, dass es mich große Anstrengung kostete, aufrecht zu gehen. Ich wollte mein Handy zücken und Erin sofort anrufen, um alles zu klären, traute mich aber nicht. Mit Erin zu streiten, war ich einfach nicht gewohnt. Natürlich waren wir ab und an unterschiedlicher Meinungen – nur hatte sich das meistens auf Bücher beschränkt, nicht auf solche persönlichen Dinge. Es fühlte sich merkwürdig falsch an.

Zu Hause angekommen, machte ich mir gar nicht erst die Mühe, meine düstere Laune zu verbergen. Liv sah in dem Moment auf, als die Wohnungstür mit einem Quietschen aufging, und musste das Gewitter über meinem Kopf sehen, denn mehr als ein »Hallo« wagte sie nicht zu sagen. Ich lief geradewegs in mein Zimmer, schnappte mir den Skizzenblock aus meinem Rucksack und ließ mich aufs Bett fallen. Ich hatte kein klares Bild im Kopf, sondern kritzelte nur Kreise und Muster auf die Seiten, aber es half mir, die angestauten Emotionen rauszulassen.

Es dauerte keine fünf Minuten, bis ein Klopfen erklang. Ich klappte den Block mit meinem Bleistift zwischen den Seiten zu und drückte mich aus meinem Kissenberg hoch. »Ja?«

Die Tür schwang auf. Liv stand unschlüssig auf der Schwelle zu meinem Zimmer und sah ein wenig aus, als würde sie sich für einen schnellen Rückzug wappnen, sollte er nötig sein.

»Alles in Ordnung?«, fragte sie zaghaft.

»Bestens«, brummte ich. Eine schlechte Lüge – das wussten wir beide.

Liv verschränkte die Hände vor ihrem Körper, bevor sie sie wieder locker an die Seite fallen ließ. »Sicher?«

Ich bemühte mich um einen leichteren Tonfall. »Ja, Liv. Keine Sorge, mir geht's gut.«

Meine kleine Schwester zögerte einen Augenblick. Wie sie dort stand, halb in meinem Zimmer, halb im Flur und so vorsichtig mit mir sprach, nagte das schlechte Gewissen an mir. Ich sollte meine miese Laune nicht auch an ihr auslassen, wollte mich entschuldigen, ihr versichern, dass es nichts Schlimmes war. Aber sie war schneller als ich.

»Immerhin sind es nur zwei«, sagte sie da. Ich blinzelte sie verständnislos an. *Zwei was?* »Und online hat sich auch alles schon wieder beruhigt. Sie bleiben bestimmt nicht lange hier.«

Ein, zwei Sekunden vergingen, ehe mir aufging, wovon sie redete. Ich hatte die Reporter vor unserer Haustür nicht mal wahrgenommen. Anscheinend hatte Jae-yongs Livestream ihr Interesse an mir aufs Neue geweckt. Immerhin war das eine willkommene Ausrede für mich, um nicht mit Liv über meinen Streit mit Erin reden zu müssen.

Ich rieb mir abwesend über die Stirn. Hinter meinen Schläfen kündigte sich bereits ein schmerzhaftes Pochen an. »Ja, ich weiß.«

Liv nickte, wartete einen Moment. Aber als ich nichts hinzufügte, ließ sie mich wieder in meinem Zimmer allein.

Mit einem Stöhnen fiel ich zurück in die Kissen, starrte für einige Minuten einfach nur an die Decke. Jedes Mal, wenn ich mit Leuten, die ich liebte, stritt, fühlte ich mich schlecht und hätte am liebsten jede Schuld auf mich genommen, nur um es wieder geradezubiegen. Nur war es diesmal anders. Wie könnte ich trotz allem wieder mit Jae-yong schreiben, wenn mich bereits Erins Aussagen verunsicherten?

Als hätte sie meine Gedanken bis nach Australien gehört, klingelte mein Handy auf dem Nachttisch mit Erins Namen auf dem Display.

»Erin?«, fragte ich, nachdem ich abgenommen hatte.

»Erklär's mir«, sagte sie ohne irgendeine Form der Begrüßung. »Was ist an ihm so besonders, dass du alles, was dagegenspricht, auf dich nehmen würdest, um weiter mit ihm reden zu können?«

Ich war so erleichtert, dass ich für ein paar Sekunden nur sprachlos schweigen konnte. Deswegen war Erin meine beste Freundin. Deswegen änderte auch die Distanz daran nichts. Wir verstanden die andere vielleicht nicht immer, aber dann bemühten wir uns doppelt, es irgendwie nachvollziehen zu können. Am liebsten wäre ich sofort in den Flieger gestiegen und hätte sie fest umarmt.

»Es geht gar nicht darum, dass er besonders ist«, begann ich – und verzog direkt das Gesicht. Das klang nicht richtig. »Ich glaube, es sind eher die Dinge, die ihn für mich besonders machen. Wenn das Sinn ergibt?«

»Nicht so richtig«, gab Erin zu.

Ich biss mir auf der Unterlippe, suchte nach den passenden Worten. »Du weißt, wie schwer es mir fällt, neue Leute kennenzulernen, oder?« Erin bejahte es, bevor ich fortfuhr. »Bei ihm war es nie schwer. Es hat sich ganz leicht angefühlt, mit ihm über Mom und Dad zu reden oder über das Studium oder Mel, Liv, meine Gedanken. Er nimmt mich ernst und hört mir zu … und bemerkt dabei sogar Dinge, die mir selbst entgehen.« Mir kam unsere Unterhaltung nach New York in den Sinn, als wir beide in meinem Zimmer saßen. Ich hatte ihm nie sagen müssen, dass meine Verlustangst so groß war wie der Mount Everest – er hatte es einfach gewusst. »Klingt das sehr abgedroschen?«

Ein leises Lachen ertönte durch den Hörer, gefolgt von einem Seufzen. »Nein, gar nicht. Es klingt, als hätte jemand ein Buch nur für dich geschrieben.« Sie zögerte einen Moment, ehe sie weitersprach. »Und wenn ich es lesen würde, fände ich es bestimmt toll. Aber … das hier ist nicht fiktiv. Ich hab Angst, dass du noch mal hinfällst und ich dir von hier aus nicht helfen kann, weil ein offenes Ohr und ein paar Worte nicht ausreichen.«

Mein Herz wurde schwerer und leichter zugleich. Wenn ich eines nicht wollte, dann anderen Sorgen bereiten – am allerwenigsten Erin. Nur wurde mir langsam klar, dass nicht ich zu entscheiden hatte, wer auf mich aufpasste und wer nicht.

»Ich hab auch Angst. Was, wenn es wieder schiefgeht? Was, wenn es diesmal sogar noch mehr wehtut?« Meine Stimme war leise, gerade mal ein Flüstern. Die Angst, die bisher in meinem Hinterkopf geschlafen hatte, wurde realer, als ich es aussprach. Mein Herz klopfte in einem unruhigen Takt. »Weißt du, warum ich ein Fach studiere, das ich nicht mag? Warum ich so selten nach draußen gehe und mich hinter meinen Büchern verstecke?« Es waren rhetorische Fragen, das wusste Erin. Sie blieb still, während ich weiterredete. »Genau wegen dieser Angst. Und vielleicht ist es dumm, aber ich will der Angst diese Entscheidung nicht auch überlassen.«

Als ich Erin ein weiteres Mal seufzen hörte, wusste ich, dass sie verstand, wie viel es mir bedeutete … wie viel Jaeyong mir bedeutete. »Aber du bist vorsichtig, ja?«

»Nur, wenn du es auch bist.«

Ich hörte ihr helles Lachen durch den Hörer, und ein Grinsen breitete sich auf meinem Gesicht aus. Mehr brauchte es gar nicht, um meine Stimmung zu heben. Solange ich Erin an meiner Seite hatte, war vieles leichter. Wir redeten noch ein paar Minuten, bis ihre Mittagspause vorbei war und Erin gehen musste.

Kurz nachdem wir aufgelegt hatten, ging ein Rumms durch die Wohnung – das Geräusch der Wohnungstür, die zu heftig aufgestoßen wurde und an die Wand geknallt war. Ich steckte den Kopf zum Flur raus und sah Liv, die es mir gleichtat. Sie warf mir einen Blick über die Schulter zu, die Augenbrauen in die Höhe gezogen. »Nummer eins ist da.«

»Nummer eins?«, fragte ich und ging zu Liv.

»Ja, weil sie die Älteste ist.« Ich lief hinter ihr den Flur entlang und versuchte, ihrer Erklärung dabei zu folgen. »Du bist Nummer zwei, ich Nummer drei.«

»Und unser Superhelden-Team nennen wir dann ›Eins, zwei, drei‹? Können wir nicht was Bedrohlicheres nehmen?«

»Hast du dir schon mal ein Foto von uns dreien angesehen? Außer unseren Gesangskünsten haben wir wenig Bedrohliches vorzuweisen.«

Unrecht hatte sie nicht. Meine Antwort blieb mir im Hals stecken, als wir Mel auf dem Sofa fanden, mehr liegend als sitzend, die Augen geschlossen. Liv und ich blieben einen guten Meter hinter der Couch stehen, beide gleichermaßen verwirrt.

»Ist sie so schnell eingeschlafen?«, flüsterte Liv mir zu.

»Kann man so schnell überhaupt einschlafen?« Seit dem Türknallen war kaum eine Minute vergangen.

»Ich kann euch hören.« Mel öffnete die Augen nicht und sprach auf diese genuschelte Weise, wenn man zu müde dazu war, Wörter richtig zu artikulieren.

»Warum gehst du nicht in dein Zimmer?«, fragte ich und überwand die paar Schritte bis zur Couch.

»Zu müde. Ich ruhe mich hier kurz aus und mache mir dann noch etwas zu essen.«

Der Blick, den Liv und ich austauschten, sprach Bände.

»Ich hab noch Spaghetti mit Tomatensoße von heute Nachmittag übrig, soll ich dir was bringen?«, fragte Liv.

Mel öffnete die Augen und sah sie mit einem hoffnungsvollen Blick an. »Bitte?«

Liv verschwand daraufhin in der Küche, um das Essen

warm zu machen. Ich ging um die Couch herum. Mel zog die Füße an, und ich ließ mich neben sie in die weichen Kissen fallen. »Langer Tag?«

Mel stieß ein Lachen aus – es klang nicht sonderlich glücklich. »Gefühlt werden sie immer länger.«

Mein Magen verknotete sich. Das Foto aus New York, die Reporter vor unserer Haustür, das Video aus Livs Tanzstudio … Sie machte sich Sorgen. Es war in dem leicht angespannten Zug ihrer Mundwinkel zu erkennen, jedes Mal, wenn wir drei zusammensaßen. Ob sie mit Josh darüber sprach? Ihren Ballast auch irgendwo ablud, so wie ich bei Erin? Ich konnte es mir beinahe nicht vorstellen, und das ließ meine Schuldgefühle aufflammen.

»Vielleicht … ist es mal Zeit für eine Auszeit?«, schlug ich zögernd vor. »Wir könnten wegfahren. Wir wollten doch schon immer mal zusammen nach Boston, eine Hafenrundfahrt machen …«

Mel seufzte, und es klang so schwer, so erschöpft und kraftlos, dass mein Herz schwerer wurde. »Und wovon bezahlen wir das? Den Flug, das Hotel, Lebensmittel, Essen gehen.«

»Dann eben hier. Wir könnten ganz viel Essen vom Lieferservice bestellen und den ganzen Tag nur Filme schauen.«

Ich bekam aus den Augenwinkeln mit, wie Liv mit einem dampfenden Teller voll Nudeln aus der Küche kam. Sie zögerte einen Augenblick im Türrahmen, als sie unser Gespräch hörte. Ihr Blick flitzte von mir zu Mel und wieder zurück, ehe sie Mel über die Couch hinweg das Essen reichte.

Diese setzte sich auf, nahm den Teller und eine Gabel mit einem dankbaren Lächeln an.

»Jetzt Urlaub zu machen, würde mich nur noch mehr stressen, Ella. Lass uns noch mal darüber reden, wenn gerade nicht so viel los ist, ja?« Damit fing sie an zu essen.

Ich biss mir auf die Lippe und schluckte die Worte, die mir auf der Zunge lagen, hinunter. Ich hatte das Gefühl, immer wieder das gleiche Gespräch aufzurollen, immer wieder die gleichen Argumente zu bringen, die nichts bewirkten. Mal ganz davon abgesehen, dass Mel und ich gerade erst wieder halbwegs normalen Boden zwischen uns gefunden hatten – und selbst der zeigte noch hier und da Risse. Ihr Job war immer ein Streitthema, das die Kluft zwischen uns nur wieder vergrößert hätte. Irgendwann würden wir darüber sprechen müssen, aber … nicht jetzt. Es war eine egoistische Entscheidung, aber ich konnte den Gedanken nicht ertragen, mich schon wieder mit ihr zu streiten.

Stattdessen saßen Liv und ich neben ihr und leisteten ihr Gesellschaft, während sie aß. Liv stellte den Fernseher an, und wir ließen uns von der Serie berieseln, die gerade lief.

Nachdem Mel fertig war, verzog sie sich in ihr Zimmer. Liv und ich blieben im Wohnzimmer. Meine kleine Schwester hatte ihre Beine auf meinem Schoß abgelegt und starrte auf den Bildschirm, als würde dort die interessanteste Serie laufen, die sie jemals gesehen hatte. Vermutlich war sie in Wahrheit genauso mit ihren Gedanken beschäftigt wie ich. Ich löste meinen Blick erst wieder vom Fernseher, als mein Handy in der Hosentasche vibrierte.

Jae-yong: Update: Es wird anscheinend eine Übernachtungsparty in meinem Hotelzimmer, zu der sich alle selbst einladen.
Ich: Ist Min-ho nicht gegangen?
Jae-yong: Im Gegenteil. Ed ist zu uns gekommen, weil ihm langweilig war. Jetzt liegt er neben Min-ho auf dem Boden.
Ich: Das Bett-Verbot steht immer noch?
Jae-yong: Stärker denn je.
Ich: Wieso hast du dich noch nicht zu ihnen gesellt?
Jae-yong: Jetlag. Ich werde mich vermutlich nie daran gewöhnen.
Ich: Du könntest ein Buch lesen. Das hilft mir immer, runterzukommen.
Jae-yong: Das Buch, das ich in solchen Momenten lesen würde, liegt gerade leider in Chicago.
Ich: Du kennst die Reihe doch ohnehin schon auswendig. Du könntest einfach einen anderen Band lesen.
Jae-yong: Mir ist gerade nicht so nach Harry Potter.
Ich: Ich … hätte nicht gedacht, dass ich das jemals von dir hören würde.
Jae-yong: Ich bin auch ein bisschen schockiert.
Jae-yong: Schnell, ich brauche eine Ladung Harry-Potter-Wissen, bevor ich mich in einen Muggel verwandle.

Ich lachte leise und tarnte es als Husten, als ich Livs Blick auf mir spürte.

Ich: Ich glaube, dafür sind meine Kenntnisse dieses Universums noch nicht ausgeprägt genug.

Ich: Aber in letzter Zeit hat Hogwarts sich ziemlich oft in mein Skizzenbuch geschlichen.
Jae-yong: Du hast Hogwarts gezeichnet?
Jae-yong: Darf ich es sehen?

Ich rang für einen Augenblick mit mir, ehe ich antwortete.

Ich: Es ist noch nicht fertig …
Jae-yong: Ah. Wenn ich einen Song nur halb fertig habe, finde ich es auch schwer, ihn anderen zu zeigen.
Ich: Es wäre nicht mal so schlimm, wenn es nur eine Skizze wäre. Aber halb fertig, mit Outlines nur ohne Farbe?

Meistens war das das Stadium, in dem ich am kritischsten mit mir war und am wenigsten mit den Blicken von anderen umgehen konnte.

Ich: Ich zeig es dir, wenn ich damit fertig bin, in Ordnung?
Jae-yong: Ich freu mich schon drauf.

Schien, als müsste ich mich die Tage mal wieder an meinen Schreibtisch setzen und weiter daran arbeiten. Die letzte Zeit hatte ich eher mit Prokrastination geglänzt.

Ich: Meinst du, du kannst jetzt schlafen?
Jae-yong: Ich hab gerade darüber nachgedacht – am liebsten würde ich jetzt einen Spaziergang machen. Wenn wir in Seoul sind, gehe ich in solchen Nächten immer raus.
Ich: Ein Spaziergang durch Seoul? Hilft das wirklich?

Wenn ich versuchte, mir Seoul vorzustellen, dachte ich an eine Millionenmetropole, die nie schlief. In der immer Verkehr war und kaum Ruhe herrschte. Das würde alles bewirken, nur nicht, dass ich mich ruhiger fühlte.

Jae-yong: Es ist das beste Schlafmittel.
Jae-yong: Am Abend in der Nähe vom Han-Fluss zu sein, ist so ziemlich das Schönste, was ich mir vorstellen kann. Min-ho und ich haben uns vorgenommen, uns als Erstes an den Fluss zu setzen, wenn wir wieder zu Hause sind.
Jae-yong: Seoul ist gar nicht mehr so laut, wenn man aufs Wasser schauen und seinen Gedanken nachhängen kann.
Ich: Ich weiß, was du meinst. Erin und ich sind früher ganz oft am Navy Pier gewesen und haben auf den Lake Michigan gestarrt. Dann verschwindet die Großstadt hinter einem fast.
Jae-yong: Bist du oft dort?
Ich: Seit Erin in Australien ist, nicht mehr so häufig. Irgendwie war es immer unser Ding, weißt du?
Jae-yong: Hast du sie in der Zeit, die sie in Australien ist, überhaupt mal gesehen?
Ich: Nein, leider nicht.
Ich: Aber wir sprechen so oft wie möglich miteinander und … na ja. Irgendwie geht es.

Liv stupste mich mit ihrem Fuß in die Seite. Die Serie schien plötzlich viel weniger interessant zu sein, denn sie hatte sich zu mir gebeugt und versuchte, mir über die

Schulter zu schauen. Ich schob sie beiseite, mein Handy weiter in der Hand haltend.

»Mit wem schreibst du gerade?«

Ich presste die Lippen aufeinander. Sollte ich es Liv sagen? Es für mich behalten? Aber kaum kam mir der Gedanke, verwarf ich ihn schon wieder. Ich hatte ihr so wehgetan … Ich konnte das nicht noch einmal tun, indem ich sie wieder anlog. Sie sah mich mit ihren großen Augen an, und ich spürte, wie mein Widerstand langsam bröckelte.

»Mit Jae-yong«, murmelte ich undeutlich.

Liv runzelte die Stirn, legte den Kopf schief. »Wie bitte?«

Ich holte tief Luft, sah über meine Schulter kurz zu Mels Zimmer, um sicherzugehen, dass ihre Tür geschlossen war. »Mit Jae-yong«, wiederholte ich klar und deutlich.

Liv blieb der Mund offen stehen. Sie wirkte wie eingefroren und reagierte auch nicht auf die Hand, die ich vor ihrem Gesicht hin und her wedelte. Im Nachhinein war es vielleicht keine so gute Idee gewesen, es ihr zu sagen.

»Liv?«

Sie klappte ihren Mund lautstark zu, blinzelte und beugte sich dann so weit zu mir, dass ihr Gesicht viel zu nah vor meinem war. »Seit wann?«, fragte sie aufgeregt.

»Schsschh. Etwas leiser.« Ich wollte zwar auch mit Mel ehrlich sein, aber sie sollte es nicht durch Livs Kreischen erfahren. »Seit gestern.«

»Wegen dem Video?«

Ich nickte, zuckte aber gleichzeitig mit den Schultern.

Livs Augen glitzerten aufgeregt. »Sind NXT gut in Berlin angekommen? Ich hab gesehen, dass einige Fans am Flughafen wieder super übergriffig geworden sind. Ich frag mich ja jedes Mal, wie sie das einfach weglächeln können. Ed hat ihnen sogar noch freundlich gewunken!«

Ich unterdrückte ein erleichtertes Lachen. Irgendwie war ich davon ausgegangen, dass Liv ähnlich reagieren würde wie Erin. Dass ich mich erklären und noch mal alles aufrollen müsste. Aber was NXT betraf, war Liv viel zu neugierig, um sich um etwas anderes zu scheren. »Willst du deinen Freipass für eine einzige Frage wirklich dafür draufgehen lassen?«

Livs Mund klappte so weit auf, dass ich Angst hatte, sie würde ihn nicht mehr zubekommen. »Ich habe einen Freipass?« Dann runzelte sie die Stirn. »Warum habe ich nur *einen* Freipass?«

»Weil ich Angst habe, dass du ohne Freipass irgendwann vor Neugier platzt. Oder nicht mit dem Fragen aufhörst, wenn du einmal angefangen hast.«

Sie wollte etwas darauf erwidern, aber mit einem eindringlichen Blick von mir überlegte sie es sich anders. Ihr Mund verzog sich nachdenklich. »Dann vergiss die von eben. Wenn ich nur eine Frage habe, muss sie sich lohnen.« Das Runzeln auf ihrer Stirn wurde tiefer, und sie drückte sich von der Couch hoch. »Ich muss das mit Charlie besprechen«, sagte sie, während sie um mich herum und in den Flur lief.

Ich drehte mich ruckartig auf meinem Sitzplatz um. »Liv«, rief ich flüsternd. »Du kannst Charlie nichts davon sagen!«

Meine kleine Schwester war ein paar Meter hinter der Couch stehen geblieben und verdrehte die Augen, als hätte ich gerade das Offensichtlichste der Welt gesagt. »Ich weiß, Ella. Aber ich kann mit ihr besprechen, was sie NXT fragen würde, wenn sie die Möglichkeit hätte, ohne dabei zu erwähnen, dass meine Schwester mit einem von ihnen flirtet.«

»Sie weiß … von dem Bild, oder? Was ist, wenn sie dich fragt, ob wir noch Kontakt haben?«

»Dann sage ich Nein.«

Ehe ich dazu kam, etwas darauf zu erwidern, knallte ihre Tür zu. Ich seufzte.

Ich: Es könnte sein, dass in nächster Zeit eine merkwürdige Frage aus dem Nichts kommt. Ich hab mich bei Liv versprochen, und sie hat sich in ihr Zimmer eingesperrt, bevor ich mich korrigieren konnte.

Jae-yong: Du hast ihr erzählt, dass wir wieder Kontakt haben?

Ich: Ja …

Ich: Ist das schlimm?

Jae-yong: Es kommt darauf an – sollte ich wegen ihrer Frage Angst haben?

Ich: Ich glaube nicht. Es ist gut möglich, dass sie etwas zu Ed fragt, weil sie ihn doch am meisten mag.

Jae-yong: Ah, stimmt …

Ich: … bilde ich es mir nur ein, oder klingt das irgendwie enttäuscht?

Jae-yong: Haha, nein. Wäre ich Fan unserer Band, würde ich Ed auch am meisten mögen.

Jae-yong: Außer wenn er wütend wird, weil wir die Choreos nicht draufhaben oder Sachen im Wohnzimmer liegen

lassen, das Geschirr in der Küche nicht abspülen … Dass wir uns ein Apartment teilen, hat seine Vor- und Nachteile.
Ich: Irgendwie habe ich darüber nie nachgedacht … Ihr lebt zusammen in einem Apartment?
Jae-yong: Es ist ein bisschen merkwürdig, oder? Als wir angefangen haben, tatsächlich Geld zu verdienen, haben wir darüber gesprochen, ob nicht lieber jeder für sich leben möchte. Hyun-woo, Woo-seok und ich haben zwar auch unsere eigenen Apartments, aber dort verbringen wir kaum Zeit. In den letzten Jahren waren wir fast jeden Tag zusammen, es fühlt sich falsch an, die anderen nicht immer an meiner Seite zu haben.
Ich: Ich weiß, was du meinst. Sosehr wir uns manchmal auf die Nerven gehen, ich kann mir auch nicht vorstellen, ohne meine Schwestern zu leben. Ich würde die Filmabende mit Liv vermissen.
Jae-yong: Apropos Liv … Wenn du an ihrer Stelle eine Frage frei hättest, was würdest du mich fragen?

Ich brauchte nicht lang, um mich zu entscheiden.

Ich: Ich glaube, ich würde wissen wollen, wie es dir geht.
Ich: Wie es dir wirklich geht, meine ich. Nicht die abgespeckte Weltstarvariante.

Als er nicht sofort antwortete, packten mich die Nerven, und ich schickte eine weitere Nachricht hinterher.

Ich: Was natürlich nicht heißt, dass es nicht auch ganz einfach ein »Mir geht's gut« sein könnte, aber …

Ich: Also, manchmal tendiert man ja dazu, sich kurzzufassen, um niemandem auf die Füße zu treten
Ich: Was ich damit sagen möchte: Mich interessiert eher die lange Version.

Mit jedem Satz, den ich schrieb, wand ich mich innerlich mehr. Ich kreuzte die Finger, dass er verstand, was ich meinte, und wollte mein Handy gerade beiseitelegen, als es in meiner Hand mit einem eingehenden Anruf zu vibrieren begann.

Jae-yongs Foto prangte groß und breit auf dem Bildschirm. Einen Augenblick lang starrte ich verwirrt auf das Display. Mein Herz donnerte ohne jegliche Vorwarnung los, und die Schmetterlinge flogen Saltos in meinem Bauch. *Er ruft gerade wirklich an, oder? Ich bilde mir das nicht ein?*

Ich holte tief Luft. Noch mal und noch mal. Dann nahm ich ab. »Hi«, entkam es mir atemlos. Er lachte leise. Eine Gänsehaut breitete sich auf meinen Armen aus.

»Hätte ich sie getippt, wäre die Antwort vermutlich ein Roman geworden.«

Seine Stimme … Wie sehr ich es vermisst hatte, sie zu hören. Den sanften Klang, wenn er mit mir sprach. Den Hauch eines Akzents. Ich hatte über die letzten Wochen nicht vergessen, wie er sich anhörte – aber die Realität war trotzdem um ein Tausendfaches angenehmer als meine Erinnerung.

Nach einem Augenblick räusperte er sich. »Ich hoffe, es ist okay, dass ich anrufe.« Plötzlich schlich sich eine Unsicherheit in seine Stimme, die mir sehr vertraut war und meine eigene spiegelte. Sofort entspannte ich mich ein wenig. »Ah, tut mir leid, ich wollte dich so gern hören, dass ich nicht nachgedacht habe …«

»Jae-yong«, unterbrach ich ihn, ein Lächeln auf den Lippen. Von meiner Brust strahlte ein wohliges, warmes Gefühl in meinen ganzen Körper. »Ist schon gut. Ich hab nichts dagegen.« *Im Gegenteil.*

Ein erleichtertes Seufzen drang durch die Leitung. Ich stellte den Fernseher aus und tappte in der Stille unseres Gespräches auf Zehenspitzen in mein Zimmer, vorbei an den Zimmertüren meiner Schwestern, die hoffentlich geschlossen blieben. Mein Blick verweilte kurz auf Mels Tür, während in mir die Freude und das Schuldgefühl miteinander rangen.

Dann schloss ich meine Tür hinter mir.

»Also?«, begann ich und setzte mich aufs Bett. »Hast du eine Antwort auf meine Frage?«

»Ich weiß nicht, ob wir für die lange Variante genügend Zeit haben.« Für einen Augenblick klang er gedämpfter, so, als würde er das Handy von seinem Mund weiter entfernt halten, ehe er wieder direkt ins Mikro sprach. »Ich muss in ein paar Stunden aufstehen.«

»Vielleicht hättest du dich ausruhen sollen, wie Minho und Ed, statt anzurufen«, schlug ich vor, meinte meine Worte aber nicht im Geringsten ernst. Ich war egoistisch genug, mich darüber zu freuen, dass er sich für … für mich entschieden hatte.

»Hmm … Nein. Anzurufen war gerade genau die richtige Idee. Wer weiß, ob sich das Zeitfenster während meiner Schlafenszeit nicht wieder geschlossen hätte.«

»Du darfst dich nicht beschweren, wenn du später vor Müdigkeit die Augen nicht aufhalten kannst.«

»Nichts, was vier Tassen Kaffee nicht lösen könnten.«

Ich grinste. »Na gut. Dann also die kurze Variante.«

»Nicht die ›abgespeckte Weltstarvariante‹, ja?«, zog er mich auf und klang dabei selbst amüsiert über den Ausdruck.

»Die kann ich mir im Internet raussuchen.«

»Es geht mir gut.« Ich meinte, einen leichten Schall zu hören. Ob er noch in seinem Zimmer war? Oder sich genauso an einen anderen Ort zurückgezogen hatte wie ich? »Nicht absolut dreckig, nicht blendend. Einfach gut. Ich bin okay.«

Ich runzelte die Stirn. »Das klingt, als wäre ziemlich viel Luft nach oben.«

»Die letzten Wochen waren … anstrengend«, erklärte er. »Ich steh mit unseren Managern gerade ein wenig auf Kriegsfuß. Der Livestream hat da nicht unbedingt geholfen. Ich bin froh, dass Woo-seok ihnen zumindest ausreden konnte, jeden meiner Schritte zu verfolgen.«

»Wegen … wegen mir? Uns?«

»Weil ich mich nicht angemessen verhalte. Vermutlich würden sie das Foto am liebsten leugnen, aber spätestens nachdem du erkannt wurdest, war das keine Möglichkeit mehr.«

»Sie wissen nicht, dass wir wieder miteinander reden, oder?« Ich ahnte die Antwort, wollte sie aber von ihm hören.

»Nein.« Er zögerte einen Moment. »Und … es wäre wichtig, dass sie es nicht rausfinden.«

Seine Worte legten sich wie ein Stein in meinen Magen. Natürlich. Warum sollten sie ihre Meinung auch ändern? Die Situation war noch immer die gleiche – nur wussten wir diesmal, welche Gefahr bestand, wenn es irgendjemand rausfand. Ich schluckte den Kloß in meinem Hals hinunter. Schob den Gedanken beiseite.

»Wie ist Berlin so?«, wechselte ich das Thema. Nicht sonderlich geschickt, aber Jae-yong störte sich daran nicht.

»Ich hab bisher nicht viel gesehen«, erzählte er. »Den Flughafen, die Straßen, ein paar Hochhäuser beim Vorbeifahren. Die Leute, mit denen wir bisher zu tun hatten, sind nett. Ich hoffe, dass ich Min-ho und Hyun-woo morgen überzeugen kann, noch ein paar Sehenswürdigkeiten mit mir abzuklappern. Solange bei der Probe alles gut geht, sollten wir ein paar Stunden Zeit haben.«

»Es muss schön sein, so viel von der Welt sehen zu können«, sagte ich. Paris, London, Berlin, Amsterdam … Das waren alles Städte, die schon seit Jahren ganz oben auf meiner Reiseliste standen.

»Wenn ich die ganze Zeit nur reisen und ein paar Konzerte geben könnte, würde ich es tun.« Er lachte. »Ich glaube, ich werde im Laufe dieser Tour mehr Orte besuchen als in den ganzen einundzwanzig Jahren davor.«

Ich konnte mir nichts Schöneres vorstellen. »Irgendwann mache ich eine Weltreise«, sprach ich meinen Traum aus. »So wie bei *In 80 Tagen um die Welt*.«

»Dem Film oder dem Buch?«

»Dem Film. Das Buch liegt noch ungelesen in meinem Regal.«

Jae-yong lachte leise. »Neben wie vielen anderen?«

Ich biss mir auf die Unterlippe, zögerte kurz. »Vermutlich mehr, als ich in meinem Leben schaffe zu lesen.«

Als wieder sein sanftes Lachen erklang, hätte ich am liebsten die Hand ausgestreckt, um es einzufangen.

»Irgendwann wirst du deine Bilder in Galerien überall auf der Welt ausstellen«, sagte Jae-yong. »Dann kannst du alle Länder bereisen, die du schon immer sehen wolltest.«

»Ich weiß gar nicht, ob ich das möchte.« Meine Zeichnungen in kühlen Museen und Galerien von anderen kritisieren zu lassen … das war bisher nicht meine Traumvorstellung. »Ich mache es lieber nur für mich.«

Jae-yong gab ein nachdenkliches »Hmm« von sich. »Solange ich deine *Harry-Potter*-Illustrationen sehen darf …«

»Vielleicht überlege ich es mir noch mal anders, wenn du so drängelst.«

»Ich bin schon still.« Ein Gähnen folgte der Aussage, das mich beinahe mit seiner Müdigkeit ansteckte.

»Ich weiß, du brauchst nicht so viel Schlaf, aber wie wäre es, wenn du es für die letzten Stunden trotzdem noch mal probierst? Vielleicht hilft es, wenn du dir zumindest vorstellst, durch Seoul zu spazieren.«

»Ich glaube, das brauche ich gar nicht mehr.« Seine Stimme war schläfrig und machte seinen Akzent wesentlich prägnanter. Im Augenblick versuchte er nur wegen mir, wach zu bleiben. Bei dem Gedanken flatterten die Schmetterlinge wieder wild in meinem Bauch.

»Dann schlaf gut. Und viel Glück morgen«, sagte ich.

Jae-yong murmelte etwas Unverständliches. Ich lachte leise, merkwürdig glücklich über dieses Geräusch. Dann legte ich auf.

11. KAPITEL

Ich: Ich glaube, die Reporter haben aufgegeben. Ich hab seit zwei Tagen niemanden mehr vor unserer Haustür gesehen.

Jae-yong: War es sehr schlimm mit ihnen?

Ich: Es ging. Die erste Woche, nachdem ich auf dem Foto erkannt wurde, war … nicht schön. Wir konnten das Haus nicht verlassen, ohne uns an Kameras vorbeikämpfen zu müssen.

Ich: Das war eigentlich das Schlimmste. Nicht nach draußen zu können, nicht mal für einen Spaziergang.

Jae-yong: Ich kann es mir vorstellen. Aber heute gehst du raus?

Ich: Ja, ich treffe mich mit einer Kollegin … Freundin … Kollegenfreundin? In einem Café in der Stadt. Es ist so komisch, seit Erin weg ist, hab ich mich so selten mit Leuten getroffen, dass ich richtig nervös bin.

Jae-yong: Nervös? Weswegen?

Ich: Was, wenn wir keine gemeinsamen Interessen haben? Und uns dann anschweigen? Und es ganz grauenhaft und unangenehm wird?

Jae-yong: Du hast gesagt, du unterhältst dich immer gern mit ihr, wenn du sie auf der Arbeit triffst, oder?

Ich: Aber da ist der Einstieg meistens schon durch das Arbeitsthema geschafft. Sie jetzt außerhalb dieses geschützten Kreises zu treffen, fühlt sich so an, als würde ich eine ganz neue Person kennenlernen.
Jae-yong: Es wird schon alles gut gehen, Ella. Ich weiß, das ist ein schweres Schicksal, aber du musst wohl oder übel einsehen, dass du ein ziemlich witziger, netter, liebenswerter Mensch bist, mit dem sich Leute gerne unterhalten.
Ich: Kannst du mir das für die nächsten zwei Stunden regelmäßig neu schicken?
Jae-yong: Ich glaube, das eine Mal muss leider ausreichen. Ich muss gleich wieder auf die Bühne. Woo-seok besteht darauf, dass wir noch einen Durchgang machen, weil Eds Mikro vorhin mitten im Song ausgefallen ist.
Ich: Ohoh. Hals- und Beinbruch.
Jae-yong: ☺ Hoffentlich alles, nur das nicht.

NXT waren nach ihren ersten Europakonzerten in Berlin gestern Abend in Paris angekommen. Liv hatte mir vorhin groß und breit davon berichtet, wie gut Ed ausgesehen hat, wie sehr sie in den letzten Wochen Jae-yongs Grinsen vermisst hat – etwas, das ich sehr gut nachvollziehen konnte – und dass Hyun-woo der Welt unabsichtlich ein bis dato ungesehenes Tattoo in seinem Nacken präsentiert hat. Die Fans und Reporter haben sich wohl beinahe überschlagen deswegen. Ob Jae-yong auch eins hatte, von dem ich nichts wusste?

Der Gedanke, was für Tattoos Jae-yong sich wohl stechen lassen würde, begleitete mich zu meinem Treffen mit Lana. Die Temperaturen waren in den letzten Tagen immer höher geklettert und hatten den Sommer eingeleitet. Daher hatte ich mich heute für einen schwarzen Rock und eine lockere, schwarz-weiß gestreifte Bluse entschieden, bei der ich nicht sofort ins Schwitzen geraten würde. Die Hochbahn ratterte auf den Gleisen über die Straßen Chicagos hinweg. Ich setzte meine Kopfhörer auf und ignorierte so gut wie möglich alles um mich herum, bis ich an meiner Haltestelle angekommen war.

Das Café befand sich nicht weit vom Navy Pier entfernt, in einem kleinen Haus, das von Wolkenkratzern eingeschlossen wurde. Glücklicherweise war es eine der ruhigeren Ecken in Downtown – die Straßen waren kaum befahren, die Gehwege von Bäumen gesäumt, und die Leute wirkten weniger gehetzt als an den Knotenpunkten der Stadt. Als ich das Café betrat, fühlte ich mich sofort wohl. Auf den ersten Blick war es ein bisschen urig, aber gemütlich eingerichtet – mit hohen, dunklen Holzstühlen vor der Bar und Pflanzen, die in Töpfen von der hohen Decke hingen.

Lanas rote Haare waren in der Masse an Besuchern nicht schwer zu finden. Sie saß im hinteren Bereich und studierte das Menü. Ich schlängelte mich an den Tischen vorbei, die in keinem erkennbaren Muster im Raum standen. Als ich vor Lana stehen blieb, sah sie von der Karte auf.

»Du hast es ja doch noch geschafft«, sagte sie grinsend und klappte das Menü zu.

Ich zog den Stuhl zurück und setzte mich. »Geht ›verschlafen‹ als Ausrede durch?« Eventuell hatte ich am

Abend die Zeit etwas aus den Augen verloren, als ich mich endlich getraut hatte, meine Hogwarts-Zeichnung zu kolorieren.

Lana wiegte den Kopf hin und her, dann nickte sie. »Ich glaube schon. Das sag ich zumindest auch immer, wenn ich zu spät zu einem Seminar komme.«

»Weißt du, dass ich keine Ahnung habe, was du eigentlich studierst?«, sagte ich ehrlich und nahm die Menükarte, die zwischen uns auf dem Tisch lag. »Manchmal denke ich, die ganzen Leute aus dem Museum existieren nur in genau der Blase. So wie meine Highschool-Lehrer früher.«

»Ich weiß, was du meinst. Ich bin mir auch nicht sicher, ob wir tatsächlich hier sitzen oder ich noch schlafend im Bett liege«, erwiderte sie.

»Dafür ist es zu laut.« Die Gespräche der Leute um uns herum waren wie ein Summen im Hintergrund.

Lana verzog das Gesicht. »Zu meiner Verteidigung: Als ich das letzte Mal mit meiner Freundin hier war, ist es wesentlich weniger voll gewesen. Aber wenn du möchtest, können wir uns das nächste Mal einfach im Pausenraum im Museum treffen.« Sie lachte kurz auf. »Hab ich dir eigentlich mal erzählt, dass dort eins meiner ersten Dates mit meiner Freundin stattgefunden hat?«

Ich zog die Augenbrauen in die Höhe. »In unserem Pausenraum? Nein, aber die Story möchte ich unbedingt hören.«

»Sie wollte mich eigentlich nach meinem Feierabend abholen, weil wir essen gehen wollten«, begann Lana. »Aber nachdem ich ihr ein bisschen vom Museum gezeigt habe, haben wir uns festgequatscht und saßen stundenlang im Pausenraum. Statt des Restaurants wurde es ein stickiger, selten benutzter Raum und aus dem Drei-Gänge-Menü eine Banane, die wir uns geteilt haben.« Ihre Ohren wurden leicht rot und ein Grinsen umspielte ihre Lippen. »Und ganz nebenbei auch noch unser erster Kuss.«

Es kostete mich einige Mühe, kein lautes »Aw« von mir zu geben. Ich kannte Lanas Freundin nicht, aber wenn sie von ihr erzählte, glänzten ihre Augen immer. »Aber hat das Museum nicht Nachtwächter? Wie habt ihr es angestellt, die zu umgehen?«

Ihr Grinsen nahm einen schelmischen Zug an. »So weit nach hinten geht die Security nicht – dort gibt es ja eh nichts, was ein potenzieller Dieb einstecken könnte. Von den Jacken, die seit gefühlt zehn Jahren am selben Haken hängen, mal abgesehen.«

»Wow«, sagte ich und schüttelte lachend den Kopf. »Ich hab es hier also mit einer waschechten Kriminellen zu tun.«

Lana erwiderte mein Lachen und wirkte sogar ein wenig stolz. »Mit einer hungrigen Kriminellen vor allem. Hast du dich schon entschieden, was du haben möchtest?«

»Noch nicht.« Ich senkte meinen Blick auf die Karte. Die Speisen sprachen mich alle gleichermaßen an. Am liebsten hätte ich einmal alles probiert, bestellte aber letztlich die Blueberry Pancakes mit Nutella als Topping, und Lana klassische Eggs Benedict. Dazu nahmen wir jeweils einen Milchkaffee.

Entgegen meiner anfänglichen Sorge kam unser Gespräch kaum ins Stocken. Während wir aßen, entdeckten wir unsere gemeinsame Liebe zu Filmen mit Emma Stone, Lana erzählte von ihrem Modedesign-Studium und ihrem Umzug von England in die USA. Als wir über unsere Vorlieben im Musikgenre redeten, sprach ich einmal das Thema K-Pop an. Zu meiner Beruhigung sah Lana mich nur verwirrt an. Das Foto mit Jae-yong, die Reporter, das ganze Drama war an ihr vorbeigegangen, weil sie von K-Pop noch nie etwas gehört hatte. Im Nachhinein hätte ich mich am liebsten selbst getreten, sie noch mit der Nase darauf gestoßen zu haben. Sie musste nur eine kurze Recherche starten und würde im Handumdrehen auf die unzähligen Fotos stoßen, die im Netz kursierten. Auch wenn Lana auf mich nicht wirkte, als hätte sie allzu großes Interesse daran, sich damit zu beschäftigen. Glücklicherweise war das Thema schnell vergessen.

Als wir das Café schließlich verließen, schien die Sonne mit aller Kraft auf uns herunter.

»Ich möchte den Herbst zurück«, beschwerte sich Lana neben mir. »Bunte Bäume, knackig kaltes Wetter und Pumpkin Spice Latte. Nenn mir eine bessere Kombination.«

»Für den Pumpkin Spice wirst du mich nie begeistern können«, sagte ich und hob mir die Haare für einen Augenblick der Abkühlung aus dem Nacken. »Ich hab es einmal mit Sojamilch probiert, und es war wirklich, wirklich schlecht.«

»Die schmecken auch nicht überall gut. Ich zeig dir

im Herbst einfach, wo du den besten Pumpkin Spice bekommst, dann wirst du schon sehen.«

»Ich kann's kaum erwarten.« Meine Stimme hatte wieder diesen ironischen Unterton angenommen, obwohl ich es eigentlich ernst meinte. Es war schön, mal wieder etwas zu unternehmen. Und wenn es nur ein kleines Treffen auf einen Kaffee war, damit mir die Decke zu Hause nicht auf den Kopf fiel.

Wir liefen ein paar Meter schweigend, bis Lana an der Kreuzung vor uns nach rechts deutete. »Ich muss da lang. Ich hab den Auftrag, den Bruder meiner Freundin von seinem Handballtraining abzuholen.«

So zerknirscht, wie sie dabei aussah, war das keine Aufgabe, für die sie sich freiwillig gemeldet hatte. »Viel Spaß?«

»Ich hoffe es«, sagte sie.

Daraufhin verabschiedeten wir uns und gingen in entgegengesetzte Richtungen davon.

Mein Weg führte mich aus der kleinen Seitenstraße in eine Einkaufsmeile. Für einen Samstag waren erstaunlich wenig Leute unterwegs, daher konnte ich mich ohne Eile an den Schaufenstern vorbeitreiben lassen und Klamotten und Schmuck bestaunen. Ich hatte kein wirkliches Ziel, wollte nur etwas Zeit totschlagen, bevor Josh heute zum Abendessen kam. Ich tippte zwischenzeitlich immer wieder Nachrichten auf meinem Handy und musste aufpassen, nicht jedes Mal aus Versehen mit jemandem zusammenzuprallen.

Erin: Gibt es ein Gesetz dagegen, sonntags um sechs Uhr morgens von dem heißen Sohn der Leute aufgeweckt zu werden, bei denen man arbeitet, weil er es für angemessen hält, zu der Uhrzeit den Rasen zu mähen?
Ich: In den USA nicht, aber vielleicht sind die Australier da ein bisschen strenger.

Als ich wieder in der Bahn auf dem Weg nach Hause saß, schickte ich Jae-yong einen Abriss der letzten Stunde. Ich war fast an unserer Wohnung, als seine Antwort kam.

Jae-yong: Und die ganzen Sorgen vorher haben dich nur unnötig nervös gemacht.
Ich: Vielleicht lernt mein Kopf irgendwann, dass sie unnötig sind.
Ich: Wie war die Probe?
Jae-yong: Na ja. Das Gute ist, dass es keine weiteren Zwischenfälle mit den Mikros gab.
Ich: Und das Schlechte?
Jae-yong: Dass Woo-seok und Hyun-woo sich gestritten haben, was … ungewöhnlich ist. Normalerweise sind sie es, die Streitigkeiten zwischen Min-ho, Ed und mir schlichten.
Ich: Worüber haben sie sich gestritten?
Ich: Wenn ich das fragen darf, meine ich.

Die Grenzen komplett neu austesten zu müssen, war befremdlich. Als hätte jemand die Regeln, wie wir miteinander reden konnten, umgeschrieben und unsere Kennenlernphase vor Wochen einfach ausradiert.

Jae-yong: Natürlich darfst du das.
Jae-yong: Ich hab keine Ahnung, um ehrlich zu sein. Anscheinend haben sie sich gestritten, als wir drei gerade für unseren Song auf der Bühne waren. Aber man merkt, dass die Luft zwischen ihnen ziemlich geladen ist, auch wenn sie es nicht aussprechen.
Ich: Oh Mann. Ich hoffe, sie können es bis zum Konzert klären.
Jae-yong: Mir würde es schon reichen, wenn es endlich losgeht. Meistens schweißt uns die Zeit auf der Bühne wieder so weit zusammen, dass wir zumindest drüber reden können.
Jae-yong: Außerdem finde ich es immer etwas befremdlich, in gähnende Leere zu schauen … und zu singen. (Foto folgt.)

Danach kam ein Einblick in das Stadion: Die Ränge waren ausgestorben, die Räume vor und neben der schwarzen Bühne leer. Dass in wenigen Stunden Tausende von Menschen hineinströmen und die Plätze ausfüllen würden, kam auch mir unwirklich vor.

Ich: Irgendwie sieht es mit den ganzen Leuten eindrucksvoller aus.
Jae-yong: Ja, finde ich auch.
Jae-yong: Vor allem sobald es dunkel ist und die Lightsticks zu sehen sind.
Ich: Ich glaube, ich kann verstehen, warum Liv das unbedingt live sehen möchte.
Jae-yong: Hat sie ein Ticket für das Konzert in Chicago?

Ich: Nein, sie hat keins mehr bekommen, wenn ich mich nicht täusche.

Liv war tagelang schlecht gelaunt gewesen vor ein paar Monaten, weil sie kein Ticket für das Konzert ihrer Lieblingsband bekommen hatte. Dass es sich dabei um NXT gehandelt hatte, wusste ich damals noch nicht. Die Band war mir noch kein Begriff gewesen.

Jae-yong antwortete mit einem traurigen Emoji, dann erzählte er mir von seiner Schwester, die ihm gestern ein Foto von einem riesigen NXT-Fanplakat geschickt hatte, das die Wand über ihrem Bett zierte. Die Vorstellung, wie sie es extra für ihren großen Bruder gebastelt hatte, weil sie so stolz auf ihn war, war viel zu süß, um es in Worten auszudrücken.

Kurz darauf verabschiedete er sich – die letzte Stunde vor den Konzerten war anscheinend die ereignisreichste, und so würde er nicht antworten können.

Ich fragte mich nicht zum ersten Mal, was wir hier eigentlich taten. Ich schrieb mit einer Person, die nur kurze Zeit später in einem vollen Stadion vor achtzigtausend Leuten auftreten würde. Deren Name über den ganzen Abend hinweg von mindestens genauso vielen Fans geschrien werden würde. Ich wollte mich nicht in dieses Gedankenkarussell hineinsetzen, aber es fiel mir so schwer, nicht alle möglichen Katastrophen in meinem Kopf durchzugehen.

Als ich zu Hause ankam, setzte ich mich direkt an meinen Schreibtisch, um an der Illustration von Hogwarts zu arbeiten. Ich konzentrierte mich auf jeden Strich, zog jede

Linie mit Präzision, bis meine Gedanken langsam ruhiger wurden. Aber kaum war mir das gelungen, pingte mein Handy neben mir. Liv hatte mir unkommentiert einen Link zu einem Twitter-Account geschickt. Ich sah auf die Uhr und rechnete kurz. Das NXT-Konzert in Paris musste vor einer halben Stunde angefangen haben. Aber auch dieses Wissen bereitete mich nicht auf das vor, was Liv mir weitergeleitet hatte.

Das Foto war von so guter Qualität, dass man hätte meinen können, es wäre unter besten Verhältnissen in einem Studio aufgenommen worden. Jae-yongs Oberteil war ein Jeanshemd … Nur ein Jeanshemd. Aus welchem Grund auch immer waren wesentlich mehr Knöpfe geöffnet, als gut für mich und mein Herz war. Um seinen Hals hing die silberne Kette, an die ich mich noch gut erinnerte, ich sah sein Schlüsselbein, dann glatte Haut, mehr Haut und …

Liv: Gern geschehen.

Mein ganzer Körper hatte sich mit einem Mal aufgeheizt – aber ich spürte auch einen leichten Unwillen, dass das Foto für jeden zugänglich war und Tausende Leute es gerade live sahen. Die Bauchmuskeln, die ich angedeutet am unteren Rand des Fotos sah, mussten Stoff für die Fantasie vieler Leute sein. Meiner eingeschlossen. Wenn das der Einstieg ins Konzert war, hätte ich gern gewusst, wie es im Laufe der nächsten Stunden weitergehen würde.

Ich war kurz davor, nachzugeben und das Internet nach

Bildern und Videos zu durchsuchen, als Mel und Josh nach Hause kamen. Meine große Schwester bat Liv und mich, beim Kochen zu helfen. Ich legte mein Handy nur widerwillig beiseite und folgte beiden in die Küche.

Zu viert war das Kochen wesentlich einfacher, als wenn ich versuchte, allein etwas zu zaubern. Während Liv die Muffins im Ofen im Auge behielt und Mel drei kochende Töpfe gleichzeitig jonglierte, saß ich am Tisch und schnappte mir hin und wieder ein Stück Karotte von Joshs Schneidebrett, wenn meine Schwestern nicht hinsahen. Josh grinste mich dann jedes Mal an, erzählte aber, ohne zu stocken, weiter von seinen Eltern, die ihn triezten, Mel wieder mitzubringen, wenn er sie besuchte. Liv und ich lachten, als Mel daraufhin rote Ohren bekam und sich übermäßig konzentriert den Töpfen widmete.

Ich bemerkte es erst gar nicht. Erst später, als wir schon halb mit dem Essen fertig waren und die Gespräche sich um die vergangene Woche drehten, fiel mir auf, wie gut es mir ging. Ich fühlte mich so wohl wie schon lange nicht mehr, mit meiner Familie und Josh um mich herum. Leider flaute die Freude ab, als ich daran dachte, dass ich Mel noch immer nicht von Jae-yong erzählt hatte. Weil ich nicht wusste, wie ich dieses Gespräch überhaupt beginnen sollte. Und weil unser letzter Streit noch so präsent in meinem Kopf war. Der Gedanke daran reichte, dass ich mich wieder schlecht fühlte.

Das Gefühl wurde unterstrichen, als Josh während des Nachtischs Mel anschaute und dabei ein kleines Lächeln auf seinen Lippen erschien. Sie diskutierte gerade mit Liv über den Unterschied zwischen Cupcakes und Muffins und stockte, als sie Joshs Blick bemerkte.

»Was ist los?«, fragte sie.

Josh schüttelte den Kopf. »Ich freu mich nur, dass du dich wieder besser fühlst.«

Daraufhin verzog Mel das Gesicht. Sie sah kurz zu mir, dann wieder Josh an. »Habe ich krank ausgesehen?«

»Nicht unbedingt krank, aber … weniger fröhlich. Euch ist das doch auch aufgefallen, oder?«, fragte er und sah Liv und mich an.

Ich biss mir auf die Lippe. Mel sprach es nicht aus, aber ihr kurzer Blick hatte genügt. Ich wusste genau, warum sie sich schlecht gefühlt hatte, denn mir war es nicht anders ergangen. Wenn sie herausfand, dass Jae-yong und ich wieder miteinander sprachen …

Ich zupfte lieblos ein Stück von meinem Muffin ab und schob es mir in den Mund. Mein Kopf rief mir den ganzen restlichen Abend zu, dass ich es ihr sagen musste – allein schon, damit mein Schuldgefühl mich nicht jedes Mal überrannte, wenn ich mit Jae-yong oder Mel sprach.

Ich versuchte, mich so gut wie möglich an der Unterhaltung zu beteiligen, während ich innerlich panisch im Kreis lief. Wie sollte ich das Gespräch anfangen? Würde sie wieder sauer sein? Was, wenn es zwischen uns dann wieder so wäre wie vor ein paar Wochen?

Als Josh sich von uns verabschiedete und Mel ihn nach unten begleitete, hatte ich fast alle Szenarien durchgespielt, die auf das Gespräch folgen könnten. Mein Herz hämmerte laut in meiner Brust. Und mein Unwille musste mir sogar anzusehen sein, denn Liv warf mir einen fragenden Blick zu, ehe sie die schmutzigen Teller neben die Spüle stellte. Ich nahm mir den ersten davon und hielt ihn unter das laufende Wasser, um ihn abzuwaschen.

»Ich werde es ihr erzählen«, platzte ich heraus.

Liv sah mich verwirrt an. »Wem was erzählen?«

Wie konnte sie nicht ahnen, welches Thema seit Stunden in meinem Kopf kreiste? Ich wäre nicht verwundert, würde ein großes Blinklicht über meinem Kopf schweben.

»Jae-yong«, sagte ich. »Dass wir trotz allem wieder miteinander reden. Und dass es vielleicht das Dümmste und Schönste ist, was ich jemals getan habe.«

Liv wirkte, als wollte sie mich gleichzeitig in den Arm nehmen und über mich lachen. Kurz blickte sie in Richtung Wohnzimmer, dann sah sie mich an. »Bist du dir sicher?«

Ich zuckte mit den Schultern, nickte, schüttelte den Kopf. Nein, ich war mir nicht sicher. Ja, ich hatte Angst vor Mels Reaktion.

Liv drückte meinen Arm. »Das wird schon.«

Hoffentlich.

Als die Tür aufging und Mel zu uns stieß, verzog Liv sich mit einem aufmunternden Lächeln aus der Küche. Mel stellte sich kommentarlos neben mich und nahm ein Geschirrtuch zur Hand.

»Mel?«, fragte ich und räusperte mich. Meine Stimme wollte an dem Gespräch anscheinend genauso wenig beteiligt sein wie ich.

Sie nahm einen nassen Teller und trocknete ihn ab. »Was gibt's?«

Ich umklammerte den Teller in meiner Hand fest –

mein Ventil für alle Emotionen, die gerade in mir brodelten. »Ähm, also … Eigentlich ist es gar keine so große Sache, aber ich wollte es dir erzählen, weil du meine große Schwester bist und weil wir ehrlich zueinander sind und Liv es auch schon weiß … aber wir reden gerade wieder miteinander und Josh sagte, dir geht es wieder besser als in den letzten Wochen, deswegen weiß ich nicht …«

»Ella«, unterbrach sie mich – gleichermaßen verwirrt und besorgt, wenn ich ihren Gesichtsausdruck richtig deutete. Sie hatte noch absolut keine Ahnung, in welche Richtung das Gespräch gehen würde. »Was willst du mir sagen?«

Ich kratzte all meinen Mut zusammen. »Wir reden wieder miteinander.«

Stille. Dann: »Wie bitte?«

»Jae-yong und ich – wir reden wieder miteinander.« Wenn ich den Teller noch fester umklammern würde, würde er unter meinen Händen zerbrechen.

Mel starrte mich für einen endlosen Augenblick stumm an. Ich versuchte, ihrem Blick standzuhalten und ihr die Zeit zu geben, die sie brauchte. Das Schweigen wurde mit jeder Sekunde, die verging, drückender. Mel wirkte wie versteinert. Ich sah nur, wie ihr Brustkorb sich hob und senkte, ansonsten bewegte sie sich nicht. Ich wollte gerade den Mund aufmachen, als sie mir zuvorkam.

»Warum?«

Ich fand keine Worte, um es ihr zu erklären. Da waren so viele Gefühle, so viele Gedanken. Und keiner schien der richtige zu sein. Und dann … war da plötzlich doch einer, der alle anderen beiseiteschob.

»Weil ich ihn mag. Und das nicht einfach abstellen kann, nur weil jemand findet, dass es falsch ist.« Die Worte purzelten mit einem Mal aus meinem Mund, ohne dass ich es verhindern konnte. »Und weil ich glaube, dass es etwas Schönes und … und Besonderes ist, wenn man jemanden findet, bei dem man einfach man selbst sein kann.«

Mel rührte sich kein Stück, aber das störte mich kaum. Der Funken Mut, der in meinem Herzen entstanden war, breitete sich wie ein Feuer in meinem ganzen Körper aus.

»Und das habe ich«, sagte ich leiser. »Bei ihm.« Ich hob die Schultern an. »Keine Ahnung, ob es in einer Katastrophe enden wird, aber dann war es wenigstens meine Entscheidung, und ich hab es probiert.«

»Und wenn du wieder verletzt wirst?«, fragte sie … und ich verstand es endlich. Ich verstand, was es war, was ihn und mich für sie so falsch wirken ließ. Es war Angst um *mich*.

»Dann ist es eine Erfahrung, die ich für mich gemacht habe«, erwiderte ich fest. »Und davon abgesehen hattest du recht. Die Reporter sind weg, Liv sagt, online ist auch nichts mehr passiert. Ich verspreche dir, wir sind vorsichtiger, aber … wir sprechen auch nur.« Ich zögerte einen Moment, ehe ich noch leiser hinzufügte: »Ich habe ihn vermisst.«

Mel löste sich aus ihrer Starre. Sie verschränkte die Arme, und ihre Augen wanderten über mein Gesicht. Was auch immer sie dort suchte – sie schien es zu finden. Sie seufzte. Ein winziges, reuevolles Lächeln erschien auf ihren Lippen. »Ich kann dich nicht wirklich davon abhalten, oder?«

Die Erleichterung riss mich beinahe von den Füßen. Ich erwiderte ihr Lächeln. »Dabei nicht, nein.«

Sie nickte und ließ ihre Arme wieder sinken. Auch ich löste meinen verkrampften Griff um den Teller und reichte ihn Mel. Es war ein merkwürdiges Schweigen, das uns dabei umgab. Ich wusste nicht recht, wo ich meinen Fuß hinsetzen konnte, ohne auf eine zerbrechliche Eierschale zu treten. Sollte ich ihr mehr von Jae-yong erzählen? Vielleicht würde sie verstehen, weshalb ich das Risiko einging, wenn sie sich ein Bild von ihm machen konnte. So wie ich ihn abseits des Ruhms kennengelernt hatte.

Mel räusperte sich. »Und … wie lange habt ihr schon wieder Kontakt?«

Kurz hielt ich inne. Ihre Frage überraschte und freute mich gleichzeitig. »Seit Mittwoch.«

»Ah«, sagte sie und wirkte merkwürdig beruhigt dabei.

»Was Josh vorhin gesagt hat … Dass du die letzten Wochen nicht wirklich glücklich gewirkt hast …«

»Mach dir darüber keinen Kopf«, unterbrach Mel mich, bevor ich die richtigen Worte finden konnte. »Alles gut.«

Ich haderte mit mir. Irgendwie musste ich unseren Streit ansprechen, um die Wogen zwischen uns endgültig zu glätten.

»Es tut mir leid«, sagte ich leise. »Was ich gesagt habe. Das war nicht … Ich hoffe, du weißt, dass ich das nicht alles so gemeint habe.«

Sie sah mich nur aus den Augenwinkeln an. »Aber einiges schon, oder?«

Ich senkte den Kopf, konzentrierte mich aufs Abwaschen, hoffend, dass sie mir nicht länger böse war.

Einige Augenblicke vergingen, in denen nur das Plätschern des Wassers zu hören war.

»Ich weiß, dass ich kein guter Ersatz für Mom und Dad bin.«

Mein Blick schoss zu ihr, aber sie fuhr fort, ehe ich überhaupt einen Gedanken greifen konnte. Ein leichtes Lächeln lag auf ihren Lippen. Eins, in dem ein Hauch Traurigkeit mitschwang.

»Als ihr hierhergezogen seid, war ich so wütend auf die beiden, dass sie mir diese Verantwortung allein überlassen haben. Ich konnte damals gerade so auf eigenen Beinen stehen und sollte plötzlich zwei Minderjährige versorgen. Das hat mir einige schlaflose Nächte bereitet. Und plötzlich sind drei, vier Monate ohne sie vergangen, und mir ist bewusst geworden, dass sie wirklich niemals zurückkommen.« Sie nahm den letzten Teller von mir entgegen. »Aber da war die angemessene Zeit für eine Trauerphase schon vorbei, ich hatte meinen Job und euch und keine Ahnung, wie ich das alles jemals hinbekommen sollte.«

»Warum hast du dich trotzdem um uns gekümmert?«

Mel legte den Kopf schief. »Ihr seid meine Familie, Ella. Ich würde in hundert Jobs gleichzeitig arbeiten, um euch bei mir zu behalten.«

Der Kloß in meinem Hals war so groß, dass er mir die Stimme nahm. Ich versuchte, mich zu räuspern, wurde ihn aber einfach nicht los.

»Danke«, sagte ich schließlich. *Von ganzem Herzen.*

»Immer«, sagte sie, und ich sah, wie das Lächeln auf Mels Gesicht ein wenig an Traurigkeit verlor und ein kleines Funkeln in ihre Augen trat.

12. KAPITEL

Während wir den Abwasch erledigten, lief unser Gespräch in Dauerschleife in meinem Kopf, und ich war mir ziemlich sicher, dass es Mel nicht anders ging. Als wir fertig waren, gingen wir in unsere Zimmer. Ich ließ mich bäuchlings aufs Bett fallen und hätte sofort einschlafen können. Vorher wollte ich aber unbedingt Jae-yong eine Nachricht schreiben.

Ich: Wie hoch ist die Chance, dass du noch wach bist?

Seine Antwort kam wenige Minuten später.

Jae-yong: 110 %, wenn es nach dem Adrenalin in meinem Körper geht.
Jae-yong: Wie war dein Abend?

Ein Gefühl der Wärme durchströmte mich. Ich kuschelte mich tiefer in meine Kissen, ehe ich ihm wieder schrieb.

Ich: Erschöpfend, aber … schön?
Jae-yong: Mit Fragezeichen?

Ich: Ja, ich finde das Wort nicht passend, aber mir fällt kein besseres ein.

Jae-yong: Und warum war es schön(?)?

Ich: Es ist schwer zu erklären … Erzähl mir lieber, wie euer Konzert war.

Jae-yong: Gut. Bis zu dem Punkt, an dem Ed beim letzten Song ausgerutscht und ziemlich beschissen mit dem Fuß aufgekommen ist.

Ich: Oh nein, geht es ihm gut??

Jae-yong: Frag mich das am besten noch mal, wenn unser Teamarzt morgen entscheidet, ob er weiter auf die Bühne darf oder das nächste Konzert aussetzen muss.

Ich: Das klingt nicht gut …

Jae-yong: Keine Sorge, an sich geht es ihm nicht schlecht. Aber er hat den Rest der Zeit vermieden, sein Bein richtig zu belasten. Keine Ahnung, ob man das als Außenstehender überhaupt mitbekommen hat, aber für uns war es offensichtlich. Es schien ihn schon anzustrengen, für die letzten Minuten an einem Platz zu stehen.

Ich: Und wieso konnte euer Arzt noch nicht sagen, wie es weitergeht?

Jae-yong: Ed hat die Untersuchung verweigert. »Halb so wild«, um ihn zu zitieren.

Ich: Das … kann er einfach so machen?

Ich hatte angenommen, dass sie in solchen Punkten keine Wahl hatten. Schließlich musste es den Ärzten und dem Management am Herzen liegen, dass die fünf gesund blieben.

Jae-yong: Eigentlich nicht.

Jae-yong: Aber er weiß, dass er im schlimmsten Fall für die nächste Show ausfällt. Vermutlich humpelt er gerade durch sein Zimmer und ärgert sich grün und blau, einen Fehler gemacht zu haben.

Ich: Habt ihr mit ihm geredet?

Jae-yong: Woo-seok hat es versucht. Aber Ed ist eher der Typ, der so was zuerst mit sich selbst ausmachen muss.

Ich: ☹

Ich: Ich drück die Daumen, dass morgen keine schlechten Nachrichten auf euch warten.

Merkwürdig, dass Liv davon noch nichts erzählt hatte. Normalerweise war sie als Erstes informiert, wenn es irgendetwas Neues gab. Andererseits hatte sie den gesamten Abend über nicht wirklich auf ihr Handy gesehen. Vielleicht hatte sie es einfach nicht mitbekommen.

Ich stand kurz auf, um mich umzuziehen und mir das Gesicht zu waschen, ehe ich mich wieder ins Bett fallen ließ. Der Abend war wirklich erschöpfend gewesen. Trotzdem war dank des Gesprächs mit Mel auch ein Gewicht von meinen Schultern gefallen. Es waren kleine Schritte, frustrierend kleine teilweise. Aber wenn ich Mel mit jedem Schritt, jedem Wort, jedem Gespräch ein bisschen besser verstand, war es mir das wert.

Ich merkte nicht, wie ich einschlief, und brauchte einige Sekunden, um mich zu orientieren, als ich wieder aufwachte. Die Müdigkeit hatte mich erbarmungslos überrannt. Ich rollte mich auf die Seite, um den Wecker auf meinem Nachttisch sehen zu können. 6:02. Das letzte Mal, dass ich so früh wach gewesen war, war schon eine ganze Weile her. Normalerweise war ich kein Frühaufsteher. Aber heute fühlte ich mich so erholt und ausgeruht, als hätte ich in den letzten Stunden einen Wellnessurlaub eingeschoben, statt einfach nur zu schlafen.

Ich streckte mich ausgiebig, nahm mein Buch vom Nachttisch und ließ mich zum ersten Mal seit viel zu langer Zeit wieder richtig in die Geschichte fallen. Das war mit Abstand die beste Art, in den Tag zu starten.

Nach einer Weile hörte ich Liv in ihrem Zimmer herumstolpern. Etwas krachte gegen die Wand, die wir uns teilten. Es klang, als würde sie auf der anderen Seite versuchen, mit geschlossenen Augen ihr Zimmer zu durchqueren. Was ich mir sogar sehr gut vorstellen konnte. Wir waren beide ziemliche Morgenmuffel. Ich lachte leise und las weiter. Als irgendwann meine Handgelenke langsam wehtaten, drehte ich mich auf den Bauch. Fünfzig weitere Seiten vergingen, dann klappte ich das Buch zu und tastete unter der Bettdecke nach meinem Handy.

Erin: Okay, Fakt: Man hat keinen richtigen Sternenhimmel gesehen, wenn man noch nicht um halb zwei Uhr morgens in den australischen Outbacks unterwegs war.

Das hatte sie erst vor wenigen Minuten geschrieben und ein Foto des Himmels angehängt. Allerdings sah man darauf nichts außer ein paar winzig kleinen, leuchtenden Flecken – ihre Handykamera war nicht gerade die beste.

Ich: Warum bist du nachts im Outback?
Erin: ... für einen spontanen Trip.
Ich: Allein?
Erin: ...... nein ......
Erin: Es war Erics Idee.
Ich: Moment.
Ich: Wie viel habe ich in den letzten Tagen verpasst??
Erin: Nicht viel. Same old, same old. Aber einer seiner Freunde ist abgesprungen, und er hat mich daraufhin gefragt, ob ich mitkommen möchte. Ich dachte, bevor er allein fährt ... Es ist ja nur für eine Nacht.

Der abgesprungene Freund klang für meinen Geschmack zwar sehr nach geplantem Zufall, aber das behielt ich für mich.

Ich: Wenn dich ein wild gewordenes Känguru auffrisst, muss ich nach Australien kommen und Eric in den Po treten.
Ich: Und danach bin ich arm, weil die Flüge dorthin so teuer sind.
Erin: Dann würdest du meinen hinterlassenen Reichtum erben.
Ich: Es wäre mir eine Ehre.
Ich: Übrigens ...
Ich: Habe ich gestern Mel erzählt, dass Jae-yong und ich wieder miteinander reden.
Erin: Oh. Wie ist es gelaufen?
Erin: Ich kann dich nicht anrufen, weil der Empfang hier grottig ist. Aber ich hoffe, dass es kein Super-GAU war.

Meine Schilderung des Abends war so lang, dass sie einem halben Roman glich, aber ich wollte unbedingt alles loswerden. Ich hatte das Gefühl, endlich wieder wie ein halbwegs normaler Mensch durch die Welt zu gehen.

Ich: Ich hoffe einfach, dass sie sich nicht zu viele Sorgen macht.
Erin: Dass sie sich Sorgen macht, wirst du nicht verhindern können. Ich weiß, wir haben darüber geredet, aber die ganze Situation könnte so schnell wieder hochgehen.
Erin: Und ich bin ganz ehrlich: Mir wäre es auch lieber, wenn ich dich in Watte packen könnte. Aber geht halt nicht.
Ich: Ich will es auch nicht verhindern. Ich will nur, dass sie … ich weiß auch nicht. Nicht so viel Angst um mich hat?
Erin: Sie ist deine Familie, Ella. Ich glaube, da ist es schon vorprogrammiert, dass man sich für den anderen wünscht, dass er glücklich ist.
Erin: Ich bin seit einem halben Jahr in Australien, und Mom fragt mich immer noch regelmäßig, ob das auch wirklich die richtige Entscheidung war.
Ich: Das wusste ich gar nicht.
Erin: Ich glaub, das ist ihre Art, mir zu sagen, dass sie mich vermisst.

Nicht nur sie, Erin. Nicht nur sie.

Eine Stunde später hatte ich es endlich aus dem Haus geschafft und war unterwegs zur Bibliothek. Matt hatte mir geschrieben, dass er dort war und ich einfach dazukommen konnte, wenn ich Lust hatte. Mein Weg fühlte sich diesmal weniger schleppend an als in den letzten Wochen. Leichter irgendwie. Nicht so sehr nach einer Aufgabe, die ich hinter mich bringen musste, bevor ich mich wieder vor allem verstecken konnte. Ich freute mich auf die Reihen um Reihen voller Bücher, die nur darauf warteten, von mir entdeckt zu werden.

In dem Hochgefühl wurde mir wieder bewusst, wie mies ich mich die letzten Wochen tatsächlich gefühlt hatte. Ich hätte nie gedacht, dass ich mich mal aufgrund eines anderen Menschen von mir selbst entfremden würde. Trotzdem war es passiert. Aber noch viel wichtiger war: Ich hatte es durchgestanden.

Stolz und Stärke daraus zu ziehen, war einfacher als erwartet. Ich nutzte sie, um mich zu wappnen für was auch immer in der nächsten Zeit noch auf mich zukommen würde. Was einiges war, wenn ich an Jae-yongs Status dachte.

Ich fand Matt in einem versteckten Winkel der Bibliothek und zog den Stuhl ihm gegenüber hervor. Zwischen den Buchstapeln, die sich links und rechts von ihm auf dem Tisch türmten, war er kaum zu sehen.

Vermutlich hatte er sich mit Bibliotheksöffnung heute Morgen auf seinen Platz gesetzt und ihn seitdem nicht mehr verlassen. Matt machte immer den Anschein, als würde ihn das Studium nicht interessieren, aber wenn es darauf ankam, kniete er sich mehr in den Stoff, als ich es je getan hatte.

»Morgen«, sagte ich, meinen Rucksack auf dem Schoß haltend.

Matt ließ in einer dramatischen Geste seinen Stift fallen. »Sie lebt! Ich glaub es nicht. Geht's dir wieder gut? Allein zu lernen, ist langweiliger, als du dir vorstellen kannst.«

Ich lachte und verdrehte die Augen bei seiner Übertreibung. »Ja, es geht mir wieder gut. Und tut mir leid, dass du das allein durchstehen musstest, aber ich habe dir zur Entschädigung sogar etwas mitgebracht.« Ich legte einen Schokoriegel vor ihm ab, ehe ich meine Sachen auf dem Tisch ausbreitete. »Bist du schon lange hier?«

Er schnappte sich den Riegel sofort und packte ihn aus. »Seit sieben etwa«, sagte er und biss ein Stück davon ab.

»Hast du schon eine Pause gemacht?«

Er wedelte mit dem Riegel in der Luft. »Jetzt gerade. Ich habe zwei Hausarbeiten fertig geschrieben und Mr Cavanoughs Text durchgearbeitet. Bibliotheken sind nicht sonderlich für ihren Tischservice bekannt.«

Ich grinste. »Wie gut, dass du einen Lernbuddy wie mich hast, der dir Essen mitbringt.«

Nachdem er den Riegel aufgegessen hatte, widmete er sich wieder seinen Notizen. Ich klappte mein Lehrbuch auf und versank kurz darauf selbst in meinem Stoff. Zu Hause hatte ich nicht einmal in ein Lehrbuch geschaut, und das war an der Länge meiner To-do-Liste jetzt zu erkennen. Ich schaffte es, sie ein wenig zu verkleinern, aber die Texte, die wir über die Semesterferien lesen sollten, waren gefühlt mehr, als ich schaffen konnte. Ich erwischte mich ziemlich bald, wie ich mit den Gedanken abdriftete. Nach einer guten halben Stunde gab ich bereits auf und holte mein Handy hervor, um mit Jae-yong zu schreiben.

Jae-yong: Ed humpelt immer noch, und wenn du mich fragst, sieht es schlimmer als gestern aus.

Jae-yong: Er wurde gerade untersucht. Keine Ahnung, wie der Arzt ihn dazu gebracht hat, aber er soll das nächste Konzert aussetzen.

Ich: Wie geht's ihm damit?

Jae-yong: Er redet nicht viel mit uns, obwohl er normalerweise der Gesprächigste von allen ist. Ich bin mir sicher, dass es in ihm gerade ziemlich brodelt, aber es ist nicht so, als könnten wir etwas dagegen unternehmen.

Ich: Und wie regelt ihr das beim nächsten Konzert? Bleibt er dann einfach … im Hotel? Oder backstage und schaut euch zu?

Jae-yong: Er wird bei den Choreografien aussetzen müssen, seine Parts aber trotzdem singen. Keine Ahnung, wie genau das dann aussehen wird. Für heute Abend steht ein Krisenmeeting an.

Ich: Passiert das öfter? Dass sich jemand von euch verletzt?

Jae-yong: Es ist nicht ungewöhnlich, aber meistens nicht in dem Ausmaß, dass man nicht mehr performen kann.

Ich: Dann hast du dich auch schon verletzt?

Jae-yong: Öfter, als ich an zwei Händen abzählen kann, ja.

Jae-yong: Die Bühnen sind häufig rutschig, vor allem wenn wir zwischendurch was trinken oder Woo-seok den Inhalt der Wasserflaschen über die Fans verteilt. (Das macht er sehr gern.)

Ich: Hmm.

Jae-yong: Mach dir keine Sorgen, ich pass auf mich auf.

Ich: Sorgen machen ist mein default setting.

Jae-yong: Ich weiß. Deswegen sage ich dir, dass du es in dem Fall ausschalten kannst.

Matt schob seine Unterlagen stöhnend von sich. Ich sperrte mein Handy schnell und schaute ertappt auf. Der schuldbewusste Ausdruck auf meinem Gesicht musste Bände sprechen.

»Weißt du, was ich glaube?«, fragte er und fuhr sich mit der Hand durchs Haar. »Ich glaube, dass ein Kunstkurs dir wirklich helfen würde, dich besser auf dein Major konzentrieren zu können.«

Ich verzog das Gesicht innerlich. Das war die Art Gespräch, die ich in letzter Zeit viel zu häufig geführt hatte – nicht zuletzt mit mir selbst. »Ich kann mich nicht konzentrieren, weil die Texte absolut langweilig sind. Das hat nichts mit dem Studiengang an sich zu tun.«

Matt zuckte mit den Achseln. »Ich find Statistiken interessant.«

»Warum belegst du dann den Kunstkurs nebenbei?«

»Ich brauche den analytischen Teil genauso wie den künstlerischen. Mein Hirn dreht durch, wenn ich eins von beiden die ganze Zeit ohne Unterbrechungen mache.«

»Und wieso hast du dich entschieden, *International Business* zu deinem Major zu machen? Du hättest dem künstlerischen Teil auch den Vorrang geben können.«

Er runzelte die Stirn und betrachtete mich einen Augenblick eingehend. »Ich bin mir nicht sicher, was das mit deiner mangelnden Konzentration zu tun hat.«

Nichts. Ich unterdrückte ein Seufzen. Es war ein Abzweig aus dem Gespräch gewesen, den mein Hirn eingeschlagen hatte, um auf den Vorschlag nicht antworten zu müssen.

»Ich hab dir gesagt, dass ich darüber nachdenke, und das tue ich im Moment«, sagte ich.

Nein, Ella. Nein, tust du nicht, zog es durch meinen Kopf. Die letzten Tage hatten Gedanken an Jae-yong alles überschattet und mir einen Ausweg gegeben, nicht über mein Studium nachdenken zu müssen. Meine Verdrängungstaktiken liefen so gut, dass ich teilweise selbst nicht bemerkte, wann ich sie anwendete.

»Ich sag das auch nicht, weil ich dich ärgern will«, zog Matt mich aus meinen Gedanken. »Es ist deine Entscheidung. Aber ich weiß aus eigener Erfahrung, dass man ab einem bestimmten Punkt auf Hindernisse im Lernen stößt, die einfacher zu umgehen wären, wenn man sich an jemandem orientiert, der das alles selbst durchgemacht hat.«

»Ich weiß«, murmelte ich schwach. Diesen Punkt hatte ich schon seit einiger Zeit erreicht. Ich blieb beim Zeichnen oft in meiner Komfortzone, mein Stil hatte sich seit Monaten weder verbessert noch verschlechtert. Ich wusste nicht, wo ich ansetzen sollte, was ich lernen musste, welchen Schritt ich als Nächstes tun sollte, um meine Fähigkeiten weiter zu fördern.

Dabei wollte ich es. So sehr, dass meine Finger kribbelten. Wenn ich darüber nachdachte, wie sehr mir das Lernen anfangs Spaß gemacht hatte, zog ein vertrautes, warmes Gefühl durch meinen Körper. Ich hatte es immer geliebt, neue Dinge zu entdecken. Wann war das auf der Strecke geblieben?

Ich rieb mir müde über die Augen. »Hätte ich jetzt überhaupt noch eine Chance, in Mr Vegas Kurs zu kommen?«

Matt hob eine Augenbraue. »Bestimmt.«

»Ich denke drüber nach«, wiederholte ich meine letzte Aussage. Aber irgendwie ... fühlte es sich diesmal anders an. Als würde ich den Gedanken nicht so einfach wieder abschütteln können. Ich wusste, dass ich eine Entscheidung treffen musste. Wohin die mich allerdings führen würde, war mir noch ein Rätsel.

13. KAPITEL

Wo war der Ausschaltknopf für mein Gehirn? Das Gespräch mit Matt geisterte mir den ganzen Tag durch den Kopf. Ich war froh, dass im Museum heute immerhin etwas mehr los war. Es gab mir genügend Abwechslung, um nicht die ganze Zeit die gleichen Gedanken durchzukauen. Ich reichte der Gruppe Rentner ihre Garderobenmarken und wünschte ihnen viel Spaß bei der Ausstellung, ehe ich mich den nächsten Besuchern widmete.

Die Arbeit an der Garderobe war stupide genug, und ich verlor mich in den Fragen der Leute und in meinen Tätigkeiten, die immer gleich blieben. Als es endlich etwas ruhiger wurde, packte ich den Salat aus, den ich vorhin noch schnell am Kiosk gekauft hatte. Er sah recht traurig aus – ich hatte nicht mal ein Dressing dafür –, aber für meinen knurrenden Magen war es erst einmal ausreichend. Die Gabel war gerade auf halbem Weg zu meinem Mund, als ich eine Nachricht von Jae-yong auf meinem Handy aufploppen sah.

Jae-yong: Ich hätte nicht erwartet, dass deine Schwester unseren Kontakt so gut aufnimmt.

Jae-yong: Das letzte Mal wirkte sie … na ja. Nicht sehr begeistert von mir.

Ich: Ich glaube, die Umstände eures ersten und letzten Treffens waren auch ziemlich besonders.

Ich: Das solltest du nicht als Richtwert nehmen.

Jae-yong: Dafür klang sie aber ziemlich deutlich, als sie mir sagte, dass ich mich nie wieder bei euch blicken lassen soll.

Ich: Sie hat was??

Jae-yong: Kurz nachdem sie in dein Zimmer gekommen ist. Sie hat mich zur Tür gebracht, und bevor sie sie mir vor der Nase zugeschlagen hat, meinte sie, dass es ihr völlig egal sei, wer ich bin – wenn ich noch mal bei euch auftauchen würde, würde sie die Polizei rufen.

Mel hatte das gesagt? Ich kramte in meinen Erinnerungen, aber ich konnte beim besten Willen nicht sagen, was passiert war, nachdem Jae-yong mein Zimmer verlassen hatte. Ich spürte nur noch Mels Arme, die mich festgehalten hatten.

Ich: Das hab ich nicht gewusst …

Jae-yong: Ich hätte bei meiner kleinen Schwester nicht anders gehandelt. Sie passt ziemlich gut auf euch auf.

Ich: Ja, sie ist die Beste.

Sie war es auch dann, wenn ich das Gefühl hatte, es eigentlich gar nicht zu verdienen. Das Wissen, dass sie immer hinter mir stand und alles tun würde, um auf mich aufzupassen – egal, ob wir uns gerade stritten oder nicht –, war unglaublich beruhigend. Ich wünschte nur, es ihr irgendwie zurückgeben zu können. Ihr ein bisschen von *ihrer* Last abzunehmen.

Ich: Ist bei eurem Konzert heute denn alles gut gelaufen?
Jae-yong: Wir haben kurz vor Ende einen Geburtstagssong für Min-ho angestimmt. Das ganze Stadion ist mit eingestiegen, du hättest sein Gesicht sehen sollen.
Jae-yong: Seine Stimmung ist an solchen Tagen immer an einem Tiefpunkt, weil er sie lieber mit seinen Eltern verbringen würde. Aber heute ist er über die Bühne gehüpft, als wäre sein größter Wunsch in Erfüllung gegangen.
Ich: Wenn ich tief genug grabe, finde ich bestimmt ein Video davon auf YouTube.
Jae-yong: Vielleicht kannst du dann das Rätsel lösen, ob er tatsächlich geweint hat oder nicht. Er verneint es vehement, aber der Rest von uns ist sich ziemlich sicher.
Ich: Gib mir ein paar Stunden, ich setze mich sofort daran, wenn ich zu Hause bin.
Jae-yong: Arbeitest du gerade?
Ich: Ja, aber nicht mehr lange. Nur noch zwei Stunden.

Ich wartete einen Augenblick auf eine Antwort, ehe ich nach dem Video suchte, von dem wir gerade gesprochen hatten. Jae-yong hatte recht – wenn mich die Scheinwerfer nicht täuschten, standen Min-ho während der letzten Zeilen des Geburtstagslieds wirklich die Tränen in den Augen. Seine vier Bandmitglieder lachten und umarmten ihn, während Fans im Hintergrund laut schrien.

Ich legte mein Handy beiseite, um endlich meinen Salat aufzuessen – und gerade rechtzeitig. Ich hatte die letzte Tomate auf meiner Gabel aufgespießt, als die nächsten Besucher kamen, ihre Jacken abgaben und nach dem richtigen Weg fragten. Als meine Schicht endete, war ich erschöpft genug, dass ich meine Heimfahrt einfach genießen konnte.

Zu Hause fand ich Liv in der Küche, wo sie gerade ein Blech voller Kekse in den Ofen schob. Ich blieb im Türrahmen stehen. »Backst du für eine Kavallerie?«

Liv stieß den Ofen schwungvoll zu. »NXT geben morgen ihr letztes Konzert der Europatournee, und Charlie kommt ganz früh, damit wir es uns live ansehen können. Da brauchen wir Vorrat.« Sie stellte sich einen Timer an ihrem Handy. »Hast du Lust, es mit uns zu gucken?«

Meine Neugier reckte sofort den Kopf. Jae-yong live in seinem Element sehen? Doch dann fiel mir ein, wie überfordert ich schon damit gewesen war, als Liv mir vor ein paar Tagen das Foto von Jae-yong geschickt hatte. Ich war mir nicht sicher, ob ich ein ganzes Konzert überstehen würde. »Ich schau mal, ob ich Zeit habe.«

»Wie du meinst«, sagte Liv betont gleichgültig und schaute sich dann in der Küche um. »Ich würde sagen, ich bin fertig!«

Ich ließ meinen Blick durch die Küche schweifen. Fertig mit Backen, ja. Töpfe und Schüsseln stapelten sich neben einer weißen Schicht aus Mehl auf dem Tisch. Liv wollte an mir vorbei durch die Tür, das dreckige Geschirr völlig ignorierend, aber ich hielt sie mit einem Griff am Oberarm auf. »Nicht so schnell.« Ich deutete auf das Chaos. »Das räumt sich nicht von selbst auf.«

Liv schaute nur zaghaft über ihre Schulter – und verzog den Mund. »Können wir auf die gute Fee warten?«

»Wenn du mit der guten Fee Mel meinst, dann nein. Komm, ich helfe dir«, schlug ich vor und machte mich daran, Wasser ins Abwaschbecken laufen zu lassen.

Liv stöhnte und murrte vor sich hin, wehrte sich aber nicht weiter, und eine Viertelstunde später war die Küche wieder vorzeigbar. Liv warf sich sofort auf die Couch und schaltete den Fernseher ein.

Ich verräumte noch die letzte Schüssel, dann ging ich in mein Zimmer. Mein Laptop fuhr mit einem leisen Surren hoch, und ich spielte mit dem Gedanken, an der halb fertigen Hausarbeit weiterzutippen, verwarf die Idee aber mit einem Blick auf die Uhr. Viel lieber wollte ich es mir mit einem guten Film in meinem Bett bequem machen.

Nur kam ich nicht mal dazu, mich für einen zu entscheiden. Das Vibrieren meines Handys lenkte mich – wie so oft in letzter Zeit – ab. Ich streckte mich über den Schreibtisch, wo es gefährlich nah an der Kante lag, nahm es in die Hand und lehnte mich in meinem Stuhl zurück.

Keine Sekunde später saß ich wieder aufrecht, als ich den eingehenden Videoanruf von Jae-yong sah. Völlig unangekündigt. Ich strich mir über die Haare, um festzustellen, ob meine Locken irgendwo der Schwerkraft trotzend von meinem Kopf abstanden. Dann nahm ich ab.

Und plötzlich war er da. Direkt vor mir, live und in Farbe. Das Bild war nur schwach beleuchtet. Er saß aufrecht, angelehnt an das Kopfteil seines Hotelbetts, trug seine Brille und ein schüchternes Lächeln auf den Lippen, das vermutlich entschuldigend wirken sollte.

»Eine kleine Vorwarnung wäre ganz gut gewesen«, sagte ich und hoffte, dass mir nicht anzuhören war, wie sehr mir das Herz bis zum Hals klopfte.

Er biss sich auf die Unterlippe, wie um sich ein Lachen zu verkneifen. »Wärst du rangegangen, wenn ich es vorher angekündigt hätte?« Seine Stimme … Himmel, der tiefe Klang tat Dinge mit mir, die ich besser nicht aussprechen wollte.

»Ja, aber ich hätte vorher Zeit gehabt nachzusehen, ob meine Haare das tun, was sie sollen, statt sich Medusamäßig um meinen Kopf zu winden.«

Jae-yongs Lächeln wurde breiter. Kurz betrachtete er meine Haare und sah mir dann wieder in die Augen. »Alles gut. Keine Schlangen weit und breit auf deinem Kopf zu finden.«

Ich lehnte das Handy an meinen Laptop, um beide Hände frei zu haben. Leider rutschte es auf der glatten Oberfläche weg und zeigte statt mir die weiße Decke meines Zimmers, egal wie oft ich es probierte.

Beim dritten Mal hörte ich ein leises Lachen von Jae-yong und gab es auf. Ich hielt es wieder in der Hand. Schweigen legte sich über uns. Es war so merkwürdig vertraut und neu zugleich, mit Jae-yong zu sprechen. Ihn auf meinem Handy-Bildschirm zu sehen, als wäre ich nur ein Mädchen und er nur ein Junge, die sich miteinander unterhielten.

Ich mochte den Gedanken, zum Kreis der Leute zu gehören, die ihn abseits des Rampenlichts kennenlernen konnten – aber es machte mich auch unerwartet schüchtern.

»Hi«, war alles, was ich hervorbrachte.

Und ich sah, dass es ihm auch nicht anders ging. Er fuhr sich durch die Haare, seine Grübchen blitzten auf – und stahlen mir ein Stück meines Herzens. »Hi.«

Wieder Stille. Weil ich es einfach nicht aushielt und mein Hirn mir für den Augenblick den Dienst versagt hatte, wiederholte ich die Begrüßung noch einmal.

Jae-yongs Lächeln wurde zu einem vorsichtigen Grinsen. »Hi.«

Ich senkte meinen Kopf ein wenig, bis meine Haare mir ins Gesicht fielen, und hoffte, dass sie und die schlechte Kameraqualität meine roten Wangen verstecken würden.

»Habe ich dich bei etwas gestört?« Sein Tonfall klang entschuldigend.

Ich schüttelte den Kopf. »Nein, alles gut. Ich hab nur überlegt, was ich mir heute Abend anschauen möchte.«

»Was steht denn zur Auswahl?« Er legte den Kopf schief. Ein paar rosa Strähnen fielen ihm in die Augen, aber es schien ihn nicht zu stören.

Für einen Moment sah ich ihn nur stumm an, beobachtete das Spiel von Licht und Schatten auf seinen Gesichtszügen und wie das weiße Shirt, das er trug, sich jedes Mal über seine Brust spannte, wenn er einatmete.

»Ella?«

Mein Blick zuckte wieder zu seinem Gesicht. Vermutlich waren meine Augen groß wie die eines Rehs, denn seine blitzten amüsiert. »Ja, was … was hast du gesagt?«

»Ich wollte wissen, was zum Anschauen zur Auswahl steht«, wiederholte er geduldig.

»Oh.« Ich warf einen Blick auf die Watchlist, die mir

vom Computer entgegenleuchtete. »*Atypical, The Longest Ride, Les Misérables* … Aber irgendwie hab ich auf nichts davon richtig Lust.«

»Hast du schon mal ein koreanisches Drama geschaut?« Auf mein Kopfschütteln hin hoben sich seine Mundwinkel. »Es gibt ziemlich gute Serien und Filme, wenn du kein Problem damit hast, die ganze Zeit Untertitel lesen zu müssen.«

»Kein bisschen.« Durch die Animes, die ich ab und zu mit Liv sah, war ich darin bestens geübt. »Hast du Empfehlungen?«

»*Dokkaebi*«, erwiderte er sofort und runzelte die Stirn. »Wie heißt es auf Englisch? Goblin? … Ich bin mir nicht sicher, aber wenn du magst, kann ich es dir nachher raussuchen.«

»Ja, bitte.« Es war nur eine kleine Sache, aber ich freute mich über den Tipp. Es war ein winziger Einblick in sein Leben – seine Kultur –, den ich sonst nicht zu sehen bekam.

Jae-yong biss sich auf die Unterlippe und fuhr sich ein weiteres Mal durch die Haare, und mich beschlich das Gefühl, das ihm etwas auf dem Herzen lag. Ich war mir nur nicht sicher, was es war – oder wie ich danach fragen sollte.

»Hattest du denn einen bestimmten Grund, weswegen du mich angerufen hast?«, versuchte ich es schließlich.

Sein Blick flackerte kurz zur Seite und unterstrich meinen Gedanken. »Ich wollte dich sehen.« Er zog eine Schulter in die Höhe und lächelte mich ein wenig unbeholfen an.

Ich drückte meine Hand auf meinen Bauch, als die Schmetterlinge darin flatterten. Die paar Worte reichten, dass meine Wangen wieder ganz heiß wurden. Ich versuchte, sie mit meinen Fingern zu kühlen, und spürte dabei Jae-yongs Augen auf mir. Mein Blick glitt auf der Suche nach einem Themenwechsel über meinen Schreibtisch, eine Zeichnung zog meine Aufmerksamkeit auf sich. Ich streckte den Arm nach dem Blatt aus.

»Erinnerst du dich an das *Harry-Potter*-Bild, das du sehen wolltest?«, fragte ich.

Er nickte und setzte sich aufrechter hin. »Zeigst du es mir?«

Ich zögerte einen Moment, aber eigentlich hatte ich meine Entscheidung bereits gefällt. »Versprich mir, dass du lügst, wenn du es nicht gut findest.« Ich hatte die leise Ahnung, dass ich es mir sehr zu Herzen nehmen würde, sollte er etwas daran auszusetzen haben, gerade weil es um dieses Hogwarts-Bild ging.

»Versprochen.«

Ich versuchte noch einmal, das Handy an meinen Laptop anzulehnen. Glücklicherweise tat es mir den Gefallen und blieb diesmal stehen. Ich atmete tief durch, um mich für seine Reaktion zu wappnen. Dann hob ich das Bild an, hielt es vor mein Gesicht und direkt in die Kamera. Immerhin konnte ich seinen Gesichtsausdruck auf diese Weise nicht sofort sehen.

Schweigend zogen sich die Sekunden in die Länge. Es brauchte einiges an Überwindung auf meiner Seite, ehe ich das Blatt senkte und über den Rand hinweglinste.

»Das hast du gemalt?« Seine Stimme war leise, als hätte

er ein Geheimnis erfragt, dessen Antwort nur er und ich hören durften.

»Ja«, sagte ich ein wenig unsicher. In meiner Vorstellung hatte ich sofort seine Grübchen aufblitzen sehen. Ich sah kurz nach unten auf das Bild, dann wieder zu ihm. »Es ist nicht ganz sauber, weil ich vor allem anfangs viel zu oft radiert habe. Und Hedwig ist von der Größe her nicht ganz proportional zum Schloss, aber ich mag den Hintergrund und den Nachthimmel. Siehst du das?« Ich tippte auf den dunklen Hintergrund, der mit weißen und hellgelben Sprenkeln übersät war. »Die Sterne hab ich mit einem alten, steifen Pinsel draufgespritzt … Findest du es nicht gut?«

Der konzentrierte Ausdruck, mit dem er meinen Erklärungen gelauscht hatte, verwandelte sich in einen ungläubigen. »Was? Nein! Ich finde es wunderschön.«

»Du hast nicht wirklich überzeugt ausgesehen …«

»Weil ich nicht glauben kann, dass du das wirklich gemalt hast.« Er fuchtelte mit den Händen, dann fuhr er sich wieder durch die Haare. Es fiel ihm sichtlich schwer, eine richtige Formulierung zu finden, und ich fragte mich unwillkürlich, welche Worte er wohl benutzen würde, wenn er es in seiner Sprache sagen könnte. »Hast du schon mal ein Lied gehört und die Emotionen, die darin verarbeitet wurden, richtig gespürt?«

Das »Ja« kam mir sofort über die Lippen, auch wenn ich nicht wusste, worauf er hinauswollte.

»Das Gefühl ist es, wenn ich deine Zeichnung angucke«, sagte er. »Nur in Bildform, statt als Lyrics und Melodie.«

Erleichtert betrachtete ich das Bild in meinem Schoß, an dem ich so lange gesessen hatte, bevor ich endlich zufrieden war. Ich hatte einiges von mir in die Zeichnung gesteckt und dabei nicht einmal darüber nachgedacht, ob es technisch in Ordnung war. Es hatte sich einfach … richtig angefühlt. Und anscheinend konnte er das sehen. Vielleicht waren sich unsere Leidenschaften gar nicht so unähnlich.

»Da du mir eins deiner Bilder gezeigt hast … Wenn du möchtest, spiele ich dir bei Gelegenheit mal einen Song vor, den ich geschrieben habe«, sagte Jae-yong.

Das ließ mich aufhorchen. »Schreibst du viele Songs selbst?«

Er zuckte mit den Schultern, plötzlich viel weniger selbstbewusst als noch Sekunden zuvor. Ich meinte sogar zu sehen, wie seine Ohren in dem schummrigen Licht leicht rot wurden. »Von den Songs, mit denen wir auftreten, kaum welche.«

»Du sagst das, als würde es die Tatsache, dass du selbst Songs schreibst, weniger interessant machen«, meinte ich.

»Das nicht.« Er verzog den Mund, und ein Ausdruck huschte über sein Gesicht, den ich nur als frustriert deuten konnte. »Aber ich wünschte, es wären mehr.«

Es schien mehr dahinterzustecken als der bloße Wunsch, mit seinen Songs auftreten zu können. Aber bevor ich dazu kam nachzufragen, war er mit den Gedanken bereits weitergewandert.

»Sag mal«, begann Jae-yong, stockte dann aber.

Ich lehnte mich etwas näher zu meinem Handy. »Ja?«

Er öffnete den Mund und klappte ihn kurz darauf wieder zu. »Also … äh. Liv war noch nie auf einem unserer Konzerte, sagtest du?«

Ich runzelte die Stirn. Dass er wegen einer Frage so herumdruckste, war eher ungewöhnlich – vor allem wenn das tatsächlich die war, die er hatte stellen wollen. Was ich ihm nicht abkaufte. Erst recht nicht, als er sich wieder durch die Haare fuhr und die Hand dann in seinem Nacken zum Liegen kam. Er wirkte nervös.

»Bist du sicher, dass es das ist, was du wissen willst?«, fragte ich.

Er schwieg einen Augenblick, dann ließ er den Arm sinken und seufzte. »Nein, eigentlich ist es was anderes.«

Ich nickte, wartete aber ab.

»Nächste Woche geben wir das Konzert in Chicago, und … ich würde dich gern sehen.« Er hielt kurz inne. »Eigentlich wollte ich dich fragen, ob du vielleicht kommen möchtest. Und Lust hast, dich danach noch mit mir zu treffen?«

Es dauerte eine Sekunde, bis die Frage zu mir durchgesickert war. Eine Sekunde, die Jae-yong als Unentschlossenheit deutete.

»Du musst nicht«, sagte er auf mein Schweigen hin. »Ich weiß, dass es ziemlich plötzlich kommt und das alles hier«, er machte eine umfassende Handbewegung, »kompliziert ist. Aber ich würde mich freuen.«

Warum die Unsicherheit mich auf einmal wieder überkam, wusste ich genau. Ich musste nur an unser letztes Treffen in der Öffentlichkeit denken und bekam schon Gänsehaut – und nicht die gute Sorte. »Das Konzert ist im Wrigley Field, richtig?«, fragte ich, obwohl ich mir bei der Antwort ziemlich sicher war. Liv hatte mir erst vor ein paar Tagen davon vorgeschwärmt, wie gerne sie dabei wäre, um einen so großen »Ocean« zu sehen.

Jae-yong bestätigte das mit einem Nicken. »Groß genug, dass einzelne Personen in der Masse kaum auffallen.«

Das beruhigt mich nur bedingt, dachte ich. Ich wollte die Zahl der erwarteten Besucher lieber nicht genauer wissen. Auch wenn er recht damit hatte, dass die Wahrscheinlichkeit aufzufallen damit etwas geringer wurde.

»Die Leute kennen trotzdem mein Gesicht«, gab ich zu bedenken. »Selbst wenn es viele Tausende Besucher sind, was, wenn mich irgendwer erkennt?«

»Dass wir uns kennen, ist eh schon lange aus dem Sack«, erwiderte Jae-yong. »Es würde vermutlich Spekulationen geben, warum du auf dem Konzert bist, aber solange wir nicht zusammen gesehen werden, würden sie sofort wieder im Sande verlaufen.«

»Und wenn wir uns danach noch treffen? Du hast gesagt …«

»Dass andere uns nicht zusammen sehen dürfen«, unterbrach er mich. »Nicht, dass wir uns nicht sehen dürfen.«

Ich presste die Lippen aufeinander, unterdrückte einen genervten Ausruf. »Du erinnerst dich aber daran, dass du nicht sonderlich unauffällig bist, richtig?«

Er hielt inne. Dann stieß er einen frustrierten Laut aus und zwickte sich in den Nasenrücken. »Ich weiß, aber … Gott, warum muss es so verdammt kompliziert sein?«

Ich wünschte, ich hätte eine Antwort. Es war kompliziert

und schwer und umständlich, dass Hunderte Augenpaare und Kameras ihn verfolgten, wohin er auch ging. Und diese zweite Chance, die wir uns gegeben hatten, war noch schwieriger, weil wir wussten, wohin sie uns im schlimmsten Fall führen konnte. Mal ganz davon abgesehen, dass ich keine Wiederholung dessen wollte, was sich vor gar nicht allzu langer Zeit vor meiner Haustür abgespielt hatte.

Das war die eine Seite. Die andere sehnte sich danach, ihn zu sehen. Wirklich zu sehen – nicht getrennt durch einen Bildschirm und weiß Gott wie viele Meilen. Ich wollte seine Stimme ganz nah an meinem Ohr hören. Spüren, wie wir an genau den richtigen Stellen zusammenpassten, wenn wir uns umarmten. Und wie sicher ich mich in seiner Nähe fühlte.

Aber war es das Risiko wert? »Wir müssten sehr vorsichtig sein. Wenn uns nur eine Person sieht …«

Der harte Zug um Jae-yongs Mund zeigte mir, dass er meine Sorgen teilte. Auch wenn ich in seinen Augen die gleiche Sehnsucht erkennen konnte. Für ein paar Minuten hingen wir unseren Gedanken nach. Vermutlich ging Jae-yong ähnlich viele Szenarien durch wie ich. Sowohl die schlechten als auch die guten. Ich versuchte, die Gefahren mit auf die Waagschale zu legen, versuchte es wirklich. Aber jedes Mal, wenn ich ein potenzielles Treffen mit Jae-yong auf die andere Seite platzierte, war die Antwort für mich klar.

Ich sah in diese dunklen, dunklen Augen, die ich so mochte. Und wusste, dass ich gar nicht anders konnte.

»Kann ich auch zwei Tickets haben?«

14. KAPITEL

Er schickte mir die Tickets für das Konzert bereits ein paar Minuten nach unserem Gespräch – kein VIP, kein gesonderter Eingang, kein Vermerk auf der Gästeliste, um möglichst weit unter dem Radar zu fliegen und in der Masse untergehen zu können. Ich zerbrach mir währenddessen den Kopf darüber, wie und wo wir uns treffen könnten, aber jedes Mal kamen mir nur die katastrophalsten Szenarien in den Sinn.

NXT würden heute in die USA fliegen, womöglich waren sie sogar bereits unterwegs. Ich wusste den ganzen nächsten Tag über nichts mit mir anzufangen – das Wissen, dass wir uns in einer Woche sehen würden, leuchtete groß und breit vor meinem inneren Auge. Natürlich wollte ich mit niemand anderem als mit Liv auf das Konzert gehen, und ich konnte mir das Leuchten in ihren Augen schon vorstellen. Trotzdem nahm ich mir einen Tag Zeit, an dem ich mich ganz allein darüber freute und es mit niemandem teilen musste.

Nur war mir auch bewusst, dass ich mich besser früher als später der Realität stellen musste. Und die sah nicht so rosarot aus. Den ganzen Abend saß ich nervös auf der Couch und wartete auf Mel. Bevor ich Liv gegenüber das Konzert erwähnen würde, musste ich es mit Mel besprechen. Ich fertigte ein paar kleine Zeichnungen an – zum Üben und um mich und meine Nerven abzulenken. Liv war in ihrem Zimmer und arbeitete an einem Referat, das sie mal wieder viel zu lange vor sich hergeschoben hatte. Zumindest war sie damit erst einmal beschäftigt.

Als Mel schließlich zur Tür hereinkam, setzte ich mich auf meinem Platz aufrecht hin.

»Hey«, begrüßte ich sie, erhob mich und folgte ihr in die Küche, wo sie ihre Tasche auf dem Tisch ablegte und sich erst mal ausgiebig streckte.

»Alt werden macht keinen Spaß«, stöhnte sie.

»Du bist noch nicht mal dreißig.« Ich zog mir einen Stuhl unter dem Tisch hervor und ließ mich drauf fallen. »Vorher fängt das Leben doch gar nicht an.«

Sie warf mir einen skeptischen Blick zu, aber das Schmunzeln auf ihren Lippen sprach Bände. »Was immer Sie sagen, oh weise Dame.«

»Hey, du hast ja Humor!«, entkam es mir, bevor ich mich stoppen konnte.

Mel quittierte das mit einem Schnauben. »Er ist nur unter einer Tonne Arbeit versteckt.«

Sofort bekam die lockere Stimmung einen Dämpfer. Nicht nur das – ich überlegte, ob es wirklich so eine gute Idee war, Mel von dem Konzert zu erzählen. Natürlich hatte ich keine andere Wahl – mein Gewissen ließ es gar nicht zu –, aber ihre zwei jüngeren Schwestern auf eine Massenveranstaltung gehen zu lassen, wo vor nicht allzu langer Zeit Reporter vor unserer Haustür gestanden hatten … Ich wollte mir lieber nicht ausmalen, welche Gedanken sich Mel machen würde.

Ich wünschte mir, ein wenig selbstloser sein zu können, das Ganze abzusagen und einfach zu Hause zu bleiben, wo meine Taten niemanden verletzen konnten. Aber da war dieses Kribbeln im Bauch, das seit dem Telefonat mit Jae-yong nicht nachließ. Ich sah seine Augen vor mir und wie er sie leicht zusammenkniff, wenn er lächelte. Und ich wusste, dass es mir mehr wehtun würde, die Einladung abzulehnen.

»Mel?« Meine Stimme war plötzlich leiser, viel unsicherer.

Meiner großen Schwester schien das nicht zu entgehen. Sie hielt in ihrer Bewegung inne, mit der sie sich gerade ein Glas Wasser zum Mund führen wollte. »Ja?«

Ich hielt den Blick auf meine Hände gesenkt, während ich redete. »Ich hab dir ja erzählt, dass Jae-yong und ich wieder miteinander reden … Und vermutlich hört es sich ziemlich idiotisch an, und du wirst es nicht sehr toll finden, aber – also, ich würde ihn gern sehen. Er hat mich eingeladen, auf das Konzert von NXT hier in Chicago zu kommen … und vielleicht könnten wir uns danach treffen.«

In ihrem Gesicht war so gut wie keine Regung zu lesen. Sie stellte das volle Glas neben sich auf die Anrichte und verschränkte die Arme vor der Brust. »Du hast recht – das hört sich wirklich nach keiner guten Idee an.«

»Ich hab zwei Tickets«, beeilte ich mich hinzuzufügen. »Eins für Liv und eins für mich. Ich wäre sozusagen ihre Begleitperson. Niemand könnte daran etwas auszusetzen haben, oder?«

Ein freudloses Lächeln erschien auf ihrem Gesicht. »Wenn die Medien erst mal Blut gerochen haben, ist an jedem Schritt, den man tut, etwas auszusetzen, Ella.«

Obwohl ich es selbst wusste, klang es aus ihrem Mund nicht gerade vielversprechend. Trotzdem: Das mit Jaeyong war die eine Sache, die ich wirklich wollte. Und für die ich mich nicht kleinmachen würde.

»Wir wären vorsichtig. Und wir könnten mit einem Taxi fahren oder mit dem Auto und es irgendwo in der Nähe parken. Das Stadion ist riesig, Liv und ich würden überall zusammen hingehen.«

Mel stieß ein Seufzen aus. »Ich weiß, Ella, ich vertraue euch – das ist nicht das Problem.«

»Bitte, Mel.« Es hätte nur noch gefehlt, dass ich die Hände bettelnd vor der Brust verschränkte. Erst vor ein paar Wochen hatte Liv beinahe an genau der gleichen Stelle gestanden und ein ähnliches Gespräch mit Mel geführt. Wenn das nicht Ironie war.

Mel ließ sich für ihre Antwort Zeit. Ich konnte sehen, wie es in ihrem Kopf arbeitete. »Und wie stellst du es dir vor, ihn danach zu treffen? Wenn seine gesamte Fangemeinde hier in Chicago versammelt ist?«

Mein Schweigen sprach vermutlich Bände. Jede Möglichkeit, die mir durch den Kopf ging, endete ähnlich wie in New York. Sein Hotel? Zu gefährlich, falls seine Manager ihm einen Besuch abstatten sollten. Cafés kamen nicht infrage, ebenso wie Restaurants, Bars, Parks … Jegliche Orte, an denen man auf andere Menschen treffen konnte, fielen weg.

»Ich weiß es nicht«, sagte ich ehrlich. »Vielleicht klappt

es auch gar nicht. Aber ich wollte es dir erzählen, weil ich ihn sehen möchte – obwohl ich weiß, dass es nicht ideal ist.«

Mel seufzte, dann fuhr sie sich über das Gesicht und stieß einen Laut aus, der alles andere als glücklich klang. »Mir wäre es am liebsten, wenn entweder ich oder Josh euch fahren könnten.«

Ich sah sie einen Moment lang an, dann atmete ich tief ein und nickte. Worte konnten nicht ausdrücken, wie viel mir ihre Unterstützung bedeutete.

»Und wenn euch jemand erkennt, kommt ihr sofort nach Hause, verstanden?«

»Wenn wer wen wo erkennt?« Livs neugierige Stimme erklang direkt hinter mir.

Bevor ich die richtigen Worte gefunden hatte, um Liv beizubringen, dass ich Tickets für ein Konzert ihrer Lieblingsband hatte, kam Mel mir zuvor. »Euch beide auf dem NXT-Konzert.«

Liv erstarrte zur Eissäule. Ich war mir nicht mal sicher, ob sie während der fünf Sekunden, die es in der Küche gespenstisch still war, überhaupt atmete. Ihr Blick zuckte zwischen uns hin und her, verweilte aber schließlich auf mir. »Ella. Ich glaube, Mel ist durchgedreht. Sie denkt, wir gehen auf ein Konzert von NXT.«

»Ähhh …«

»Ella.« Liv sah mir ernst in die Augen. »Warum sagt sie so was?«

Beinahe tat es mir leid, sie so damit zu überfallen. »Weil ich eventuell Tickets für das Konzert habe?« Ich kam gar nicht richtig dazu, den Satz vollständig auszusprechen.

Liv kreischte schon beim Wort »Ticket« so laut, dass ich Angst hatte, mein Trommelfell könnte platzen. Dabei hüpfte sie auf und ab und strahlte über das ganze Gesicht.

»Wirklich, wirklich, Ella? Du hast wirklich Tickets?«

Ich nickte grinsend.

»Zwei Stück?«

Wieder Kreischen und Hüpfen.

»Und du willst mich mitnehmen?«

Und noch einmal.

Liv bekam ihren Mund gar nicht mehr zu. Dann fiel ihr Mel wieder ein. »Moment. Und wir *dürfen* hingehen?«

»Wenn ihr vorsichtig seid«, wiederholte Mel nachdrücklich. »Ihr müsst zusammenbleiben – und stellt bloß nichts an.« Dabei sah sie Liv sehr eindringlich an, und es war klar, dass wir alle gerade an den Abend dachten, an dem ich Jae-yong kennengelernt hatte.

Liv nickte und nickte und nickte, wie ein Wackeldackel, der nicht mehr aufhören konnte. »Oh mein Gott«, flüsterte sie immer wieder vor sich hin. »Oh mein Gott, oh mein Gottohmeingott.«

Im nächsten Moment fiel mir Liv um den Hals und quietschte mir ins Ohr. Die Lautstärke war schmerzhaft – glücklicherweise löste sie sich keine drei Sekunden später von mir und umarmte auch Mel stürmisch. Man hätte meinen können, wir täten ihr einen Gefallen ... dabei waren es doch Mel und Liv, die mir die Chance gaben, mich mit Jae-yong zu treffen.

Liv klatschte aufgeregt in die Hände, konnte nicht still stehen und sah so goldig aus, dass ich lachen musste. Erst als ich Mels Gesichtsausdruck sah, verstummte ich. Im Gegensatz zu Liv und mir wirkte sie nicht sehr glücklich. Ich konnte es ihr nicht verübeln, aber ich wollte sichergehen, dass sie wirklich nichts dagegen hatte. »Es ist wirklich okay?«

Liv bemerkte den plötzlichen Stimmungswandel und wartete ebenfalls gespannt auf Mels Antwort.

»Du hast gesagt, dass das eine Erfahrung ist, die du machen musst«, sagte Mel, ihren Blick fest auf mich gerichtet.

»Ist es«, sagte ich nachdrücklich.

Schweigen. »Ich hoffe«, sagte sie dann, »er weiß, dass ich ihn nicht wieder so leicht davonkommen lasse, wenn er dich noch mal verletzt.« Die Schwere in ihrer Stimme reichte aus, um zu vermitteln, wie ernst es ihr damit war.

Liv wartete ab, bis Mel sich samt Tasche und dem Wasserglas in ihr Zimmer verzogen hatte, ehe sie sich mir zuwandte.

»Wenn ich mal groß bin, möchte ich so sein wie Mel«, sagte sie und grinste mich an.

»Überarbeitet?«

»So absolut loyal den Leuten gegenüber, die ich liebe.«

Mein Blick glitt über ihre wilden blonden Locken und großen Augen, die alles zeigten, was Liv dachte. »Das bist du schon längst«, murmelte ich. Aber Liv hörte mich nicht. Sie hatte sich bereits von mir abgewandt und war völlig in ihre Freude über das bevorstehende Konzert versunken.

Erst abends, als es dunkel und still war und ich meine Gedanken laut und deutlich hörte, wurde mir bewusst, dass ich Jae-yong in kaum einer Woche sehen würde.

Einer Woche.

Ich legte das Buch, in dem ich gerade las, auf meinem Bauch ab und atmete tief durch. Mein Herz hämmerte einen aufgeregten Takt in meiner Brust – gleichermaßen vor Freude wie vor Angst. Ich wusste nicht mal, worauf ich mich vorbereiten sollte. Würde es so sein wie ein erneutes erstes Treffen? Müssten wir auch in der Realität erst ausloten, was wir sagen konnten und was nicht, ohne in Fettnäpfchen zu treten? Oder ... würde es sich ganz einfach anfühlen? Warm und leicht und so, als hätte es die Stille zwischen uns gar nicht gegeben? Beides bereitete mir auf seine Weise Magenschmerzen. Neue Leute kennenzulernen, fiel mir deshalb so schwer, weil ich mich so schlecht durch diese unbeholfene Kennenlernphase navigieren konnte. Aber wegzuwischen, was vorgefallen war? Damit fühlte ich mich noch unwohler.

Mit einem Seufzen klappte ich das Buch zu und setzte mich auf. Mein Zimmer wurde nur schwach von der Nachttischlampe und den Lichterketten an meinen Regalen beleuchtet, die ich um diese Uhrzeit zum Lesen benutzte. Es war vermutlich nicht das beste Licht für meine Augen – wieso ich bisher noch keine Brille brauchte, war mir ein Rätsel –, aber das Licht schaffte in meinem Zimmer diese Atmosphäre, die es viel leichter machte, mich in eine Geschichte fallen zu lassen. So konnte ich mir vorstellen, dass die ganzen Abenteuer, von denen ich las, sich gerade wirklich irgendwo abspielten.

Ich stand von meinem Bett auf und tappte barfuß über den kalten Boden. Meine Augen blieben an dem Hogwarts-Bild hängen. Ich hatte es nach dem Videochat mit Jae-yong über den Schreibtisch geklebt. Warum kam ich ausgerechnet bei diesem Bild jedes Mal ins Stocken? Weil das Buch, dem es entsprungen war, mir so viel bedeutete? Weil es entstanden war, als so viel rohe Emotionen in mir gesteckt hatten?

Ich sah es an und war stolz darauf. Uneingeschränkt und ohne dass Kritik meine Augen trübte. Und es fühlte sich gut an, ich zog Selbstvertrauen daraus, etwas geschaffen zu haben, mit dem ich selbst zufrieden war.

Das Gefühl wärmte mich so sehr, dass es vorerst jegliche Müdigkeit vertrieb. Mich überkam das Bedürfnis, diesen kleinen großen Moment teilen zu wollen – und dafür kam nur eine Person infrage. Wie von selbst griff meine Hand nach meinem Telefon, das auf dem Tisch lag.

Ich: Wenn du dir im Augenblick etwas wünschen könntest, irgendwas. Was wäre das?

Mein Herz hüpfte, als er sofort antwortete.

Jae-yong: Egal was?
Ich: Egal was.
Jae-yong: Kimchi.

Die Antwort kam so unerwartet, dass ich im ersten Moment nicht wusste, was ich darauf erwidern sollte.

Ich: Du könntest dir alles wünschen, was du willst … und deine Wahl fällt auf Kimchi?

Jae-yong: Komischer Wunsch, oder? Aber meine Mom macht das beste, das ich kenne. Daran musste ich gerade denken. Ich hab schon ewig kein Kimchi mehr gegessen. Wenn wir unterwegs sind, packt Min-ho immer so viel Ramyeon ein, dass wir gefühlt nur davon leben.

Ich: Das klingt nicht sehr gesund.

Jae-yong: Ist es auch nicht. Aber nach einem Konzert bin ich so hungrig, dass mir meistens egal ist, was es gibt.

Ich: Verständlich. Und ich denke, du hast Glück mit deinem Wunsch, Kimchi müsste es doch in jedem koreanischen Restaurant geben.

Jae-yong: Ah … Aber ich liege schon so bequem, dass ich nicht mehr aufstehen möchte.

Anbei schickte er ein Foto, das eine weiße Decke zeigte, die sich über drei Viertel des Bildes erstreckte. Im Hintergrund waren das Fußende des Betts und, weiter hinten, dunkelblaue, zugezogene Vorhänge zu sehen.

Ich: Das sieht ziemlich gemütlich aus. Fast gemütlicher als bei mir.

Jae-yong: Das glaube ich nicht.

Jae-yong: Ich habe dein Zimmer gesehen. Die Lichterketten und Buchregale sind ja wohl der Inbegriff von Gemütlichkeit.

Jae-yong: Und glaub nicht, dass mir das Simba-Kuscheltier entgangen ist, das halb versteckt unter deinem Kopfkissen liegt.

Meine Augen landeten sofort auf besagtem Übeltäter. Ich hatte die Angewohnheit, mich nachts an dem kleinen Löwen wie an einem Anker festzuhalten. Und da ich oft auf dem Bauch einschlief und meine Arme unters Kissen steckte, blieb er tagsüber meistens versteckt.

Ich: Dafür, dass du nur einmal in meinem Zimmer warst, hast du ganz schön viel gesehen.
Jae-yong: Ich hätte gerne noch mehr gesehen.

Eine Gänsehaut überzog meine Arme, als ich an den Abend zurückdachte, nachdem in New York alles so katastrophal schiefgegangen war. Und noch schlimmer war die Erinnerung an die Tage danach.

Nach dem Tod meiner Eltern hatte ich schon einmal diese Art Leere gespürt. Damals war sie umfassender gewesen. Als hätte jemand vergessen, den dunklen Tunnel mit einem Ausgang zu versehen. Ein ewiger Irrgarten, bei dem sich jeder Weg als Sackgasse herausgestellt hatte.

Dass ich vielleicht kurz davor gewesen war, wieder in dieses Loch zu fallen … Mein Brustkorb zog sich schmerzhaft zusammen. Die Angst in mir verlangte danach, ihr nachzugeben und der Gefahr – Jae-yong – fernzubleiben. Aber es war überraschend leicht, sie zu übertönen. Ich musste mir nur unsere letzten Nachrichten durchlesen, an sein Lächeln denken, seine Stimme – an ihn, und schon pulsierte ein helles Licht in meinem Körper, das die Angst kleiner werden ließ.

Ich: Ich zähle darauf.
Jae-yong: Geh ins Bett, Ella.

Ich setzte mich auf die Bettkante.

Ich: Ich bin viel zu nervös. Es sind nur noch sechs Tage, Jae-yong. Sechs Tage!
Jae-yong: Hast du Liv schon gefragt, ob sie mit dir auf das Konzert geht?
Ich: Ja, vorhin. Und sie ist mir vermutlich auf ewig dankbar. Aber trotzdem.
Jae-yong: Ich habe viel mehr Grund, nervös zu sein.
Jae-yong: Ich soll drei Stunden lang vor dem Mädchen, das ich mag, performen und dabei auch noch selbstbewusst wirken. Was, wenn ich schief singe? Mich auf ewig blamiere?

Vor dem Mädchen, das ich mag …

Ich: Übertreibst du gerade absichtlich, um mich zu beruhigen?
Jae-yong: Funktioniert es?
Ich: Ein bisschen.
Jae-yong: Ich weiß, dass dein Kopf dich selten in Ruhe lässt, Ella. Ich verspreche dir, dass alles gut gehen wird – selbst wenn das heißt, dass ich während des Konzerts nicht einmal in deine Richtung gucken darf.
Ich: Du weißt genau, wo in dem Stadion welche Plätze sind?
Jae-yong: … das nicht.

Jae-yong: Aber wäre ich ein Charakter aus einer romantischen Komödie, würde ich deine Anwesenheit spüren.

Ich schnaubte amüsiert. Wenn wir uns tatsächlich in einem Film befanden, hoffte ich nur, dass das Happy End nicht mehr allzu weit entfernt war.

Ich: Die Vorstellung ist gleichermaßen merkwürdig wie süß.
Jae-yong: Ja, ich bin auch ganz froh, dass es nicht so ist. Die meisten Romcoms sind viel zu vorhersehbar.
Ich: Ich weiß nicht ... Ich hätte nichts gegen ein wenig Vorhersehbarkeit. Du weißt, wie ich zu Überraschungen stehe.
Jae-yong: Oh, ich erinnere mich aber auch an meine letzte Überraschung für dich.
Jae-yong: Ich hatte angenommen, die Hotteok hätten dich davon geheilt.
Ich: Es braucht mehr als etwas zu essen, damit ich plötzlich Überraschungen mag.
Jae-yong: Ich werde es mir merken.

Zwischenzeitlich hatte ich mich rücklings aufs Bett fallen lassen. Meine Beine baumelten von der Bettkante, mein Handy hielt ich über dem Kopf hoch. Während ich seine letzte Nachricht anstarrte, wünschte ich mir nichts sehnlicher, als dass sich die Tür öffnete und ihn zeigen würde. Das war die eine Überraschung, die ich jederzeit in Kauf nehmen würde. Ich wollte ihn hier, bei mir. Die Nacht machte es leichter, mir das einzugestehen. Ich konnte mir vorstellen, wie er die Tür hinter sich schloss, mich anlächelte. Einen Schritt tat und noch einen und noch einen, bis er bei mir war – so nah, dass ich das Funkeln in seinen Augen sah, als er sich über mich beugte. Seinen Blick über meinen Körper gleiten ließ. Ich spürte beinahe seine Hand an meiner Hüfte, wie die Matratze unter seinem Gewicht nachgab, als er sich darauf kniete. Wie mein ganzer Körper durch seine Nähe in Spannung geriet, ich den Rücken durchdrückte, meine Hände ausstreckte, den Kopf anhob, um ihm näher zu sein, immer näher und näher …

Ich blinzelte, und das Bild verschwand. Ein kühler Luftzug tanzte stattdessen über meine Haut, flüsterte mir zu, mutig zu sein, verletzlich. Die Dunkelheit schenkte mir den Mut, den ich für die nächsten Worte brauchte.

Ich: Ich hab dich wirklich vermisst.

Ich: Die letzten Wochen, ohne mit dir zu reden, ohne Liv, ohne Mel …

Denn es stimmte. Gott, unser Aufeinandertreffen war so plötzlich, so unerwartet passiert. Ich wusste nicht, wie ich es in Worte fassen sollte – allein bei dem Versuch verknotete sich mein Hirn –, aber ihm wieder zu schreiben und Liv und Mel wieder an meiner Seite zu wissen, ließ eine Wärme durch meinen ganzen Körper gleiten, die ich mit keinem heißen Bad und keinem Heizkissen jemals erreichen konnte.

Und als er antwortete, sang mein Herz.

Jae-yong: Ich hab dich auch vermisst, Ella.
Jae-yong: Und es tut mir leid – was passiert ist. Wie es passiert ist.
Jae-yong: Es tut mir leid, dass du das alles allein durchmachen musstest.
Jae-yong: Es tut mir leid, dass ich nicht da war.

Meine Sicht verschwamm bei seinen letzten Worten. Ich hatte mich allein gefühlt. So allein, dass ich nicht einmal bemerkt hatte, wie sehr sich die Angst in mich gegraben hatte. Als hätte mir jemand die Wurzeln abgeschnitten, die mich hier verankerten und festhielten.

Ich: Danke.

Ich seufzte. Als ich vorhin zu meinem Handy gegriffen hatte, hätte ich nicht erwartet, dass sich unsere Unterhaltung so entwickelt. Ich war froh darüber. Genau das hatte ich mir von der Seele schreiben müssen, sonst wäre ich es niemals losgeworden. Sicher würde diese Angst vor dem Alleinsein nicht einfach verschwinden, aber sie anzusprechen, so kurz es auch gewesen sein mochte, half mir, ihr die Macht zu nehmen.

Ich: Komischerweise hat mich das gerade noch mehr aufgeweckt.
Jae-yong: Musst du sehr früh aufstehen?
Ich: Nein, es geht schon.

Ich würde Matt einfach schreiben, dass er mit den Hausarbeiten nicht auf mich warten sollte. Mich mit denen herumzuschlagen, hatte im Augenblick keinerlei Priorität für mich.

Jae-yong: Habe ich dir erzählt, dass Ha-eun zu unserem letzten Konzert in die USA kommen wird?
Ich: Deine Schwester? Nein, hattest du nicht.
Jae-yong: Sie wollte mich damit überraschen, aber mein Dad ist nicht sehr gut mit Geheimnissen. Er dachte, ich wüsste es schon und hat mich darum gebeten, auf sie aufzupassen, weil es ihr erstes Mal im Ausland ist.
Ich: Haha. Süß. Hast du Ha-eun verraten, dass du davon weißt?
Jae-yong: Nope. Wenn Dad es ihr nicht aus Versehen sagt, werde ich Stillschweigen wahren. Ihr Gesichtsausdruck wird es wert sein – allerdings muss ich bis dahin noch meinen fake-überraschten Gesichtsausdruck üben.
Ich: Krieg ich davon Videoaufnahmen?
Jae-yong: Auf keinen Fall.
Ich: Ich könnte dir helfen, es echt aussehen zu lassen.
Jae-yong: Über mich zu lachen, ist keine Hilfe.
Ich: Ich würde niemals lachen.
Jae-yong: …
Ich: Vielleicht ein klitzekleines bisschen.
Jae-yong: Gute Nacht, Ella.
Ich: Du kannst jetzt nicht einfach gehen, Jae-yong.
Ich: Hey
Ich: Heeeeeeeey

Ich schüttelte grinsend den Kopf und wollte mein Handy gerade beiseitelegen, als eine neue Nachricht von ihm kam.

Jae-yong: Vergiss das »Gute Nacht«. Min-ho schnarcht im Nebenraum wie ein Nashorn. Es wäre ein Wunder, wenn die Wände heute Nacht nicht einstürzen.
Ich: Kann es sein, dass dein Zimmer öfter neben dem von Min-ho ist?
Jae-yong: Ja, dank ihm. Er fand es zu anstrengend, immer durch das halbe Hotel laufen zu müssen, wenn er mir etwas sagen wollte.
Ich: Hätte er dir nicht einfach schreiben können?
Jae-yong: Die Unterhaltung kannst du gerne mit ihm führen, wenn du willst. Mir hat es beim ersten Mal gereicht.

Das konnte ich mir nur zu gut bildlich vorstellen und musste lachen. Ich zwang mich, noch eine Minute wach zu bleiben, um den Moment zu genießen. Dann noch eine, dann noch eine … bis mir schließlich die Augen ganz schwer wurden.

Es war nicht mein Wecker, der mich aufweckte, sondern ein lautes *Rumms*, dann das Knallen einer Tür und Schritte, die über den Flur rannten.

Mein Kopf zuckte hoch. Verwirrt strich ich mir die Haarsträhnen aus dem Gesicht und richtete mich auf. Ich drückte mich aus dem Bett, ziemlich sicher, dass meine Haare denen von Anna im ersten *Frozen*-Film glichen, nachdem sie geweckt wurde. Ähnlich wie sie war ich aber noch zu sehr im Halbschlaf, als dass ich mich darum hätte kümmern wollen.

Ich unterdrückte einen schmerzerfüllten Aufschrei, als ich die Tür aufzog und sie gegen meinen kleinen Zeh rammte. Im Flur war es im einen Augenblick noch still, im nächsten kam Liv aus dem Badezimmer gestürzt – in einer Hand die Zahnbürste, in der anderen ihr Handy, in das sie gerade im Schnellfeuermodus sprach.

»Ja, ich weiß, Charlie, ich sag doch, ich bin unterwegs. Gib mir zehn Minuten.«

So wie sie aussah, würden die zehn Minuten bei ihr allerdings gerade so ausreichen, um sich fertig zu machen. Ihre blonden Locken standen quer in alle Himmelsrichtungen ab, die Zahnpasta hing ihr in den Mundwinkeln. Aber statt sich darum zu kümmern, lief sie ins Wohnzimmer.

Ich folgte ihr stumm, um den kleinen Wirbelwind, der meine Schwester war, im Auge behalten zu können.

»Ich HABE mir einen Wecker gestellt«, maulte sie genervt. »Ich kann ja nichts dafür, dass er von heute auf morgen beschließt, so leise zu klingeln, dass ich ihn selbst mit Hörgeräten im Ohr nicht bemerkt hätte.«

Ich unterdrückte ein Lachen. Wenn Liv mit dem falschen Fuß aufstand, war ihre Laune für den Tag meist hinüber.

Sie blieb zwischen Couch und Fernseher stehen. »Ja, ist gut. Wärmt euch einfach schon mal ohne mich auf, wenn ich renne, brauch ich das eh nicht mehr.« Dann legte sie auf.

Ihr Blick fiel auf die Zahnbürste in ihrer Hand. Sie

stöhnte frustriert und stampfte mit einem Fuß auf, ehe sie sich wieder in meine Richtung umwandte und zurück zum Badezimmer lief.

»Alles in Ordnung?«, fragte ich, als sie an mir vorbeischoss.

»Ich bin zu spät dran!«

Der Wasserhahn im Bad ging an, dann wieder aus. Liv erschien im Türrahmen. »Ich konnte nicht schlafen und hab meinen Wecker überhört.«

Ich legte den Kopf schief. »Du konntest oder wolltest nicht schlafen?«

Sie kniff die Augen böse zusammen.

Ich hob die Hände abwehrend in die Höhe. »Ich frag ja nur.«

»Ich hab vielleicht noch ein paar Minuten mit Charlie geredet, nachdem ich ihr von den Konzerttickets erzählt habe.«

Bingo. »Ich hab dich gar nicht durch die Wand kreischen hören.«

»Vielleicht, weil du zu beschäftigt warst, verliebt zu kichern, wegen irgendwas, das Jae-yong geschrieben hat.«

Röte schoss mir in die Wangen. Ich hatte nicht gekichert – oder?

Ich räusperte mich. »Wie hast du Charlie erklärt, dass du auf das Konzert gehst, sie aber nicht mitnimmst?«

Liv zuckte mit den Schultern. »Mit der Wahrheit. Ich hab ihr gesagt, dass du noch Tickets bekommen hast und mich mitnimmst – falls sie dich mal fragt, bist du jetzt übrigens NXTs zweitgrößter Fan, direkt nach mir. Und danach haben wir drüber geredet, was ich am besten anziehe.«

»Gibt es einen speziellen Dresscode?« Jae-yong hatte nichts erwähnt, aber vielleicht war es bei ihren Konzerten ja gang und gäbe?

»Nein, das nicht. Aber ich will gut aussehen, falls wir Plätze weiter vorn haben und sie uns sehen«, sagte Liv grinsend. Kaum zwei Sekunden später verzog sie den Mund allerdings. »Es ist komisch, das vor dir zu sagen, wenn du einen von ihnen persönlich kennst, oder?«

»Ein bisschen«, stimmte ich ihr zu. »Und es sind zwei.«

»Zwei was?«

»Zwei von ihnen, die ich persönlich kenne.« Wenn man das kurze Treffen mit Min-ho auf dem Konzert hier in Chicago als »kennen« bezeichnen wollte.

Liv wirkte nicht einmal überrascht. »Natürlich kennst du nicht nur einen Weltstar, wie dumm von mir.« Sie rollte mit den Augen, aber es lag keinerlei Bosheit in ihrer Stimme, und das kleine Lächeln, das sie hinterherschickte, federte die Worte noch weiter ab.

»Ja, nun. Du kennst doch mein Motto: Go big or go home.«

Sie sah mich einen Augenblick nur schweigend an. »Das ist nicht dein Motto.«

»Es könnte mein Motto sein.«

»Ist es aber nicht.«

»Könnte es aber.«

»Ist es aber …« Sie unterbrach sich mitten im Satz. »Weißt du was, meinetwegen. Ich hab gerade wirklich keine Zeit dafür.« Sie holte ihre Sporttasche aus ihrem

Zimmer und war Sekunden später an der Tür, wo sie versuchte, sich die Schuhe und ihre Jacke gleichzeitig anzuziehen.

»Seit wann hast du eigentlich mittwochs Training?«, fragte ich sie, kurz bevor sie zur Tür raussprinten konnte.

»Seit die anderen beschlossen haben, dass wir alle ein paar Extrastunden benötigen könnten, weil manche die Choreo für unseren nächsten Auftritt noch nicht draufhaben.«

»Auch wieder von NXT?«, fragte ich neugierig.

»Nein, von einer Girlgroup.« Sie zog die Tür auf und warf mir über die Schulter ein Grinsen zu. »Von wem genau, erfährst du, wenn du wieder zur Aufführung kommst.«

Ich hob meinen Arm samt ausgestreckten Daumen an. »Sag mir wo und wann, und ich bin da.«

»Erinnere mich später noch mal daran. Ich muss jetzt los, bis heute Abend!« Sie zog die Tür hinter sich zu. Dann hörte ich, wie sie die Treppe runterpolterte.

Mel war schon lange auf Arbeit – wo auch sonst. Mit Liv jetzt ebenfalls aus dem Haus, blieb mir der restliche Morgen, um mich ungestört fertig zu machen. Ich nahm mir Zeit unter der Dusche und genoss das heiße Wasser ausgiebig. Beim Frühstück schaute ich eine Serie weiter.

Als ich endlich das Haus verließ, war ich so tiefenentspannt wie schon lange nicht mehr. Und das änderte sich auch den Tag über im Museum nicht. Im Gegenteil. Ich schaffte es, eine halbe Skizze anzufertigen, und in den Stunden danach las ich, wenn gerade keine Besucher da waren.

Das Hoch begleitete mich durch den ganzen Tag. Und hätte ich mich selbst sehen können, wäre mir das Grinsen vermutlich spätestens am Abend auf die Nerven gegangen. Aber Mel bemerkte es kaum, und Liv war viel zu hibbelig – ihr ging es mit dem Konzert immerhin wie mir. Mit jedem Tag, der uns näher zum Samstag brachte, wurde sie aufgeregter. Sie tänzelte durch die Wohnung, und ich hatte mehr als einmal Angst, dass sie vor Vorfreude spontan platzen würde.

Ich versuchte, mich mit meiner Freude etwas bedeckt zu halten, aber sobald meine Zimmertür hinter mir zufiel, war es genauso um mich geschehen.

Ich: Okay, ich habe eine Idee, wo wir uns treffen könnten, aber es ist eventuell ein wenig unkonventionell.
Jae-yong: Unkonventionell, wie?
Ich: Es könnte etwas staubig sein.
Jae-yong: … sollte ich Angst haben? Wirst du mich in euren Keller sperren?
Ich: Nicht SO staubig.
Ich: Aber du weißt, dass ich in einem Museum arbeite … Und dort ist nachts selten jemand …
Jae-yong: Du willst in das Museum einbrechen?
Jae-yong: Ella, du überraschst mich immer wieder.
Ich: Ich will nicht einbrechen. Immerhin habe ich einen Schlüssel. Es wäre eine außerplanmäßige Nutzung meines Arbeitsplatzes.
Jae-yong: Du wirst es nicht schönreden können, sosehr du es auch versuchst.

Ich seufzte.

Ich: Ja, in Ordnung, nenn es, wie du möchtest. Aber niemand würde uns dort sehen, und wir wären ungestört … Wenn du eine bessere Idee hast, her damit.

Das Museum war mir erst heute in den Sinn gekommen. Wir hatten zwar darüber gesprochen, uns zu treffen – nur das Wo war bisher noch nicht ausgereift gewesen. Als ich mich heute beim Schichtwechsel mit Lana unterhalten hatte, lag die Lösung plötzlich so nahe – immerhin hatte sie mir die Idee schon vor ein paar Wochen auf den Präsentierteller gelegt.

Jae-yong: Keine einzige. Es gefällt mir trotzdem nicht – vor allem nicht, wenn du deinen Job dadurch verlieren könntest.
Ich: Es gibt genügend andere Museen in Chicago, in denen ich mich für den Garderobendienst bewerben könnte. Mach dir keine Sorgen.

Die machte ich mir schon zur Genüge.

Jae-yong: Okay. Okay, Ella. Dann ist das ein Date.

15. KAPITEL

Es dauerte eine Millisekunde. Nur diesen winzigen Augenblick zwischen Schlafen und Wachen, in dem meine Erinnerungen noch nicht ganz abrufbar waren, brauchte es, ehe ich die Augen aufschlug und mein Herz ein paar Takte aussetzte. Es war Samstag – endlich.

Ich setzte mich in meinem Bett auf. Die Zeit, die ich normalerweise benötigte, um richtig aufzuwachen, war heute komplett ausradiert worden. Ich fühlte mich munter. Fit. Bereit für das Konzert ... und das Treffen mit Jae-yong.

»Lügner«, flüsterte ich mir selbst zu. Zwar hatte ich die Nacht überraschend gut geschlafen, aber das änderte nichts an der nervösen Vorfreude, die meinen Körper zum Summen brachte.

Mit Jae-yong zu schreiben und zu telefonieren, fühlte sich wie meine zweite Natur an. Es war fast so leicht, wie mit Erin zu reden. Aber ihn real vor mir zu haben nach allem, was passiert war – ohne die Möglichkeit, meine Worte zu überdenken oder das offene Buch, das mein Gesicht war, hinter einem Bildschirm zu verstecken –, war etwas völlig anderes. Und ich fragte mich, ob ich mich jemals daran gewöhnen würde können.

Liv dagegen schien meine Nervosität kaum zu teilen. Sie lief durch die Wohnung, als hätte sie im Lotto gewonnen, und erzählte Mel während des Frühstücks dreimal, wie aufgeregt sie war. Ich konnte die Herzen in ihren Augen förmlich sehen. Nachdem wir mit dem Essen fertig waren, schloss sie sich in ihr Zimmer ein und ließ sich nicht mehr blicken.

Das Konzert rückte immer näher, mein Herz klopfte den ganzen Tag aufgeregt. Ich saß in meinem Zimmer, lenkte mich ab mit einer Zeichnung, aus der mir tiefbraune Augen entgegenblickten. Ich fühlte ein Stechen in meinem Brustkorb – wie jedes Mal, wenn ich heute an Jae-yong dachte. Vor Aufregung? Freude? Angst? Vermutlich spielten all die Emotionen Fangen miteinander und ließen mich nicht zur Ruhe kommen.

Die Sonne wanderte mit den vergehenden Stunden durch mein Zimmer. Als sie am Nachmittag so auf meinen Arbeitsplatz fiel, dass ich geblendet die Augen zusammenkniff, legte ich meinen Fineliner im Chaos aus Buntstiften, Markern und Bleistiften ab. Das Outfit, das ich heute tragen wollte, hatte ich bereits gestern Abend aus meiner Kommode herausgesucht: ein einfaches graues Stoffkleid mit leicht gerüschtem Saum, das eine Handbreit über meinen Knien endete. Es hatte einen kleinen Kragen, der mit Spitze unterlegt war, und war so bequem, dass ich mich den ganzen Abend darin wohlfühlen konnte. Ich hatte geahnt, dass ich heute nicht die Nerven haben würde, mich mit dieser Entscheidung rumzuschlagen, und dankte meinem Vergangenheits-Ich für die Voraussicht. Meine Tasche stand gepackt neben meinem Bett, mein Handy hing am Ladekabel. Ich war bereits auf den ganzen restlichen Abend vorbereitet – mit dem Nachteil, dass ich jetzt nichts zu tun hatte.

Kurzerhand verließ ich mein Zimmer und klopfte an Livs Tür. Seit heute Morgen hatte ich sie nicht mehr gehört. »Liv?«, fragte ich durch das Holz. »Alles in Ordnung? Machst du dich für das Konzert fertig?«

Es dauerte ein paar Sekunden, und ich nahm an, dass sie sich für einen Mittagsschlaf noch mal hingelegt hatte, da wurde die Tür aufgerissen. Liv stand mit wildem Gesichtsausdruck vor mir. Ich machte einen Schritt zurück – sicher war sicher.

»Ich weiß nicht, was ich anziehen soll«, beklagte sie sich.

Mein Blick glitt über ihre Schulter zu dem Chaos, das dahinter zum Vorschein kam. »Ich dachte, das hattest du mit Charlie schon besprochen.«

Liv stöhnte und stampfte durch den Kleiderhaufen, der sich auf dem Boden türmte, zu ihrem Bett. Mit einem Schnaufen ließ sie sich darauf fallen, die Arme vor der Brust verschränkt. »Aber Charlies und mein Geschmack gehen viel zu weit auseinander, als dass wir uns jemals einigen könnten.«

Ich betrachtete die unzähligen Shirts, Hosen, Röcke und Kleider, die in ihrem Zimmer verteilt waren. »Zieh einfach an, worauf du Lust hast.«

Liv legte den Kopf schief und zog die Augenbrauen vielsagend in die Höhe. »Vielen Dank, Ella. Dass ich da noch nicht selber draufgekommen bin.«

Ich zuckte ratlos mit den Schultern.

Meine kleine Schwester betrachtete mich skeptisch. »Müsstest du dir nicht gerade auch den Kopf darüber zerbrechen, was du anziehen wirst?«

»Ich habe mir meine Sachen gestern schon rausgelegt.«

Livs Blick wurde ungläubig. »Wie kannst du so entspannt sein? Ich würde an deiner Stelle durchdrehen.« Sie beäugte das Chaos um sich herum. »Tu ich ja jetzt schon.«

Anscheinend waren meine Schauspielkünste um einiges besser, als ich annahm, wenn Liv nicht bemerkte, wie ich innerlich die Wände hochging … »Ich bin nicht wirklich entspannt«, gab ich zu. »Deswegen bin ich zu dir gekommen. Ich hatte gehofft, dass du mich ablenken kannst, damit ich nicht gleich platze.«

Sofort richtete sie sich auf. »Warum hast du das nicht gleich gesagt?« Bevor ich etwas antworten konnte, hatte sie sich von ihrem Bett erhoben. Sie machte einen großen Schritt über den Klamottenberg und packte mich an der Hand, um mich in ihr Zimmer zu ziehen. »Komm, ich probier jetzt ein paar Outfits an, und du darfst die Jury spielen und mir sagen, welche du gut findest.«

Sie packte den ganzen Haufen vom Boden und lief damit ins Bad. Zugegeben, ich zweifelte, ob mich das wirklich ablenken würde, aber es war süß, wie sie sich für mich ins Zeug legte und dafür sogar ihre eigene Nervosität hintenanstellte. Wenn ich bei Liv eines immer wieder lernte, dann dass ich sie nicht unterschätzen sollte.

Die Outfits, die sie mir präsentierte, wurden von Mal zu Mal schlimmer. Sie fing mit ihrem Pikachu-Onesie an – warum kam der überhaupt für sie infrage? – und arbeitete sich bis zu einer Federboa-Neonkleid-Kombi vor.

Sie präsentierte alles mit übertrieben viel Selbstbewusstsein, und ich hatte bereits beim fünften Outfit solche Bauchschmerzen vom Lachen, dass ich kaum noch aufrecht sitzen konnte.

»Das ist es«, sagte ich lachend, als sie schließlich in Rock und Shirt im Leopardenmuster vor mir stand. »Wo hast du diese ganzen Klamotten überhaupt her?«

»Ich glaube, ich hab ab und zu was von Mel geklaut«, antwortete sie und tippte nebenbei an ihrem Handy herum.

»Warum hat Mel …« Ich verzog das Gesicht. »Nein, vergiss das. Ich will gar nicht wissen, wann oder warum sie das gekauft hat.«

Liv spiegelte meinen Gesichtsausdruck. Dann warf sie ihr Handy neben mich auf das Bett. »Ich glaube, wir sollten uns langsam fertig machen, wenn wir nicht zu spät kommen wollen. Ich hab gesehen, dass manche Leute schon seit gestern vor dem Stadion campen und darauf hoffen, NXT reingehen zu sehen.«

»Weil sie bestimmt den Haupteingang benutzen.«

»Mir brauchst du das nicht sagen. Sie gehen ja nicht plötzlich an den Schlangen auf und ab und suchen sich ihre nächste Braut aus.«

Ich zögerte mit meiner Frage für eine Sekunde. »Aber es gibt Leute, die es trotzdem hoffen, oder?«

»Mach dir keine Sorgen, Ella«, sagte sie, statt auf meine Frage einzugehen. »Jae-yong schreibt mit dir täglich, nicht mit anderen Leuten. Und ich bin mir auch sehr sicher, dass er während der letzten Interviews nicht wegen seiner Bandmitglieder so gegrinst hat.«

Bei ihren Worten merkte ich, wie mir die Hitze in die Wangen kroch und sich meine Lippen ebenfalls verzogen. »Danke, Liv.«

»Schon gut. Aber ich muss mich jetzt wirklich umziehen und etwas mit meinen Haaren anstellen, sonst kommen wir nie los.« Sie scheuchte mich aus ihrem Zimmer und schlug die Tür hinter mir zu.

Ich zog mich ebenfalls um und widmete mich meinen Haaren, probierte einen einfachen Zopf, geflochtene Strähnen, offene Haare … Und entschied mich schließlich für eine halb offene Frisur, bei der ich mein Deckhaar einfach vom Rest abtrennte und zu einem Dutt zusammenband.

Dann wartete ich im Wohnzimmer auf Liv. Meine Beine wippten nervös auf und ab, und ich spielte zur Ablenkung mit meinem Handy herum. Jae-yong hatte mir zuletzt vor Stunden geschrieben, als sie mit dem Soundcheck begonnen hatten, daher erwartete ich nicht, vor dem Konzert noch etwas von ihm zu hören.

Ich: Was schätzt du – wie sehr kann der Abend in die Hose gehen?
Erin: Gar nicht, wenn du vorsichtig bist und es genießt.
Erin: Und ich will danach alles hören! Jedes Detail. Ich hab vorhin ein kurzes Video gesehen, und wenn die sich alle normal so bewegen wie auf der Bühne, kann ich verstehen, wenn du in Jae-yongs Nähe schwach wirst.
Ich: Du hast dir Videos von NXT angesehen?
Erin: Recherche, Ella. Recherche.
Erin: Du solltest übrigens keinen BH auf die Bühne wer-

fen, laut Internet sind die durchschnittlichen Konzertbesucher zu jung, um so etwas zu sehen.

Ich: Das hatte ich gar nicht vor.

Erin: Stimmt. Und du träumst auch nicht von einem gewissen Jemand in deinem Bett, mein Fehler …

Ich: Ich träume gar nichts.

Auch wenn mich die Hitze, die mir den Nacken heraufkroch, Lügen strafte. Weder war ich blind noch emotionslos. Wenn ich Jae-yong sah, dann weckte das Gefühle in mir, die heiß rauschend durch meinen Körper flossen. Und wenn ich dann noch an seine tiefe Stimme dachte, an den Hauch eines Akzents, der sich verführerisch um die Worte legte …

Ich legte mir einen Handrücken an meine Wangen, um sie zu kühlen. Keine Ahnung, wie ich es schaffen sollte, das Konzert heute durchzustehen und ihn danach noch zu treffen, wenn ich mich jetzt bereits fühlte, als würde ich jeden Moment in Flammen aufgehen.

Erin: Jajaja, das kannst du Mel und Liv vielleicht erzählen, aber wir beide wissen, dass das eine dreiste Lüge ist.

Ich überging ihre Stichelei. Erin kannte mich zu gut – Ausreden hätten mich in diesem Moment nur unglaubwürdiger wirken lassen.

Ich: Es hört sich an, als wäre Liv bald fertig. Letzte, aufbauende Worte für den Abend?

Erin: If you can dream it, you can do it.

Erin: – Walt Disney.
Ich: Du bist so eine Nase, Erin.
Erin: Du liebst mich.
Erin: Und jetzt geh und hab viel Spaß!!

Ich lachte auf und drückte mich vom Sofa hoch, als Liv endlich aus ihrem Zimmer gehüpft kam. Und ich meine wirklich *gehüpft*. Sie schwenkte ihre Arme hin und her, als wäre sie wieder drei – ein Anblick, bei dem ich sie am liebsten in die Arme genommen und nie wieder losgelassen hätte.

»Bereit?«, fragte sie, als sie vor mir zum Stehen kam.

Ich nickte. »Ich sag Mel Bescheid, dass wir fertig sind.«

Mels Zimmertür war den größten Teil des Tages über verschlossen geblieben. Ich klopfte zweimal und wartete, bis sie mich hereinbat, ehe ich die Tür öffnete. Sie saß an ihrem Schreibtisch, das Licht des Laptops erhellte ihr Gesicht. Ihr Zimmer lag als einziges auf der Ostseite – um diese Uhrzeit musste sie hier schon Licht einschalten, während bei Liv und mir die Abendsonne ins Zimmer fiel. Mel löste den Blick vom Bildschirm und wandte sich mir zu.

»Kommst du? Wir müssten langsam los, wenn wir pünktlich da sein wollen.«

Mel sah zurück auf den Bildschirm, ehe ihr die Augen groß wurden. »Oh verdammt, ich hab die Zeit vergessen.« Sie fuhr sich durch die Haare und band sie noch beim Aufstehen zu einem Pferdeschwanz. »Gib mir fünf Minuten, ich komme sofort.«

Ich nickte und zog die Tür wieder hinter mir zu. Liv tigerte im Wohnzimmer auf und ab, und am liebsten hätte ich es ihr gleichgetan. Der einzige Grund, weswegen ich es nicht tat, war die jahrelange Übung, die ich hatte, wenn es darum ging, meine Nervosität vor anderen zu verstecken. Dabei flatterte mein Herz so wild, so ungestüm in meiner Brust, dass mir ganz schwindlig war.

Nach fünf Minuten war Mel ebenfalls bereit und schnappte sich ihre Autoschlüssel vom Haken neben der Tür. Wir gingen nach unten, Liv vor mir, und ich sah, wie ihr Zopf im Takt ihrer Schritte hin und her schwang. Mein Grinsen kam wie von selbst. Liv war da. Mel fuhr uns bis zum Stadion. Ich war nicht allein unterwegs, musste nicht allein auf das Konzert gehen und mich heimlich mit Jae-yong treffen. Ich konnte mit Erin darüber reden, mit Liv, mit Mel. Es fühlte sich endlich richtig an. Ohne all die Geheimnisse.

Das Hochgefühl hielt leider nur bis zur Haustür an.

Keine zehn Meter von unserem Haus entfernt standen zwei Personen, die eine mit einer Kamera in der Hand, die andere ohne – dafür hatte sie aber ihre Adleraugen auf die Tür geheftet und stieß ihren Kollegen an, als wir nach draußen traten. Ich stockte kurz, wäre beinahe stehen geblieben, zwang mich aber, halb versteckt hinter Mel und Liv normal weiterzulaufen, an den beiden Personen vorbei zur Straße. Ich meinte, den Auslöser der Kamera zu hören, ermahnte mich aber innerlich, nicht weiter darauf zu achten und mich auch nicht umzudrehen.

Warum? Warum ausgerechnet jetzt? Tagelang hatte ich meine Ruhe gehabt, das ständige Über-die-Schulter-

Schauen beinahe vergessen. Warum mussten sie jetzt, wo Jae-yong wieder …

Ah.

Jae-yong war in Chicago. Ich hatte keinen Gedanken daran verschwendet, was das für mich bedeuten könnte, außer ihn endlich wiederzusehen. Dabei hätte ich ahnen sollen, dass es die Neugierde der Reporter wieder auf uns – auf mich – lenken würde.

Ich zuckte zusammen, als Liv meine Hand nahm. Sie drückte sie kurz und schenkte mir ein aufmunterndes Lächeln. Erst am Auto ließ sie sie wieder los. Ich stieg auf der Beifahrerseite ein, Liv hinten. Mel startete sofort den Motor, und schon fuhren wir los.

Mein Magen grummelte, nur wusste ich diesmal nicht, ob es die Aufregung war oder die Reporter, die wie kaltes Eiswasser wirkten. Jae-yong und ich hatten zwar darüber gesprochen, über das Risiko und die Sorge, dass es schiefgehen könnte, und ich wusste, dass Mel der Gedanke auch zu schaffen machte … All das hatte ich trotzdem weit nach hinten gedrängt, um mich nur auf die Vorfreude konzentrieren zu können.

Die Autofahrt verging schweigend. Liv war auf ihr Handy fokussiert, Mel auf die Straße. Ich sah den Hochhäusern durch das Seitenfenster dabei zu, wie sie an uns vorbeizogen und immer höher und höher wurden, je weiter wir Richtung Downtown fuhren.

An der Kreuzung direkt vor dem Wrigley Field Stadium hielt Mel an. Als Liv und ich ausgestiegen waren, beugte sie sich über den Beifahrersitz und ließ das Fenster runter. »Schreibt mir, wenn das Konzert vorbei ist. Josh hat angeboten, euch abzuholen, falls ich es mit der Arbeit nicht schaffe.«

Vermutlich würde sie, obwohl es Samstag war, von hier aus nicht nach Hause, sondern zu ihrem Büro fahren. Ich ließ es unkommentiert, aber hinter meiner Nervosität nagte das schlechte Gewissen an mir.

»Viel Spaß«, sagte Mel, dann fuhr das Fenster wieder hoch. Sie wartete noch, bis wir über die Straße gegangen und in die Menschenmasse vor dem Stadion eingetaucht waren, ehe sie davonfuhr.

Es warteten so viele Leute um uns herum, dass die Gespräche ein stetiges Summen in meinen Ohren waren. Ich klammerte mich mit beiden Händen an den Riemen meiner Tasche fest, während wir uns einen Weg durch die Masse zur Schlange bahnten. Es war bunt, laut, wuselig. Bereits hier draußen pulsierte die Energie und Aufregung. Musik lief aus portablen Lautsprechern – Lieder von NXT, die ich noch gar nicht kannte. Leute standen in Grüppchen zusammen und tanzten komplizierte Choreografien dazu, während andere aus vollem Herzen zu den Lyrics sangen.

Livs Kopf ruckte ständig von links nach rechts und wieder zurück. Ihre Augen leuchteten förmlich, und sie sah so glücklich aus, hier zu sein, dass ich mir Mühe gab, nicht wie ein Fisch an Land zu wirken. Ich hatte mir vorgenommen, das Konzert zu genießen, und das würde ich mir von dem beklemmenden Gefühl, von so vielen Menschen umgeben zu sein, nicht nehmen lassen.

Wir mussten das halbe Stadion umrunden, um das Ende der Schlange zu finden. Dann standen wir uns beim

Einlass geschlagene anderthalb Stunden die Füße in den Bauch. Im Vergleich zum letzten Konzert, auf das Jaeyong mich eingeladen hatte, hatte dies hier eine völlig andere Dimension.

»Ist so ein Lightstick Pflicht?«, fragte ich, als wir dem Eingang endlich näher rückten. Ich sah vor und hinter uns kaum eine Person, die nicht stolz einen in der Hand trug.

»Nein«, sagte Liv. »Aber es ist wesentlich cooler, wenn man einen hat.«

»Dann sollten wir dir auch einen kaufen, oder?«

»Nicht nötig.« Sie grinste, wand einen Arm aus dem Riemen ihres Rucksacks und zog den Reißverschluss auf. Ein Griff, und schon hatte sie ebenfalls einen Lightstick in der Hand. »Ich weiß, ich wollte bis zum Konzert warten, aber das hätte genauso gut erst nächstes Jahr sein können – und schau mal, wie schön er ist!« Sie gab ihn mir, das Grinsen wie festgetackert auf ihrem Gesicht.

Der Lightstick war leichter, als ich erwartet hatte. Meine Hand passte gemütlich um den mintfarbenen Stab, der oben in etwas überging, das an eine umgekippte Sanduhr erinnerte. Er war relativ dünn und weiß, und darin steckte die Leuchteinheit, die später dafür sorgen würde, dass der Lightstick in allen Farben erstrahlte, wie Liv mir erklärte. Mit einem Regler an der Seite konnte man ihn anschalten und auf Bluetooth stellen. Als sie den Regler nach unten schob, erstrahlte der obere Teil in einem kalten weißen Licht. Er war schlicht, aber hochwertig verarbeitet.

Ich gab Liv den Lightstick zurück. »Hat die Form eine spezielle Bedeutung?«

»Ein Unendlichkeitszeichen«, sagte sie und fuhr den Rand des oberen Teils nach, um es mir zu verdeutlichen. »Weil wir alle irgendwie miteinander verbunden sind. Heute durch NXTs Musik.«

Statt den Lightstick wieder wegzustecken, behielt sie ihn in ihrer Hand. Sie sah so fröhlich aus, wie ich sie schon lange nicht mehr erlebt hatte, und begann nach einer Weile sogar, mit den Leuten vor und hinter uns zu sprechen. Worum genau es ging, wusste ich nicht – einerseits, weil ich nur mit einem halben Ohr zuhörte, und andererseits, weil so viele Worte benutzt wurden, die ich nicht einmal annähernd verstand, dass ich schnell aufgab, dem Gespräch zu folgen.

Es dauerte noch eine Weile, bis wir endlich in das Stadion durften. Der Andrang war riesig, aber obwohl so viele Leute darauf warteten, hineinzukommen, ging der Einlass ziemlich glatt und ruhig vonstatten. Liv und ich als Konzertanfänger versuchten, uns so gut wie möglich zu den richtigen Plätzen zu bewegen. Die zwei Jungs, mit denen Liv sich zuvor unterhalten hatte, hatten Plätze in der Nähe von uns und halfen uns beim Zurechtfinden.

Als wir endlich an unseren Plätzen ankamen, war ich bereits so erschöpft von den vielen Leuten und der Geräuschkulisse, dass ich mir am liebsten wieder einen Weg nach draußen gebahnt hätte. Aber ich biss die Zähne aufeinander, entspannte meine Schulter. Jae-yong auf dieser Bühne zu sehen – völlig in seinem Element – war das anfängliche Unwohlsein wert.

Von unseren Plätzen aus hatten wir eine gute Sicht auf die Bühne. Wir saßen auf der ersten Ebene, nicht in der vordersten Reihe, aber auch nicht so weit hinten, dass Hunderte Köpfe einem den Blick versperrten. Es war der perfekte Platz – unauffällig, versteckt in der Masse. Und Jae-yong sollte recht behalten: Bisher hatte mich niemand auch nur eines zweiten Blickes gewürdigt. Alle waren viel zu gespannt und warteten darauf, dass die Show endlich losging.

Und das tat sie – mit einem Knall und Flammen, die am Rand der Bühne in die Höhe schossen, als die Musik einsetzte. Die Fans jubelten ohrenbetäubend laut. Liv hüpfte neben mir auf und ab und schwang den Lightstick durch die Luft. Ich hielt unwillkürlich den Atem an, als die Rückwand der Bühne sich plötzlich teilte und fünf Silhouetten, von hinten beleuchtet, sich gleichzeitig zum vorderen Teil der Bühne bewegten.

Selbst aus der Entfernung fand ich Jae-yong sofort. Er stand in der Mitte, an der Spitze seiner Gruppe, ein lockeres Grinsen auf den Lippen, das zwar leicht überheblich, aber ganz und gar nicht unsympathisch wirkte. Eher so, als wüsste er genau, was er seinen Fans damit antat. Als wäre er dort, zwischen all den Leuten, den Scheinwerfern und seiner zweiten Familie genau da, wo er hingehörte. Er trug eine schwarze Hose, die die Muskeln seiner Beine betonte, ein lockeres weißes Hemd und ein dunkles Jackett darüber. Das Mikrofon hielt er in einer Hand, sein Blick glitt über die Menge und das volle Stadion.

Seine Stimme erklang … Mein Herz stolperte und stolperte vor sich hin. Ich spürte eine Gänsehaut auf meinen Armen, konnte den Blick nicht von ihm abwenden. Dort auf der Bühne war es die Leidenschaft, die aus ihm sprach. Die seine Stimme in den hohen Noten vibrieren ließ und mir bei den tiefen einen Schauer nach dem anderen über den Rücken jagte.

Der erste Song brachte alle zum Toben. Wir tanzten, lachten, sangen mit und feierten den Bass, der den Boden unter uns zum Vibrieren brachte. Und das alles, während sich NXT auf der Bühne völlig verausgabte. Alle fünf strotzten vor Energie. Die Choreografien waren bis in die Fingerspitzen ausgetüftelt, und ich spürte die Energie, die jeder von ihnen in die Performance steckte, bis an meinen Platz. Und das, obwohl meine Augen den größten Teil der Zeit auf Jae-yong gerichtet waren. Er wirkte so anders, schien alle Sorgen und Ängste für den Moment backstage liegen lassen zu haben, denn hier auf der Bühne? Das war nicht Jae-yong. Das war Jae. Der mit seiner Band weltberühmt war. Dessen Name überall bekannt war, der den Globus bereiste, weil Leute es nicht erwarten konnten, ihn zu sehen.

Ich hatte angenommen, dass es mich verunsichern würde, diese andere Seite von ihm, live vor mir. Aber das tat es nicht. Mein Brustkorb fühlte sich an, als würde er vor Stolz und Freude platzen, obwohl ich an keinem seiner Erfolge beteiligt war. Aber zu wissen, wer er wirklich war, wenn die Vorhänge fielen, die Scheinwerfer ihn nicht mehr blendeten und Tausende Menschen seinen Namen riefen, machte mich glücklich. Ich war so froh, ihn kennengelernt zu haben, dass ich für einen Augenblick nicht wusste, wohin mit all den Gefühlen.

Abwesend nahm ich wahr, wie Liv bei den Songs mitsang. Ich löste meinen Blick für eine Sekunde von der

Bühne, um mich zu ihr zu beugen. »Du kannst Koreanisch?«, rief ich ihr ins Ohr.

Liv grinste nur und zuckte mit den Schultern. »Ein bisschen! Die meisten Songs hab ich so oft gehört, dass ich sie eh auswendig kann.«

Sie war nicht die Einzige. Die Leute sangen aus voller Seele mit – bei manchen Songs pausenlos, bei anderen nur hin und wieder, beinahe als hätten alle Fans es gemeinsam einstudiert.

Ich machte mir eine gedankliche Notiz, Liv nach dem Konzert danach zu fragen. Im Augenblick galt meine volle Konzentration dem Geschehen vor mir. Vor allem, als es für eine Sekunde dunkel wurde und kurz darauf nur noch Jae-yong und Hyun-woo auf der Bühne standen. Der Song, der erklang, war wesentlich langsamer, ruhiger, dafür aber umso intensiver. Jae-yongs Stimme hatte den rauen Unterton aus den ersten Liedern verloren. Sie war nicht so fest wie zuvor, ein wenig gehauchter, und passte sich damit dem harten Rap von Hyun-woo perfekt an.

Und die Choreografie, die sich in den Refrains wiederholte? Sie war weniger komplex als die anderen, aber Himmel. Wenn die Bildschirme rechts und links von der Bühne Jae-yong in Großaufnahme zeigten, konnte ich nicht anders, als es allen Fans gleichzutun und ihn mit großen Augen anzustarren. Er war so schön, so unwirklich, dass es mir die Sprache verschlug.

»Dein Mund steht offen«, schrie Liv mir über die Musik zu und lachte laut, als ich ihn daraufhin ganz schnell wieder zuklappte. Allerdings nur für einen Moment. Denn als es komplett dunkel wurde, war die Magie, die diesen Abend begleitete, plötzlich wirklich zu sehen. Sie tanzte im Takt der Musik durch das Stadion, das durch die Lightsticks hell erstrahlte. Sie wechselten die Farben mit der Stimmung der Musik. Leuchteten sie in der einen Sekunde in einem satten Grün, wurde daraus kurz darauf ein knalliges Pink. Und mittendrin zu stehen, die Energie zu spüren, die pure Freude, die von den Jungs auf der Bühne und den Fans ausging … Ich hatte keine Worte dafür.

Ich hätte mich bisher nicht als Fan bezeichnet – dieser Abend änderte das. Die Leidenschaft, mit der NXT auftrat, die unterschiedlichen Emotionen, die sie mit jedem Song, jeder Melodie auslösten – und das, obwohl ich von den Lyrics so gut wie kein Wort verstand. Diese paar Stunden hier mussten sich jedem für immer in die Erinnerung einbrennen.

Die Zeit verging wie im Flug. Irgendwann hatten sich sogar meine Sorgen verabschiedet, waren zwischen den Leuten davongeflogen und ließen mich voller Adrenalin und Freude zurück. Ich fühlte mich losgelöst und hätte den Jungs ewig zuhören können. Dementsprechend traurig war ich, als sie ihren letzten Song ankündigten.

»Chicago – es war uns eine Ehre«, sagte Min-ho und verbeugte sich theatralisch vor den Fans.

Jae-yong neben ihm lachte und schüttelte den Kopf, offensichtlich vertraut mit Min-hos Schauspielkünsten. Das Geräusch hallte durch das Stadion und über die vielen Meter hinweg, die uns trennten.

Woo-seok ergriff das Wort: »Was Min-ho damit eigentlich sagen möchte: Jedes Mal, wenn wir hier in

Chicago sind, verschafft ihr uns die schönsten Abende. Danke. Von Herzen.«

»So schön, dass unser Eddie sogar weint«, sagte Jae-yong und deutete mit einem Nicken zu dem NXT-Mitglied, das ganz links außen stand.

»Aw!«, machte es überall im Stadion.

Ed lächelte und sagte, an die Fans gewandt: »Ich hoffe, ihr vergesst nicht, dass wir euch lieben.«

»Auch dann, wenn wir an unterschiedlichen Enden der Welt sind«, fügte Jae-yong hinzu.

Und Min-ho: »Vor allem dann.«

Ich sah aus dem Augenwinkel, wie sich Liv neben mir ihren Lightstick an die Brust presste. Ich griff nach ihrer freien Hand und drückte sie. Sie schenkte mir ein kleines, verweintes Lächeln, das glücklicher war, als ich mir je hätte ausmalen können.

Ich ließ ihre Hand noch immer nicht los, als der letzte Song begann. Es war der Song, den Liv mit ihrer Tanzgruppe vor all den Wochen aufgeführt hatte. Der, der mir damals bereits eine Gänsehaut verschafft hatte und heute dafür sorgte, dass mir Tränen in die Augen schossen. Weil er so echt war, so aufrichtig. Und weil er der Anfang von etwas zwischen Jae-yong und mir gewesen war, das ich heute nicht mehr hergeben wollte.

Ich fühlte mich wie in Trance, als der Song auslief, alle fünf sich wieder und wieder verbeugten und einer nach dem anderen hinter der Bühne verschwand. Lichter wurden eingeschaltet, die einen so grellen Gegensatz zu den Lightsticks bildeten, dass meine Augen ein paar Sekunden brauchten, um sich daran zu gewöhnen.

Wir stolperten aus unserer Reihe und zum Ausgang, Liv vor mir und fremde Leute, die sich gar nicht mehr so fremd anfühlten, hinter mir. Niemand von uns sagte etwas, bis wir wieder draußen vor dem Stadion standen. Die letzten Stunden umfingen uns wie ein Traum.

»Ich weiß nicht, wie ich bis heute habe warten können, um sie live zu sehen«, sagte Liv. »Ich wusste, wie gut sie sind, aber sie direkt vor mir zu sehen …«

»Sie waren wirklich unglaublich«, bestätigte ich. Auch wenn ich mir kaum vorstellen konnte, was es für Liv bedeutet haben musste.

Sie nickte aufgeregt und quiekte plötzlich, wobei sie meine Hand nahm und wild mit meinem Arm herumfuchtelte. »Gott, Ella. ELLA. Ich hab sie wirklich ehrlich live gesehen, kannst du das glauben?«

Ich grinste nur. Wie bereits den ganzen Abend. Und ich hatte nicht das Gefühl, diesen Gesichtsausdruck jemals wieder loswerden zu können. Geschweige denn zu wollen. Vor allem nicht, wenn ich daran dachte, dass der Abend für mich noch nicht zu Ende war …

Die Leute strömten um uns herum aus dem Stadion, verweilten ein wenig oder machten sich auf den Weg nach Hause.

Liv zog ihr Handy hervor, checkte ein paar Nachrichten darauf und sah dann zu mir auf: »Soll ich Mel Bescheid sagen?«

Ich nickte. Meine Worte waren gerade mit dem Gedanken davongeflogen, dass ich Jae-yong heute noch treffen würde. Selbst unausgesprochen klang es für mich unvorstellbar. Am liebsten hätte ich Liv gebeten, mich zu kneifen. Ihn endlich wiedersehen zu dürfen, zu hören, zu berühren … Ich war so aufgeregt und ungeduldig zugleich. Wenn ich gekonnt hätte, hätte ich die Zeit bis zu dem Punkt vorgespult, an dem wir uns gegenüberstanden.

Wir mussten nicht lang warten. Mel schaffte es nicht, daher kam Josh, um uns abzuholen. Die Selbstverständlichkeit, mit der er mittlerweile zu einem Teil unserer kleinen Familie geworden war, freute mich jeden Tag aufs Neue. Er hielt mit seinem schwarzen Auto an der gleichen Ecke, an der Mel uns zuvor rausgelassen hatte. Als wir beide im Auto saßen und die Türen hinter uns zugezogen hatten, warf Josh uns einen Blick im Rückspiegel zu. »Ihr seht aus, als hättet ihr gerade die Party des Jahrhunderts miterlebt.«

Liv grinste von einem Ohr zum anderen. »Es war ganz in Ordnung.«

Josh grinste zurück. »Das dachte ich mir.« Dann zuckte sein Blick zu mir. »Mel hat gesagt, dass du vermutlich nicht mit zur Wohnung kommst?«

Ich rutschte unruhig auf meinem Sitz hin und her, verschränkte die Hände in meinem Schoß und nickte. »Kannst du mich vielleicht vorher beim Museum absetzen?«

Josh zog eine Augenbraue in die Höhe, legte nach einem Nicken aber einfach den Gang ein und reihte sich in den Verkehr ein.

Und mit jedem Meter, den wir fuhren, konnte ich es weniger erwarten.

16. KAPITEL

Meine Schritte hallten von den Wänden wieder, als ich durch das Museum ging. Ich war durch den Hintereingang hineingekommen – glücklicherweise war der nur ein paar Meter von der Garderobe entfernt, und außer mir, den Gemälden und ein paar Statuen war der Bereich des Museums wie auch tagsüber ausgestorben.

Nur die Notbeleuchtung brannte und zeigte mir meinen Weg bis zur Garderobe. Ich umrundete den Tisch, der mein Arbeitsplatz war, und schob die Tür in den Personalraum auf, den weder ich noch Lana normalerweise benutzten. Ich wusste nicht, wie es bei meinen anderen zwei Kollegen aussah, aber meistens stellte ich meine Taschen einfach unter den Tisch, hinter dem ich die ganze Zeit saß. Und da ich meistens allein am Arbeitsplatz war, tendierte ich dazu, einfach am Platz zu essen. Daher dauerte es ein paar Sekunden, bis ich den Lichtschalter an der Wand ertastet hatte und über mir die Leuchtstoffröhren flackernd angingen. Ich stellte meine Tasche auf den quadratischen Tisch, der mit einer Seite an der hinteren Wand stand, und machte mich auf die Suche nach ein paar Tellern. Zwei belegte Sandwiches, eine kleine Cola, ein winziger Muffin – mehr hatte ich in dem kleinen Supermarkt nebenan auf die Schnelle nicht organisieren können.

Ich setzte mich an den Tisch und holte mein Handy heraus, um Jae-yong eine Nachricht zu schicken.

Ich: Schreib mir, wenn du da bist.

Seit dem Konzert waren anderthalb Stunden vergangen. Nach dem Einkauf hatte ich lange vor dem Museum gestanden und mich davon zu überzeugen versucht, dass das hier nicht die schlimmste Idee war, die jemals jemand gehabt hatte. Ich hatte keine Ahnung, wie schnell Jae-yong es schaffen würde, sich von seiner Gruppe loszureißen, ohne alle mit der Nase darauf zu stoßen, dass er sich noch mit mir traf.

Um mir die Zeit zu vertreiben, klickte ich mich durch YouTube und stieß fast als Erstes auf ein Video, das jemand während des Konzerts heute aufgenommen hatte. Die Fans waren wirklich schnell. Ich klickte es an, stützte einen Ellenbogen auf dem Tisch ab und bettete mein Kinn in die Hand. Es war nur ein kurzer Ausschnitt von einem der langsameren Lieder des Sets. Laut der Kommentare hieß es *Oblivion*. Das Video zeigte Jae-yong und Min-ho, die sich gegenüberstanden und für ein paar kurze Zeilen miteinander harmonierten. Jae-yongs Stimme war wesentlich tiefer als Min-hos. Die beiden grinsten sich an, während sie sangen. Mit dem Song war NXT gegen Ende des Konzerts aufgetreten – die Spitzen von Jae-yongs Haaren klebten ihm an der Haut, und als er sich für eine lang gezogene, hohe Note nach hinten beugte, glänzte der Schweiß an seinen Schläfen und im Nacken.

Während der Show war es nur ein flüchtiger Augenblick gewesen, aber jetzt sah ich ihn glasklar auf meinem Handybildschirm und wollte nichts lieber, als mit meinen Händen durch seine welligen Haare fahren und mich in seine Umarmung fallen lassen. Ich hätte ihn so gern gesehen, direkt nach dem Konzert. Die Energie der fünf war durch das ganze Stadion geströmt und hatte alle mitgerissen. Ich konnte mir nicht vorstellen, wie sich Jae-yong danach gefühlt haben musste.

Stattdessen saß ich hier und tippte als Nächstes *Oblivion* in die Suchleiste, um nach einem Lyric-Video zu suchen. Ich wollte es mir gerade ansehen, als Jae-yong mir schrieb.

Jae-yong: Mit welchem magischen Zauberwort öffnet sich der Hintereingang?
Ich: Nur echten Magiern wird Eintritt gewährt.
Jae-yong: Oh, ich glaube, dann habe ich mich wohl in der Tür geirrt …
Ich: Warte, warte! Bleib, wo du bist, ich komme dich holen.

Ich steckte mein Handy schnell ein, verließ den kleinen Pausenraum und ging zum Hintereingang. Ich beeilte mich, ohne in einen Sprint auszubrechen. Vor der Tür blieb ich kurz stehen, um wieder zu Atem zu kommen.

Dann zog ich die Tür auf, und … er stand direkt vor mir.

Jegliche Ruhe, die ich bis zu diesem Augenblick gespürt hatte, war verflogen. Die paar Sekunden vor der Tür hätte ich mir sparen können – mein Atem wich mir ohnehin sofort wieder aus den Lungen. Es klang so kitschig, aber es war mir egal. Es war mir egal, was die Presse sagte oder sein Management oder meine Schwestern. Die ganzen negativen Stimmen verflogen, und selbst wenn es naiv war oder gutgläubig, konnte ich nicht anders, als sie ziehen zu lassen.

Er sah erschöpft aus. Müde von der Show, aber nicht weniger glücklich, hier zu sein. Ich trat ein paar Sekunden von einem Fuß auf den anderen. Sekunden, in denen wir uns schweigend anstarrten, ehe ich jegliche Vorsicht über Bord warf und die paar Meter zwischen uns halb rennend überbrückte. Ich traf mit einiger Wucht auf ihn und spürte, wie er ein paar Schritte zurücktaumelte, während sich seine Arme bereits um mich schlossen.

Und meine Welt
wurde
leise.

Ich wusste nicht, was es war – warum ausgerechnet er. Und ich hinterfragte es auch nicht mehr. Ihn zu umarmen, fühlte sich so richtig an, dass ich nicht anders konnte, als meine Arme noch ein wenig fester um ihn zu schlingen. Ich spürte, wie Jae-yong das Gesicht in meinen Haaren vergrub. Als würde es ihm genauso gehen wie mir. Als würden die ganzen letzten Wochen auch endlich von ihm abfallen.

»Es könnte uns jemand sehen«, flüsterte er an meinem Ohr und schob sich und mich in den Flur des Museums hinein. Die Tür schubste er hinter uns zu, dann schlossen sich seine Arme wieder um mich. Am liebsten hätte ich ihn nicht mehr losgelassen.

Jae-yong schien meine Gedanken hören zu können. Eine Hand strich mir beruhigend über den Rücken, die andere lag an meinem Hinterkopf und hielt mich fest.

Sekunden zogen vorbei, wurden zu Minuten. Ich brauchte einige Zeit, bis ich die Kraft fand, mich von ihm zu lösen. Bis ich mir sicher war, dass er nicht einfach wieder verschwinden würde. Ich lockerte meine Arme kaum, legte den Kopf aber in den Nacken, um ihn ansehen zu können. Seine Augen glitzerten vor Freude, und ich war mir sicher, dass meine es auch taten.

Er zog an einer meiner Locken und sah dabei zu, wie sie zurück in ihre Form sprang, als er sie losließ. »Merkwürdig, wie ein paar Monate wie Jahre wirken können und dieser Abend sich vermutlich nur wie ein paar Sekunden anfühlen wird.«

»Du redest schon wieder in Song-Lyrics.«

Er zuckte die Schultern leicht. »Das kommt mit dem Job.«

Ich trat einen Schritt von ihm weg, um ihn zu betrachten, nur einen. Er löste seine Arme von mir und ließ sie hängen. Seine Augen waren leicht betont, seine Lippen schimmerten in einem sanften Rosa. Er hatte sich noch nicht einmal die Zeit genommen, sich abzuschminken. Nur seine Haare hielten die gewellte Form, die sie während des Konzertes hatten, nicht mehr ganz.

»Du hast dich umgezogen«, wies ich auf das Offensichtliche hin.

Jae-yong sah kurz an sich hinunter. »Hättest du es lieber gehabt, wenn ich verschwitzt hierhergekommen wäre?«

Das Video blitzte vor meinem inneren Auge auf. »Ich hätte nichts dagegen gehabt.«

Ein verschmitztes Grinsen war Jae-yongs Antwort.

»Du musst gerade sterben vor Hunger, oder?«, fragte ich. »Wie viele Tausend Kalorien hast du auf der Bühne verbrannt? Das würde ich in einer Woche nicht schaffen.«

Das Grinsen wich einem schüchternen Lächeln. »Wenn du einen Snack dabeihättest, wäre ich dir auf ewig dankbar. Ich habe mich so beeilt, dass ich es nicht mehr geschafft habe, etwas zu essen.«

Ich hoffte, dass meine Augen nicht verrieten, wie glücklich mich diese Aussage machte. Ich griff nach seiner Hand und führte ihn den kurzen Weg zu dem Pausenraum. Jae-yong ging vor mir hinein, und ich schloss die Tür leise.

Er stand vor dem Tisch und drehte sich zu mir um, eine Augenbraue fragend in die Höhe gezogen. »Du hast Sandwiches mitgebracht?«

»Ja«, antwortete ich. »Man darf ja nichts mit ins Stadion nehmen, deswegen ist das das Beste, was ich so schnell auftreiben konnte. Oh, warte, ich hab noch etwas vergessen.« Ich ging zu meinem Rucksack, öffnete ihn und holte die kleine Plastikschale hervor.

Jae-yong kam einen Schritt näher, um das Label auf der Schale zu lesen. »Kimchi?«

»Du hast gesagt, dass du schon lange keins mehr gegessen hast.« Ich sah überall hin, nur nicht ihm in die Augen. Plötzlich erschien mir der Gedanke dahinter ein wenig peinlich. »Es ist bestimmt nicht so gut wie das deiner Mom, aber …« Als mein Blick wieder zu ihm glitt, stockte mir der Atem.

Die paar Schritte, die uns trennten, überwand er in wenigen Sekunden. Er legte seine Hände an meine Wangen, zögerte einen Augenblick, als wartete er auf eine Erlaubnis von mir. Dabei musste er doch wissen, dass seine Nähe alles in mir zum Schweigen brachte. Dass ich keine Worte fand, wenn er so dicht bei mir war und ich die Wärme, die von seinem Körper ausging, spürte.

Ich stand ganz still, bewegte keinen Muskel, als er den Kopf zu mir herunterneigte und seine Lippen hauchzart meinen Mundwinkel berührten. Erst den einen, dann den anderen, ehe sie auf meine Lippe trafen. Als ich ihn an meinem Mund spürte, hätte ich vor Freude am liebsten geweint. Meine Hände legten sich wie von selbst an seine Hüften. Um ihn festzuhalten? Mich? Ich wusste es nicht, aber es war mir auch egal.

Dann lehnte er sich zurück. Sah mir in die Augen, ein kleines Lächeln auf den Lippen, das nur für mich bestimmt war. »Danke.« Er nahm meine Hand, führte uns zum Tisch und setzte sich mir gegenüber.

Er griff sich das eine Sandwich und schob das andere in meine Richtung. Sonderlich hungrig war ich zwar nicht – die Schmetterlinge in meinem Bauch nahmen jeglichen Platz ein –, aber ich befreite das Sandwich trotzdem aus der Tüte. Jae-yong öffnete derweil die Verpackung von dem Kimchi und lehnte sich in seinem Stuhl nach hinten, um die Schubladen nach Besteck zu durchsuchen. Der Raum war so klein, dass er alles erreichte, ohne aufstehen zu müssen. Als er eine Gabel gefunden hatte, spießte er etwas von dem eingelegten Chinakohl auf und schloss beim Kauen genüsslich die Augen, als wäre es ein Fünf-Sterne-Menü.

»Ich hab schon viel zu lange nicht mehr so was Gutes gegessen«, sagte Jae-yong.

Ich betrachtete den eingelegten Kohl in der Plastikschale. »Ich hab Kimchi einmal probiert. Ich kann nicht sagen, dass ich ein Fan davon war.«

Er lachte leise und lehnte sich zurück, einen nachdenklichen Ausdruck auf dem Gesicht. »Ja, es schmeckt beim ersten Mal komisch, oder? Bei uns ist es so normal wie bei euch … Brot? Es ist nicht mal was Besonderes, aber auf Tour essen wir so viel Ramyeon oder Spezialitäten aus dem Land, in dem wir gerade sind. Und wenn ich zu Hause nicht auf Diät bin, bestellen wir ständig Essen … Ich weiß auch nicht. Manchmal überkommt mich die Lust darauf.«

Diät? Meine Augen glitten wie von selbst über das schwarze Hemd, zu seinem flachen Bauch und seinen muskulösen Beinen, die sich durch die eng anliegende, ebenfalls schwarze Hose abzeichneten.

»Du machst Diäten?«

Seine Antwort war ein halbes Schulterzucken, gefolgt von einem Nicken. »Manchmal, wenn ich es brauche.«

»Du … siehst nicht aus, als hättest du es nötig.«

Ein kleines, schiefes Lächeln erschien auf seinen Lippen. »Von uns fünf wiege ich fast am meisten. Außerdem sind es nicht immer Diäten im klassischen Sinne zum Abnehmen.«

»Sondern?«

»Zum Muskelaufbau zum Beispiel«, sagte er und griff nach der Cola. Er drehte sie auf und trank einen Schluck, ehe er sie mir reichte. Ich nahm sie ihm ab, in Gedanken mit seiner Aussage beschäftigt, und spürte seinen Blick auf mir.

»Du denkst sehr laut«, sagte Jae-yong nach einer Weile. »Was beschäftigt dich?«

»Dass du denkst, du hättest eine Diät nötig, wenn du stundenlang auf einer riesigen Bühne performst und aussiehst, als hättest du nicht einen Tag in deinem Leben etwas Ungesundes gegessen.«

Er seufzte. »Ich fühle mich nicht unwohl in meinem Körper, wenn du das denkst.«

Hatte ich nicht. Dafür bewegte er sich zu selbstbewusst im Rampenlicht der Bühne – unter den Blicken von Tausenden Leuten. »Entscheidest du, wann du eine ›Diät‹ machst?« Ich setzte das Wort in imaginäre Anführungszeichen, weil allein der Gedanke daran für mich so lächerlich wirkte.

Ein weiteres Schulterzucken. »Manchmal. Manchmal kommt eine … Bitte von oben.«

Ich runzelte die Stirn. »Eine Bitte?«

»Eine Empfehlung, wenn das für dich besser klingt.«

Tat es nicht, aber ich hielt die Worte zurück.

»Warum zerbrichst du dir ausgerechnet darüber den Kopf?«, fragte er leise.

Ich öffnete den Mund, auf der Suche nach den richtigen Worten, die erklärten, warum es mir so schwerfiel, das Thema ruhen zu lassen. »Du bist so schön«, sagte ich.

Verzog das Gesicht, schüttelte den Kopf. »Unabhängig von deiner Frisur oder deinem Körper – die auch schön sind, versteh mich nicht falsch.« Ich verschränkte die Hände miteinander, knetete meine Finger. Es wäre mir leichter gefallen, zu zeichnen, wie er auf mich wirkte, als es auszusprechen. »Aber wenn ich dich angucke, sehe ich, wie du zu deinen Freunden stehst, wie viel dir deine Familie bedeutet, wie du für mich da bist. Das macht dich einfach … schön. Für mich.«

Jae-yong ließ mich nicht aus den Augen. Er hörte mir zu – hörte mir wirklich zu, als würden die Wörter ihm genauso viel bedeuten wie mir seine immer.

»Wo hast du dich die letzten Jahre meines Lebens versteckt?«, fragte er, einen bemüht lockeren Ton in der Stimme. Und er brauchte es nicht auszusprechen, ich hörte auch so, wie ein leises »Danke« in seinem Satz mitschwang.

»Vermutlich zwischen irgendwelchen Buchseiten vergraben«, antwortete ich ehrlich.

»Hmm. Ja, ich habe gehört, dass Leute dort die merkwürdigsten Geschöpfe entdecken.«

Ich zupfte einen Krümel von meinem halb aufgegessenen Toast ab und bewarf Jae-yong damit. »Dieses ›merkwürdige Geschöpf‹ hat dir Essen mitgebracht. Sei lieber dankbar.«

Er lachte laut auf. »Entschuldige.«

Ich nickte zufrieden und biss wieder von meinem Sandwich ab. Als Jae-yong mich dabei beobachtete, wie ich kaute – den Blick deutlich auf das Essen gerichtet, nicht auf mich –, unterdrückte ich ein Grinsen und reichte ihm die zweite Hälfte. Er hob die Augenbrauen an, wie um sich zu versichern, dass ich es ernst meinte, und nahm mir den belegten Toast ab.

Ich nahm mir stattdessen den Muffin vor. Mein Versuch, ihn in zwei gleiche Hälften zu teilen, scheiterte kläglich. Jae-yong sah mir amüsiert dabei zu, wie ich ihm die kleinere Hälfte gab und die größere mit zwei Bissen aufaß.

»Treffen wir uns immer nur zum Essen?«, fragte Jae-yong und nahm den halben Muffin in die Hand.

»Und für Konzerte.«

»Das klingt nach ziemlich öden Dates.«

»Ich habe lieber langweilige Dates als eins wie beim letzten Mal«, sagte ich unbedacht – und mir fiel erst auf, welches Thema ich angeschnitten hatte, als es bereits wie ein Elefant zwischen uns im Raum stand.

Jae-yong runzelte die Stirn, und ich wünschte mir nicht zum ersten Mal einen Zeitumkehrer zur Hand, um meine eigenen Worte rückgängig zu machen.

»Kann ich dich etwas fragen?«, wollte er von mir wissen.

Ich nickte.

Er atmete einmal tief durch. »Warum triffst du dich mit mir?«

»Wie meinst du das?«

»Nach allem, was passiert ist – was du meinetwegen durchgemacht hast …« Er brach ab, zuckte mit den Schultern.

Ich ließ mir Zeit für meine Antwort. Die Frage hatte ich mir oft genug gestellt – und war dabei immer wieder bei etwas hängen geblieben, das ich nicht erklären konnte. Das ich einfach spürte, so wie ich spürte, dass ich ohne meine Bücher, ohne Mel, Liv oder Erin nicht leben konnte.

»Erinnerst du dich daran, was du in meinem Zimmer zu mir gesagt hast?« Zwischen all dem Unglauben, dem schmerzhaften Trommeln meines Herzens, hatten sich die Worte in meinen Kopf eingebrannt wie selten zuvor.

Er schüttelte den Kopf.

»Du hast gesagt, dass ich es verdiene, glücklich zu sein«, sagte ich leise. Zaghaft, aber dennoch mit Nachdruck. »Und dass der Abschied nicht niemals bedeutet.«

Die Erinnerung blitzte in seinen Augen auf. Er schwieg und ließ mich weitersprechen.

»Du hast mich nicht verlassen. Nicht wirklich. Als ich dich gebraucht habe, wolltest du wissen, wie es mir geht. Und als die Leute mich beschimpft haben, hast du mich verteidigt, obwohl du es nicht hättest tun sollen.« Ich hielt seinen Blick fest. Diese dunklen Augen, die mich seit unserem ersten Treffen nicht mehr losließen. »Du hast gesagt, dass ich es verdiene, glücklich zu sein, und … ich bin glücklich. In deiner Nähe. Mit dir.« Ein Schulterzucken, als wäre es so simpel. »Mehr Gründe habe ich nicht.« Brauchte ich nicht.

Stille senkte sich über uns. Ich wartete ungeduldig auf seine Antwort, während ich mir im Kopf bereits ausmalte, wie sie aussehen könnte. Hatte ich … zu viel gesagt? Zu wenig? Ich wusste beim besten Willen nicht, wie ich ausdrücken konnte, was ich in seiner Nähe fühlte. *Wie* ich mich in seiner Nähe fühlte. Ich wünschte mir die tausend

Worte eines Poeten herbei, um meine Emotionen so bunt zu beschreiben, dass er sie zwischen uns sehen konnte.

»Reicht das als Erklärung?«, fragte ich nach einer Weile des Schweigens, die mich beinahe verrückt machte.

Jae-yongs Augen tanzten über mein Gesicht, betrachteten jeden Zentimeter, bevor er wieder auf meinen Blick traf. Dann nickte er stumm, und ich verstand.

Sprachlos. Offensichtlich hatte ich ihn mit meiner Erklärung sprachlos gemacht. Ich lächelte in mich hinein und hoffte, dass er mir vom Gesicht ablesen konnte, wie froh ich darüber war.

Jae-yong hob den Muffin an seinen Mund und aß ihn mit zwei Bissen auf. Ich spielte mit dem Etikett der Colaflasche, die ich noch immer in den Händen hielt, um meine Finger zu beschäftigen.

»Wie geht es Ed eigentlich?«, fragte ich, als weitere Minuten vergingen und er das Wort nicht ergriff. »Er hat auf der Bühne nicht ausgesehen, als hätte er sich überhaupt jemals verletzt.«

Jae-yong räusperte sich leise. Seine Stimme war rauer, als er wieder sprach. »Ed ist ziemlich gut darin, über Schmerzen hinwegzutäuschen, wenn wir auf einem Konzert sind. Zu Woo-seoks Leidwesen.«

»Du meinst, es wäre gut gewesen, wenn er mehr als ein Konzert ausgesetzt hätte?«

Er hob unschlüssig eine Schulter an. »Ich bin mir nicht sicher, ob es das besser gemacht hätte. Ed tendiert dazu … ziemlich unausstehlich zu werden, wenn die Dinge nicht so funktionieren, wie er es möchte oder sich vorstellt. Aber er würde mir den Kopf umdrehen, wenn er wüsste, dass ich dir davon erzähle.« Bei dem letzten Part zwinkerte er mir zu.

»Weil das seinem Image nicht guttut?«

»Weil er der Älteste von uns ist. Er versucht von uns allen immer am meisten, nach außen hin positiv zu wirken, damit wir uns keine Sorgen machen. Solange er auf uns aufpassen kann, ist alles gut. Aber sobald er selbst etwas falsch macht, verletzt das seinen Stolz, weil er das Gefühl hat, er als Ältester sollte es eigentlich besser wissen.«

»Was hat das mit seinem Alter zu tun?«, fragte ich verwirrt. Natürlich nahm ich an, dass Mel auch in manchen Dingen mehr Erfahrung hatte als ich, aber wenn sie Fehler machte, machte es keinen Unterschied, ob sie neunzehn oder neunundzwanzig war. Es passierte einfach, wie es mir und Liv auch ständig passierte.

Jae-yong gab einen nachdenklichen Laut von sich. »Ich glaube, bei uns spielt das Alter vielleicht eine etwas andere Rolle als bei euch.«

Ich legte verständnislos den Kopf schief. »Was meinst du?«

»Den Respekt, den wir älteren Personen entgegenbringen. Es wird von uns erwartet, dass wir auf eine bestimmte Art mit ihnen sprechen und umgehen …«

Ich verstand nicht, worauf er hinauswollte. »Aber das ist bei uns doch auch so.«

»Ja, aber es ist anders.« Jae-yong verzog das Gesicht. »Bis auf Min-ho sind alle mehrere Jahre älter als ich. Und obwohl wir uns schon einige Jahre kennen und eine sehr enge Beziehung haben, spreche ich sie meistens mit

Hyung an. Eben weil ich höflich sein möchte und ihnen damit auch zeige, wie sehr ich sie respektiere.«

»Wie sprichst du sie an?« Das Wort war ihm so schnell über die Lippen gekommen, dass ich es nicht mal richtig verstanden hatte.

»*Hyung*«, sagte er noch einmal ein wenig langsamer.

Ich versuchte, die Bewegung seiner Lippen nachzumachen, um das Wort stumm zu wiederholen. »Was bedeutet es?«

»Wörtlich übersetzt wäre es ›älterer Bruder‹, aber man benutzt es auch, wenn man mit männlichen Freunden spricht, die älter sind.« Er dachte einen Augenblick nach, ehe er hinzufügte: »Zumindest, wenn man selbst männlich ist.«

Seine letzte Aussage machte es nicht leichter, seine Erklärung zu verstehen. »Und wenn man nicht männlich ist?«

»Dann wäre es *Oppa* – das sagen beispielsweise viele unserer weiblichen Fans. Oder *Eonnie*, wenn du als Frau zu einer weiblichen Person sprichst, die älter ist als du, oder *Noona*, wenn ich jemand Weibliches ansprechen würde, der älter ist.« Als Jae-yong meinen verwirrten Gesichtsausdruck sah, schmunzelte er. »Es ist ein bisschen kompliziert zu erklären.«

Es war wirklich kompliziert. Ich versuchte, seine Erklärung nachzuvollziehen, aber mir fehlte der Zugang zu seiner Sprache, seiner Kultur, als dass ich es wirklich hätte begreifen können. Zum ersten Mal fiel es mir schwer, einen Teil von ihm zu verstehen – und ich hatte noch mindestens hundert Dinge, die ich darüber wissen wollte.

Aber nachdem er die Fans erwähnt hatte, kam mir eine andere Frage in den Sinn, die mich noch viel mehr interessierte. »Macht es dir Spaß? Tag für Tag vor so vielen Leuten auf der Bühne zu stehen, meine ich?«

»Meistens«, sagte er ehrlich. »Touren sind immer anstrengend. Vor allem, wenn wir alle unsere Familien und Freunde vermissen.«

»Du hast gesagt, deine Schwester kommt auf euer letztes Konzert, richtig?«

»Ja. Dad hat mir heute Morgen gesagt, mit welchem Flieger sie kommt. Sie redet anscheinend seit Tagen von nichts anderem mehr.«

»Wie lange bleibt sie?«

»Zwei Nächte. Wir haben nach unserem letzten Konzert ein wenig Freilauf, und ich habe mir vorgenommen, mich mit ihr durch ganz New York zu essen.«

Ich lachte. »Genau das Gleiche würde ich auch mit Liv machen. Definitiv.«

»Ich sag ja – sie würden sich bestimmt blendend verstehen.«

Aber wie hoch war die Wahrscheinlichkeit, dass sie sich jemals kennenlernen würden? Wenn seine Schwester auf der anderen Hälfte der Erdkugel lebte? Uns trennten Welten, obwohl ich mich so verbunden mit ihm fühlte. Unsere Treffen waren nur gestohlene Augenblicke hier und da.

Jae-yong ließ mich nicht aus den Augen. Tat er nie, wenn er in meiner Nähe war. Er sah mich an, als würde er gern einen Blick in meinen Kopf werfen, um zu sehen, was darin vorging.

»Hast du … schon mal darüber nachgedacht, wie es wäre, wenn wir nicht nur ein paar Stunden zusammen hätten?«, sprach ich meinen Gedanken vorsichtig aus.

»Ständig. Du glaubst gar nicht, wie gern ich mit dir irgendwohin fahren würde. Nur wir zwei. Wo wir nicht die ganze Zeit auf die Uhr gucken müssen, als müssten wir wie Cinderella vor Mitternacht wieder zu Hause sein, damit niemand was erfährt.«

»Ich bin schon ewig nicht mehr verreist«, sagte ich. »Ich wüsste gar nicht, wohin ich wollen würde.«

»Europa würde dir bestimmt gefallen.« Sein Blick ging beinah durch mich hindurch. Vermutlich erinnerte er sich gerade an die letzten Tage und Wochen, die er dort verbracht hatte. »Die unterschiedlichsten Kulturen, so nah beieinander, dass man innerhalb von ein paar Tagen durch mehrere Länder fahren kann. Und das Essen ist fantastisch.«

»Welches Land hat dir am besten gefallen?«

»Frankreich«, antwortete er sofort. »Wir haben nur Paris gesehen, und selbst davon nicht viel. Aber die Sprache, die Leute, die Atmosphäre in der Stadt …«

Ich versuchte, es mir vorzustellen. Erlaubte mir dieses eine Mal, darüber nachzudenken, wie es sein könnte. Nur er und ich, ohne Zeitdruck, weit entfernt von staubigen Pausenräumen. Wie wir durch die Straßen liefen in einer der romantischsten Städte der Welt. Wie wir Sehenswürdigkeiten bestaunten, uns treiben ließen und völlig entspannt sein konnten. Ich sah es so deutlich vor mir, dass ich am liebsten danach gegriffen hätte. Als ich mit meinen Gedanken allerdings wieder zurück in dem Raum hier ankam, überfiel mich die Realität gnadenlos. »Es ist unmöglich, oder?«

Jae-yong sah mich an, als wünschte er sich, es möglich machen zu können. Aber keiner von uns konnte zaubern. »Ja. Ich fürchte, das ist es.«

Mein Gesichtsausdruck musste ihm verraten, dass das – trotz allem – nicht die Worte waren, die ich tief in mir drin hatte hören wollen. Er streckte seine Hand aus und legte sie auf meine. Sein Daumen strich über meinen Handrücken.

Für einen Augenblick saßen wir uns stumm gegenüber. Hingen einer Möglichkeit nach, die nie eine war.

»Ich hab noch etwas mitgebracht«, sagte er plötzlich und griff mit seiner freien Hand unter den Tisch. Ich hörte, wie der Reißverschluss seiner Tasche aufging und er darin kramte. Dann legte er eine kleine Papiertüte vor mir ab.

»Kann ich reingucken?« Neugierig reckte ich den Kopf, um den Inhalt der Tüte erspähen zu können.

Er schob sie auf meine Seite des Tisches und bedeutete mir mit einer Handbewegung, mich nicht zurückzuhalten. Die kleine Tüte gab unter meinen Händen nach, als ich sie näher zu mir zog. Ich wartete nicht lang, griff hinein und ertastete Stoff. Stoff, der sich nach dem Auseinanderfalten als ein Oberteil entpuppte. Es war ein schwarzes T-Shirt mit einem regenbogenfarbenen Kragen. Etwa auf Brusthöhe war das NXT-Logo abgedruckt, darunter eine Reihe koreanischer Schriftzeichen.

Ich warf Jae-yong einen verwirrten Blick zu und drehte das Shirt um. Auf der Rückseite glänzten silbern die Unterschriften der Bandmitglieder.

»Für Liv, falls sie es möchte«, erklärte Jae-yong. »Ich habe den Jungs gesagt, dass ich einen Fan damit glücklich machen will – was ja nicht mal eine Lüge war.«

Ich starrte ihn an, möglicherweise mit halb offenem Mund. »Du schenkst Liv ein Shirt mit einer Unterschrift von jedem von euch?«

»Zu überheblich?«, fragte er – und sah, zu meinem Erstaunen, tatsächlich ein wenig besorgt deswegen aus.

»Machst du Witze? Erst das Konzert und dann das hier? Sie wird es lieben. Sie wird *dich* lieben.« Ich grinste über das gesamte Gesicht. »Vermutlich muss ich mein Handy verstecken, damit sie deine Nummer nicht klaut und dich mir wegnimmt.«

»Genau die Reaktion, auf die ich gehofft hatte«, scherzte er.

Ungläubig schüttelte ich den Kopf. Ich wusste, wie viel Liv dieses Shirt bedeuten würde. Ich legte es vorsichtig wieder zusammen und verstaute es in der Tüte. »Du bist … ich finde kein Wort für das, was du bist.«

Er schenkte mir ein Grinsen, das seine Grübchen aufblitzen ließ. »Ich habe geahnt, dass du so was sagen würdest.« Wieder beugte er sich halb unter den Tisch, griff noch mal in seine Tasche. Dann setzte er sich aufrecht hin, sah mich eindringlich an, behielt die Hand aber noch außerhalb meines Sichtfeldes. »Und weil ich dich gerne sprachlos sehe, habe ich dir auch etwas mitgebracht.«

»Mir?«, wiederholte ich.

Jae-yong lächelte und hob seinen Arm an. Er hielt eine zierliche roséfarbene Kette in der Hand, an der ein kleiner Anhänger baumelte.

Ich beugte mich über den Tisch, um ihn besser sehen zu können. In den Anhänger war ein hellblauer Stein eingelassen, der im künstlichen Licht der Leuchtstoffröhren funkelte. »Du schenkst mir eine Kette?« Meine Stimme war vor Überraschung eine Oktave höher gerutscht.

»Mit deinem Geburtsstein, ja. Meine Mom sagte, dass er für Ruhe und Ausgeglichenheit sorgt.« Mit einem kurzen Handgriff zog er die silberne Kette, die er immer trug, unter seinem Shirt hervor. Der Anhänger war ein winziger roter Stein, ebenfalls in Silber eingefasst. »Ich hab meine von meinen Eltern bekommen, kurz bevor ich nach Seoul gegangen bin. Sie soll wohl zur Aufmunterung dienen und die richtigen Leute anziehen. Und wenn ich so darüber nachdenke, scheint sie ziemlich gut funktioniert zu haben.« Er lächelte ein wenig verlegen. »Und ich dachte … wenn er bei mir dafür gesorgt hat, dass ich dir über den Weg laufe, vielleicht hilft dir dein eigener dann auch irgendwie.«

Ich konnte ihn nur stumm anstarren. Mein Blick flackerte zwischen seinem Gesicht und der Kette hin und her. Als ich nicht antwortete, ließ er seine Hand sinken und verzog den Mund ein wenig. »Ist das zu kitschig?«

Ich riss meinen Blick mit Mühe von der Kette los und richtete ihn auf Jae-yong. »Nein, ich …« *… weiß nicht, was ich sagen soll.* So wie meine Worte ihn zuvor sprachlos gemacht hatten, tat seine Geste mir im Augenblick das Gleiche an.

»Kann ich sie …?« Er deutete auf die Kette, dann auf mich.

Es brauchte ein, zwei, drei Sekunden, ehe ich schaltete und seine Frage verstand. Dann stand ich auf, ging die wenigen Schritte um den Tisch herum und stellte mich direkt neben ihn. Er erhob sich ebenfalls von seinem Stuhl, und ich sah das Lächeln, das um seine Mundwinkel spielte, deutlich.

Mein Herz klopfte mir bis zum Hals, dabei war ich weder nervös noch aufgeregt. Ich wusste nicht, warum es in meiner Brust trommelte, als wollte es unbedingt, dass Jaeyong es hörte. Er öffnete den Verschluss der Kette und nahm jedes Ende in eine Hand. Ich senkte den Kopf, damit er besser sehen konnte, was er tat. Mein Blick fiel dabei ganz von selbst auf seine Brust, wo seine eigene Kette sich unter dem schwarzen Hemd abzeichnete. Ich strich über die Umrisse des Anhängers und hörte, wie Jae-yong tief ein- und ausatmete. Nachdem er sein Geschenk in meinem Nacken geschlossen hatte, glitten seine Hände zu der Stelle, wo Hals und Schulter ineinander übergingen. Seine Finger spreizte er dabei so weit, dass die Daumen mein Gesicht gerade noch berührten.

Ich hob meinen Kopf leicht an. Wartete. Und genoss das kribbelnde Gefühl, als seine Lippen meine berührten. Nur eine Sekunde, dann zog er sich zurück.

»War das ein ›Bitte‹ oder ein ›Danke‹?«, fragte ich.

Er betrachtete mich einen Moment schweigend. »Ein bisschen von beidem?«

Ich grinste. »Dann musst du mir ab sofort wohl öfter etwas schenken.«

Wir standen im unnachgiebigen Licht der Leuchtstoffröhren, mitten im Pausenraum eines Museums. An diesem Ort war rein gar nichts romantisch – trotzdem erwartete ich jeden Augenblick, Filmmusik im Hintergrund einspielen zu hören. Die Art, die dann lief, wenn im Zeitraffer die glücklichsten Momente der Hauptcharaktere wiederholt wurden.

Jae-yong lachte leise. »Du würdest dich viel zu schnell daran gewöhnen. Und dann müsste ich dir immer größere Geschenke machen, damit ich den Gesichtsausdruck von eben zu sehen bekomme.«

»Ich sehe das Problem dabei nicht ganz.«

Er lächelte, während er mit seinen Daumen meinen Kiefer entlangstrich. Seine Augen hielten meine dabei fest und leuchteten, als würde er etwas Unbezahlbares vor sich sehen.

Mein Herz stotterte. »Ich mache nur Spaß, die Geschenke sind mir nicht wichtig. Ich will lieber direkt das Geld haben.«

Sein Lächeln wurde noch breiter. Er beugte sich näher heran, bis ich nur noch ihn sehen konnte, nur noch ihn riechen und spüren konnte. In dem Augenblick füllte er meine Welt aus und ließ sie in hundert Farben erstrahlen.

Diesmal ergriff ich die Initiative, stellte mich auf die Zehenspitzen, um die wenigen Zentimeter zwischen uns zu überbrücken. Als meine Lippen auf seine trafen, entkam ihm ein Seufzen. Dieser kleine Laut fuhr durch mich hindurch und brachte mich dazu, noch näher bei ihm sein zu wollen. Meine Hände glitten von seiner Brust zu seinem Rücken, spürten, wie er seine Muskeln unter meinen Berührungen anspannte und wieder lockerte. Ich griff sein Shirt mit beiden Händen, um mich noch näher an ihn zu ziehen. Meine Brüste drängten gegen seinen Oberkörper, und ich spürte überdeutlich jeden Millimeter, an dem unsere Körper sich berührten.

Jae-yong umfasste mit Daumen und Zeigefinger mein Kinn, drückte meinen Kopf sanft nach hinten, um den Kuss zu vertiefen. Ich ließ es einfach geschehen. Ein leises Stöhnen entkam mir, als er an meiner Unterlippe saugte, und das Geräusch schien mit ihm das Gleiche anzustellen wie sein Seufzen zuvor mit mir. Seine Hand fuhr durch mein Haar, meinen Nacken und Hals entlang zu meinem Schlüsselbein. Er hinterließ brennende Spuren auf meiner Haut, während ich mich in seinem Geschmack verlor, mich vortastete, meine Zunge seine berührte und mir schwindlig wurde vor Verlangen nach ihm.

Schließlich war ich es, die den Kuss unterbrach. Ich ließ mich zurück auf meine Füße sinken und lehnte meine Stirn gegen seine Brust. Er atmete genauso schnell wie ich. Ein befriedigendes Gefühl durchzog mich bei dem Gedanken, dass ich diese Wirkung auf ihn hatte.

Ich spürte, wie seine Brust leicht vibrierte, und schaute auf. Seine Augen nur halb geöffnet, seine Lippen leicht gerötet. Und als ich ihn ansah, fuhr er mit der Zunge darüber, als könnte er mich immer noch an ihnen spüren. Am liebsten hätte ich ihn sofort wieder geküsst, aber ich konnte den Blick nicht von ihm lösen.

Er strich mir sanft eine Haarsträhne aus dem Gesicht. »Egoistischerweise hoffe ich, dass du nur bei mir so rot wirst.«

Ich spürte die Hitze in meinen Wangen kaum. Mein gesamter Körper glühte. »Außer dir küsst mich niemand so.«

Ein zufriedener Ausdruck trat in seine Augen, und er küsste mich noch einmal auf den Mund. Dann löste er sich langsam von mir, umfasste meine Hand aber, als könnte er es nicht aushalten, mich nicht zu berühren. Er zog meinen Stuhl um den Tisch herum, bis er neben seinem stand. Dann setzte er sich und ich mich neben ihn.

Wir schwiegen eine ganze Weile. Meine Gedanken zogen träge durch meinen Kopf, und ich genoss die Selbstverständlichkeit, mit der Jae-yong seine Finger mit meinen verschränkte.

Irgendwann zeigte er zu dem Päckchen mit dem Shirt darin, das am anderen Ende des Tischs lag. »Sagst du Liv, dass Ed sich für seine schlechte Handschrift entschuldigt, wenn du ihr das Shirt gibst?«

Ich runzelte die Stirn. Die Art, wie er es sagte, klang für mich wie der Beginn einer Verabschiedung. Wie die letzten Gedanken, die man noch teilen wollte, bevor man sich trennte.

»Musst du schon los?«, fragte ich möglichst locker.

»Noch nicht, nein.« Um es zu verdeutlichen, drückte er meine Hand einmal kurz. »Wenn du möchtest, bleibe ich hier sitzen, bis die Sonne wieder aufgeht.«

Das ist nicht annähernd lange genug. Wir fanden immer mehr Dinge, über die wir sprechen wollten. Meine Gedanken mit ihm zu teilen, war auf eine Art befriedigend, die ich bisher noch nicht erlebt hatte.

Wir redeten und redeten und redeten und vergaßen die Zeit um uns herum – als befände sich dieser kleine Raum in unserem ganz eigenen Universum. Einem, in dem der Begriff »Zeit« kaum eine Rolle spielte.

Ich war müde und hungrig, verkniff mir aber mein Gähnen und hoffte, dass mein Magen mir die Leere verzeihen würde. Ich wollte einfach so viel von und über Jaeyong wissen, dass sich Bedürfnisse wie Essen und Schlaf hintenanstellen mussten.

»Hattest du einen Plan B für den Fall, dass die Musikbranche nicht klappt?«

»Arzt vielleicht?«, antwortete er. »Polizist? Oder Feuerwehrmann. Ich glaube, ich hätte Leuten gerne auf irgendeine Art geholfen.«

Natürlich musste er ausschließlich Berufe nennen, bei denen eine Uniformpflicht bestand. Meine Fantasie war grenzenlos.

Er lehnte sich in seinem Stuhl zurück, legte unsere verschränkten Hände auf seinen Oberschenkel. »Und du? Was machst du, wenn dein Plan A nicht funktioniert?«

»Ich glaube, ich bin schon lange über A hinaus«, sagte ich, ohne nachzudenken. »Ich wollte früher mal Lehrerin werden, weil meine Mom an einer Highschool unterrichtet hat und ich sie immer als mein Vorbild gesehen habe. Aber ich mochte schon die Middleschool so wenig, dass ich mir nicht vorstellen konnte, mehr Zeit als nötig dort zu verbringen.«

»Und dann?«, hakte er nach, ein Lächeln auf den Lippen.

Ich zuckte mit den Schultern. »Dann hatte ich nie wirklich ein Ziel. Ich wollte die Schule hinter mich bringen und so viel zeichnen und lesen wie möglich. Aber davon abgesehen habe ich keine speziellen Träume gehabt.«

Ich hatte Wünsche, ja. Wer nicht? Aber einen tatsächlichen Traum, auf den ich hinarbeiten wollte oder konnte, hatte ich mir nie erlaubt. Obwohl Erin und ich mehr als genügend Zeit damit verbracht hatten, uns darüber Gedanken zu machen. Manchmal ging ich durch den Tag und fragte mich, was genau es war, das fehlte, um das Feuer zu entzünden, das irgendwo in mir lauerte. Ich wusste, dass da mehr war – dass in mir so viele Welten steckten. Ich wusste nur nicht, wie ich sie hervorholen und in diese hier einbauen konnte. Und je mehr ich darüber nachdachte, desto unglücklicher machte es mich, keine Antwort zu haben auf die Frage, was ich mal tun oder sein wollte.

Jae-yongs nächste Frage konnte ich bereits erahnen – bei diesem Thema war sie wohl unausweichlich.

»Hast du schon darüber nachgedacht, deine Kunst weiterzuverfolgen?«

Ich denke nie nicht darüber nach.

»Ich habe darüber nachgedacht, einen Kunstkurs zu besuchen«, kam es mir leicht über die Lippen.

»An der Uni?«

Ich nickte. »Ein Freund vom College hat mir erzählt, wie gut der Kurs letztes Semester war und wie viel er bei dem Dozenten gelernt hat …«

Jetzt kamen die Grübchen in seinen Wangen doch endlich zum Vorschein. »Klingt, als hättest du die Entscheidung schon fast getroffen.«

Ich biss mir auf die Unterlippe. »Nicht ganz. Ich habe

nachgesehen, einfach aus Neugier. Ich kann den Kurs nicht belegen, wenn ich alle anderen Vorlesungen besuchen will, die ich für meinen Studiengang bräuchte.«

»Ah«, machte Jae-yong. »Könntest du andere Kurse nicht zur Not im nächsten Semester nachholen?«

»Nur, wenn ich noch ein Extrasemester dranhängen möchte.«

»Was wäre so schlimm daran?« Jae-yong legte den Kopf schief und sah mich mit aufrichtigem Interesse an.

»Ich habe dir doch gesagt, wie viel das Studium hier kostet … Ich möchte es einfach so schnell wie möglich hinter mich bringen.«

Einen Moment schwieg er, dann drehte er mir den Oberkörper zu, um mir direkt ins Gesicht sehen zu können. »Meinst du nicht, du könntest es trotzdem schaffen?«

Ein Schulterzucken von meiner Seite. »Doch, ich glaube schon.«

Jae-yong musterte mich eingehend, bevor er wieder sprach. »Darf ich dich etwas fragen?« Ich gab stumm mein Einverständnis. »Willst du den Kurs machen? Ganz ehrlich und ohne dass du über die Umstände nachdenkst?«

Mein Herz schrie mir die Antwort entgegen. »Ja.«

Jae-yong nickte, als hätte er das erwartet. »Da hast du deine Antwort.«

Ich zögerte einen Augenblick. »Ist es wirklich so einfach? Mache ich es mir unnötig schwer?«

»Ich glaube nicht, dass du es dir unnötig schwer machst«, sagte Jae-yong. »Aber du wirst für jedes Argument, das dafür spricht, eins finden, das es aushebelt. Du musst entscheiden, ob es das für dich wert ist. Ich kann nur sagen … Manchmal sind es die Dinge, die am meisten Angst machen, die sich auch am meisten lohnen.«

Mein Herz nahm seine Worte und klammerte sich an sie, während mein Kopf über die Möglichkeiten nachdachte. Ich versuchte, alle Pros und Kontras abzuwägen, aber es waren unendlich viele.

»Ich möchte es tun«, sagte ich vorsichtig, probierte die Worte auf meiner Zunge aus. Dann, etwas lauter: »Ich möchte es wirklich tun.«

»Dann finden wir raus, was du dafür tun musst«, sagte er leichthin. *Wir*. Nicht ich allein. Ich musste nicht einmal fragen – er würde mir helfen, ohne mit der Wimper zu zucken.

Aus einem Impuls heraus beugte ich mich vor und küsste ihn, dann lehnte ich mich an seine Seite. Er sah überrascht zu mir hinunter, die hochgezogene Augenbraue eine stumme Frage nach dem Grund für den Kuss. Aber statt meiner Worte schenkte ich ihm ein Lächeln und hoffte, dass es alles sagte, was ich gerade fühlte.

Es war mitten in der Nacht, welche Uhrzeit genau, war mir ein Rätsel. Ich hatte das letzte Mal auf das Handy geschaut, als ich Liv und Mel geschrieben hatte, dass sie sich keine Sorgen machen müssten, wenn ich erst am nächsten Morgen heimkam. Da war es bereits kurz nach Mitternacht gewesen.

Jae-yongs Finger strichen über meinen Handrücken. »Du solltest nach Hause, bevor du hier einschläfst.«

»Du machst dich gut als Bett«, murmelte ich, das Gesicht halb auf seiner Schulter, halb an seiner Brust liegend. Ich spürte sein Lachen mehr, als dass ich es hörte.

»Ich werde es in meinen Lebenslauf aufnehmen.«

»Du musst nie wieder einen Lebenslauf schreiben, oder?«

Er dachte über seine Antwort nicht mal nach. »Wenn ich mein Geld nicht dafür ausgebe, dich aus dem Gefängnis freizukaufen, weil du für Dates irgendwo eingebrochen bist, nicht, nein.«

Ich hatte nicht mal die Kraft übrig, ihn böse anzugucken. Mein Körper hatte beschlossen, sich gegen meinen Willen aufzulehnen, und wollte sich keinen Zentimeter bewegen. »Ich mache das normalerweise nicht«, sagte ich an seiner Brust.

»Dann bin ich beruhigt.«

Ich nahm mir noch ein paar Augenblicke, um seine Nähe zu genießen. Dann spannte ich meine Muskeln an, ignorierte meinen müden Körper und rückte von ihm ab, um mich aufrecht hinsetzen zu können. »Du solltest zurück zum Hotel, oder?«

»Ich habe dir gesagt, dass ich bis zum Sonnenaufgang bleiben werde, wenn du möchtest.«

Ich betrachtete ihn, lächelte dankbar. »Ich will nicht, dass du deinen Schlaf dafür opferst. Davon hast du so schon nicht genügend.«

Er gab einen nachdenklichen Laut von sich. »Ich würde nicht mehr ins Bett gehen, egal, ob ich jetzt oder in einer Stunde zum Hotel gehe. Ein Tag ohne Schlaf funktioniert ab und zu besser, als nur ein paar Stunden zu haben.«

»Was würdest du dann machen?«, fragte ich und ignorierte das schlechte Gewissen, das mich daran erinnerte, wie stressig und vollgepackt mit Konzerten und Interviews die nächsten Tage für ihn sicher sein würden.

»Mit meiner Familie reden«, antwortete er sofort. »Darauf warten, dass du mir schreibst und sagst, dass du zu Hause angekommen bist. Min-ho macht öfter Nächte durch, vielleicht würde ich mich auch einfach mit ihm unterhalten.«

»Er macht *öfter* Nächte durch? Wie hält er das aus?«

»Gar nicht«, sagte Jae-yong, und die besorgte Falte erschien wieder zwischen seinen Augenbrauen. »Nicht gut zumindest. Er hat Schlafstörungen, aber er schämt sich dafür und spricht selten darüber.«

»Er schämt sich, weil er nicht schlafen kann?«

»Es gibt ein paar Dinge aus seiner Kindheit, die ihn bis heute nicht loslassen.«

Ich stockte. NXT wirkte nach außen hin wie eine Einheit, die nichts erschütterte. Aber immer, wenn er von Ed, Min-ho, Woo-seok oder Hyun-woo erzählte, wurde eins deutlich: dass sie einfach nur Menschen waren. Mit ihren ganz eigenen Problemen, die sie nicht immer mit jemanden teilen konnten. Ich fragte mich, welche Päckchen es noch gab, die Jae-yong mit sich herumtrug, von denen ich nichts ahnte.

Ich wusste darauf nichts zu erwidern, lauschte stattdessen der Stille und Jae-yongs Atemzügen, die tiefer geworden waren. »Wie spät ist es?«, fragte ich.

Jae-yong zog sein Handy aus der Hosentasche und warf einen Blick auf die Uhr. Ein erstauntes Lachen entkam ihm. Dann drehte er das Handydisplay kommentarlos zu mir. 5:56.

Es war sechs Uhr morgens! Oh Gott. Wann war ich das letzte Mal so lange wach gewesen?

»Vielleicht sollte ich doch nach Hause«, gab ich zu. Vor allem, weil Mel auch am Wochenende relativ früh aufstand, um ihre Mails durchzugehen. Wenn ich immer noch unterwegs war, sobald sie wach wurde, würde sie sich bestimmt Sorgen machen.

»Woo-seok wird mir für immer die Security auf den Hals hetzen, wenn er mitbekommt, dass ich die Nacht nicht im Hotel war.«

Wir sahen uns einen Augenblick stumm an, ehe wir gleichzeitig aufstanden. Ich packte das Shirt für Liv in meine Tasche und entsorgte die Verpackungsreste des Essens in dem kleinen Mülleimer, der direkt neben der Tür stand. Jae-yong tippte währenddessen etwas in sein Handy.

Trotz der Tatsache, dass uns einiges an Ärger drohte, sollte irgendwer mitbekommen, wo wir gewesen waren, musste ich ihn immer wieder angrinsen, als hätte mir jemand die Mundwinkel in dieser Position festgeklebt.

Er steckte sein Handy wieder ein, schob die Stühle zurück an ihre Plätze und wischte die Krümel mit der Hand vom Tisch. Ich wartete gähnend an der Tür auf ihn und nahm seine Hand, die er mir entgegenstreckte, nachdem er das Licht ausgeschaltet hatte.

Das Museum war kaum beleuchtet, und irgendwie wirkte seine Atmosphäre so kurz vor dem Sonnenaufgang noch drückender. Als würde die letzte Dunkelheit der Nacht die längsten Schatten werfen.

Vor dem Hinterausgang blieben wir stehen. Ich wusste, dass wir nicht gemeinsam nach draußen gehen konnten. Die Gefahr, gesehen zu werden, war zu groß. Aber ich konnte mich nicht überwinden, seine Hand loszulassen. Jae-yong entging das nicht. Er grinste in sich hinein, strich eine Haarsträhne aus meinem Gesicht und legte eine Hand an meine Wange. Einen Moment sah er mich abwartend an, dann senkte er den Kopf und küsste mich.

Ich lehnte mich an ihn und ließ ihn den größten Teil meines Gewichts stützen. Als er seinen Mund von meinem löste und sich wieder aufrichtete, verweilte ich noch eine Sekunde mit geschlossenen Augen in seinen Armen. Ich hörte mich glücklich seufzen und trat schließlich einen Schritt zurück.

»Schreib mir, wenn du zurück im Hotel bist?«, bat ich Jae-yong leise.

Er nickte. Drückte meine Hand. Und ließ sie langsam los, als er nach draußen trat.

Seine sanften, dunklen Augen waren das Letzte, was ich von ihm sah.

17. KAPITEL

Ich konnte nicht aufhören, die Kette um meinen Hals zu berühren. Wieder und wieder, bis ich mir sicher war, dass der Tag gestern wirklich passiert war. Ich hatte versucht, noch ein paar Stunden Schlaf zu bekommen, doch jedes Mal, wenn ich die Augen schloss, musste ich an Jae-yongs Berührungen, seine Küsse, seine Stimme denken, bis ich es irgendwann aufgegeben hatte.

»Erde an Ella«, klang die blecherne Stimme von Erin aus meinem Laptop.

Ich blinzelte mich zurück ins Hier und Jetzt und sah meine beste Freundin vor mir, die kinnlangen Haare zu einem Zopf nach hinten gebunden, aus dem die meisten Strähnen sich schon wieder befreit hatten. Sie zog eine Augenbraue in die Höhe und sah mich amüsiert an.

Ich fasste mir in den Nacken. »Entschuldige. Ich war in Gedanken.«

»Das hab ich bemerkt.« Das Grinsen auf ihren Lippen wurde breiter. »Hast du zufällig an einen großen, gut aussehenden koreanischen Popstar gedacht?«

Dass ich ihren Blick mied, war vermutlich Antwort genug. Trotzdem hörte ich mich ein »Eventuell« murmeln.

Erins Augenrollen daraufhin war nicht zu übersehen. »Für ein ›Eventuell‹ würdest du nicht rot werden.«

Ich hatte sie angerufen, nachdem ich gegen acht nicht mal mehr so tun konnte, als würde ich irgendwann einschlafen. Es fiel mir schwerer als gedacht, ihr alles zu erzählen, was in der Nacht passiert war. Ich vertraute Erin blind, trotzdem hingen die schlechten Erinnerungen an die Folgen unseres Treffens in New York wie ein Damoklesschwert über meinem Kopf.

Meine Finger fanden ein weiteres Mal die Kette. Ich spielte mit dem Anhänger herum – und zog dabei ungewollt auch Erins Aufmerksamkeit darauf.

»Ist die Kette von ihm?«, fragte sie.

Ich nickte und lehnte mich auf meinem Stuhl nach vorn, um sie näher an die Kamera zu halten. »Mit meinem Geburtsstein darin. Ich wusste nicht mal, dass es für jeden Monat einen passenden Stein gibt.«

Erin stützte sich auf ihre Hand. »Er bemüht sich ziemlich um dich, hm?«

Meine erste Reaktion war es, das Geschenk kleinzureden. *Nur eine Kette*, wollte ich sagen. Aber ich tat es nicht – denn es war viel mehr als das. Es war ein Versprechen zwischen zwei Menschen, dass wir uns nicht hinter der Angst verstecken würden.

»Er hat für Liv ein Shirt mitgebracht, das von allen unterschrieben ist. Sie wird ausrasten, wenn ich es ihr zeige.« Noch lag es in meiner Tasche und wartete auf den Augenblick, in dem ich das Zimmer verlassen und es Liv geben würde. Ich schmunzelte beim Gedanken daran, wie sie durch die Wohnung hüpfen würde.

»Du müsstest das sehen, Ella«, meinte Erin darauf und lächelte so breit, dass sich kleine Fältchen in ihren Augenwinkeln bildeten.

Ich blinzelte sie verwirrt an. »Was sehen?«

»Dich.« Sie schüttelte den Kopf. »Weißt du, wie du gerade guckst? So verträumt wirkst du sonst nur, wenn du von einem fiktiven Charakter schwärmst.«

Ich biss mir auf die Lippe. Dass Jae-yong die meisten Punkte auf meiner Liste für gelungene fiktive Charaktere erfüllte, erwähnte ich nicht. Hätte ich Erin nicht gehabt, um mit ihr darüber zu reden und dem Ganzen einen Hauch Realität beizufügen, hätte ich ihn wohl tatsächlich für einen Buchcharakter gehalten. Als mich die Erinnerung an unseren Kuss wieder überfiel, vergrub ich mein Gesicht in den Händen und stöhnte verzweifelt. »Was mach ich nur, Erin?«

»Du genießt es«, sagte sie trocken – als wäre es das Offensichtlichste auf der Welt. »Und wenn ich irgendwem in den Po treten muss, gibst du mir Bescheid. Sogar wenn du es selbst bist.« Sie zwinkerte mir zu und entlockte mir ein amüsiertes Schnauben.

Wir verabschiedeten uns kurz darauf, und ich klappte meinen Laptop zu. Ich schob mich vom Tisch weg und rollte mit dem Schreibtischstuhl quer durchs Zimmer zu meinem Bett. Mein Handy blinkte auf dem Nachttisch vor sich hin. Ich ahnte, dass Jae-yong mir geschrieben hatte, bevor ich den Bildschirm überhaupt entsperrt hatte.

Jae-yong: Weißt du, was süß ist?
Jae-yong: [.jpg] Ed und Min-ho, wenn sie sich mal nicht streiten.

Das Foto zeigte die beiden schlafend. Min-ho klammerte sich an Ed und hatte sich die Kapuze von seinem Pulli über den Kopf gezogen, sodass man sein Gesicht nicht erkennen konnte.

Ich wollte gerade antworten, als Jae-yong noch eine weitere Nachricht schickte.

Jae-yong: Oh, und du. Du bist süß.

Und hallo, verknalltes Grinsen.

Ich: Du bist auch süß.
Ich: Ich meine schön
Ich: Gut aussehend
Ich: …
Ich: Können wir noch mal von vorn anfangen?
Jae-yong: Ich glaube, ich nehme »süß, schön, gut aussehend« einfach als dreifaches Kompliment.
Ich: Okay, also Ed und Min-ho, ja? Süß die beiden.
Jae-yong: Haha. Kudos für den unauffälligen Themenwechsel.
Jae-yong: Aber ja, das sind sie, auch wenn es eher selten ist. Manchmal streiten sie sich tagelang, bis sie vergessen haben, worum es anfangs überhaupt ging.
Jae-yong: Sie sind wie ein altes Ehepaar.
Ich: Und warum machst du heimlich Fotos vom Ehepaar?

Jae-yong: Um sie ihnen vorzuhalten, wenn sie mich mal wieder aufziehen, dass ich zu spät für irgendwas dran bin. Eds Wecker hat vor einer halben Stunde geklingelt, aber die beiden haben sich nicht mal gerührt.
Ich: … du könntest sie wecken.
Jae-yong: Woo-seok ist noch nicht ins Zimmer gestürmt, also haben wir vermutlich noch etwas Zeit. Ich glaube, die beiden waren die ganze Nacht wach.
Ich: Und du? Hast du wirklich nicht noch mal geschlafen?
Jae-yong: Nur kurz. Ich hab mit meinen Eltern telefoniert, weil Mom sich um Ha-euns Reise Sorgen macht, und danach hab ich mich zu Ed und Min-ho gesetzt und zugeschaut, wie schlecht sie Mario Kart spielen.
Ich: Und jetzt schreibst du mir.
Jae-yong: Jetzt schon das Highlight meines Tages.

Ich grinste so sehr, dass mir die Wangen bereits wehtaten. Bevor ich dazu kam, etwas zu erwidern, klopfte es. Liv schob die Tür auf und spähte vorsichtig rein, als erwartete sie, dass ich immer noch schlief. Ich hatte mein Zimmer noch nicht verlassen, dabei war es beinahe Mittagszeit.

»Mrs Elliot hat eben was zu Essen vorbeigebracht, wenn du Hunger hast.«

»Ich komme sofort«, sagte ich, stand auf und schob den Stuhl zurück an seinen Platz vor dem Schreibtisch. Dabei stolperte ich beinahe über meine Tasche, aus der eine Ecke der Papiertüte hervorragte. »Ah, warte, Liv!«

Sie hielt inne und schaute mir dabei zu, wie ich das kleine Päckchen hervorkramte und es einen Augenblick in meiner Hand wog.

»Das hat Jae-yong mir für dich mitgegeben«, sagte ich und reichte es ihr. Ich war so gespannt auf ihre Reaktion, dass ich kaum stillstehen konnte.

Sie betrachtete das Päckchen, dann zuckte ihr fragender Blick zu mir. Ich nickte ihr zu, woraufhin sie beinahe ehrfürchtig über die Papierverpackung strich.

Derweil setzte ich mich auf die Kante meines Betts und unterdrückte ein Lachen. »Der Inhalt ist noch besser als die Tüte, Liv.«

An Weihnachten nervte mich ihre beinahe zeremonielle Art, Geschenke zu öffnen. In der Zeit, die sie brauchte, um ein einziges Geschenk aus dem bunt bedruckten Papier zu befreien, hatte ich meistens schon die Hälfte aufgerissen. Glücklicherweise hatte Jae-yong es nicht sonderlich dick eingepackt, sonst hätte ich vermutlich noch die nächsten paar Stunden hier gesessen. Ich sah ihr dabei zu, wie sie das Shirt hervorzog und es auseinanderfaltete.

Ihr Mund öffnete und schloss sich. Wieder und wieder und wieder, bis sie das T-Shirt umdrehte und er einfach offen stehen blieb.

»Das ist für mich?«, fragte sie. Ihre Augen waren groß wie Golfbälle. Sie sah damit so unschuldig und ungläubig aus, dass sie vor meinen Augen kurz zu der siebenjährigen Liv wurde, die sich zu Hause immer hinter Moms Beinen versteckt hatte, wenn Besuch gekommen war.

»Wenn du es nicht möchtest, nehme ich es auch«, sagte ich und machte Anstalten, danach zu greifen.

Liv schlug meine Hand beiseite und drückte das Shirt an ihre Brust. »Vergiss es, vergiss es, vergiss es. Das kriegst du nie wieder!« Damit stürmte sie aus meinem Zimmer, als hätte sie Angst, ich könnte meine Drohung wahr machen.

Ich lachte leise in mich hinein. Als könnte ich ihr das T-Shirt wegnehmen, nachdem es sie so zum Strahlen gebracht hatte. Ich folgte Liv aus meinem Zimmer und stieß in der Küche auf Mel. Der Tisch war bereits gedeckt, die Auflaufform von Mrs Elliot stand in der Mitte, und das rhythmische Klackern der Laptoptastatur erfüllte den Raum.

Mel hob den Kopf an, als ein besonders lautes Quietschen aus Livs Zimmer drang. »Was habe ich verpasst?«

»Ein Shirt von NXT, das nur für Liv von jedem Mitglied unterschrieben wurde«, erklärte ich. »Ich hab es ihr gerade gegeben, und sie hat sich damit wie ein kleiner Hobbit in ihr Zimmer geflüchtet.«

Ein Schmunzeln umspielte Mels Lippen, aber sie hörte nicht auf zu tippen. »Du bist ziemlich spät nach Hause gekommen.«

»Hab ich dich geweckt?«

Aber Mel schüttelte den Kopf, seufzte und strich sich die Haare hinters Ohr. »Ich war schon wach. Ich habe seit gestern Kopfschmerzen, die haben mich wach gehalten.«

Der rosarote Schleier, der sich über meine Welt gelegt hatte, hob sich ein Stück, als ich den verkrampften Zug um Mels Mund sah, die Augenringe, die ich mir kaum noch aus ihrem Gesicht wegdenken konnte. Sie hatte die Schultern angezogen, als wäre ihr kalt, obwohl Sommer war, und ihre Haut sah fahl und blass aus.

»Haben wir noch Schmerztabletten?«, fragte ich.

»Ich habe schon welche genommen.« Jetzt kamen ihre

Hände doch neben dem Laptop zum Liegen. Sie lehnte sich zurück und schloss kurz die Augen. »So schlimm ist es auch nicht. Ich muss noch etwas nachholen, das ich am Freitag auf Arbeit nicht geschafft habe. Und Josh hat gefragt, ob wir uns heute treffen wollen, deswegen muss ich mich eh bald fertig machen.«

Ausreden, Ausreden, Ausreden.

Mir gefiel nicht, wie kränklich sie aussah. Wann hatte ich sie eigentlich das letzte Mal richtig angesehen? Wir waren uns in letzter Zeit kaum über den Weg gelaufen, und ich spürte, wie sich das schlechte Gewissen in mir nach vorn drängelte. Während ich mit Jae-yong und mir selbst beschäftigt war, wirkte Mel von Tag zu Tag gestresster. War sie schon die ganze Zeit so angespannt gewesen, oder war etwas passiert, von dem ich nichts wusste? Mel hielt ihr Leben so gut von uns fern, dass kleine Veränderungen erst dann auffielen, wenn sie sich summierten und mir direkt ins Auge sprangen. Was es nur umso schwerer machte, sie danach zu fragen, wie ich ihr ein wenig Last von den Schultern nehmen konnte.

»Vielleicht kannst du vorher ja noch einen Mittagsschlaf machen?«, schlug ich vor.

Mel wirkte nicht sonderlich überzeugt, sprach sich aber nicht dagegen aus. Ich wusste auch so, dass sie den Tag durchpowern würde, weil sie Josh nicht absagen wollte und sich für die Arbeit zu keinem Nein durchringen konnte. Sie würde heute Abend übermüdet ins Bett fallen und sich morgen dazu zwingen, vor allen anderen auf der Arbeit zu sein – einfach, weil sie nicht anders konnte.

»Vielleicht.« Eine glatte Lüge. Mel lächelte mir zu,

vielleicht um mein Gewissen zu beruhigen, vielleicht für ihr eigenes. Dann widmete sie sich wieder ihrem Laptop.

Als Liv endlich zu uns stieß, räumte Mel den Rechner kurz beiseite, um mit uns mittagzuessen. Aber kaum waren unsere Teller leer, widmete sie sich wieder ihrer Arbeit.

Sie hörte erst auf, als sie sich für das Treffen mit Josh fertig machen musste. Ich hatte mein Lager zwischenzeitlich im Wohnzimmer aufgeschlagen. Mein Zeichenblock lag offen auf meinem Schoß, aber ich ließ mich vom Fernseher ablenken und brachte daher nicht viel zu Papier. Meine Idee war, das Konzert von gestern im Bild einzufangen. Tausende Lichter in der Menge, NXT auf der Bühne. Aber sosehr ich es auch versuchte, die Stimmung – diese Verbundenheit, die alle gespürt hatten – war so schwierig aufzuzeichnen, dass ich es nach mehreren Versuchen aufgab und den Block neben mir ablegte.

Das Knarzen der Bodendielen kündigte Liv an, die an mir vorbei zur Küche ging. Aus den Augenwinkeln sah ich den regenbogenfarbenen Kragen des NXT-Shirts, das sie sich übergezogen hatte. Vermutlich würde sie es für die nächsten Wochen nicht mehr ausziehen. Auf dem Rückweg blieb sie kurz neben mir stehen, eine Wasserflasche in den Händen haltend. Sie druckste kurz herum und spielte nervös mit dem Etikett der Flasche, ehe sie sich einen Ruck gab. »Kannst du … ihm sagen, dass ich mich sehr gefreut habe?«

»Jae-yong?«

Sie nickte. »Ich würde ja was auf Twitter oder Instagram schreiben, aber ich glaube nicht, dass es bei den anderen Fans gut ankommt, wenn ich mich dafür bedanke, dass er dir das Geschenk bei eurem Treffen mitgegeben hat.«

Ich griff mein Handy vom Tisch und schrieb ihm sofort.

Ich: Ich soll dir von Liv ein Danke ausrichten.
Ich: (In der Zwischenzeit habe ich den Status der besten Schwester erworben.)
Jae-yong: Wenn überhaupt, würde mir die Ehre gebühren. Du warst nur Übermittlerin.
Jae-yong: Und gern geschehen. Ich bin ein wenig traurig, dass ich es ihr nicht persönlich geben konnte.

Ich streckte meinen Arm samt Handy in Livs Richtung. Während sie die Nachricht las, glaubte ich, eine leichte Röte auf ihren Wangen zu sehen. Sie räusperte sich, grinste mir schief zu und verschwand so schnell wieder in ihrem Zimmer, dass ich sie nicht darauf ansprechen konnte.

Ich: Das hätte ihr Herz nicht ausgehalten. Stell dir vor, dein größtes Vorbild steht plötzlich vor deiner Tür und gibt dir ein Autogramm. Ich würde sterben.
Jae-yong: Welches zum Beispiel?
Ich: Wie bitte?
Jae-yong: Wer sind deine größten Vorbilder?
Ich: Tot oder lebendig?
Jae-yong: Beides. Völlig egal. Es macht keinen Unterschied, wenn sie dich inspirieren.

Ich nahm mir einen Moment Zeit. Jemand, der mich inspirierte … Es gab so viele Leute, zu denen ich aufsah, aber nicht alle davon inspirierten mich gleichermaßen.

Ich: Ich hab vor ein paar Jahren eine Illustratorin auf Instagram entdeckt, die begnadet im Umgang mit Farben ist. Sie arbeitet meistens digital – das hab ich erst ein paarmal ausprobiert –, aber selbst ihre Zeichnungen per Hand sehen aus wie Fotografien.
Ich: Und immer, wenn sie etwas Neues postet, freu ich mich so sehr, dass ich es mir nicht genauer angucke, bevor ich zu Hause bin und es in Ruhe machen kann, weil ich jedes Detail sehen will.
Ich: Dann setze ich mich an meinen Schreibtisch und versuche, es nachzuzeichnen. Meistens schaff ich es nicht mal annähernd so schön zu machen, aber es erinnert mich daran, wie viel ich noch lernen kann. Und das macht mich so neugierig auf meine Zeichnungen in zwei, fünf, zehn Jahren, dass ich gar nicht weiß, wie ich jemals ohne einen Stift in meiner Hand überleben könnte.
Jae-yong: Das ist es.
Ich: Das ist was?
Jae-yong: Weshalb du für mich so schön bist.

Ich stockte. Wartete seine nächste Nachricht ab, die er bereits tippte, weil ich nicht mal annähernd wusste, was ich darauf erwidern sollte.

Jae-yong: Weil so viel Leidenschaft in dir steckt. Weil du leuchtest, wenn du vom Zeichnen redest. Und das macht dich so schön, dass ich manchmal nicht weiß, ob ich mir nicht vielleicht doch alles erträumt habe.

Mein Brustkorb drückte ganz arg, nachdem ich seine Worte gelesen hatte. Ich rieb mir mit der Hand darüber. Direkt über die Stelle, unter der mein Herz aufgeregt flatterte.

Ich: Jae-yong ...
Ich: Ein Abend war wirklich nicht genug.

In dem Moment wollte ich ihn so dringend sehen, spüren, küssen, dass es mir den Atem verschlug.

Jae-yong: Nicht mal annähernd. Ich kann nicht aufhören, darüber nachzudenken, wie es wäre, wenn wir mehr Zeit miteinander hätten.
Ich: Ich auch.
Jae-yong: Ich hasse, dass es so kompliziert ist. Dass nur eine Person zur falschen Zeit am falschen Ort sein muss und alles in die Luft fliegt.
Jae-yong: Aber was ist die andere Möglichkeit? Dass wir uns nicht mehr treffen, bis ich das nächste Mal in den USA bin? Ich weiß noch nicht mal, wann das sein wird.
Jae-yong: Ich würde alles dafür geben, dich für mehr als ein paar Stunden zu sehen.
Ich: Was willst du mir gerade sagen?
Ich: Dass du doch mit mir nach Paris fahren willst?

Ob er zwischen den Zeilen lesen konnte, dass hinter dem kleinen Scherz ein hoffnungsvoller Ton lag?

Jae-yong: Vielleicht nicht unbedingt nach Paris …
Jae-yong: Aber irgendwohin? Bald?
Ich: … meinst du das wirklich ernst? Könnten wir das tun?
Jae-yong: Ganz ehrlich? Ich habe keine Ahnung, ob es klappt. Aber ich würde es gern versuchen.

Ich musste über meine Antwort nicht nachdenken.

Ich: Wenn du dabei bist, bin ich es auch.

Als ich abends ins Bett kroch, war mein Kopf voll mit all den Dingen, die wir tun und über die wir reden könnten, wenn wir einmal mehr Zeit zusammen hätten. Von der zweiten Staffel *Anne with an E*, die ich heute begonnen hatte, war nicht mal die Hälfte des Geschehens bei mir hängen geblieben vor lauter Tagträumen. Ich schloss meine Augen und hoffte, schnell einschlafen zu können. Heute Morgen hatte ich gar nicht gemerkt, wie müde ich gewesen war. Aber im Laufe des Tages hatten mich die Aufregung des Vortags, das Konzert und die lange Nacht mit Jae-yong nach und nach eingeholt.

Ich drehte mich auf die Seite. Die Kette, die ich von Jae-yong bekommen hatte, rutschte über mein Schlüsselbein, und meine Hand griff wie von selbst danach. Ich drehte den Anhänger zwischen meinen Fingern, rieb über den Stein, als hätte er magische Fähigkeiten, die all meine Wünsche wahr werden lassen könnten.

Im Augenblick würde es mir schon reichen, Jae-yong zu sehen.

Ich seufzte, lachte leise über mich selbst. Anscheinend war es mir nicht mehr möglich, an etwas anderes zu denken. Kaum war mir dieser Gedanke allerdings gekommen, drängelte sich ein anderes Thema an die Front und verlangte lautstark nach Aufmerksamkeit.

Plötzlich war ich wieder munter, riss die Augen auf und kroch unter der Decke hervor. Keine Sekunde später schaltete ich meinen Laptop ein.

Klingt, als hättest du die Entscheidung schon fast getroffen.

Nein, nicht fast. Was die Kunst, meine Zeichnungen, meine Leidenschaft anging, hatte es nie eine Wahl gegeben. Ich konnte nicht ohne sie, und nach dem Gespräch mit Jae-yong heute Nacht war mir das noch bewusster geworden. Wenn mir nur das zusätzliche Semester keine Bauchschmerzen bereiten würde … Das war ein halbes Jahr mehr Studiengebühren, mehr Lehrbücher, ein weiteres halbes Jahr ohne richtigen Job. Ohne genügend Geld zu verdienen, um Mel unter die Arme greifen zu können.

Ich fuhr mir mit der Hand übers Gesicht. Es war aber auch *nur* ein halbes Jahr. Für dieses eine Semester würde ich die Schuldgefühle in Kauf nehmen, wenn es bedeutete, etwas zu tun, das mir so am Herzen lag. Es dauerte eine halbe Ewigkeit, bis mein Laptop so weit war und ich mich auf der College-Website einloggen konnte. Sie musste in etwa zur gleichen Zeit entstanden sein wie die älteren Universitätsgebäude – und seitdem hatte es wohl niemand für nötig gehalten, sie zu aktualisieren.

Ich klickte mich zu den *Free Electives* durch – den Kursen, die für mein Major oder meinen Abschluss nicht erforderlich waren. Dann scrollte ich mich bis zum Kunstkurs von Mr Vega durch – und plötzlich war es ganz leicht. Ich klickte seinen Kurs an und schickte meine Anmeldung ab. Schlagartig entspannte sich etwas in mir, während mein Magen aufgeregt Saltos schlug.

Einige Momente saß ich stumm vor meinem Laptop, ich hielt die Luft an und stieß sie langsam wieder aus. Es gab keine Trompeten, keine Fanfaren, kein Orchester … und ich war froh, diesen Augenblick mit niemandem teilen zu müssen. Das Zeichnen, dieser Kurs – das machte ich ganz allein für mich. Das erste Mal seit Langem konnte ich es nicht erwarten, dass die Semesterferien endlich endeten.

Ich klappte den Laptop zu, kroch wieder in mein Bett und zog mir die Decke bis unter mein Kinn. Ein Funken Stolz loderte in mir und wärmte mich von innen.

Babyschritte. Irgendwann würden sie mich dahin bringen, wo ich hingehörte.

Am nächsten Morgen erfüllte ein angenehmes Gefühl meinen Brustkorb. Meine Gedanken gingen immer wieder zu Jae-yong, zu der Möglichkeit, mehr Zeit mit ihm zu verbringen, der Möglichkeit, diesen Kunstkurs zu besuchen … Es fühlte sich an, als würden einzelne Puzzlestücke langsam, aber sicher zu einem Bild werden. Ich schrieb ihm, bevor ich überhaupt daran dachte aufzustehen.

Ich: ich hab's gemacht.

Ich: Ich hab mich für den Kurs angemeldet.

Ungeduldig wartete ich auf seine Antwort, duschte währenddessen und zog mich an. Erst als ich mit meinem Frühstück am Küchentisch saß, wurde mir bewusst, dass ich keinen Augenblick gezögert hatte, als Erstes Jae-yong zu schreiben. In meinem Kopf stand es gar nicht zur Debatte, mit wem ich solche kleinen und großen Erfolge teilen wollte. Jae-yong hatte sich diesen Platz zu eigen gemacht.

Das Klingeln meines Handys holte mich aus meinen Gedanken. Als ich seinen Namen sah, nahm ich sofort ab.

»Wünsch dir was.«

Ich lachte auf. »Wie bitte?«

»Wünsch dir was«, wiederholte Jae-yong leise. Seine Worte legten sich wie eine warme Decke um mich.

»Irgendwas? Einfach so?«

»Du hast dich für den Kurs angemeldet. Ich finde, das ist Grund genug, einen Wunsch gratis zu bekommen.« Im Hintergrund hörte man Leute miteinander sprechen, und seine Stimme hallte ein wenig, als befände er sich in einem großen, leeren Raum.

»Hm«, machte ich nachdenklich. »Wenn ich mir wünschen könnte, was ich will, dann ... Dass du hier wärst, um es wirklich mit mir zu feiern?« Meine Stimme ging am Ende in die Höhe, drehte die Aussage mehr zu einer Frage. Ich verzog das Gesicht, weil es so kitschig war, ich mich aber nicht davon hatte abhalten können, es auszusprechen.

Sein tiefes Lachen vibrierte durch die Leitung. »Ich nehme den nächsten Flieger.«

»Und bring ein paar Hotteok mit«, scherzte ich. Es war viel zu leicht, sich in dem Gedankenspiel zu verlieren. Als könnte er wirklich jeden Augenblick vor der Tür stehen.

»Ich werde daran denken«, antwortete er amüsiert. Die Geräusche im Hintergrund wurden kurz lauter, dann war fast gar nichts mehr zu hören.

»Bist du gerade unterwegs?« Sie mussten im Moment in Seattle sein – das nächste Konzert fand dort statt.

»Wir sehen uns gerade das Stadion an, deswegen kann ich nicht sehr lange mit dir reden. Aber ich wollte sichergehen, dass du ausreichend stolz auf dich bist und es gebührend feierst.«

»Und wie. Mit einer Lernstunde zur Vorbereitung auf das nächste Semester.« Mein Rucksack stand schon bereit und wartete nur darauf, dass ich mich dazu aufraffte, die Wohnung zu verlassen.

Jae-yong gab einen undefinierbaren Laut von sich. »Das war nicht die Art von ›feiern‹, die ich gemeint habe.«

»Ich würde auch lieber ein Buch lesen«, sagte ich. »Aber die Pflicht ruft.«

Ich hörte eine Stimme im Hintergrund. Kurz darauf wurde es wieder still. Jae-yong seufzte. »Apropos Pflicht – Hyun-woo fragt schon alle, wo ich bleibe. Tut mir leid, Ella, ich muss los.«

»Schon gut.« *Nur ein paar Minuten noch?* »Ich muss auch gleich los.«

»Schreib mir, wie das Lernen läuft«, sagte er. »Und lass dir von Liv einen Kuchen backen.«

Ich lachte. »Viel Glück beim Konzert!« Dann legten wir auf, doch ich behielt mein Handy noch in der Hand. Das war wohl die stille Hoffnung in mir, dass er … Ja, was eigentlich? Dass er mich noch mal anrief? Mir sagte, er wäre für heute mit der Arbeit fertig? Sein Job endete nie. Er stand jede Stunde von jedem Tag mit einem Fuß in der Öffentlichkeit.

Seufzend steckte ich mein Handy ein. Ich stellte mein Geschirr neben das Spülbecken, dann nahm ich meinen Rucksack und machte mich auf den Weg in die Innenstadt.

Die Sonne brannte unnachgiebig auf meine Haut, ich konnte den Sonnenbrand jetzt schon spüren und dankte dem Himmel, dass ich mich für ein luftiges Outfit entschieden hatte. Außer einer locker sitzenden Paperbag-Shorts hatte ich am Morgen meine liebste weiße Bluse aus dem Schrank gezogen. Meine Haare band ich noch auf dem Weg zu einem Zopf zusammen und war froh, als ich endlich in das klimatisierte Café trat.

Matt saß bereits im hinteren Bereich des Cafés und arbeitete still vor sich hin. Ich setzte mich zu ihm und tat es ihm nach einer kurzen Begrüßung nach. Erstaunlicherweise funktionierte das Konzentrieren ganz gut. Zumindest, bis Jae-yong mir eine Nachricht schickte.

Jae-yong: Tut mir leid, dass ich vorhin so schnell auflegen musste, aber ich brauche dringend deine stilistische Beratung.

Jae-yong: [.jpg] Meinst du, die Sonnenbrille ist too much?

Ich öffnete das Foto und verschluckte mich beinahe bei dem Versuch, mein Lachen zu unterdrücken. Er hatte eine Federboa um den Hals geschlungen, eine bunte Perücke auf dem Kopf und trug dazu die hässlichste Sonnenbrille, die ich je gesehen hatte. Min-ho stand mit einem breiten Grinsen hinter ihm und verpasste Jae-yong mit Zeige- und Mittelfinger Hasenohren.

Ich: Nicht, wenn du beim Karneval mitmischen möchtest.
Jae-yong: Ich hatte eher an eine Party für dich gedacht. Wenn du eine berühmte Künstlerin wirst und dich nicht mehr an mich erinnerst, möchte ich zumindest als Partyheld bekannt bleiben. Min-ho scheint zumindest schon überzeugt zu sein.

Als könnte ich dich je vergessen.

Ich: Als Jae von NXT musst du dir, denke ich, keine Sorgen machen, dass man dich vergessen könnte.
Jae-yong: Mir würde es besser gefallen, wenn du dich an Jae-yong statt an Jae erinnerst.
Ich: Aber ich mag Jaes Musik ziemlich gern. Und ich kann dich beruhigen: Es müsste einiges passieren, dass ich berühmt werde, und dann noch viel mehr, dass mir die Berühmtheit zu Kopf steigt.
Ich: Wie schaffst du das eigentlich?
Jae-yong: Auf dem Boden zu bleiben?
Ich: Ja, genau. Die ganze Welt himmelt euch an. Ich weiß nicht, ich stell es mir leicht vor abzuheben.
Jae-yong: Es hilft, dass ich nicht allein bin. Wir waren

von Anfang an zusammen und passen aufeinander auf. Hyun-woo hat sich trotzdem letztens einen Chanel-Pullover gekauft. Und Min-ho investiert Hunderte Dollar in Handyspiele.
Ich: Was hast du dir als Letztes gekauft, das echt teuer war?
Jae-yong: …
Jae-yong: Ein 3-D-Puzzle von Hogwarts.

Nun platzte das Lachen doch aus mir heraus. Matt sah auf und zog eine Augenbraue in die Höhe, aber ich winkte ab und erklärte, ich hätte etwas Witziges gelesen.

Ich: Hahah
Ich: Zehn Punkte für Gryffindor.
Jae-yong: GRYFFINDOR. Ich bitte dich. Mein Haus ist Ravenclaw, und das ist das einzig wahre.
Ich: Direkt nach Hufflepuff.
Jae-yong: Den Streit wirst du nicht gewinnen, Ella.
Ich: :P

Ich legte mein Handy mit dem Bildschirm nach unten auf den Tisch. Wenn ich mich weiter so von Jae-yong ablenken ließ, würde ich vermutlich gar nichts mehr schaffen. Matt wirkte dagegen, als wäre er mit dem halben Lehrstoff für das nächste Semester bereits durch. Seinen Ehrgeiz hätte ich gern. Ich zog mein Lehrbuch wieder näher zu mir und stürzte mich in den Text über Ökonomie, den ich vorhin angefangen hatte.

Meine Gedanken drehten sich dabei immer und immer wieder um all die Dinge, die sich gerade veränderten. Sowohl in mir drin als auch um mich herum. Und das Merkwürdige war, dass ich nicht das Bedürfnis verspürte, mich zurück in mein Schneckenhaus zu flüchten. Ich genoss die Veränderungen, ich genoss diese überwältigenden Gefühle, die ich noch nie gespürt hatte und auch kaum in Worte fassen konnte.

Mein Bleistift ließ eine vertraute Silhouette am Rand meines Lehrbuchs entstehen. Ich schattierte gedankenverloren die langen Beine, die schmale Taille und die breiten Schultern. Erst nach einigen Minuten spürte ich Matts Blick auf mir und sah auf. Er zog eine Augenbraue in die Höhe und sah mir dabei zu, wie die Zeichnung Gestalt annahm. Ich wartete gar nicht erst darauf, dass er etwas sagte.

»Ich habe mich gestern Abend für den Kurs eingetragen.«

Jetzt zog er auch die andere Braue überrascht nach oben. »Ehrlich?«

Ich nickte. »Ist er wirklich so gut, wie du behauptest?«

»Besser«, antwortete er. »Wenn du die erste Stunde hinter dir hast und nicht völlig begeistert bist, gebe ich dir einen Kaffee aus.«

Ich zeigte mit meinem Stift auf ihn. »Ich werde es nicht vergessen.«

Matt zuckte unbeeindruckt mit den Schultern. »Es wird nicht nötig sein.«

Hoffentlich würde er recht behalten.

18. KAPITEL

Die Sonne war bereits am Untergehen, als wir das Café verließen. Die Luft kühlte langsam ab, und ich entschied mich spontan dafür, eine Haltestelle weiter zu laufen als üblich. Einfach nur, um zu sehen, wie sich das goldene Licht, in das die Welt im Augenblick getaucht war, an den Wolkenkratzern reflektierte.

Sowenig ich es an den meisten Tagen mochte, durch Chicago zu schlendern, sosehr genoss ich die Atmosphäre, die bei wärmeren Temperaturen am Abend in der Luft hing. Zu dieser Uhrzeit waren die Leute entspannt. Sie saßen im Park, machten BBQs und blieben so lange draußen, bis auch die letzten Sonnenstrahlen hinter den Hochhäusern verschwunden waren.

Ich zog mein Handy aus meiner Hosentasche, um Erin ein Foto von Chicago im Sonnenuntergang zu schicken, als ich den verpassten Anruf von Jae-yong auf meinem Display sah. Ich rief zurück und wartete. Es klingelte dreimal, dann nahm er ab.

»Ich habe Neuigkeiten«, begrüßte er mich. Er schien es gar nicht erwarten zu können, mir mitzuteilen, was auch immer in den letzten Stunden bei ihm passiert war.

Ich warf einen Blick auf meine Uhr. Das Konzert würde bald beginnen. Bisher hatte er kurz vor einer Show immer so massig zu tun gehabt, dass ein Anruf eigentlich undenkbar war. »Muss ich mir Sorgen machen?«

»Im Gegenteil.«, kam es sofort zurück. Er klang aufgeregt.

Ich lachte – teils verunsichert, teils amüsiert. So aufgedreht war er nur selten. »Spann mich nicht so auf die Folter. Was ist es?«

»Ich habe mit Min-ho geredet.«

»Worüber?«

»Erinnerst du dich daran, wie wir darüber gesprochen haben, miteinander irgendwo hinzufahren?«

Meine Schritte verlangsamten sich. »Jaaa?«

»Als wir in dem koreanischen Restaurant essen waren, habe ich dir doch von dem Mädchen erzählt, das Min-ho immer besucht, wenn er in Chicago ist, nicht?« Er wartete meine Antwort gar nicht ab. »Er hat es zwischen unseren Konzerten nicht zu ihr geschafft und will nach der Tour noch mal nach Chicago fliegen. Ich habe darüber nachgedacht und … ich könnte ihn begleiten – zumindest als Deckung, falls das Management fragt.«

»Du würdest das wirklich tun?« Ich war völlig überfordert, wusste gar nicht, wohin mit all den Gefühlen, die in mir plötzlich um die Oberhand stritten.

»Wenn du Zeit für einen spontanen Trip hast«, sagte er. »Auch wenn es nicht wirklich weit von Chicago weg ist.«

»Ich …«, begann ich, stockte aber sprachlos. Es war nur ein Gedanke gewesen. Ein Wunsch, der bisher unerreichbar schien. Plötzlich damit überfallen zu werden, sorgte für einen kleinen Kurzschluss in meinem Kopf. »Meinst du das ernst?« Ich machte ein paar Schritte zur Seite, um den Leuten auf dem Gehweg nicht im Weg zu stehen. »Wir könnten uns in Mrs Elliots Wohnung einquartieren, und ich hätte kein Problem damit.«

»Mrs Elliot?«, hakte er verwirrt nach.

»Das erkläre ich dir, wenn wir uns wiedersehen.«

»Wozu wir uns erst mal auf einen Ort festlegen müssen.«

Außerhalb Chicagos, aber nicht zu weit entfernt ... Eine Idee nahm in meinem Kopf Gestalt an. Zögerlich und doch mit so viel Nachdruck, dass ich sie nicht ignorieren konnte. Ich hielt das Handy mit verkrampfter Hand fest, mein Brustkorb verengte sich. »Die Stadt, in der ich aufgewachsen bin, ist nur eine Stunde entfernt von Chicago. Sie ist nicht sehr groß, und es gibt dort nicht wirklich viel zu tun, aber wenn du willst ... könnte ich sie dir zeigen.«

Ich meinte, durch das Handy zu hören, wie er tief einatmete.

»Bist du dir sicher, dass du dorthin möchtest?«

Ganz und gar nicht. Ich war so unentschlossen, dass ich den Vorschlag am liebsten zurückgezogen hätte. Aber es war so lange her, seit ich dort gewesen war. Bisher hatte sich nie die Gelegenheit ergeben, meine Heimat zu besuchen.

Gar nicht wahr, flüsterte mein Herz mir zu. Es hatte mehr als genug Gelegenheiten in den letzten Jahren gegeben – ich hatte sie einfach nie wahrnehmen wollen und stattdessen so getan, als würde es die Erinnerung nicht geben, die dieser Ort mit sich brachte.

»Ich glaube … Ich glaube, es könnte ganz schön sein.« Vielleicht. Hoffentlich.

»Okay. Dann lass uns nachschauen, wie wir dort ein paar Tage verbringen können, ohne ein riesiges Debakel daraus zu machen.«

»Die Reporter würden sich freuen.«

»Genau deswegen«, antwortete er trocken. »Ich muss zurück zu den anderen, aber ich werde nach dem Konzert mal Google befragen.«

»Hol du deinen Schlaf nach. Ich habe den restlichen Tag mehr als genug Zeit zum Googeln.«

»Hundert Jahre Schlaf würden nicht ausreichen, um alles nachzuholen. Bis später, Ella.«

»Nimm mir das Konzert auf«, rief ich noch ins Handy, bevor er auflegen konnte. Sein amüsiertes Lachen hallte noch einige Minuten in meinen Ohren nach.

Die Recherche war bittersüß. New Buffalo war mit nicht ganz zweitausend Einwohnern ein winziger Ort, den man auf den meisten Landkarten schnell übersah. Es lag am Lake Michigan, und egal, wo in der Stadt man sich befand – das Wasser war nie weit entfernt. Wie ich Jae-yong erzählt hatte, gab es dort wirklich nicht viel zu tun. Man konnte die wichtigsten Sehenswürdigkeiten der Stadt in ein paar Stunden abklappern. Aber das war auch nie der Grund gewesen, weswegen ich unsere Heimatstadt so vermisste.

Es war die Atmosphäre, das »Jeder kennt jeden«. Man lief durch die Straßen, und wenn man dort aufgewachsen war, kannte man jeden Stein, jede Person und jede Abkürzung. Es gab keine Überraschungen, keine unerwarteten Wendungen. Aber vor allem waren da der Strand und die Ruhe im Winter, wenn kaum Touristen die Stadt besuchten.

Wir hatten so vielen Sonnenuntergängen im Sommer zugesehen, und wenn die Strände überfüllt waren, hatten Mom und Dad die Zelte im Garten aufgebaut und mit uns draußen übernachtet. Ich wusste genau, woher dieser Drang in mir stammte, in der Natur unterwegs zu sein. Ich kannte es nicht anders – unsere Eltern hatten es uns so immer vorgelebt.

Während ich mich durchs Internet scrollte auf der Suche nach einer Unterkunft, schnürte es mir immer wieder den Hals zu. Ich schob das Gefühl beiseite, wollte nur in den schönen Erinnerungen schwelgen … irgendwie freute ich mich sogar, in gar nicht allzu ferner Zukunft wieder in meiner Heimat zu sein.

Mitte der Woche hatte ich die Auswahl auf ein paar Airbnbs runtergebrochen und sie Jae-yong zugeschickt. Er war, wie erwartet, nicht dazu gekommen, selbst nach Unterkünften zu sehen. Während er unterwegs war, verbrachte ich meine Zeit damit, den letzten Teil von NXTs Tour online zu verfolgen. Anscheinend hatte es mich nach dem Konzert hier in Chicago doch gepackt, und ich mutierte zum Fan. Zwar sah ich mir meist nur Fotos von Jae-yong an, aber ich konnte nicht leugnen, dass die anderen vier Männer ein ähnliches Charisma an den Tag legten.

Ich fand ein Gruppenfoto von ihnen: Woo-seok hatte einen Arm um Min-ho gelegt und machte mit zwei Fingern ein Zeichen, das sich nach einer kurzen Rechercheaktion als ein kleines Herz herausstellte. Min-ho dagegen hatte ein Bein ausgestreckt, als wollte er Jae-yong treten, der ein paar Schritte entfernt hockte und die Augen beim Lachen zusammenkniff. Ed schaute nicht mal annähernd in die Kamera, und Hyun-woo sah einfach nur aus, als wäre er fertig mit der Welt. Es wirkte nicht mal annähernd so, als hätten sie gerade auf einer Bühne vor Tausenden von Leuten gestanden. Sie wirkten so sympathisch, so echt, dass ich immer besser verstand, warum sich die Menschen für sie begeisterten.

Das Konzert in Chicago in einem Bild einzufangen, war mir immer noch nicht richtig gelungen, aber ich machte kleine Fortschritte. Ich bekam mehr und mehr das Gefühl, dass der Kunstkurs eine gute Entscheidung gewesen war. Es gab Techniken, die so viel mehr Leben in meine Bilder gebracht hätten, so viel Theorie, die es mir vereinfacht hätte, diesen Tag festzuhalten. Der Kurs würde sie mir hoffentlich näherbringen. Ich wollte nicht länger stagnieren.

Die ganzen Möglichkeiten, wie sich der Kurs entwickeln könnte, liefen wie ein Film durch meinen Kopf, während ich mehrere Einkaufstüten die Treppen hochschleppte. Sie wurden in meinen Händen von Stufe zu Stufe schwerer, und ich erinnerte mich dunkel daran, mir Anfang des Jahres vorgenommen zu haben, mich mehr zu bewegen – aber aus dem Vorsatz war bereits nach dem dritten Spaziergang eine Pizza geworden. Auf unserer Etage angekommen, legte ich eine kurze Pause ein, um zu Atem zu kommen. Ein Sauerstoffzelt hätte ich auch begrüßt. Oder jemanden, der mich samt Tüten die restlichen Meter bis zur Wohnung trug.

Als ich mich vom Treppensteigen erholt hatte, richtete ich mich auf und legte die kurze Distanz bis zur Wohnungstür zurück. Ich wollte gerade meinen Schlüssel aus meiner Hosentasche ziehen, ohne eine der beiden Tüten loszulassen, als ich Schritte auf der Treppe hörte.

Lächelnd warf ich einen Blick über die Schulter, halb hoffend, dass Mrs Elliot einfach mit einem kurzen »Hallo« an mir vorbeigehen würde. Natürlich hätte ich wissen müssen, dass diese Hoffnung bei ihr vergeblich war.

»Ella, Liebes«, sagte sie freundlich lächelnd. Ich konnte nicht anders, als mich zu ihr umzudrehen.

»Hallo, Mrs Elliot.«

Sie trug einen knielangen schwarzen Rock, der ihr locker um die Beine fiel, und ein ebenso dunkles T-Shirt dazu. Merkwürdig.

»Gut, dass du gerade da bist«, sagte sie und hielt eine prall gefüllte Plastiktüte in die Höhe. »Ich war in Milwaukee, und meine Bekannte hat mir so viele Süßigkeiten und Spezialitäten mitgegeben, davon könnte ich noch das ganze Jahr essen. Ich wollte euch schon die ganze Zeit etwas bringen, aber ich habe es immer vergessen.«

Sie streckte den Arm aus, um mir den Beutel zu reichen. Ihr Gesichtsausdruck machte deutlich, dass sie keine Widerrede dulden würde. Mrs Elliot, wie sie leibte und lebte.

Ich hängte mir einen meiner eigenen Beutel ums Handgelenk und nahm ihr die Tüte ab, zu starrsinnig, um meinen Einkauf kurz abzustellen. So schwer, wie die Tüte sich anfühlte, versteckte sich darin einiges an Karies.

»Danke, Mrs Elliot.«

»Teil es mit deinen Schwestern, ja? Sie sehen beide aus, als könnten sie ein bisschen Zucker brauchen, der sie besser durch den Tag bringt.«

Zwar bezweifelte ich, dass es ausgerechnet Zucker war, von dem wir mehr brauchten, aber ich widersprach ihr nicht. Das hätte nur eine Diskussion heraufbeschworen, auf die ich gerade keine Lust hatte. Daher nickte ich ihr zu, lächelte, bis sie in ihrer Wohnung verschwunden war, und öffnete unsere Tür – ein bisschen zu schwungvoll. Sie knallte an die Wand, und ich zuckte bei dem Geräusch zusammen. Ebenso lautstark fiel die Tür hinter mir ins Schloss. Ich zog meine Schuhe gar nicht erst aus. Vollbepackt ging ich zum Wohnzimmer, wo eine wild gestikulierende Liv mich innehalten ließ. Sie deutete auf Mel, die an einem Ende der Couch zusammengerollt lag, die dünne Decke bis unters Kinn gezogen.

»Sie schläft«, flüsterte Liv.

»Das kann ich sehen.« Ich ging in die Küche und wurde dort von Josh begrüßt, der sich bereits um unser Abendessen kümmerte. Er trug eine von Livs Schürzen – rosa gepunktet und mit Rüschen am unteren Ende – und machte darin eine ziemlich gute Figur.

»Hat Mel dich allein in der Küche zurückgelassen?«, fragte ich. Ich hievte meinen Einkauf auf die Tischplatte und stöhnte erleichtert. Mein Rücken würde mir die Belastung morgen sicher mit einem Muskelkater heimzahlen.

»Ich habe sie ins Wohnzimmer verbannt, nachdem sie die Zucchini im Ganzen in den Ofen legen wollte«, erwiderte er und rollte leicht genervt die Augen.

»Und das hat sie einfach so hingenommen?« Ich klaute eine geviertelte Möhre von einem Teller und schob sie mir in den Mund, bevor ich mit dem Verräumen des Einkaufes anfing.

Josh lachte auf. »Was glaubst du denn? Sie hat sich geweigert, bis ich ihr angedroht habe, andernfalls ihren Arbeitslaptop zu verstecken.«

Ich zog die Augenbrauen in die Höhe. »Mit der Methode wärst du bei jedem anderen gescheitert.«

»Ich weiß, wie man mit Workaholics umgehen muss. Meine Mom war jahrelang eine.«

»War? Ist sie ...?« Ich wusste nicht genau, wie ich den Satz beenden sollte – die Vergangenheitsform verunsicherte mich. Ich hatte zwar im Hinterkopf, dass Mel beide seiner Eltern kennengelernt hatte, aber hundertprozentig sicher war ich mir nicht.

»Oh! Nein, nein.« Er schob das geschnittene Gemüse in eine Schüssel und übergoss es mit einem guten Schuss Öl. »Nachdem mein jüngster Bruder auf die Welt gekommen ist, hat sie ihre Stunden verkürzt, um mehr Zeit mit uns verbringen zu können.«

Ich öffnete den Kühlschrank, verstaute Joghurt und Milch darin. »Ist er sehr viel jünger als du?«

»Zehn Jahre.« Josh streute Salz und Pfeffer über das Gemüse, verschloss die Schüssel mit einem Deckel und schüttelte alles gut durch.

»Wow.« Demnach hatten er und sein Bruder etwa den gleichen Altersunterschied wie Mel und ich. Ob sie ähnliche Verständnisprobleme hatten wie wir manchmal?

»Ich glaube, wir können in einer halben Stunde essen«, sagte Josh.

Ich stieß die Kühlschranktür mit meiner Hüfte zu. »Ich werde mich so lange in mein Zimmer verziehen, falls was ist.« Meine Beine trugen mich automatisch durch die Wohnung und zu meinem Bett. Ich fiel darauf und blieb einen Moment einfach nur liegen, Beine und Arme von mir gestreckt. Dann rollte ich mich auf den Bauch und zog mein Handy aus der Hosentasche. Erin hatte mir vor einigen Minuten geschrieben und gefragt, ob ich Zeit hätte. Kaum hatte ich mit einem »Ja« geantwortet, rief sie auch schon an.

»Hey, Fremde, lange nichts gehört«, sagte ich grinsend. Es war schon eine Weile her, seit wir das letzte Mal richtig miteinander gesprochen hatten.

»Haha«, machte sie trocken. Ihrer Stimme nach schien sie im Augenblick nicht gerade zum Scherzen aufgelegt zu sein.

Ich drückte mich mühsam in eine aufrechte Position und lehnte mich im Schneidersitz an das Kopfende. »Alles in Ordnung?«

Sie seufzte tief und lang. Offensichtlich war *nicht* alles in Ordnung. Aber sie entschied sich dafür, dem Offensichtlichen aus dem Weg zu gehen und mir stattdessen eine Halbwahrheit aufzutischen. »Es waren einfach ein paar lange Tage.«

»Erin …«

»Ella«, erwiderte sie in einem ähnlichen Tonfall.

»Versuch es gar nicht erst. Ich trage nicht umsonst den Titel als deine beste Freundin.«

Schweigen. Die typische Erin-Manier, bei der sie sich immer und immer wieder schwertat, meine Hilfe anzunehmen.

»Weswegen wolltest du mit mir telefonieren?«, versuchte ich es auf einem anderen Weg aus ihr herauszukitzeln.

»Ich habe dich vermisst«, antwortete sie. »Und wollte hören, wie es bei dir läuft. Ich habe dein Gesicht nicht in den Nachrichten gesehen, also nehme ich an, dass ihr euch bisher eher bedeckt haltet?«

Ich tat ihr den Gefallen, auf den Themenwechsel einzugehen. »So gut wie möglich.«

»Aber … ist es nicht blöd, ihn nur alle Jubeljahre zu sehen?«

»Ganz ehrlich? Keine Ahnung. Wir sehen uns nicht täglich, ja. Aber bei anderen funktionieren Fernbeziehungen doch auch irgendwie.«

»Andere müssen ihren Freund nicht mit dem Rest der Welt teilen«, erwiderte sie nachdenklich – und traf damit genau ins Schwarze.

»Solltest du als meine Freundin nicht hinter mir stehen, statt es mir madig zu reden?«

Ihre Antwort kam sofort. »Tu ich, Ella. Du weißt, dass ich immer hinter dir stehe. Aber ich will ihm nicht mit einer Mistgabel hinterherlaufen müssen und den Hass von Millionen von NXT-Fans auf mich ziehen, wenn er dich verletzt.«

Es war so frustrierend. Meine Emotionen flogen rauf und runter wie Gummibälle. Erst war ich auf Wolke sieben, weil ich das Gefühl hatte, Jae-yong näherzukommen und in meinem Leben ein paar Dinge selbst in die Hand zu nehmen – und wenige Sekunden später traf ich wieder mit dem Gesicht voran auf dem harten Boden der Realität auf.

»Vielleicht könntest du die Mistgabel einfach zu Hause liegen lassen«, scherzte ich. Im Zweifelsfall war Ausweichen die Lösung.

Ich konnte durch das Telefon hören, wie sie die Augen verdrehte. »Aber gerade die bringt erst den Spaßfaktor.«

»Ich glaube, die ganze Arbeit in der Sonne hat dir nicht gutgetan.«

»Au contraire, Ella. Du glaubst gar nicht, wie befriedigend es ist, auf der Farm zu helfen und jeden Tag sagen zu können, dass man wirklich etwas getan hat.«

»Im Gegensatz zu den hundert öden Bürojobs, in denen du seit der Highschool gearbeitet hast?«

Wie waren wir plötzlich zu diesem Thema gerutscht? Ich zweifelte nicht mal daran, dass Erin die Arbeit auf dem Land gefiel. Nur war ich nie davon ausgegangen, dass es das war, was sie brauchte. Sie war in der Großstadt aufgewachsen und hatte nie den Anschein erweckt, es hier nicht zu mögen.

»Siehst du dich denn den ganzen Tag am Schreibtisch sitzen, wo du nur Exceltabellen hin und her schiebst und Punkt zwölf deine Mittagspause machst?«

»Ich glaube nicht, dass heutzutage alle Bürojobs so aufgebaut sind, Erin. Als Journalisten arbeiten viele auch in Büros, sind aber trotzdem ständig auf Achse.«

»Das weiß ich«, meinte Erin. Sie klang dabei ein wenig trotzig. »Ich möchte irgendwas tun, das wirklich etwas bringt. Irgendwas, das *zählt*.«

Ich seufzte innerlich, aber bevor ich dazu kam, etwas zu erwidern, rief eine männliche Stimme im Hintergrund nach Erin. »Bin sofort da«, rief sie zurück, ehe sie wieder mit mir redete: »Ich muss wieder an die Arbeit, Ella. Lass uns ein andermal darüber reden.«

»Ist gut.« Sie hatte mir nicht mal den eigentlichen Grund für ihren Anruf verraten. »Hab dich lieb.«

»Ich dich auch«, sagte sie noch, dann legte sie auf.

Frustriert warf ich mein Handy auf die Bettdecke. Gott, wieso konnte sie nicht mit mir über das reden, was sie beschäftigte? Warum fand sie immer einen Grund, den sie vorschob, wenn ich hier stand, beide Hände ausgestreckt, und darauf wartete, dass sie nach ihnen griff?

Ich drückte mich vom Bett hoch, ließ sowohl mein Handy als auch den Frust auf der Decke zurück und ging ins Wohnzimmer. Mel war in der Zwischenzeit aufgewacht und hatte es sich mit Liv und Josh auf der Couch bequem gemacht. Sie balancierten ihre halb vollen Teller auf dem Schoß und schauten nebenbei einen Film, der mir nicht bekannt vorkam. Ich belud mir ebenfalls einen Teller mit dem Ofengemüse und setzte mich zu ihnen.

So verbrachten wir den Abend: nebeneinander auf der Couch, im Fernsehen ein Film, dessen Inhalt wir kaum mitbekamen, weil wir die ganze Zeit redeten. Und obwohl mich das ungute Gefühl von Erins und meinem Telefonat nicht vollkommen losließ, blätterte der meiste Frust vorerst von mir ab. Mit Josh, der schlechte Witze erzählte, Mel, die darüber die Augen verdrehte, und Liv, die lachte, bis ihr der Bauch wehtat, fühlte es sich zum ersten Mal seit Langem wieder an … als wären wir eine richtige Familie.

19. KAPITEL

»Was hältst du von einem kleinen Cottage, umgeben von Grünzeug und eine Meile vom Strand entfernt?«, fragte Jae-yong.

»Ich finde, dass ›Grünzeug‹ ziemlich abwertend klingt, wenn du damit einen Garten oder Bäume beschreiben möchtest«, erwiderte ich.

Hinter mir fiel die Tür ins Schloss, als ich das Museum betrat, und das Geräusch hallte durch den Vorraum.

»Korrigiere: Was hältst du von einem kleinen Cottage, umgeben von Bäumen, die neugierige Blicke abhalten und somit auch Journalisten mit hochauflösenden Kameras?«

»Das klingt schon verlockender.«

Jae-yong hatte mich angerufen, nachdem er endlich Zeit gefunden hatte, sich meine Vorschläge für eine Unterkunft anzugucken. Zwar fand das Gespräch ein wenig zwischen Tür und Angel statt – ich war gerade auf dem Weg zur Arbeit und Jae-yong mitten in den Vorbereitungen für sein vorletztes Konzert –, aber einen besseren Zeitpunkt würden wir in nächster Zeit wohl nicht finden. Es gestaltete sich sogar in ähnlichen Zeitzonen schwierig, Lücken in seinem straffen Zeitplan zu finden, die sich mit meinen deckten.

»Sam hat es mir empfohlen. Er meinte, es sei sehr gut gelegen: privat, obwohl es sich mitten im Ort befindet.«

Ich brauchte kurz, bis ich mich erinnerte, wer Sam war – es schien Monate her zu sein, dass er mich zu Jaeyongs Hotel gebracht hatte. »Sam war schon mal in New Buffalo?« Ich traf selten jemanden, der überhaupt den Namen kannte – obwohl das Dorf gerade mal eine knappe Stunde von Chicago entfernt war.

»Die Betreiber der Pension sind wohl Freunde seiner Verlobten«, erwiderte er. »Sie waren selbst nie dort, aber er hat mir geschworen, dass es gut ist und er vielleicht einen Freundschaftsrabatt bekommt.«

»Das ist deswegen so traurig, weil du reich bist und dir das Haus vermutlich einfach kaufen könntest«, kommentierte ich lachend und konnte förmlich hören, wie sich die Zahnräder in seinem Kopf drehten. »Wehe, du kaufst dir dort nur deswegen ein kleines Haus«, fügte ich nach einem Augenblick hinzu.

»Und schon wandert die Idee in die Mülltonne«, sagte er, ehe er das Thema wechselte. »Hast du schon mit Melanie darüber geredet?«

Ich verlangsamte meine Schritte, um meinen Arbeitsbeginn noch ein paar Minuten hinauszuzögern. »Ehrlich gesagt: Nein. Eventuell drücke ich mich davor, weil ich Angst davor habe, was sie sagen wird.«

»In Chicago war auch alles in Ordnung.«

»Das musst du mir nicht sagen.« Ich machte mir nicht Sorgen darum, dass sie versuchen würde, es mir zu verbieten. Dafür hatte sich seit dem Streit vor ein paar Wochen zu viel zwischen ihr und mir verändert.

Ich seufzte. »Wenn ich sie heute Abend sehe, spreche ich mit Mel.« Falls sie nicht sofort einschlief, sobald sie nach der Arbeit die Wohnung betrat. Sie war seit dem Wochenende so schlapp, dass Liv und ich kaum etwas von ihr mitbekamen. »Wie schafft ihr es, bei eurem Terminplan nicht schon völlig ausgebrannt zu sein?« Ich konnte mir nicht vorstellen, jahrelang ein so durchgetaktetes Leben zu führen – ohne irgendeine Aussicht auf ein Ende, sondern nur mit immer mehr Terminen, immer mehr Fans, Erwartungen und Plänen für die Zukunft.

Er gab einen nachdenklichen Laut von sich. »Ich kann mir einfach kein anderes Leben vorstellen.« Kurz stockte er, um seine Gedanken zu sortieren. »Wenn ich darüber nachdenke, nicht mehr aufzutreten, keine Musik mehr mit unseren Fans teilen zu können ... Das fühlt sich einfach falsch an. Und klar, Ed redet mindestens einmal die Woche davon, wie sehr er sich mehr Ruhe und Zeit für sich wünscht. Woo-seok wollte schon vor Jahren eine Familie gründen. Und Min-ho beschwert sich ständig, dass er das letzte Mal einen richtigen Urlaub hatte, bevor er Trainee geworden ist.«

»Aber wie ...« *... macht ihr trotzdem weiter? Warum hört ihr nicht auf? Warum wirkt ihr, als würde es euch trotz allem glücklich machen?*

»Wenn wir ein neues Lied oder Album rausbringen«, begann er, »dann bekommen wir das, was wir reinstecken, jedes Mal doppelt und dreifach zurück. Weil unsere Fans uns vertrauen und aus unseren Liedern etwas ziehen, das ihnen vielleicht Mut macht. Das ist meine Motivation. Ich fühl mich gut, wenn ich weiß, dass ich anderen helfen kann.« Er lachte auf, aber es lag keinerlei Belustigung darin. »Ich hab so viele Dinge, über die ich reden möchte, aber Geschichten schreiben oder wie du zeichnen kann ich leider nicht. Musik ist das einzige Medium, bei dem ich weiß, wie ich mich ausdrücken kann. Und vielleicht kann ich jetzt im Augenblick noch nicht alles teilen, was ich teilen möchte, aber immerhin kann ich mit den Möglichkeiten, die ich habe, mein Bestes geben.«

Seine Worte hallten in meinem Kopf nach. Zogen an meinem Herzen. Wenn Musik seine Kunst war, war sie ein Teil von ihm, wie das Zeichnen von mir. Und den aufzugeben, würde sich anfühlen, als ließe man einen Arm zurück. Von meinen Zeichnungen hatte die Außenwelt bisher nur selten etwas gesehen. Aber ziemlich sicher würde es den Effekt verstärken, würden Leute sich in ihnen wiederfinden, so wie in NXTs Musik.

Was er gesagt hatte, motivierte mich nach unserem Gespräch, meinen Skizzenblock weiter zu füllen. Meine Kreativität war ein nie endender Fluss an Bildern und Eindrücken, die mich nervös machten, wenn ich sie zu lange in mir drin behielt. Die Linien und Schattierungen, die ich zu Papier brachte, verhielten sich wie ein Katalysator für all die Dinge, die mir jeden Tag durch den Kopf gingen. Ich *konnte* nicht nicht zeichnen. Es war einfach nicht möglich. Und dass Jae-yong dieses Gefühl verstand, es selbst in sich trug, machte mir klar, weswegen ich die Augen nicht von ihm abwenden konnte, wenn er in meiner Nähe war.

Ich fühlte mich so beflügelt, dass ich am Abend nach meiner Schicht beschloss, einen kleinen Umweg zu machen, bevor ich nach Hause ging. Ich nahm den Bus in die Innenstadt, wo ich mitten in der belebtesten Einkaufsmeile ausstieg, die Straße überquerte und das wenige Meter entfernte Einkaufszentrum betrat.

Es war voll. Laut. Die Stimmen der Menschen summten wie ein Bienennest. Aber statt alle Geräusche aufzusaugen, konnte ich die meisten einfach an mir abprallen lassen. Es war merkwürdig leicht, mich durch die Menschenmassen zu zwängen, den Blick auf die Schaufenster der Geschäfte gerichtet, in der Hoffnung auf eine Erleuchtung. Denn mir war heute, als mich eine Dame im Museum nach dem Datum gefragt hatte, klar geworden, dass wir bereits Anfang August hatten und Mels Geburtstag somit nicht mehr weit entfernt war. Wohin auch immer die letzten Wochen verschwunden waren – ich hatte mich noch nicht mal annähernd mit einer Geschenkidee beschäftigt und hoffte, in der Mall etwas zu finden, was mir in die Augen sprang.

Nur war das Wunschdenken, wie sich herausstellte. Stundenlang zog ich durch Klamottengeschäfte und Haushaltswarenabteilungen, aber der Funke wollte nicht überspringen. Einmal blieb ich sogar in der Abteilung für Küchenutensilien stehen und schoss für Liv ein Foto von einer mit Teflon beschichteten Edelstahlpfanne, die mein Budget haushoch sprengte.

Ich: Für Mels Geburtstag – damit sie ihren Chefs ein wenig Verstand einbläuen kann?

Livs Antwort kam prompt.

Liv: Seit wann bist du denn so gewalttätig?
Ich: Das ist der Montagsblues.
Liv: Ach so. Klar.

Ich legte die Pfanne beiseite und schlängelte mich zwischen den Regalen hindurch aus der Abteilung, als mein Handy ein weiteres Mal pingte.

Liv: Hey, was hältst du von einer Geburtstagsparty für Mel?
Liv: Nur ganz klein mit dir, mir und Josh?
Liv: Vielleicht noch Mrs Elliot, damit sie sich nicht ausgeschlossen fühlt.
Ich: Glaubst du, Mel kann sich dafür Zeit nehmen?
Liv: Ach komm schoooon. Nur ein paar Stunden. Eine Überraschungsparty, damit sie keine Ausreden finden kann, warum sie nicht kommen wird.
Ich: Lass uns noch mal drüber sprechen, wenn ich zu Hause bin, ja? Ich mach mich gleich auf den Weg.

Ihre Antwort war ein gelber Daumen nach oben. Ich steckte mein Handy ein und bahnte mir einen Weg zum Ausgang der Mall. Ein erleichtertes Seufzen entkam mir, als ich zurück an der frischen Luft war. Die Hitze machte ein tiefes Durchatmen zwar schwer, aber ich freute mich trotzdem darüber. Warum auch immer Menschen Shoppen als interessanten Zeitvertreib betrachteten – solange es sich nicht innerhalb einer Buchhandlung abspielte, konnte ich darauf verzichten.

Der Bus nach Hause holperte über die Straße, und jedes Mal, wenn er durch eine Kurve schoss, wurde mein

Sitznachbar gegen meine Seite gepresst. Er rückte mit einem entschuldigenden Gesichtsausdruck ab, während ich mich so weit wie möglich in meine Ecke quetschte. Im Normalfall hätte ich jetzt ein Buch hervorgeholt, um mich abzulenken. Aber ich ließ es in meinem Rucksack und entschied mich stattdessen dafür, Jae-yong zu schreiben.

Ich: Mein Tag in drei Worten: heiß, menschenlastig, wennichnichtbaldzuhausebindrehichdurch.

Jae-yong: Das letzte Wort hab ich dreimal lesen müssen, bevor ich es verstanden habe. Schön, dass die englische Sprache solche Adjektive zulässt.

Ich: »Mein Tag in 11 Worten« ist einfach nicht so catchy.

Jae-yong: Das ist wahr. Was hast du gemacht, dass du noch nicht zu Hause bist?

Ich: Mich für die Mall statt für mein Bett entschieden.

Ich: Kann ich nicht empfehlen.

Ich: Und bei dir??

Jae-yong: Drei Worte?

Ich: Jawohl.

Jae-yong: Hmm … lang, nervös, Essen.

Ich: Es dürfen nur Adjektive sein.

Jae-yong: Lang, nervös, hungrig.

Ich: Besser. Aber warum nervös? Wegen der Show morgen?

Jae-yong: Wegen der Show und weil Ha-eun bald in New York landen wird. Ich habe sie so lange nicht gesehen, und dann ist sie morgen beim Konzert dabei. Was, wenn etwas schiefgeht? Oder es ihr nicht gefällt?

Dass er sich darüber Gedanken machte … Manchmal vergaß ich, dass er letztlich auch nur ein ganz normaler einundzwanzigjähriger Kerl war und nicht dieser Übermensch, als den die Medien ihn und die anderen NXT-Mitglieder darstellten.

Ich: Liv hat nach eurem Konzert tagelang nicht aufgehört, davon zu schwärmen.
Ich: Die Medien sind voll davon, und keiner, der euch jemals live gesehen hat, hat ein einziges schlechtes Wort verloren.
Ich: Du hast gesagt, deine Schwester ist dein größter Fan, oder? Ich bin mir ziemlich sicher, dass es für sie ein Highlight wird, das sie für einige Zeit nicht mehr vergisst.
Ich: Ich meine, sogar mir hat es gefallen, und ich bin ein notorischer Pessimist.

Ich schaute auf, um sicherzugehen, dass ich meine Haltestelle nicht verpasste. Keine Sekunde zu früh, wie ich feststellte. Wir bogen gerade in unsere Straße ein. Ich drängte mich an meinem Sitznachbarn vorbei, schulterte meinen Rucksack und sprang aus dem Bus, sobald er zum Stehen kam.

Jae-yong: Deine ganzen Nachrichten davor deuten auf das Gegenteil eines Pessimisten hin, findest du nicht?

Ich grinste. *Erwischt.*

Ich: Okay, ich bin Gelegenheitspessimist.

Jae-yong: Ich hoffe, dass du recht behältst, Ella. Sonst muss ich meinen Namen ändern und über die Staatsgrenzen fliehen.
Ich: Aber doch erst nachdem wir in New Buffalo waren, oder? Ich habe meine Sachen quasi schon gepackt. Wenn du mich jetzt versetzt, werde ich mich niemals davon erholen.
Jae-yong: Das entscheidet sich dann morgen.
Ich: Das Konzert wird großartig. Ich weiß es einfach.

Ich hatte die Wohnungstür kaum geöffnet, als Liv sich aus dem Nichts vor mir aufbaute. Es war ein Wunder, dass sie die Tür nicht ins Gesicht bekommen hatte.

»Äh«, machte ich perplex. »Hi?«

»Okay, stell dir vor – Josh begleitet Mel nach Hause, alle wissen davon, nur sie nicht, und wenn sie zur Tür reinkommt, rufen wir alle laut ›Überraschung!‹«, legte sie los, bevor ich überhaupt einen Schritt in die Wohnung hatte machen können. »Und ich backe Cupcakes, die so fantastisch sind, dass sie für den Rest ihres Lebens nichts anderes mehr essen möchte. Luftballons fallen von der Decke, wir werfen mit Konfetti um uns, überall sind Luftschlangen.« Ihre Augen glänzten. Sie redete und redete, ohne Luft zu holen, völlig in der Idee einer Geburtstagsfeier für Mel versunken.

Ich unterbrach sie, als sie einen Kuchen schilderte, aus dem sie und ich steigen würden, um Mel zu umarmen. »Vielleicht sollten wir die Dimensionen etwas kleiner halten?«

Sie sackte ein wenig in sich zusammen, fing sich aber

schnell wieder. Ihre Augen strahlten. »Das ist ein Ja, oder?«

»Ich glaube, wenn es klein ist … Und nicht viel organisatorischen Aufwand braucht …«

»Das ist ein Ja!« Sie hüpfte vor mir aufgeregt auf und ab. »Oh, Ella, wir werden so viel Spaß haben. Mel wird es lieben. Wir werden alle so viel essen, dass wir noch Tage danach im Zuckerkoma liegen.«

Bei unserer Vorgeschichte mit Süßigkeiten bezweifelte ich das nicht einmal. »Wo wir gerade davon reden – hast du schon ein Geschenk für sie?«

Liv stöhnte. »Ich hab nicht mal eine Idee. Was hat Mel neben der Arbeit für Hobbys? Liest sie? Schaut sie Serien? Oder ist sie jetzt in einem Alter, wo man nur noch praktische Dinge schenkt?«

»Vielleicht hat Josh eine Idee? Wir könnten ihn fragen, wenn er das nächste Mal da ist«, schlug ich vor und bedeutete Liv, den Weg endlich frei zu machen, damit ich die Tür hinter mir schließen konnte. Sie trat einen großen Schritt nach hinten, während ihre Gedanken weiter um das Geschenk zu kreiseln schienen.

»Ist es nicht traurig, wenn wir als ihre Schwestern, die mit ihr zusammenleben, Josh fragen müssen, worüber sie sich freuen würde?«

Die Ironie des Ganzen war definitiv nicht an mir vorbeigegangen. Nur war ich mir sicher, dass sie einiges von uns fernhielt, das sie dafür mit Josh teilte. Liv wusste auch nichts von den Dingen, die mich belasteten – Jae-yong und Erin dafür schon.

»Vielleicht ist genau das der Punkt«, sagte ich und stellte meine Sandalen neben der Tür ab. »Josh hat den Vorteil, dass ihre Beziehung noch ziemlich neu ist und sie sich gerade erst über ihre Interessen austauschen.«

Liv öffnete den Mund und klappte ihn dann wieder zu. Sie runzelte die Stirn, nickte aber, als würde meine Aussage trotzdem Sinn ergeben.

Ich ging schmunzelnd an ihr vorbei in mein Zimmer. Es war bereits spät, die Sonne langsam am Untergehen, aber ich war nicht annähernd bereit dafür, zur Ruhe zu kommen. Ungeduldig wartete ich darauf, dass Mel nach Hause kam und ich endlich mit ihr sprechen konnte. Ich wollte es nicht weiter aufschieben. Nur hatte Mel sich heute anscheinend mal wieder auf ihrer Arbeit einquartiert. Also räumte ich meine Buchregale um. Ich stapelte alles auf dem Boden und verzweifelte schon bei der Entscheidung, nach welchen Kriterien ich sie sortieren sollte.

Als ich fertig war, trat ich ein paar Schritte zurück und betrachtete mein Werk. Ich hatte die gelesenen von den ungelesenen getrennt und endlich alle Bücher eines Autors auf demselben Regalbrett stehen. Seufzend ließ ich mich auf meinen Schreibtischstuhl sinken, meinen Blick weiter auf die Bücher gerichtet. Irgendwas nervte mich immer noch daran.

Das Vibrieren meines Handys lenkte mich ab. Jae-yong hatte ein Foto gesendet. Ich öffnete es, im Hinterkopf die Selfies, die er mir bisher geschickt hatte. Aber statt seiner dunklen Augen waren es die eines Mädchens, das schüchtern in die Kamera guckte. Sie hatte ein breites Lächeln auf den Lippen und die dunklen Haare zu einem hohen Pferdeschwanz zusammengebunden. Jae-yong war auf dem

Foto kaum zu sehen. Sein Gesicht war halb abgeschnitten, aber ich konnte die Jeansjacke erkennen, die er über einem weißen Shirt trug und … waren das dunkle Haarsträhnen, die ihm oben kaum merkbar in die Stirn fielen?

> **Ich:** Zwei Dinge. Erstens: Ist das Ha-eun? So, wie sie grinst, hättest du dir nie Sorgen wegen dem Konzert machen müssen.

Für die zweite Nachricht schnitt ich den oberen Rand des Fotos aus und schickte es ihm zurück.

> **Ich:** Zweitens:??? Hallo? Hast du wieder dunkle Haare?? Wo ist mein Selfie???

Glücklicherweise schien er die Dringlichkeit meiner Frage zwischen den Zeilen lesen zu können, denn er schickte sofort ein neues Selfie hinterher und bestätigte meine Beobachtung: Er hatte tatsächlich wieder die Haarfarbe, mit der ich ihn kennengelernt hatte – ein Braun so dunkel wie seine Augen. Seine Haare fielen ihm wellig in die Stirn. Er schaute leicht von oben auf die Kamera hinunter, mit halb geschlossenen Augen. Seine Lippen waren leicht geöffnet, ein selbstbewusstes Grinsen zupfte an seinem rechten Mundwinkel. Sein Daumen lag an seiner Unterlippe, und vor meinen Augen erschien das Bild, wie er sich nach unserem Kuss mit der Zunge über die Lippen fuhr, als würde er mich immer noch an ihnen schmecken.

Hitze sammelte sich in meinem Magen. Himmel, dieser Kerl würde mein Tod sein, da war ich mir sicher.

Ich: Darf ich die nächste Farbe aussuchen?

Jae-yong: Ich glaube, ich hätte nichts dagegen, vorerst bei der hier zu bleiben. Aber wenn die Chance aufkommt, gebe ich dir Bescheid.

Ich: Ich suche schon mal eine Farbpalette raus.

Jae-yong antwortete darauf mit einem grinsenden Smiley, und ich legte mein Handy beiseite, um es gegen das Buch auf meinem Nachttisch auszutauschen. *Der Nachtzirkus* ließ die Stunden vergehen.

Bis Mel endlich nach Hause kam. Es war so spät, dass Liv vermutlich schon im Bett war. Ich hatte mir zwischenzeitlich meinen Pyjama angezogen und die letzten Minuten darum gekämpft, nicht einzuschlafen, bevor Mel von der Arbeit kam. Ich verließ mein Zimmer, als Mel ihre Sachen leise im Eingangsbereich ablegte und sich gerade ihre Schuhe auszog. Sie wirkte müde, erschöpft. Das bekannte Schuldgefühl nagte an mir. Am liebsten wäre ich umgedreht und hätte den Urlaub nicht angesprochen – ich wollte sie in ihrer wenigen Freizeit nicht auch noch belästigen. Aber die Wahrscheinlichkeit, dass es sich über die nächsten Tage bessern würde, war mehr als gering. Ob ich sie heute fragte oder morgen, machte keinen Unterschied.

Ich ging die paar Schritte bis zur Couch und lehnte mich mit der Hüfte an den Sofarücken. »Hey, Mel.«

Sie zuckte zusammen, entspannte sich aber, als sie mich sah. »Hab ich dich geweckt?«

Ich schüttelte den Kopf. »Ich hab auf dich gewartet, weil ich mit dir sprechen wollte.«

»Wieso habe ich das Gefühl, dass es bei dem Gespräch um einen gewissen Jemand aus Südkorea gehen wird?« Sie zog ihre Augenbrauen in die Höhe und wirkte etwas vorsichtig, bedeutete mir aber mit einem Nicken, mich hinzusetzen. Mit einem leisen Seufzer ließ sie sich neben mich fallen und massierte mit einer Hand ihre Schulter. Dabei verzog sie das Gesicht, als würde ihr die Bewegung Schmerzen bereiten.

»Alles in Ordnung?«, fragte ich leise.

»Ich bin nur etwas verspannt.« Sie ließ ihre Hand in ihren Schoß fallen. »Worüber möchtest du reden?«

»Also.« Ich packte meinen Mut, bevor er mich verlassen konnte, und hielt mich mit beiden Händen daran fest. »Eventuell hast du recht mit dem Gefühl, dass es um Jaeyong geht.«

Mel nickte, schwieg aber ansonsten und wartete darauf, dass ich weiterredete.

»Wir haben … über etwas nachgedacht, und ich bin mir ziemlich sicher, dass es dir nicht gefallen wird.«

»Der Einstieg ist nicht sehr vielversprechend.« Sie lächelte.

»Er ist gerade in den USA«, begann ich. »Und bald ist ihre Tour zu Ende. Ich weiß nicht, wann er wieder hier ist – und ob er dann überhaupt Zeit hätte. Aber … wir würden gern mehr Zeit miteinander verbringen. Nur für drei oder vier Tage. In einem kleinen … Urlaub.« Meine Stimme wurde zum Ende hin immer leiser. Die Angst, es mit jemandem außerhalb unserer Blase zu teilen und dadurch zu verhexen, lag mir schwer im Magen.

Sekundenlang herrschte Schweigen im Raum, und ich

konnte beinahe sehen, wie es in Mels Kopf arbeitete. Eine kleine Falte erschien zwischen ihren Augenbrauen. »Und wo würdet ihr das machen wollen?«

Innerlich wappnete ich mich für das, was als Nächstes kommen würde. Seit dem Streit hatten wir nicht wieder über unsere Eltern gesprochen. Ich konnte ihre Reaktion nicht mal annähernd einschätzen. »Zu Hause.«

Stille. Meine Hände waren kalt, und mein Herz klopfte, als wollte es mir aus der Brust springen und davonlaufen.

»Ihr wollt nach New Buffalo?« Mels Stimme war kaum zu deuten.

Ich nickte, spielte nervös mit dem Saum meines Shirts. Mir wurde gerade erst bewusst, dass ich New Buffalo immer noch »Zuhause« nannte. Ich lebte schon so viele Jahre in Chicago, aber es hatte meine Heimat nie ersetzen können.

Mel stieß ein Seufzen aus, das so müde und abgeschlagen klang, dass ich am liebsten alles zurückgenommen hätte und in mein Zimmer geflüchtet wäre. Warum fiel es mir nur immer so schwer, solche Dinge anzusprechen und dann auch dazu zu stehen?

»Habt ihr schon darüber gesprochen, wie ihr mit den Reportern umgehen wollt?«, fragte sie.

Ich nickte. »Jae-yong fliegt mit einem seiner Bandkollegen von New York hierher und fährt dann nach New Buffalo. Ich nehm den Zug, wir verlassen das Haus nur im Notfall. Außerdem liegt es ziemlich geschützt vor Kameras und anderen neugierigen Leuten.«

»Klingt, als würdet ihr es schon länger planen«, sagte Mel, aber ich hörte keine Wertung in ihrer Stimme.

»Es ist mir … es ist uns wichtig«, korrigierte ich mich und zuckte leicht mit den Schultern, als könnte das alles erklären.

»Danke, dass du mir davon erzählst.«

Ich sah überrascht auf. Keine Ahnung, was ich erwartet hatte, aber diese Worte waren es nicht gewesen.

Sie quittierte meinen Gesichtsausdruck mit einem halben Lächeln. »Schau nicht so geschockt. Ich hab dir gesagt, dass ich dir vertraue.« Mel zögerte einen Moment, ehe sie hinzufügte: »Und ich bin froh, dass du mir genügend vertraust, um mir davon zu erzählen.« *Anders als bei dem Trip nach New York.* Sie musste es nicht aussprechen, damit ich ihre Worte klar und deutlich hörte.

»Das tu ich«, sagte ich nachdrücklich. »Wirklich, Mel.«

»Ich weiß.« Sie schenkte mir ein beruhigendes Lächeln. »Aber sei vorsichtig, in Ordnung? Ich will nicht, dass du verletzt wirst.«

»Versprochen.« Zumindest soweit es in meinen Händen lag.

Ein paar Minuten verbrachten wir schweigend nebeneinander, bis Mel aufstand und sich ins Bett verabschiedete. Im Vorbeigehen legte sie mir ihre Hand auf die Schulter, drückte sie kurz. Dann ließ sie mich allein im Wohnzimmer zurück.

Ich sank tiefer auf der Couch, legte meinen Kopf auf der Rückenlehne ab. Jae-yongs und meinem Trip stand nichts mehr im Weg. So langsam spürte ich verhaltene Vorfreude aufkommen.

20. KAPITEL

Die Zeit bis zu unserem Urlaub flog an mir vorbei. NXTs letztes Konzert war auf allen Social-Media-Seiten das Gesprächsthema Nummer eins. Nach dem Reporterdebakel hatte ich alle meine Accounts gelöscht, meine Neugierde hatte mich mittlerweile aber dazu getrieben, mir neue Profile anzulegen, um einigen Fanseiten zu folgen, die regelmäßig News rund um die Band teilten. Die Fans wurden von Konzert zu Konzert aktiver. Man musste nur nach dem Hashtag der Band suchen und stieß jede Sekunde auf neuen Content. Ich bekam so viel von ihrem Abschlusskonzert zu sehen, dass ich beinahe das Gefühl hatte, dabei gewesen zu sein.

Ich hatte mehr Zeit, als ich zugeben wollte, damit verbracht, den Ursprung eines Fotos zu suchen, das auf meiner Timeline aufgetaucht war. Es war auf dem letzten Konzert entstanden. Jae-yong trug darauf eine Lederjacke, ein weißes Shirt mit Dior-Aufdruck darunter und eine schwarze Hose, die so eng war, dass ich mich kaum traute, das Foto richtig anzugucken. Seine Haare waren dunkel und beinahe Wetlook-mäßig aus seiner Stirn gestylt. Wie er zudem leicht von oben herab in die Kamera guckte, erfüllte er jegliche Bad-Boy-Träume, die ich jemals hatte. Er wirkte kein bisschen wie der Jae-yong, der sich mit mir in Museumsgarderoben traf und mir Ketten schenkte.

Nach ihrem letzten Song wurde das Stadion mit einem Feuerwerk erleuchtet, das ich selbst auf dem Computerbildschirm beeindruckend fand. Twitter war voll mit Bildern davon – und mit den Gesichtern der fünf Männer, denen teilweise Tränen in den Augen standen. Nur zu gern hätte ich gewusst, was Jae-yong in diesem Moment durch den Kopf gegangen war.

Mein Zugticket nach New Buffalo war gekauft, meine Packliste zusammengestellt, und ich hatte mich für drei Bücher entschieden, die ich mitnehmen wollte. Aufregung und Vorfreude wechselten sich ständig ab. Gefühle, die mittlerweile vertraut waren, wenn es darum ging, Jae-yong zu treffen. Sie lähmten mich nicht mehr so wie bei den ersten Malen. Ich konnte die Nervosität beiseiteschieben – nie vollständig, aber das wollte ich auch gar nicht – und mich auf die Schmetterlinge in meinem Bauch konzentrieren.

Trotzdem fühlte ich mich absolut nicht bereit, als ich am Freitagmorgen meine Augen aufschlug. Ich hatte nicht sehr tief geschlafen, mich eher in einem Ruhemodus befunden, als könnte mein Körper es gar nicht abwarten, mich aufzuwecken, sobald die ersten Sonnenstrahlen in mein Zimmer fielen. Mein Wecker klingelte extrafrüh, damit ich mich fertig machen und meine Liste noch mal durchgehen konnte. Ich stolperte so leise wie möglich durch die Wohnung, während ich frühstückte, mich anzog und meine Waschtasche in den Koffer schmiss. Die

Bücher stapelte ich zusammen mit einer Wasserflasche, meinen Kopfhörern, einer Kekspackung, meiner Stiftmappe und meinem Skizzenblock in meinem Rucksack.

Mel war in der Zwischenzeit auch aufgestanden und half mir, meine Sachen zum Eingangsbereich zu bringen. Als ich mich zu ihr umdrehte, glitt ihr Blick über mein Gesicht, als versuchte sie, darin zu lesen.

»Pass auf dich auf, ja?« Sie zog mich für eine Umarmung an sich, und ich nickte an ihrer Schulter. »Und schreib mir bitte jeden Tag. Selbst wenn du nichts groß zu erzählen hast.«

»Mach ich«, murmelte ich. Normalerweise initiierte Mel keine Umarmungen. Ich war erleichtert, dass sie sich ausgerechnet heute dafür entschieden hatte, das zu ändern. Es war ein stummes »Ich steh auf deiner Seite«, das mir mehr bedeutete als jedes Wort, das sie hätte sagen können.

Ich setzte meinen Rucksack auf und wollte die Wohnung verlassen, als Livs Tür aufflog. Sie hetzte auf mich zu und streckte mir mit leuchtenden Augen einen hellrosa Briefumschlag entgegen. »Kannst du den Jae-yong geben?«

Ich beäugte den Brief skeptisch. »Ich würde ihm lieber keinen Liebesbrief von meiner kleinen Schwester geben.«

Sie verdrehte die Augen und hielt mir den Umschlag unter die Nase, damit ich ihn ihr abnahm. »Jae-yong ist nicht mein Bias, also keine Sorge.«

Ich blinzelte sie nur verwirrt an. *Bias?*

Daraufhin bekam ich ein weiteres Augenrollen von Liv. »Er ist nicht mein Liebling in der Band.«

Ahh.

Ich nahm ihr den Brief aus der Hand und verstaute ihn in der vordersten Tasche meines Koffers. »Wenn mir auf der Fahrt langweilig ist und ich ihn lese, musst du mit den Konsequenzen leben«, neckte ich sie.

Ich hätte schwören können, dass ich mir beinahe noch ein drittes Augenrollen eingehandelt hätte. Mit einem Grinsen in ihre Richtung und einem Winken griff ich nach meinem Koffer und verließ die Wohnung.

Die Haltestelle in New Buffalo sagte bereits alles über den Ort aus, was man wissen musste. Es gab genau ein Gleis, das einmal quer durch die Ortschaft verlief. Der Zug hielt neben einem betonierten Weg, der mit dem kleinen Häuschen und der winzigen Bank darin auf die perfekte Kleinstadtidylle hinwies.

Es war Jahre her, seit ich diesen Weg das letzte Mal gefahren war. Während der Fahrt war mir alles so vertraut vorgekommen – vertraut und doch völlig fremd. Die Häuser rund um die Haltestelle sahen noch genauso aus wie vor sieben Jahren. Auf den Mülleimern stand immer noch das gleiche Graffiti. Ich hatte erwartet, dass wenigstens ein paar Dinge sich verändert hätten. Aber entweder hatte ich schon einiges von meinen Erinnerungen eingebüßt, oder es war wirklich noch alles so wie früher.

Mein Koffer rollte in einem gleichmäßigen Takt hinter mir her, als ich loslief, ohne bewusst darüber nachzudenken. Ich kannte die Straßen, war sie als Kind so oft abgelaufen, dass es sich in mein Muskelgedächtnis eingebrannt hatte. Mein Weg führte mich weg vom Hafen, weg von dem Teil der Stadt, in dem ich die ersten dreizehn Jahre meines Lebens gewohnt hatte.

Es dauerte keine fünfzehn Minuten von der Haltestelle zu dem kleinen Cottage. Der Inhaber wollte dort mit den Schlüsseln auf mich warten. Jae-yong würde erst einige Zeit nach mir eintreffen. Eine kleine Vorsichtsmaßnahme, falls jemand mitbekam, wohin er unterwegs war.

Das Cottage lag, wie von Jae-yong beschrieben, hinter Bäumen versteckt, umringt von Sträuchern und Blumenbeeten, in denen es in der Sommerhitze aufgeregt summte. Ich wurde von einem älteren Herrn mit leicht ergrautem Haar begrüßt. Er winkte mir von der Veranda aus zu, die zum Eingangsbereich gehörte, führte mich im Schnelldurchlauf durch das Haus, um mir alles Wichtige zu zeigen, und überreichte mir dann die Schlüssel, ehe er mir einen entspannten Urlaub wünschte und ging.

Ich folgte ihm nach draußen, sah ihm dabei zu, wie er den kleinen Weg entlangging und mich beim Cottage allein ließ. Die Sonne schien, es war warm, und in den Bäumen zwitscherten Vögel. Es war nur ein kleines Häuschen, gelb gestrichen, mit blaugrünen Fensterläden und einer mit Holz eingefassten, gläsernen Eingangstür, bei der ich mir in Chicago Sorgen wegen Einbrechern gemacht hätte. Aber hier, in dieser ruhigen Lage, friedlich und eingesäumt von Natur, fühlte ich sofort die Entspannung. Es unterstrich das Gefühl eines Traums, der mich umfing, seit ich in den Zug gestiegen war.

Die Tür ließ sich nur unter lautem Quietschen öffnen, was einen gewissen rustikalen Charme mit sich brachte. Man stand sofort im Wohnzimmer, das mit dem großen, bunt gemusterten Teppich, dem Flachbildfernseher und der beigen Couch das Bild von Gemütlichkeit weiterführte, das bei mir bereits draußen aufgekommen war. Ich stellte meine Taschen neben der Couch ab, legte den Schlüssel auf den Beistelltisch und nutzte die Zeit allein, um das Haus zu erkunden.

Von der Mitte des Wohnzimmers aus hatte ich den perfekten Blick auf das Kingsize-Bett im Schlafzimmer, das anscheinend den halben Raumen ausfüllte. Die weiche Decke darauf, die zwei Kopfkissen … Mir wurde nach und nach bewusst, dass Jae-yong und ich die nächsten Tage ungestört sein würden. Nur wir beide, in einem kleinen Häuschen, das wirkte, als wäre es einem Märchen entsprungen. Mein Herz machte einen Sprung, als ich darüber nachdachte. Ich merkte, wie ich vor mich hin lächelte, konnte es aber nicht verhindern.

Die Küche grenzte ebenfalls direkt an das Wohnzimmer. Sie öffnete sich an der Rückseite zu einem weiteren Raum und gab den Blick direkt auf die Fensterfront dahinter frei. Arbeitsplatten aus Granit, Ofen und Kühlschrank aus Edelstahl. Ich hatte es nie genossen zu kochen, aber mit dem Blick in den Garten und dem Mix aus Landhausflair und hochmodernen Küchengeräten konnte ich mir gut vorstellen, warum man hier auf mehr als eine Pizza Lust bekommen könnte.

Ich ging nur kurz in den hintersten Raum, um besser nach draußen sehen zu können – und blieb sprachlos vor den Fenstern stehen. Die Veranda bestand aus zwei Ebenen, und wenn man ein paar Stufen nach unten ging, gaben die Bäume den Blick auf Sand, Sand, noch mehr

Sand und schließlich Wasser dahinter frei. Dieses Häuschen hatte einen eigenen, ganz privaten Strand, den Jaeyong mir bisher verschwiegen hatte. Am liebsten wäre ich sofort die restlichen Stufen nach unten gelaufen und hätte meine Zehen im warmen Sand vergraben. Aber genau in dem Augenblick quietschte die Haustür verräterisch.

Mit angehaltenem Atem lauschte ich. Mein Herz hatte beschlossen, seinen Rhythmus für ein paar Sekunden aufzugeben, und mein Magen schlug gleich mehrere Purzelbäume auf einmal. Kurz darauf erklang ein dumpfes Geräusch, gefolgt von einer Reihe koreanischer Wörter, die verdächtig nach unterdrücktem Fluchen klangen.

Ich bog um die Ecke und sah, wie Jae-yong mit schmerzverzerrtem Blick sein Schienbein massierte. Ein Lachen entkam mir. Er hob den Kopf, als der Holzboden unter meinen Füßen knarzte, und richtete sich auf. Seine Augen funkelten, die dunklen Haare fielen ihm ins Gesicht. Und ich sah, wie mein Lächeln sich auf seinen Lippen spiegelte. Mein Herz legte gleich noch einen Takt zu. Es stolperte vor mir her zu Jae-yong, dicht gefolgt von meinen Füßen, die mich zu ihm trugen. Meine Schuhspitzen stießen gegen seine, und ich legte den Kopf in den Nacken, um zu ihm aufsehen zu können.

»Wusstest du, dass dein Lachen mein Lieblingsgeräusch ist?«

Seine Worte erfüllten mich mit Glück und Wärme und Schmetterlingen – alles auf einmal – und ließen mir gar keine andere Wahl, als mich auf die Zehenspitzen zu stellen, meine Hände auf seinen Schultern abzulegen und ihn auf diese Stelle am Hals knapp unter seinem Kiefer zu küssen. Ein glückliches Seufzen entkam mir, als er daraufhin den Kopf senkte. Sein Mund suchte meinen, er knabberte leicht an meiner Oberlippe. Die Schüchternheit fiel von mir ab. Ich vertiefte den Kuss und strich die Strähnen aus seiner Stirn, die mich auf jedem Foto zu ärgern schienen.

Jae-yong gab einen überraschten Laut von sich, als ich ihn näher an mich zog. Er hatte meine Hüften umfasst, erwiderte meinen Kuss, hielt sich sonst aber zurück. Er überließ mir die Kontrolle.

Eine Sekunde oder eine Stunde später – mein Zeitgefühl war völlig abhandengekommen – zog ich mich zurück. Ich grinste breit. So breit, dass es beinahe wehtat, aber in seiner Nähe wollte ich nie damit aufhören.

Jae-yongs Blick tanzte über mein Gesicht, meine Nase, meine Lippen. Sterne funkelten in seinen dunklen Augen, und ehe ich Luft holen konnte, um etwas zu sagen, drückte er einen Kuss auf meine Wange. Einen weiteren auf meinen Mundwinkel, dann den anderen. Meine Nase, meine Stirn und auf beide Augenbrauen. Er übersäte mein Gesicht mit kleinen Schmetterlingsküssen, bis ich mich kichernd von ihm lösen wollte. Aber statt loszulassen, fing er meinen Blick auf. Lächelte. Küsste mich noch mal auf den Mund, als wäre ich unendlich kostbar.

Als er schließlich seine Hände von meinen Hüften nahm, polterte mein Herz in meiner Brust. Ich fühlte mich, als hätte ich eine kleine Sonne in mir, die gar nicht mehr aufhörte zu strahlen. Und ich konnte sehen, dass es ihm ähnlich ging. Seine Körperhaltung war entspannt, seine Vorsicht völlig von ihm abgefallen, weil wir endlich,

endlich nur für uns waren. Keine gestohlenen Momente, keine kurzen Treffen.

Sein Daumen strich über meine Wange, und ich neigte den Kopf, um ihn in seine Hand zu legen. »Hab ich dich lange warten lassen?«

Ich schüttelte den Kopf. Selbst wenn – um diese Sekunden pures Glück zu erleben, hätte ich auch länger gewartet. »Ich bin noch nicht lange da. Ich hab mich nur ein wenig umgesehen.«

»Hast du was Spannendes gefunden?« Er sprach so leise, seine Stimme ein raues Flüstern, das nur für mich bestimmt war.

»Einen Strand«, sagte ich.

Er zog eine Augenbraue in die Höhe, grinste schief. »Ach?«

»Ich kann nicht glauben, dass du mir davon nichts erzählt hast!« Ich nahm ihn an der Hand und führte ihn durch das Haus. Während ich ihm alles zeigte, spürte ich seinen Blick immer wieder auf mir – und er wandte ihn auch nicht ab, wenn ich ihn dabei erwischte, sondern verzog seine Lippen zu einem trägen Lächeln, das schrecklich-schöne Dinge mit meinem armen Herzen tat. Als würde es in seiner Nähe nicht schon genug leiden.

Er sah mich unentwegt an, die Augenbrauen leicht angehoben, als würde ihn nichts mehr interessieren, als zu wissen, was in meinem Kopf vorging. Wie konnte es sein, dass er es mir nicht von der Nasenspitze ablesen konnte? Wie konnte es sein, dass er nicht wusste, wie sehr ich ihn mochte?

Wie auch, wenn du es ihm nicht sagst?

Der Gedanke verschwand so schnell, wie er aufgekommen war. Ich war nicht bereit, es auszusprechen, spürte aber deutlich, was es war. Dieses Gefühl der Wärme, das sich in der letzten Zeit von einer lodernden Flamme in ein wohliges Lagerfeuer verwandelt hatte und mir immer Licht schenkte. Selbst wenn es dunkel um mich war.

Er öffnete die Türen zur Veranda und zog mich mit nach draußen. Die Sonne blendete mich, und ich musste einige Male blinzeln, bis meine Augen sich an die Helligkeit gewöhnt hatten. Es roch nach Gras, Natur und Sommer. Sein Blick glitt über den kleinen Garten. Die Bäume boten einen optimalen Sichtschutz, und ich meinte zu spüren, wie ein weiterer Teil seiner Anspannung bei dem Anblick von ihm abfiel.

Eine kleine Sitzgarnitur stand in der hinteren linken Ecke. Jae-yong setzte sich auf die Ecklounge und legte den Kopf schief, als er mich in der Nähe der Tür stehen sah. In einer stummen Aufforderung streckte er eine Hand aus. Ich beeilte mich, zu ihm zu gelangen, und setzte mich so dicht neben ihn, dass unsere Oberschenkel sich berührten. Jae-yong griff unter meine Beine und hob sie auf seinen Schoß. Seine freie Hand fand meine, drückte leicht zu, ehe er unsere Finger miteinander verschränkte.

»Hast du gut hergefunden?«, fragte ich nach einem Augenblick des Schweigens. Sein Daumen, der über meinen Handrücken strich, lenkte mich ab.

»Sam hat mich gefahren.« Er grinste schief. »Aber ich glaube, ich hätte den Weg auch allein hinbekommen. Deine Heimatstadt ist so groß wie meine Nachbarschaft zu Hause in Seoul.«

»Aber bestimmt um einiges leiser, oder?«

Ein Nicken. »Und ich wette, dass man hier nachts Sterne sehen kann.« Er legte den Kopf in den Nacken und blickte in den strahlend blauen Himmel. Nirgends war eine Wolke zu sehen. »Du hast nicht zufällig ein Zelt eingepackt?«

»Tut mir leid«, meinte ich lachend. »Das hat leider nicht mehr in meinen Koffer gepasst.«

»Dabei sah er so voll aus«, neckte er mich. »Hast du dein ganzes Buchregal mitgenommen?«

»Eigentlich hab ich mich sogar auf drei Bücher runtergehandelt. *Anne of Green Gables*, *Eine Reihe betrüblicher Ereignisse* und *Die Chroniken von Narnia*«, zählte ich mit den Fingern meiner freien Hand auf.

Jae-yong lehnte seinen Kopf an den Rücken der Lounge. »Hast du davon schon etwas gelesen?«

»*Narnia*.« Mindestens hundertmal mittlerweile. »Und ich hab *Anne with an E* gesehen, aber ich weiß nicht, wie nah sie dafür am Buch geblieben sind.«

»Es ist ähnlich«, sagte Jae-yong. »Aber sie haben für die Serie Teile von den Büchern genommen und sie neu interpretiert.«

Vor Verblüffung blieb mir der Mund offen stehen. »Du hast die Serie gesehen?«

»Alle drei Staffeln. Und ich hab noch nie in meinem Leben so sehr geweint, wie als …«

»AH!« Ich legte ihm meine Hand auf den Mund. »Keine Spoiler, ich bin noch nicht durch.«

Ich spürte, wie sich seine Lippen zu einem Grinsen verzogen. Er umfasste meine Hand mit seiner, drückte einen Kuss auf meine Handfläche und legte sie dann in seinen Schoß.

»Bin schon still.«

Wir redeten von Büchern, Filmen, Serien. Von so trivialen Dingen, dass ich nicht mal wusste, wie wir darauf kamen. Die Stunden zogen währenddessen vorbei, als hätte Zeit in seiner Nähe plötzlich eine andere Bedeutung.

Mit dem Sonnenuntergang fielen die Temperaturen um einige Grad. Irgendwann, als der Himmel schon dunkelblau war und die Außenlichter langsam ansprangen, zogen wir um nach drinnen. Ich machte es mir auf dem Sofa bequem, die Beine im Schneidersitz vor mir verschränkt, und ging die Essenslieferanten in der Umgebung durch. Keiner von uns hatte Lust, heute etwas zu kochen.

Jae-yong stand vor einem kleinen Schrank und sah sich die Regale voller Brettspiele an. »Monopoly?«, fragte er mich über die Schulter.

Ich schüttelte den Kopf. »Dabei verliere ich immer.«

Ein Lachen schüttelte seinen Körper. »Ich glaube, das gehört zu dem Spiel dazu wie das Gewinnen, Ella.«

Mir wurde warm, als er meinen Namen sagte. Aus seinem Mund klang er so anders – beinahe wie ein Kosename, dessen Bedeutung nur wir kannten.

»Twister?«

»So beweglich bin ich nicht.«

Jae-yong hob eine Augenbraue an. »Ich würde diese Theorie gern austesten.«

Kopfschüttelnd warf ich ein Sofakissen nach ihm. Er bückte sich, um es aufzuheben, und kam damit zur

Couch. Mit einem leisen Seufzen ließ er sich neben mich fallen, legte sein Kinn auf meiner Schulter ab und schaute mit auf mein Handy.

»Wir haben die Wahl zwischen Pizza, Sushi oder beidem zusammen«, fasste ich zusammen.

Jae-yong machte einen nachdenklichen Laut. »Ich weiß nicht, ob mein Magen für eine Sushi-Pizza bereit ist. Aber Salami klingt gut.«

Für mich bestellte ich eine normale Margherita. Während der Wartezeit entschieden wir uns für *Spiel des Lebens*. Wir holten Decken aus den Schränken, breiteten sie auf dem Boden aus und bauten das Spiel auf. Ich nahm die Pizza entgegen, als es klingelte, und machte es mir dann neben ihm bequem.

Pizza kauend drehte ich das Rad auf dem Spielbrett. Ich konnte mich kaum auf das Spiel konzentrieren. Jedes Mal, wenn Jae-yong mich berührte, bekam ich eine Gänsehaut. Und er streifte so häufig meinen Arm, dass ich beinahe das Gefühl hatte, er würde es mit Absicht tun. Als würde er meine Nähe suchen. Irgendwie gewann ich das Spiel trotzdem und konnte mich vor Lachen kaum noch aufrecht halten, als er schmollte. Vermutlich würde er in der Nacht ein Schloss an dem Schrank mit den Brettspielen anbringen.

Er schob das Spiel beiseite, als ich es gerade neu aufbauen wollte. »Wollen wir nicht lieber was gucken?«

Ich grinste ihn an. Wer hätte das gedacht? – Jae-yong war ein schlechter Verlierer. »An was hast du gedacht?«

Er schwieg einen Moment, dann leuchteten seine Augen auf. »Dokkaebi.«

Der Begriff kam mir bekannt vor. »Ah. Das ist diese Serie, die du mir empfohlen hast, oder? Goblin?«

»Ja, genau. Und dass du sie immer noch nicht angefangen hast, ist ein Verbrechen. Das müssen wir ändern.« Er wartete meine Antwort nicht ab, stand auf und stapelte die zwei Pizzakartons, um sie in die Küche zu bringen. Ich räumte währenddessen das Spiel zusammen. Als er zurückkam, hatte er zwei Gläser in der Hand und eine Wasserflasche unter seinen Arm geklemmt. Im Vorbeigehen schaltete er den Fernseher ein, schnappte sich die Fernbedienung und setzte sich wieder so nah neben mich, dass ich seine Wärme spürte. Auf dem Boden sitzend lehnten wir uns mit dem Rücken an das Sofa, Jae-yong drückte auf die Netflix-Taste auf der Fernbedienung. Kurz darauf erschien der Titel der Serie in koreanischen Schriftzeichen auf dem Bildschirm.

Jae-yong nahm meine Hand, als wäre es reine Gewohnheit statt einer aktiven Handlung. Gedankenverloren spielte er mit meinen Fingern, und ich bemühte mich, mir nicht anmerken zu lassen, wie viel seine Berührungen mit mir taten. Wie sehr sie durch meinen Körper zuckten, als würde er mir jedes Mal einen elektrischen Schlag verpassen.

In der Dunkelheit, die im Wohnzimmer herrschte, fühlte es sich noch intensiver an als zuvor auf der Veranda. Wenn mein Herz je wieder in einem normalen Rhythmus schlagen würde, wäre ich ziemlich verwundert.

Zu Beginn der Folge erklärte eine weibliche Stimme aus dem Off, wie ein Goblin entstand. Die Kamera schwenkte dabei über ein Feld aus Wildblumen, bis sie ein altes Schwert fokussierte. Blutgetränkter Stoff war um den Griff gewickelt, und im Hintergrund flogen unzählige Glühwürmchen durch das Bild. Die magische Atmosphäre zog mich sofort in ihren Bann. Ich bemerkte kaum, wie die Minuten vergingen, während ich mich in der Geschichte verlor.

Die Folge war noch nicht einmal zur Hälfte vorbei, als ich Jae-yongs tiefer werdenden Atem spürte. Sein Kopf sank auf seine Brust, die Haare fielen ihm ins Gesicht. Ich überlegte kurz, ihn zu wecken, zögerte aber. Die Ringe unter seinen Augen waren deutlich zu sehen, und den ganzen Abend über hatte in seinem Lächeln eine Spur Erschöpfung gelegen, die von wochenlangen Auftritten sprach, die alles von ihm abverlangten.

Ich rückte ein Stück hoch, legte meine Hand seitlich an seinen Kopf und drückte sanft dagegen, bis er auf meiner Schulter zum Liegen kam. So blieb ich ganz still sitzen. Die Folge lief weiter, zeigte eine junge Frau, die nach einem Autounfall einen Gott anflehte, der sie retten sollte, aber ich spürte nur Jae-yongs tiefen Atem an meiner Haut, wo die Ärmel meines Shirts aufhörten. Sein Brustkorb hob und senkte sich regelmäßig, und seine Haare kitzelten mich an meinem Hals. Um nichts auf dieser Welt hätte ich mich bewegen wollen.

Der Abspann der Folge lief ein, und ich spürte, wie meine Augen auch schwerer wurden. Ich sehnte mich nach einem bequemen Bett. Netflix zählte gerade den Countdown, bis die nächste Episode starten würde, als Jae-yong meine Hand drückte.

»Lass uns ins Bett gehen?« Am Ende hob er seine

Stimme ein wenig, als wollte er mich fragen, ob ich müde war. Seine Stimme war rau und verschlafen, ich fragte mich, ob er so jeden Morgen nach dem Aufwachen klang.

Er drückte sich vom Boden hoch. Ich schaltete den Fernseher aus. Warme Finger umschlossen meine, als er mir auf die Beine half. Wir stolperten zusammen im Dunkeln durch das Häuschen. Im Schlafzimmer knipste er eine Nachttischlampe an, die den Raum in ein warmes Licht tauchte.

»Möchtest du zuerst ins Bad?« Er unterdrückte ein Gähnen.

»Geh du«, sagte ich und rollte meinen Koffer in eine Ecke des Schlafzimmers. Mehr Überzeugungskraft brauchte es nicht. Jae-yong sah aus, als könnte er jeden Moment im Stehen einschlafen. Ich suchte meine kurzen Schlafshorts und ein weißes Shirt aus dem Koffer und legte es zusammen mit meiner Waschtasche auf das Bett. Während ich wartete, bis er fertig war im Bad, fühlte ich mich ... ungewöhnlich ruhig. Obwohl der Gedanke, neben ihm zu schlafen, mich unterschwellig nervös machte, hatte sich meine Unsicherheit verabschiedet. Wann war das passiert?

Fünf Minuten später knarzte der Boden, als Jae-yong zurückkam. Er blieb neben der Tür stehen, betrachtete mich stumm dabei, wie ich mir meine Sachen schnappte und mich an ihm vorbeischieben wollte. Sein Blick ließ mich zögern. Aber er sagte nichts – vielleicht, weil er nicht die richtigen Worte hatte, vielleicht, weil es gar keine Worte brauchte. Ich spürte die Wärme seiner Hand durch das Shirt an meinem Rücken und seinen Kuss auf meinem Scheitel. Dann stieß er sich vom Türrahmen ab und setzte sich aufs Bett.

Ich brauchte ein paar Sekunden, bis ich mich von seinem Anblick losreißen konnte. Das graue Shirt spannte über seiner Brust, die Jogginghose saß ziemlich tief. Seine braunen Haare waren wirr, als wäre er im Bad ständig mit der Hand hindurchgefahren.

Im Bad wechselte ich meine Klamotten gegen mein Schlafzeug, wusch mir das Gesicht und putzte meine Zähne. Ich spülte meinen Mund aus, und als ich mich wieder aufrichtete, um in den Spiegel zu sehen, hielt ich inne. Meine Wangen waren gerötet, meine Augen glänzten. Blonde Locken fielen mir teilweise ins Gesicht, und ich hatte ein Lächeln auf den Lippen, das vermutlich für immer dort feststecken würde.

Ich verließ das Badezimmer – und jetzt schlich sich die Nervosität doch an. Sie folgte mir wie mein Schatten, der immer größer wurde, je näher ich dem Licht im Schlafzimmer kam.

Jae-yong lag unter der Bettdecke, ein Arm hinterm Kopf, und war in sein Handy vertieft. Als er mich kommen hörte, legte er es beiseite.

Ich packte meine Sachen in den Koffer, ging zum Bett. Mein Herz trommelte im Takt meiner Schritte. Dann legte ich mich hin, nur ein paar Zentimeter von ihm entfernt, und obwohl wir uns schon öfter näher gekommen waren, war es etwas ganz anderes, neben ihm zu liegen. Als hätte ich mit den Klamotten, die ich den Tag über getragen hatte, einen weiteren Schutzpanzer abgelegt.

Ich spürte seinen Blick auf mir und überlegte, mich wie

eine Schnecke in die Decke einzuwickeln, wollte mich aber nicht bewegen. Ich wollte Jae-yong näher sein und gleichzeitig genau diesen Abstand wahren. Einmal meinen Kopf ausschalten zu können, würde mir das Leben schon immens erleichtern.

Ein paar Augenblicke zogen schweigend vorbei. Schließlich nahm Jae-yong mir die Entscheidung ab. Er schob sich unter der Decke zu mir heran, bis ich die Hitze seines Körpers an meinem spürte. Der Stoff seiner Jogginghose strich über meine nackten Beine, aber er machte keine Anstalten, mich zu berühren, bis ich endlich zu ihm aufsah. Und bei dem Blick in seinen Augen stockte mir der Atem. Es war, als würde mich zum ersten Mal jemand richtig ansehen.

Die sanfte Berührung seiner Finger an meiner Wange jagte mir einen Schauer über den Rücken. Sie glitten über meine Lippen, mein Kinn, ehe sie in der Kuhle zwischen meinen Schlüsselbeinen zum Liegen kamen. Konnte er spüren, dass mir mein Herz beinahe aus der Brust sprang? Wie ungleichmäßig mein Atem war?

Wenn ja, verwunderte es ihn nicht. Und als er sich über mich beugte und meine Hände ihren Weg auf seine Brust fanden, wusste ich auch, warum. Sein Herz schlug genauso heftig. Folgte ebenfalls einem Rhythmus, der viel zu schnell für dieses Lied war. Zu wissen, dass er auch nervös war … Es war wie Balsam für die Angespanntheit, die sich während der letzten Minuten in mir breitgemacht hatte.

Ich war nicht allein. *Ich war nicht allein.*

Meine Hände fuhren in seine Haare. Ich strich sie ihm

aus der Stirn, um seine Augen besser sehen zu können. Seine Lippen fanden meinen Hals, küssten die Stelle direkt unter meinem Kinn. Ich legte den Kopf in den Nacken, schloss die Augen, als er hinabwanderte, heiße Küsse auf meiner Haut hinterlassend. Er schob den Kragen meines Shirts sacht beiseite, küsste meine Schlüsselbeine. Mir wurde gleichermaßen heiß und kalt. Ich wollte ihn an mich ziehen, seinen Körper an meinem spüren.

Er richtete sich etwas auf, um meinen Mund zu erreichen. Seine Lippen waren so warm – das leise Stöhnen entkam mir, ohne dass ich etwas dagegen tun konnte. Er umfasste mein Gesicht mit seinen Händen, hielt mich fest, während seine Zunge sich vortastete, meine traf. Ihn so nah zu spüren, ließ Funken durch meinen Körper sprühen.

Die Dunkelheit machte mich mutiger. Mit den Fingerspitzen fuhr ich an seinen Seiten entlang, bis ich auf den Saum seines Shirts traf, das ein Stück nach oben gerutscht war. Meine Finger fuhren über seine nackte Haut, und ich spürte, hörte, schmeckte, wie er bei der leichten Berührung leise in meinen Mund stöhnte, als hätten wir etwas Verbotenes getan.

Er löste sich von mir, atmete genauso schwer wie ich. Die Muskeln in seinem Rücken spielten unter meinen Händen, als seine Finger über meine Wange glitten. Tiefer, tiefer, über mein Schlüsselbein hinweg diesmal und zur Wölbung meiner Brust. Sein Daumen strich an der Seite entlang, und ich drückte mich an ihn, wollte, dass er mich richtig berührte. Für eine kurze Sekunde kam er meiner Bitte nach. Ich spürte die Hitze seiner Finger durch den rauen Stoff meines Shirts an meiner Brustwarze. Aber bevor ich das Gefühl wirklich genießen konnte, war er weitergezogen.

Bei dem unglücklichen Laut, den ich ausstieß, lachte er leise, beinahe gehaucht. Ich war so in den Empfindungen verloren, in meinen Emotionen – in ihm –, dass ich kaum bemerkte, wie seine Hand zum Bund meiner Shorts glitt. Er liebkoste meine nackte Haut darüber, fuhr mit der Kuppe eines Fingers in die Hose. Unwillkürlich war die Nervosität wieder da. Die Angespanntheit, die Unsicherheit.

Jae-yong merkte den Unterschied sofort. Er zog seine Hand weg, stützte sich damit neben meinem Kopf auf. Eine Ewigkeit verging, in der keiner von uns etwas sagte.

Ich öffnete den Mund, aber die Worte wollten meinen Hals nicht verlassen.

Jae-yong räusperte sich. »Zu viel?«

Ich nickte, löste meine Hände, die seine Hüften plötzlich gepackt hatten. »Ein bisschen.«

»Entschuldige, Ella.« Er stieß ein leises Lachen aus. Sein Akzent war schwerer als sonst. »Wenn du so nah bei mir bist, kann ich anscheinend nicht klar denken.« Er legte sich neben mich, griff in der gleichen Bewegung nach meiner Hand und zog mich vorsichtig an sich. Bevor ich etwas erwidern konnte, legte er meine Hand an seine Brust, darauf seine eigene. Unsere Herzen stolperten in einem ähnlichen, nervösen Takt. »Es fühlt sich an, als würde es mir gleich aus der Brust springen.«

Die Sonne in mir leuchtete heller und heller mit jedem seiner Worte. Je näher ich ihm kam. Ich kuschelte mich an ihn, mein Kopf an seiner Brust und sein Kinn auf meinem Scheitel.

Ich traute mich nicht, die Worte zu sagen, die in meinem Kopf waren. Erst als sein Atem langsamer wurde, als ich bemerkte, dass er tief und fest schlief, konnte ich sie nicht mehr festhalten.

»Ich glaube, meins ist schon gesprungen.«

21. KAPITEL

Keiner von uns hatte am Abend zuvor daran gedacht, die Vorhänge zu schließen. Die Sonne schien hell in mein Gesicht, ich kniff die Augen zusammen und rollte mich murrend auf die andere Seite.

Es dauerte einige Sekunden, bis mein Hirn so weit hochgefahren war, um sich zu erinnern, wo ich war. Dann bemerkte ich, dass eine Person in diesem Bett fehlte. Ich blinzelte träge, bis ich die Augen endlich richtig öffnen konnte.

Die Tür zum Wohnzimmer stand einen kleinen Spalt offen, aber Jae-yong war nirgends zu sehen.

Am liebsten wäre ich liegen geblieben. Hätte in Erinnerungen an den gestrigen Abend geschwelgt. Aber ich gab mir einen Tritt und erhob mich widerwillig aus dem kuscheligen Bett, um ihn zu suchen. Der Geruch von Kaffee hing in der Luft. Normalerweise war das ein todsicheres Mittel, mich aufzuwecken – auch wenn ich ihn selten trank.

Ich fand Jae-yong auf der Veranda. Er hatte es sich in der Sitzecke bequem gemacht, den Kopf gesenkt, die Augen geschlossen, während er der Melodie lauschte, die er auf seiner Gitarre spielte. Er wiederholte sie wieder und wieder, mal mit kurzen Pausen dazwischen, mal mit kleinen Änderungen.

Ich schob die Glastür auf und trat nach draußen. Warme Luft schlug mir entgegen, dann der mir so bekannte Geruch des Sees. Für ein paar Sekunden verlor ich mich in dem Blick auf den Strand, ehe ich mich wieder auf Jaeyong konzentrierte. Als ich näher kam, sah ich das Notizheft, das aufgeschlagen vor ihm auf dem Tisch lag. Der Holzboden knarzte unter meinem Gewicht und riss ihn aus seiner Konzentration. Als er aufsah, wirkte er so abwesend, als hätte ich ihn gerade aus einer anderen Welt geholt.

Mit einer Hand brachte er die Gitarrensaiten zum Verstummen. Ein neckendes, liebevolles Grinsen erschien auf seinem Gesicht. »Ich wollte dir das gestern schon sagen, aber ... süßer Schlafanzug.«

Ich schaute an mir herunter. Mein Shirt war weiß mit der Aufschrift »Believe in yourself«, und meine mintgrünen Shorts waren über und über mit Flamingos bedruckt. »Warum bist du hier draußen?«

Er rutschte ein Stück zur Seite, damit ich mich neben ihn setzen konnte, ehe er antwortete. »Ich wollte dich nicht wecken.«

»Ich kann nicht glauben, dass du mich einfach weiterschlafen lässt, wenn ich stattdessen hier sitzen und dir dabei zuhören könnte, wie du Musik machst.«

»Ich spiele seit einer halben Stunde die gleiche Hookline. Wenn sie nicht in meinem eigenen Kopf stecken würde, würde ich schreiend davonrennen. Das wollte ich dir ersparen.«

Ich lehnte mich auf dem Sofa zurück und streckte meine Beine aus, um sie von der Sonne wärmen zu lassen. »Was ist eine Hookline?«

Er legte nachdenklich den Kopf schief, bevor er anfing zu summen. Ich brauchte keine drei Sekunden, bis ich den Refrain von »Don't Stop Believing« erkannte und am liebsten laut mitgesungen hätte.

Jae-yong grinste. »Das ist eine Hookline.«

»Warum spielst du nur den Teil? Hast du nicht mehr?«

»Weil ich ohnehin nichts mit dem Song anfangen könnte, selbst wenn ich wüsste, wie er weitergehen soll.« Er stellte die Gitarre beiseite und lehnte sich ebenfalls zurück. Dass er seine Schlafsachen noch trug, fiel mir nur nebenbei auf.

»Du könntest ihn den anderen vorstellen.«

Ich hörte, wie er ein geseufztes »Ja« ausstieß und drückte mich von dem Zweisitzer hoch. Wortlos ging ich nach drinnen, um meinen Skizzenblock und einen Bleistift aus meinem Rucksack zu holen, und setzte mich dann wieder zu ihm. Er beäugte meine Utensilien skeptisch.

»Du schreibst jetzt diesen Song fertig, während ich meine Portraitkünste übe.«

Ein Grübchen tauchte in seiner Wange auf. »Du willst mich zeichnen?«

»Ich kann mir auch ein anderes Modell suchen, wenn dir das lieber wäre.«

»Du spielst mit unlauteren Mitteln.«

»Zeig mir die Regeln«, forderte ich ihn heraus.

Wir lieferten uns ein kleines Starrduell, bei dem er zuerst den Blick abwandte.

Geschlagen griff er zu seiner Gitarre. »Nimm wenigstens meine Schokoladenseite.«

Die Melodie von eben erklang. Jae-yong stockte, spielte sie noch einmal, aber diesmal in einer anderen Tonart. So klang sie um einiges erdrückender. Während sein Lied Gestalt annahm, hielt ich diesen Moment auf die einzige Weise fest, die ich kannte. Ich sah ihn so genau an, wie ich konnte. Beobachtete, wie seine Armmuskeln sich bewegten, wenn er die Gitarre spielte. Wie er die Kiefer aufeinanderpresste, wenn ihm etwas missfiel. Wenn ich zeichnete, waren jede seiner Bewegungen und seine Körpersprache so leicht zu interpretieren, als hätte ich ein offenes Buch vor mir liegen.

Ich bemerkte kaum, wie die Zeit verging. Die Sonne stieg am Himmel immer höher, aber ich konnte den Stift einfach nicht ablegen. Jae-yong schien es ähnlich zu gehen. Wir waren beide in unsere Welten vertieft. Bis mein Körper letztlich das Signal für eine Pause gab. Mein laut grummelnder Magen übertönte sogar die Gitarrenklänge.

Jae-yong legte seine rechte Hand auf die Saiten, und sofort wurde es still um uns herum. »Das müssen deine Schwestern in Chicago noch gehört haben.«

»Ich hatte noch kein Frühstück«, verteidigte ich mich und legte meine Zeichenutensilien auf dem Sitzpolster ab.

»Worauf hast du Lust?«

»Hm«, machte ich nachdenklich. »Oh, ich weiß! Früher gab es in der Nähe einen Bäcker, der die besten Schokocroissants gemacht hat. Wir könnten welche holen und …« Ich unterbrach mich. Für einen kurzen Moment hatte ich vergessen, dass außerhalb dieses Cottages Leute nur darauf warteten, ihre Handys zu zücken, um Jae-yong zu fotografieren.

Ich spürte seine Hand an meiner Wange und sah auf.

»Wie wäre es, wenn du so viele Schokocroissants holst, wie du tragen kannst, und ich suche derweil alle Decken und Kissen zusammen, die ich finden kann, damit wir direkt am Wasser essen können?« In dem kleinen Lächeln auf seinem Gesicht lag eine Entschuldigung.

»Das werden eine ganze Menge Schokocroissants«, warnte ich ihn.

»Wir haben den ganzen Tag Zeit, sie zu essen.«

Mehr musste er nicht sagen. Ich sprang auf und zog ihn hinter mir her ins Haus.

Ich hatte nicht gelogen – es waren eine Menge Croissants und dazu sogar noch zwei Brötchen und ein Stück Kuchen. Als ich zurückkam, war Jae-yong bereits am Strand. Mit den vollen Tüten im Arm ging ich die Stufen der Veranda hinunter, trat mir die Schuhe von den Füßen und seufzte wohlig, als der warme Sand meine Zehen kitzelte.

Jae-yong nahm mir eine der Tüten ab, öffnete sie und lachte. »Die Croissants waren nicht genug?«

Ich kniete mich neben ihn, schnappte mir die Tüte aus seiner Hand. »Ich hab mich schon beherrscht und nicht den ganzen Chocolate Cream Pie gekauft.«

Wir aßen schweigend. Ich konnte die Sonne und die Wärme genießen – was mir in Chicago immer schwerfiel. Hier fühlte es sich leichter an. Das leise plätschernde Wasser ließ die Hitze weniger erdrückend wirken. Am liebsten hätte ich meine Füße in das Wasser gehalten, aber ich wollte mich nicht von meinem Platz fortbewegen. Stattdessen lehnte ich mich mit einem glücklichen Seufzen zurück und schloss die Augen.

Als sich ein Schatten vor mein Gesicht schob, sah ich auf. Jae-yong hatte sich über mich gelehnt und betrachtete mich still. Die silberne Kette war unter seinem Shirt hervorgerutscht. Ich griff danach und betrachtete den roten Stein, der in der Sonne glänzte. Sein Blick war auf das Pendant um meinen Hals gerichtet. Seit der Nacht im Museum hatte ich die Kette nicht abgenommen. Er senkte den Kopf, drückte einen Kuss auf die nackte Haut direkt neben dem Anhänger, und eine Gänsehaut machte sich auf meinen Armen breit. Dann legte er sich neben mich, seine Stirn an meine Schläfe und einen Arm über meinen Bauch.

Es war so unglaublich friedlich hier. Ich hörte Vögel zwitschern, leises Rauschen vom Wasser. Jae-yongs Atem, sein Brustkorb, der sich an meinem Arm hob und senkte.

»Wenn wir einfach hier bleiben«, begann ich leise. »Meinst du, die Zeit bleibt dann stehen?«

»Hmm.« Mit den Fingern malte er langsam Kreise an meiner Hüfte. »Wir können es probieren.«

Meine Lider waren ganz von selbst wieder zugefallen. Ich war so entspannt, dass ich zwischendurch sogar kurz wegdöste. Glücklicherweise ging es Jae-yong nicht anders. Er bewegte sich kaum an meiner Seite, atmete ruhig. Wann er wohl das letzte Mal richtig abschalten konnte? Meine Gedanken wanderten träge von einem Thema zum nächsten, hielten sich aber nirgends lange auf. Es war eine willkommene Abwechslung zu dem Chaos, das sonst immer in meinem Kopf herrschte.

Als die Sonne direkt über uns stand, rollte Jae-yong sich auf den Rücken und streckte sich ausgiebig. Ich drehte mich auf die Seite, um ihn keinen Moment aus den Augen zu lassen.

»Warum würde euer Management das Lied nicht annehmen?«, fragte ich. Die Worte waren in meinem Kopf aufgeploppt, und ich hatte sie, ohne zu zögern, ausgesprochen. Noch etwas, das mir in seiner Nähe leichtfiel: Die Filter beiseiteschieben, die mich sonst immer daran hinderten zu sagen, was ich dachte.

Er brauchte einen Moment für seine Antwort, den Blick in den blauen Himmel gerichtet. »Weil sie nicht glauben, dass sie gut laufen würden«, sagte er ein wenig tonlos, so wie man über ein Thema spricht, das bereits weit in der Vergangenheit liegt. »Wir haben nie viel mitreden können, wenn es um Konzepte oder Lieder für Comebacks ging, aber mit jedem Preis und jedem ausverkauften Stadion ist es schlimmer geworden. Oder vielleicht empfinden wir es auch nur als schlimmer, weil wir mittlerweile alle älter sind und andere Ansichten haben.«

Ich rückte etwas näher, wollte ihn spüren, selbst wenn wir über dieses Thema sprachen. Als ich meinen Kopf auf seiner Brust ablegte, schlang er seinen Arm um meine Hüfte.

»Was hat sich verändert? Bei euch, meine ich?«

»Ich war … was? Fünfzehn, als ich nach Seoul gezogen bin. Ich hatte keine Ahnung von der Welt und wollte einfach Musik machen. Damals war es mir reichlich egal, wen wir mit dieser Musik erreichten, solange wir auftreten konnten.« Er seufzte. »Ich glaube, den anderen ging es ähnlich, auch wenn sie damals schon älter als ich waren. Während unserer Zeit haben wir so viel gesehen und durchgemacht … Und irgendwann kam der Punkt, an dem ich mich fragte, was ich überhaupt tue.«

Ich strich ihm schweigend über die Brust, hoffte, dass er von allein weitererzählte.

»Ich weiß, dass es Min-ho ähnlich ging. Wir haben öfter darüber geredet, vor allem, als wir uns noch ein Zimmer geteilt haben. Wir haben diese ganzen Fans, die Reichweite, die Musik. Und wir tun … nichts damit. Die Leute mögen unsere Lieder, und ja, vielleicht bringen sie ihnen sogar ein paar Minuten Spaß. Aber ich will, dass sie sie berühren. Ich will, dass sie sich darin aufgehoben fühlen und hören – egal, ob sie Koreanisch sprechen oder nicht –, dass sie nicht allein sind.«

»Und Ed? Hyun-woo, Woo-seok? Wie stehen sie dazu?«, fragte ich.

»Sie denken alle so. Wir haben darüber geredet, uns nach der Tour zusammenzusetzen und vielleicht ein Konzept zu überlegen, das wir unserem Management vorstellen können.« Er seufzte und umfasste meine Hand auf seiner Brust. »Aber wenn ich ehrlich bin, sehe ich es nicht, dass sie plötzlich darauf anspringen und uns in dem unterstützen, was wir machen wollen. Vor allem nicht, wenn das, was wir bisher tun, genügend Erfolg und, na ja, Geld einbringt.«

Ich hörte seinen Herzschlag unter meinem Ohr – ein

wenig unruhig, ein wenig zu schnell. »Vielleicht überraschen sie dich.«

»Ja, vielleicht«, sagte er, auch wenn er nicht überzeugt klang.

Ich hätte ihm gern geholfen, wusste aber, dass das etwas war, das er selbst tun musste – ähnlich wie meine Entscheidung, mich für den Kunstkurs einzuschreiben. Bisher hatte ich noch keine Teilnahmebestätigung bekommen, aber ich versuchte, mich davon nicht demotivieren zu lassen. Außerhalb dieses Urlaubs warteten einige Dinge auf uns beide, denen wir uns widmen mussten.

Für den Augenblick schob ich sie beiseite. Ich setzte mich auf und grinste Jae-yong an. »Komm.«

Er runzelte die Stirn, tat es mir aber nach, als ich aufstand und mir den Sand von meiner Hose klopfte. »Wohin?«

Ich streckte den Arm aus und deutete auf das Wasser, das nur ein paar Meter von uns entfernt in der Sonne glitzerte.

»Du willst jetzt schwimmen gehen?« Seine Augenbrauen verschwanden beinahe unter den dunklen Haaren.

»Hattest du etwas anderes vor?«

»Nein.« Ein verschmitzter Glanz trat in seine Augen. Er machte einen Schritt auf mich zu. »Ich bin auch für schwimmen.«

Ehe ich michs versah, hatte Jae-yong mich um die Hüften gepackt und über die Schulter geworfen. Ich stieß einen erschrockenen Schrei aus und schlug ihn auf den Rücken, damit er mich runterließ. Meinen Protest ignorierend lief er mit mir den Strand hinunter bis zum Ufer und watete einige Meter hinein, bis er knietief im Wasser stand.

»Wehe, du wirfst mich ins Wasser«, warnte ich und hoffte, dass ich so drohend klang, wie ich es mir vorstellte.

»Oder was?« Er unterdrückte das Lachen nur mühsam.

»Oder … oder …« Ich verstummte. »Oder ich werde sauer.«

Sein Lachen schüttelte seinen ganzen Körper. »Wie furchteinflößend.« Er verschränkte die Arme unter meinem Po und ging langsam in die Knie, um mich wieder auf den Boden zu stellen.

Ich schrie leise auf, als meine nackten Füße das Wasser berührten. »Oh mein Gott, ist das kalt!« Während ich von einem Fuß auf den anderen hüpfte, hielt ich mich an Jae-yongs Oberarmen fest. Am liebsten hätte ich meine Zehen wieder in dem warmen Sand vergraben, der mich nur ein paar Schritte entfernt lockte.

Jae-yong hielt mich an meinen Ellenbogen fest, als wollte er sichergehen, dass ich nicht fiel. »Ich kann verstehen, warum dir Chicago zu groß ist«, sagte er. »Wenn ich hier aufgewachsen wäre, würde ich die Ruhe auch vermissen.«

Ich warf einen Blick über meine Schulter. Das Wasser erstreckte sich bis zum Horizont, und rechts und links schirmten uns Bäume von neugierigen Blicken ab. »Ich vermisse nachts die Sterne und tagsüber die Natur. Schon komisch, wie viel weniger einsam ich mich fühle, wenn ich statt von Hunderten Menschen von Bäumen umgeben bin.«

»Ich glaube, die meisten kennen das Gefühl«, erwiderte er.

»Du auch?«

Er zuckte die Schultern. Nickte. »Ab und zu.«

»Und was tust du, wenn du dich einsam fühlst?«

»Dann nehme ich mein Equipment und hoffe, dass Min-ho bei sich im Studio Platz hat«, sagte er nach einem Augenblick des Schweigens. »Oder ich esse mit Hyunwoo ein Eis, oder Ed und ich gucken einen Film, oder ich mache mit Woo-seok Sport.« Er hob eine Schulter unschlüssig in die Höhe. »Meistens wird es dann besser.« Er sah auf mich herunter, hielt mich mit seinen dunklen Augen genauso fest wie mit seinen Händen. »Aber in letzter Zeit habe ich öfter das Gefühl, dass das nicht reicht.«

Mein Herz machte einen Salto. »Und dann?«

»Dann rufe ich dich an oder schreibe dir. Und wenn es bei dir gerade mitten in der Nacht ist, stelle ich mir dein Lachen vor oder deine Augen, wenn du von Dingen redest, die du liebst.«

»Wie sehen meine Augen dann aus?«, fragte ich leise.

»Als hättest du ganze Galaxien in ihnen.«

22. KAPITEL

Wir gingen erst wieder ins Haus, als die Sonne Stunden später den Horizont berührte. Jeder Zentimeter, auf den die Sonnenstrahlen trafen, war in goldenes Licht getaucht. Im Gegensatz zu draußen kam mir das Cottage ziemlich kühl vor. Sand klebte an meinen Beinen, und ich hatte den Geruch von Sommer, Sand und Wasser in der Nase.

»Ich gehe kurz duschen«, sagte Jae-yong und verschwand im Bad.

Ich setzte mich auf das Sofa, mein Handy in der Hand, und las die Nachrichten, die ich den größten Teil des Tages über ignoriert hatte.

Erin: Von einem Strand zum anderen. Genieß deinen Urlaub! (Ich will danach jedes Detail hören!!)

Anbei hatte sie ein Selfie von sich am Wasser geschickt. Sie kniff die Augen wegen der Sonne zusammen und machte ein Peace-Zeichen in die Kamera.

Ich: Um dir jedes Detail erzählen zu können, werden wir vermutlich einen halben Tag telefonieren müssen.

Ihre Antwort kam zügig.

Erin: Fine by me.

Ich war gerade dabei, Liv auf ihre Frage zu antworten, ob ich etwas zum nächsten Comeback von NXT in Erfahrung bringen könnte – eher nicht –, als Jae-yong aus dem Badezimmer kam.

Oberkörperfrei. Vertieft in sein eigenes Handy. Er bekam nicht einmal mit, wie ich ihn anstarrte. Mit einem weißen Handtuch trocknete er abwesend seine Haare, und ich hätte schwören können, dass ein Wassertropfen über seine Brust und zu seinem Bauch glitt, ehe er im Bund seiner tief sitzenden Hose verschwand.

Mein Blick verweilte ein paar Sekunden zu lang an der Stelle, wo der Tropfen verschwunden war. Erst als Jae-yong sich neben mich fallen ließ, konnte ich mich losreißen.

Ich räusperte mich so unauffällig wie möglich und versuchte, mich wieder auf meinen Text zu konzentrieren, den ich Liv hatte schicken wollen.

»Alles in Ordnung?«, fragte Jae-yong in dem Moment. »Du bist ein bisschen rot.« Er legte seinen Handrücken auf meine Wange, als wollte er meine Temperatur testen. »Ist dir warm?«

Ich schob seine Hand beiseite. Dass er mich berührte, half meiner Sache nicht gerade. »Es geht schon. Vielleicht ein Sonnenbrand.«

Meine Antwort schien ihn genügend zu beruhigen. »Auf welchen Film hast du Lust?«

»Möchtest du dir nichts überziehen?«, platzte es aus mir heraus.

Jae-yong zuckte nicht mal mit der Wimper, betrachtete mich nur schweigend. »Stört es dich?«

Ich hatte wirklich Mühe, meine Augen nicht nach unten wandern zu lassen. »Es stört mich nicht«, gab ich zu. »Es ist nur … Wir haben …« Ich stockte, frustriert davon, so über meine Worte zu stolpern.

Kleine Lachfältchen bildeten sich in Jae-yongs Augenwinkeln, und er lehnte seine Stirn vorsichtig gegen meine Schläfe. »Du bist süß.« Er küsste mich auf die Wange, dann lehnte er sich wieder im Sofa zurück.

Im Gegensatz zu mir wirkte Jae-yong vollkommen gelassen. Als würde es ihm nichts ausmachen, halb bekleidet neben mir zu sitzen, während mein Herz in meiner Brust donnerte. Mein Blick glitt immer wieder zu ihm, bis ich es nicht mehr aushielt. »Wie kann dich das so kaltlassen?«

Jae-yong sah von seinem Handy auf. Er legte es beiseite, als er meinen Blick bemerkte, und schenkte mir seine ganze Aufmerksamkeit. »Was meinst du?«

»Du sitzt ohne Shirt neben mir, und ich kann quasi gar nicht von dir weggucken, aber dich lässt das völlig kalt.«

Jae-yong lachte leise. »Glaubst du das wirklich?«, fragte er und nahm mir damit den Wind aus den Segeln.

Ich blinzelte ihn nur verwirrt an.

»Glaub mir, ich spüre deine Blicke, Ella. Den ganzen Tag. Alles, was du machst, ist mir so überdeutlich bewusst, dass ich die ganze Zeit nur an dich denken kann.« Er fuhr sich mit seiner Hand über den Nacken. »Aber ich hab Angst, dich zu überrumpeln.«

»Überrumpeln?«, hakte ich heiser nach. »Womit?«

»Damit, wie gern ich dich küssen möchte.« Er streckte die Hand aus, berührte mit den Fingerspitzen meine Lippen. »Hier.« Seine Finger fuhren über mein Kinn, meinen Hals hinunter und zu der Kuhle über meinem Schlüsselbein. Die Stellen, an denen er meine Haut berührte, brannten förmlich. »Hier.« Er wanderte tiefer, hielt erst an, als seine Hand zwischen meinen Brüsten zum Liegen kam. »Hier?«

Der dünne Stoff meiner Bluse half nicht, die Wärme seiner Hand von mir fernzuhalten. Ich konnte kaum atmen. Mein Brustkorb hob und senkte sich viel zu schnell, und meine Brustwarzen zogen sich schmerzhaft zusammen. Sein Atem strich über mein Gesicht, so nah war er mir. Seine Hand glitt weiter zu meinem Bauch. Er schob mein Shirt ein Stück nach oben, um die Haut darunter zu spüren.

»Du bist so warm«, murmelte er. »Am liebsten würde ich dich die ganze Zeit berühren.«

Ich wusste nicht, woher es plötzlich kam. Aber als ich ihn so sah – seine Hand auf meinem nackten Bauch, die glatte Haut seines Oberkörpers –, sprach der Mut aus mir. »Tu es.«

Seine Augenbrauen zuckten vor Überraschung in die Höhe. Sonst bewegte er sich nicht. »Ella, wir müssen nichts tun …«

Ich schüttelte den Kopf, ehe er weitersprechen konnte. Dann umfasste ich seine Hand, schob sie weiter unter mein Shirt, bis sie auf meinem Rippenbogen zum Liegen kam. Seine Fingerspitzen streiften meinen BH. »Ich will es auch. Nicht … nicht alles. Nicht jetzt.« Ich wartete, bis er nickte, ehe ich weitersprach. »Aber vielleicht können wir … Ich weiß nicht, trotzdem ein paar Dinge tun? Solange wir uns beide wohlfühlen?« Hitze kroch mir den Nacken hinauf und breitete sich in meinen Wangen aus. Ich verzog das Gesicht. »In meinem Kopf klang das besser.«

Sein Daumen an meinen Rippen begann langsam, sich zu bewegen. Ein regelmäßiges Hin und Her, das mich genauso beruhigte, wie es mich verrückt machte. »Wir können machen, was du willst, Ella. Wir könnten uns auf das Sofa legen und einen Film gucken, und ich wäre glücklich damit.«

Ich konnte nicht mal die Kraft aufbringen, mich von ihm zu lösen. Einen ganzen Abend neben ihm zu liegen und dabei seine kleinen Berührungen aushalten zu müssen, klang im Augenblick eher nach Folter als alles andere.

»Küss mich?«, bat ich leise.

Ein kleines Schmunzeln erschien auf Jae-yongs Gesicht. Er sagte nichts, aber das brauchte er auch gar nicht – seine Lippen waren sanft und weich und sagten genug, als sie auf meine trafen. Das Handtuch rutschte ihm von den Schultern, und ich fuhr vorsichtig mit meinen Fingerspitzen über seine nackte Brust. Ich konnte spüren, wie sein Herzschlag auf die Berührung hin schneller wurde, sich meinem anpasste.

Er war so warm. So warm und echt und hier bei mir, und ich wollte nichts lieber, als die Zeit anhalten und für immer hier bei ihm bleiben. In seiner Nähe war mein Kopf leiser. Ich strich über seine Schultern und seinen

Rücken, während seine Hand unter meinem Shirt höher wanderte und es mit sich zog. Er umfasste meine Brust durch den BH, so sanft, als wollte er sichergehen, dass er mich nicht verschreckte. Mein Rücken bog sich ganz von selbst durch.

Näher. Ich wollte ihm immer noch näher sein. Die Berührung war nicht annähernd genug.

»Mehr«, flüsterte ich atemlos an seinem Mund. Der Schauer, der daraufhin durch seinen Körper fuhr, machte mich viel zu glücklich.

Heiße Küsse landeten auf meinem Kiefer. Er hinterließ eine Spur auf seinem Weg nach unten, immer weiter und weiter, und als er auf den Ausschnitt meines Shirts stieß, sah er mich fragend an. Ich nickte. Lächelte. Strich ihm die dunklen Haare aus der Stirn, als er den ersten Knopf öffnete. Auf jeden Zentimeter meiner Haut, den er entblößte, drückte er einen Kuss. Dann noch einen, noch einen, bis das Shirt nur noch am untersten Knopf zusammengehalten wurde und er meinen BH sehen konnte.

Der Stoff meines Shirts kitzelte mich am Bauch und bedeckte meine Arme. Mein Oberkörper war halb nackt, und das machte es beinahe noch unerträglicher, als wenn er mir das Shirt komplett ausgezogen hätte.

Er senkte den Kopf, hauchte einen Kuss auf die Wölbung einer Brust, dann auf die andere. Und die ganze Zeit über waren nur unsere aufgeregten Atemzüge zu hören, die laut und schnell gingen. Als Jae-yongs Lippen sich durch den Stoff um eine meiner Brustwarzen schlossen, stockte mir der Atem völlig. Ich presste meine Oberschenkel zusammen, um den Druck zwischen meinen Beinen zu verringern. Eine Hand berührte mich an meiner Taille, meiner Hüfte, zog beruhigende Kreise über meine Seite, bis hin zu meinem Bein. Jae-yong umfasste meinen Oberschenkel und hob es an, um sich mit seinen Hüften zwischen meine Beine legen zu können.

Mein Herz pochte und pochte und pochte. Ich war mir sicher, dass es jeden Moment platzen würde – vor Freude und Erregung gleichermaßen. Ich bekam nicht genug von Jae-yongs Berührungen, sehnte mich mit jeder Faser meines Körpers danach. Der Verschluss meines BHs ging auf, ohne dass ich mitbekommen hatte, wann Jae-yong seine Hand hinter meinen Rücken geschoben hatte. Er zog die Körbchen nach unten, aber statt zu sehen, was er tat, hielt er meinen Blick fest.

»In Ordnung?«, fragte er.

Ich konnte nur nicken. Er zog mir mein Shirt komplett aus, ließ es irgendwo neben uns fallen. Kurz darauf wanderte der BH hinterher. Und als er diesmal näher kam, um mich zu küssen, war plötzlich nichts mehr zwischen unseren Oberkörpern. Nur seine nackte Haut, die auf meine traf. Ich stöhnte leise, als er mich an sich drückte. Meine Brüste waren unglaublich empfindlich.

Wir küssten uns, bis meine Lippen sich geschwollen anfühlten. Jae-yong zog sich schwer atmend zurück, lehnte seine Stirn an meine Schläfe und schaute nach unten. Ich sah nur, wie sein Daumen über meine Brustwarze strich. Es zog in meinem Unterleib, und ich biss mir auf die Lippe, um die Geräusche zu unterdrücken, die in meinem Hals steckten.

Jae-yong küsste mich auf die Wange. »Du musst nicht

leise sein.« Und als sein Mund sich wenig später um meine Brustwarze schloss … Gott, mein ganzer Körper brannte. Ich hob mein Becken an, stieß gegen seine Jeans, in der sich eine deutliche Wölbung abzeichnete, und erschauerte, als er laut und tief stöhnte. Das Geräusch … Ich wollte ihm diesen Laut noch einmal entlocken, aber er hielt mich an der Hüfte fest.

»Ella, Ella.« Mit den Lippen strich er über meine Wange, zu meinem Ohr. Sein heißer Atem versengte meine Haut. »Warte, Sekunde.«

Mein Atem ging schwer. Ich hatte das Gefühl, aus einem Traum aufzuwachen, als ich zu ihm aufsah. »Warum hörst du auf?«

»Weil ich sonst durchdrehe.« Er fuhr sich mit der Hand durch die wirren Haare und lachte leise. »Mit dir unter mir und den Lauten, die du von dir gibst – wenn wir nicht aufhören, könnte es ziemlich bald ein bisschen peinlich für mich werden.«

Peinlich? Ich sah an seinem Körper runter, zu der Stelle, wo seine Erektion gegen seine Jeans drückte. »Oh.«

Er lachte noch einmal. »Ja, oh.« Dann nahm er meine Hände und zog mich mit sich, als er sich aufsetzte. Die ganze Zeit über betrachtete er mich, streichelte sanft meine Hüften. Ich genoss es so sehr, dass es mich nicht einmal störte, oberkörperfrei vor ihm zu sitzen. Ich lehnte meinen Kopf an seine Brust und schlang meine Arme um ihn. Eine Weile saßen wir einfach nur so da. Bis mir langsam, ganz langsam, die Augen schwer wurden.

Schließlich löste ich mich von ihm. Er beschwerte sich nicht, als ich ihn auf die Beine zog. Stattdessen wechselte er im Schlafzimmer seine Hose gegen seinen Schlafanzug, während ich das Gleiche im Bad tat. Im Bett hielt er mich so fest, als wollte er mich nie wieder loslassen.

Ich schlief beinahe sofort ein.

Blinkend blaue Lichter weckten mich Stunden später. Sie versetzten mich mit einem Schlag in die Vergangenheit zurück. Die Wärme des Vorabends war verschwunden, und an ihrer Stelle hatte sich eine Kälte ausgebreitet, die nichts mit den Temperaturen zu tun hatte.

Ich sah meine Eltern vor mir, als hätte ich sie erst gestern das letzte Mal in die Arme genommen. Vor meinen Augen verließen sie das Haus, Liv und ich tanzten umher, weil wir es für uns hatten, stopften uns mit Süßigkeiten voll, bis uns schlecht war. Und dann … Wie sich der ganze Abend wendete. Die Polizei. Livs verwirrtes, dann schockiertes, dann tränenüberströmtes Gesicht, als ich sie weckte.

Ich riss die Augen auf, stemmte mich im Bett nach oben. Mein Herz hämmerte in meiner Brust und dröhnte in meinen Ohren.

Jae-yong atmete ruhig neben mir weiter, aber ich musste … ich brauchte …

Ich stand auf, ohne wirklich darüber nachzudenken, verließ das Schlafzimmer und durchquerte die Küche, bis ich vor der Fensterfront stand, die zur Veranda führte. Vorsichtig schob ich die Glastür auf und trat an die frische Luft. Ich hatte sofort das Gefühl, freier atmen zu können.

Meine Beine trugen mich zu der Treppe, die zur zweiten Ebene führte, und ich ließ mich auf der obersten Stufe nieder. Das Vordach endete genau über mir und gab den Blick auf einen leuchtenden Sternenhimmel frei. Nach oben zu schauen, diese endlosen Weiten zu sehen – das war es, was ich brauchte. Wonach es mich verlangte, wenn ich in Chicago war und überall nur Hochhäuser entdeckte. Es war nicht sonderlich kühl – eher angenehm im Vergleich zur Hitze, die tagsüber herrschte. Trotzdem waren meine Arme mit einer Gänsehaut bedeckt.

Ich war in meiner eigenen Welt versunken, bis ich plötzlich spürte, wie Jae-yong mir eine dünne Decke um die Schultern legte und sich neben mich setzte, nur ein paar Zentimeter Abstand zwischen uns. Er streckte die Beine aus und stützte sich seitlich mit den Armen ab.

»In Seoul sieht man so gut wie nie Sterne«, sagte er nach ein paar Minuten des Schweigens.

Ich zog meine Beine an den Oberkörper und breitete die Decke darüber aus. »In Busan auch nicht?«

Jae-yong schüttelte den Kopf. »Du weißt doch, wie Großstädte sind – zu viel Licht und zu viel Staub.«

»Mom und Dad waren einmal mit uns in Kanada campen«, sagte ich, in Gedanken zurück im Wald zwischen all den Bergen. »Jeder andere Himmel verblasst dagegen.«

Ich spürte das Zögern in der Luft, ehe ich es in seiner Stimme hörte. »Bist du deswegen hier draußen? Wegen deiner Eltern?«

»Ich dachte, es wäre einfacher«, sagte ich und lachte dann über mich selbst. »Nein, das ist nicht wahr. Eigentlich habe ich kaum darüber nachgedacht, was es für mich bedeuten würde, wieder hier zu sein.«

Jae-yong schwieg. Es war beinahe beängstigend, wie gut er einschätzen konnte, wann ich weiterreden musste oder er etwas sagen sollte.

»Ich war nur einmal beim Bäcker, sonst habe ich nichts von der Stadt gesehen. Warum kommen die Erinnerungen plötzlich hoch, als wüssten sie genau, wo ich mich aufhalte?« Ich fuhr mir mit den Händen über das Gesicht, aber die Gefühle wollten sich nicht beiseitewischen lassen.

»Manchmal reicht ein Geruch, um Erinnerungen zu triggern«, sagte Jae-yong. Ich spürte die vertraute Wärme seiner Hand durch mein Schlafshirt. Er strich nicht in kleinen Kreisen über meinen Rücken, wie meine Mom es immer getan hatte, sondern hob die Finger ein Stück von meinem Körper, ehe sie wieder auf meinen Rücken sanken. Immer und immer wieder. Ich konzentrierte mich so gut wie möglich auf die Bewegung, um mich abzulenken.

Nach ein paar Sekunden lehnte ich mich seitlich an ihn, mein Kopf auf seiner Schulter, und er schlang den Arm um mich. Seine Finger gingen dazu über, durch die Längen meiner Haare zu kämmen.

»Können wir … können wir morgen vielleicht zu meinem alten Zuhause gehen?« Die Aussage war an der Angst vorbeigehuscht. »Ich würde es gern sehen.« *Den Ort, an dem wir zusammen glücklich waren.*

Jae-yong schwieg lange. Als mir klar wurde, was ich ihn da gefragt hatte, verzog ich das Gesicht. »Vergiss das. Wir können nicht …«

»Du warst lange nicht hier«, unterbrach Jae-yong mich leise. »Sie könnten es abgerissen haben. Es könnte eine neue Familie darin wohnen.«

Ich starrte ihn an. Es waren nicht die Reporter, die ihm Sorgen machten, sondern das, was wir vorfinden könnten und was es mit mir machen würde. Mein Brustkorb wurde bei dem Gedanken warm. Dann nickte ich vorsichtig. Er hatte recht, es wäre nicht mehr das gleiche Haus wie damals. Ich konnte nicht wissen, wie ich reagieren würde. Aber etwas in mir drängte mich, es trotzdem aufzusuchen.

Ich sah ihm fest in die Augen. »Ich möchte es sehen.«

»Dann gehen wir dorthin.«

23. KAPITEL

Er hielt sein Wort. Wir brachen direkt nach dem Frühstück auf. Mein Magen war ein einziges Chaos, und ich war froh, dass ich mich an seine Hand klammern konnte, wenn die Angst mich zu überrennen drohte.

Der Weg war viel zu kurz. Es dauerte keine zwanzig Minuten, bis wir in die Straße einbogen, die ich heute noch blind hätte zeichnen können. Keine zwanzig Minuten, die ich Zeit hatte, mich darauf vorzubereiten, welche Gefühle und Erinnerungen es in mir auslösen würde. Meine Finger waren so verkrampft, dass ich nicht wusste, wie Jae-yong meinen Griff aushielt, ohne mit der Wimper zu zucken. Mein Herzschlag dröhnte mir in den Ohren, und plötzlich waren wir dort, standen direkt vor dem Haus – *meinem Zuhause* –, und ich fühlte … nichts.

Da war Verwirrung und Trauer und Enttäuschung, ja. Aber … es war nicht die Flut, die ich erwartet hatte. Die Klammer um meine Brust war da, aber sie schnitt mir nicht völlig die Luft ab. Wenn überhaupt war es das, was mich fertigmachte. Wie konnte ich gar nichts fühlen, wenn ich hier doch alles verloren hatte?

Mein Blick glitt über das spitze Dach, die hohen Fenster, den weißen Gartenzaun. Der gepflegte Rasen deutete darauf hin, dass es bewohnt war. Eine andere Familie lebte hier, liebte und stritt und versöhnte sich.

Aber nichts. Nichts, gar nichts. Ich suchte danach, kramte in meinem Herzen nach all den Gefühlen, die mich sonst immer erstickten. Aber mein Kopf blieb leer.

Jae-yongs Hand in meinem Nacken holte mich aus meinen Gedanken. »Was brauchst du?«

Mein Mund öffnete und schloss sich wieder. Ich zuckte mit den Schultern. Irgendwie hatte ich angenommen, dass die Nostalgie mich hier überkommen würde und Erinnerungen, die ich vergessen oder verdrängt hatte, zurück an die Oberfläche kämen. Aber die Wahrheit war: Es war nur ein Haus. Es war keine Manifestation all meiner Albträume, und es hielt auch nicht jegliches Glück und alle Antworten für mich bereit. Es war ein bisschen Holz, ein bisschen Farbe. Aber in nichts davon steckten mehr Erinnerungen als in mir selbst.

»Ich glaube …« Ich wandte mich Jae-yong zu. »Ich glaube, ich brauche nichts?«

Er runzelte die Stirn, vermutlich ebenso ungläubig darüber, wie wenig mich der Anblick des Hauses aus der Bahn warf, wie ich.

»Es geht mir gut. Ehrlich«, sagte ich und drückte seine Hand. »Ich glaube, über die Jahre hat mein Kopf das hier zu einem Ort werden lassen, an dem all mein Unglück vergraben liegt.« Ich zuckte noch einmal mit den Schultern. »Wie in einem Kinderbuch, weißt du? Alles ist so viel gefährlicher und schlimmer, wenn es dunkel ist und man es nicht richtig sehen kann. Aber sobald Licht drauf scheint, sieht es gar nicht mehr so böse aus.«

Er wirkte nicht hundertprozentig von meiner Aussage überzeugt. Das war ich selbst nicht, wenn ich ehrlich sein sollte. Ich erwartete immer noch, dass jeden Moment der Damm brechen und ich ertrinken würde.

Nur mischte sich jetzt ein anderes Gefühl unter die Angst. Eins, das heller brannte und mich vorantrieb. Ich griff danach. Hielt es fest zwischen beiden Händen.

»Möchtest du sehen, wo ich am liebsten gegessen habe?«

Jae-yong nickte vorsichtig. Auch mit seinen Augen im Schatten seiner Cap spürte ich seinen Blick auf mir. Ich zog ihn an der Hand mit mir. Mit jedem Schritt, den wir uns vom Haus entfernten, fühlte ich mich leichter.

Der Nachmittag zog auf diese Weise an mir vorbei. Ich hing zwischen Unglaube und Verwirrung fest und wusste nicht recht, was ich mit mir anfangen sollte. Umso dankbarer war ich, dass Jae-yong ein wenig die Führung übernahm. Ich zeigte ihm zwar, wo ich als Teenager immer mit meinen Freunden gegessen hatte, aber er ergriff die Initiative, dort Mittagessen zu bestellen. Wir setzten uns an den hintersten Tisch in dem kleinen Diner, Jae-yong mit dem Rücken zum Rest des Ladens. Er versuchte, sich nichts anmerken zu lassen, trotzdem spürte ich die Nervosität von ihm ausgehen, weil wir zusammen in der Öffentlichkeit waren. Mir ging es nicht anders, aber ich ließ nicht zu, mich davon einschüchtern zu lassen. Jae-yong fragte mich nach meiner Schule, nach meinen Freunden, und ich erzählte ihm von diesem Teil meines Lebens, der schon so lange hinter mir lag.

Erst als wir zurück in der friedlichen Umgebung des Cottages waren, drangen die Eindrücke der letzten Stunden wirklich zu mir durch. Die Gefühle brodelten in mir – nur waren es nicht die, die ich erwartet hatte. Jae-yong war gerade dabei, sich die Schuhe auszuziehen, als mir die Worte, die mir die ganze Zeit durch den Kopf gegangen waren, aus dem Mund purzelten.

»Was stimmt nicht mit mir?«

Er hielt sofort in der Bewegung inne. »Was meinst du?«

»Wir standen vor dem Haus, in dem ich jahrelang gelebt habe. Wo Mom und Dad uns großgezogen haben. Wo wir erfahren haben, dass sie einen Unfall hatten und gestorben sind. Warum … warum fühle ich nichts?« Ich hatte das Bedürfnis, frustriert mit dem Bein aufzustampfen.

Jae-yong stand vom Sofa auf, die offenen Schnürsenkel ganz vergessen.

Ich hatte die Arme vor der Brust verschränkt. Meine Fingernägel gruben sich in die Haut meiner Oberarme. »Warum weine ich nicht? Oder schreie, weil es so unfair ist?«

»Ella«, sagte Jae-yong behutsam. »Du trauerst seit sieben Jahren.«

Ich starrte ihn an, unsicher, verwirrt.

Er seufzte und fuhr sich mit der Hand durch die Haare. Offensichtlich fiel es nicht nur mir schwer, einen logischen Gedanken zu fassen. »Das ist so viel Zeit … Vielleicht hast du angefangen, es zu verarbeiten, auch wenn du es nicht bemerkt hast.«

»Aber wie – wie kann man so was verarbeiten?« Es schnürte mir die Kehle zu. Meine Sicht verschwamm.

»Wie kann es einfach aufhören, wehzutun, wenn sie doch meine Welt waren?«

Jae-yongs Gefasstheit bröckelte. Er sah aus, als würden ihm meine Worte körperliche Schmerzen zufügen. »Ella …«

Mehr sagte er nicht. Vermutlich wusste er ebenso wenig, was er darauf erwidern sollte. Stattdessen nahm er mich in den Arm, drückte mich fest an sich. Es fühlte sich an, als wollte er die Stücke zusammenhalten, in die ich mich gerade auflöste.

Wie lange wir so im Wohnzimmer standen, wusste ich nicht. Als die Tränen endlich trockneten und ich meinen Atem wieder unter Kontrolle hatte, war ich so erschöpft, dass ich mich kaum allein aufrecht halten konnte.

Jae-yong navigierte uns zum Sofa. Er ließ mich nicht los, als wir uns darauf fallen ließen, sondern legte sich so hin, dass sein Körper einen kleinen Kokon um mich bildete.

Ich legte die Stirn an seine Brust und lauschte einfach nur seinen Atemzügen. Ein … aus. Wieder und wieder, bis ich meine automatisch dem Rhythmus angepasst hatte und ruhiger wurde.

Jae-yong zeichnete kleine Kreise auf meinem Rücken. Ob um mich abzulenken oder sich selbst, wusste ich nicht – aber ich war dankbar für die Wärme und Geborgenheit, die von dort aus durch meinen Körper zog.

»Du darfst heilen, Ella.«

Meine Augen waren geschlossen, als könnte ich die Realität auf diese Weise aussperren. Seine Stimme lockte mich sanft aus der selbst auferlegten Dunkelheit.

»Genauso wie du wütend oder traurig sein darfst. Oder glücklich und zufrieden. Du musst nicht jede Sekunde jedes Tages an sie denken – aber wenn du es tust, ist es auch in Ordnung.«

Ich schniefte, wischte mir die Tränen von den Wangen, während seine Hand weiter Kreise auf meiner Wirbelsäule zog.

»Wenn du Kleinigkeiten vergisst, bedeutet das nicht, dass du sie weniger liebst. So ein Gefühl verblasst nicht mit den Jahren, die vergehen.« Seine Hand wanderte hinauf in meinen Nacken und kam dort zum Liegen. »Und das weißt du. Es rückt vielleicht etwas in den Hintergrund, aber das macht es nicht weniger wertvoll.«

Ich hoffte, dass er das winzige Nicken spürte, zu dem ich mich durchringen konnte. Ich war zu ausgelaugt, um etwas Vernünftiges zu sagen. Meine Augen fühlten sich schwer an, und ich wäre vermutlich auf der Stelle eingeschlafen, hätte ich nicht Jae-yongs Worten aufmerksam gelauscht.

»Du bist so stark, Ella, und mutig, dass du diesen Ort wieder aufsuchst.«

»Es ist fast acht Jahre her«, murmelte ich.

Er schüttelte über mir den Kopf. »Das macht doch keinen Unterschied. Das hier ist kein Wettbewerb, den du gewinnen musst. Du musst dich an niemand anderem orientieren. Wenn überhaupt musst du dich auf einen Marathon einstellen.«

Mein Kopf hatte bereits abgeschaltet. Die Worte purzelten ungefiltert aus meinem Mund. »Hilfst du mir beim Laufen?«

Seine Arme schlossen sich fester um mich. »Ich laufe auch für dich, wenn du nicht mehr kannst. So lange, bis du wieder genügend Kraft hast, um auf eigenen Beinen zu stehen.«

Ich wollte den Mund öffnen, um auszusprechen, was mein Herz mir so laut entgegenschrie. Aber die Müdigkeit hatte sich bereits um meinen Körper gewunden und zog mich gegen meinen Willen immer tiefer in den Schlaf.

Mein verkrampfter Nacken war das Erste, was ich spürte. Danach die Decke auf mir, gleich gefolgt von dem warmen Körper unter mir. Wir lagen immer noch auf dem Sofa. Die Sonne war bereits untergegangen und der Raum in Dunkelheit gehüllt. Der Mond erhellte alles gerade genug, dass ich Jae-yong erkennen konnte.

Er hatte mich die ganze Zeit über nicht losgelassen. Seine Arme waren immer noch um meinen Körper geschlungen, hielten mich fest an sich gedrückt. Seine Augen waren geschlossen, sein Atem ging ruhig. Er schlief, obwohl seine Position alles andere als bequem sein musste.

Ich betrachtete sein Gesicht. Die Wimpern, die so lang und dunkel waren, seine hohen Wangenknochen, seine Lippen leicht geöffnet. Ohne eine Berührung fuhr ich die Konturen seines Gesichts mit den Fingerspitzen nach, nur der Hauch eines Abstands zwischen ihnen und seiner Haut.

Er war so schön.

Nicht … nicht nur im klassischen Sinne. Ihn anzusehen löste wieder dieses Gefühl tief in mir aus – das mir die Luft zum Atmen raubte, mich fallen und fallen und fallen ließ. Mein Herz pochte so stark in meiner Brust, als wollte es davonlaufen. Keine Ahnung, wie lange ich ihn einfach nur anstarrte. Ich wollte ihn nicht aufwecken oder den Schutz seiner Arme verlassen müssen.

Du darfst heilen, Ella.

Die Worte hallten in meinem Kopf nach, und ich spürte, wie mir beinahe wieder die Tränen in die Augen stiegen. Ich hatte sie nie gewollt, aber als er es gesagt hatte, wusste ich, dass ich die Worte hatte hören müssen. Er hatte recht. Acht Jahre waren eine lange Zeit – die Wunde in mir war immer noch da. An Geburtstagen, bei Feiern und Festen und an ihrem Todestag riss sie wieder ein Stück auf, weil Mom und Dad fehlten, egal, wie sehr ich mich bemühte, stark zu sein. Aber die Zeit dazwischen? Mit jedem Lachen, jedem neuen Gefühl und Erlebnis tat es ein bisschen weniger weh.

Als hätte Jae-yong die Schwere meiner Gedanken gespürt, regte er sich unter mir. Ich hörte, wie er langsam den Atem ausstieß, und sah auf. Ihm direkt in die halb geöffneten Augen. Seine Finger begannen wieder, träge Kreise auf meinen Rücken zu malen.

Er sagte etwas auf Koreanisch. Ein kurzer Satz nur, ehe er den Kopf leicht schüttelte und sich räusperte. »Alles okay?« Seine Worte klangen rau, sein Akzent kam so kurz nach dem Aufwachen deutlich heraus.

»Was hast du eben gesagt?«, fragte ich.

Er brauchte eine Sekunde, bis er verstand, was ich meinte. »*Gwaenchanha*«, wiederholte er. »Ich habe dich gefragt, ob alles okay ist, nur auf Koreanisch, bis mir mein Fehler aufgefallen ist.«

»*Gwaen…*« Ich runzelte die Stirn. Mein Mund weigerte sich, dieses ungewohnte Wort zu formen.

Jae-yong lachte leise, strich mir eine Locke aus der Stirn. »*Gwaenchanha.*«

Ich versuchte es noch einmal und schaffte es diesmal sogar, die Silben ohne Knoten in der Zunge auszusprechen. Jae-yong biss sich auf die Unterlippe, um sich ein Lachen zu verkneifen. Ich war wohl noch weit von der richtigen Aussprache entfernt.

Kurz kehrte Stille zwischen uns ein, ehe er seine Frage noch einmal aufgriff: »Aber ernsthaft – ist alles in Ordnung?«

»Ja, ich hab nur nachgedacht.«

»Das habe ich gehört«, erwiderte er. »Ich glaube, deine Gedanken haben mich geweckt.« Ein kleines Grinsen erschien um seine Mundwinkel, verschwand aber wieder, als er den Kopf leicht drehte und das Gesicht verzog.

»Die Couch ist nicht sehr bequem, oder?«

»Ich hab schon schlechter geschlafen.« Trotzdem richtete er sich auf und mich dabei mit sich. »Aber wenn du nichts dagegen hast, wäre mir das Bett doch ein bisschen lieber.«

Ich lachte leise. Alle Geräusche wirkten in der Dunkelheit so viel lauter als tagsüber. Ich machte mir nicht mal die Mühe, meinen Schlafanzug komplett anzuziehen, sondern wechselte nur meine Jeans durch die Schlafhose aus, ehe ich unter die Decke kroch. Jae-yong schloss mich sofort wieder in seine Arme. Er wirkte, als könnte er sofort weiterschlafen, und ich hatte das Gefühl, dass er sich nur wach hielt, um auf mich aufzupassen.

Ein tiefes Seufzen entkam mir, spülte die angestauten Emotionen aus mir heraus. Ich entspannte meine Muskeln und war nur wenige Minuten später wieder eingeschlafen.

Als ich das nächste Mal aufwachte, war es draußen bereits hell. Für zehn Minuten lag ich im Bett und spürte, wie schwer meine Gliedmaßen vom gestrigen Tag waren. Im Gegensatz dazu war mein Kopf vergleichsweise leicht. Ich traute der Ruhe nicht ganz, wenn ich daran dachte, wie schnell der Sturm gestern aufgezogen war.

Im Laufe der Nacht hatte ich Jae-yong den Rücken zugedreht. Sein ruhiger Atem kitzelte mich im Nacken. Ich genoss das Gewicht seines Armes auf meiner Taille und wie er meine Hand selbst im Schlaf festhielt, als hätte er Angst, ich könnte ihm davonlaufen.

Ich rührte mich erst, als er mich näher an sich zog. Im ersten Moment war ich mir nicht sicher, ob es eine unbewusste Handlung war. Dann begann er allerdings, hauchzarte Küsse auf meinem Nacken zu verteilen, und stieß auf mein Kichern hin einen amüsierten Laut aus. Ich drehte mich in seinen Armen auf den Rücken, um ihm in die Augen sehen zu können.

»Morgen«, sagte ich.

Seine Haare waren ein wildes Durcheinander. Ich wollte gar nicht wissen, wie es um meine Locken stand. Ich streckte meine Hand aus, strich ihm seine Haare aus dem Gesicht.

»Morgen.« Sein Lächeln war ein bisschen kleiner als sonst, ein bisschen vorsichtiger. »Hast du gut geschlafen?«

Ich nickte, rollte mich auf die Seite und schlang meine Arme um ihn. Wenn es nach mir ging, hätte ich die nächsten Stunden einfach hier gelegen und seine Nähe in mich aufgesogen, um mich so lang wie möglich daran erinnern zu können, wie es sich anfühlte. »Du auch?«

Er gab einen bejahenden Laut von sich. Dann umfasste er meine Taille und strich gedankenverloren über die Haut, die mein hochgerutschtes Shirt freigelegt hatte.

Ein paar Minuten vergingen in trägem Schweigen, bis ich mich dazu durchringen konnte, das Unvermeidliche anzusprechen. »Mein Zug geht in ein paar Stunden. Ich nehme an, du kannst nicht mit mir bis nach Chicago fahren, oder?«

Seine Finger stoppten in ihrer Bewegung. Er schüttelte den Kopf. »Außer du hast einen geheimen Privatzug, von dem ich nichts weiß.«

»Leider nicht.«

»Schade«, sagte er nur, und ich meinte ein Seufzen zu hören. Er strich mir über die Haare, den Rücken hinunter und wieder hinauf, als wollte er sich, ähnlich wie ich, einprägen, wie es sich anfühlte, mich in den Armen zu halten.

Die Minuten tickten an uns vorbei. Ich hätte die Zeit so gern angehalten. Der Gedanke, in wenigen Stunden bereits im Zug zurück nach Chicago zu sitzen … Ich wusste gar nicht, was ich zu Hause machen sollte. Es war so viel passiert in mir drin, dass in dieser kurzen Zeit genauso gut mehrere Jahre hätten vergangen sein können.

Jae-yong holte mich aus dieser deprimierenden Gedankenspirale, als sein Magen laut knurrte. Er löste sich von mir und schlug die Decke zurück. Dann streckte er die Hand nach mir aus. »Los, komm. Noch haben wir genügend Zeit für ein langes Frühstück und einen deiner Disneyfilme.«

Ich hätte mir keine bessere Motivation zum Aufstehen wünschen können.

24. KAPITEL

Weil gestern keiner von uns beiden daran gedacht hatte, etwas zu essen zu besorgen, bestand unser Frühstück aus dem Obst, das in der großen Schüssel in der Küche für uns bereitgestanden hatte. Ich schnitt Äpfel, Bananen und Trauben klein, warf sie in eine Schüssel, und Jae-yong ertränkte sie in Ahornsirup, den er in einem Schrank gefunden hatte.

Wir setzten uns damit ins Wohnzimmer auf das Sofa. Meine Beine lagen auf seinen, wir aßen mit zwei Löffeln aus der Schüssel und bekleckerten uns durchweg mit dem Sirup. Im Fernsehen lief *Vaiana*, die sich gerade auf die Reise machte, ihre Insel zu retten.

Es fiel mir mit jeder Minute, die verging, schwerer, mich auf den Film und Jae-yong an meiner Seite zu konzentrieren. Ich wollte nicht, dass dieser Urlaub zu Ende ging. Die Tour von NXT war beendet, sie würden noch heute Abend nach Seoul fliegen. Als ich ihn fragte, ob schon absehbar war, wann er das nächste Mal hier sein würde, konnte er nur mit einem zerknirschten Gesichtsausdruck antworten.

In den letzten drei Tagen hatten wir so viel Zeit miteinander verbracht. Mir war nicht bewusst gewesen, wie schnell man sich an die Präsenz eines Menschen in seinem Leben gewöhnen konnte. Ich konnte mir nicht mal vorstellen, heute Abend allein in meinem Bett schlafen zu müssen – ohne seinen warmen Körper neben mir, ohne seine Arme, die mich hielten.

Dementsprechend still war ich, als wir schließlich unsere Koffer packten. Jae-yong bemerkte es, und umso dankbarer war ich, dass er sich bemühte, mich abzulenken. Er berührte mich, wann immer er in meiner Nähe war, und redete mit mir über den Film, den wir eben gesehen hatten.

Trotzdem erreichte meine Laune spätestens in dem Moment den Nullpunkt, als ich mit meinem Koffer zur Tür rollte, Jae-yong direkt hinter mir. Er würde noch etwas länger hierbleiben, um die Schlüssel zurückzugeben, ehe Sam ihn abholte. Dass er mich nicht einmal zur Bahnstation bringen konnte, war nur ein weiterer Punkt auf der Liste von Dingen, die mir auf die Stimmung schlugen.

»Sei nicht traurig. Bitte?« Er tippte mit dem Zeigefinger gegen mein Kinn, damit ich den Blick hob. »Sonst muss ich dich so lange hierbehalten, bis du wieder lächelst. Und dann verpasst du bestimmt deinen Zug.«

»Ist das ein Versprechen?« Er hätte mir im Augenblick nichts Besseres vorschlagen können.

»Tut mir leid, Ella.« Er verzog das Gesicht. »Schreibst du mir, wenn du im Zug bist? Und in Chicago. Und zu Hause.« Er stockte einen Moment. »Weißt du was, schreib mir einfach die ganze Zeit.«

»Als würde ich das nicht sowieso tun«, erwiderte ich.

Als könnte ich mich davon abhalten, ihm jede Kleinigkeit, die ich erlebte, ausführlich zu schildern.

Er küsste mich zum Abschied, so zärtlich, dass ich am liebsten jegliche Vernunft über Bord geworfen und mich hier mit ihm eingesperrt hätte. Ich versuchte, mir das Gefühl seiner Lippen auf meinen ins Gedächtnis zu brennen. Dann löste ich mich von ihm und trug meinen kleinen Koffer die wenigen Stufen der Veranda hinunter.

Ich wollte gerade losgehen, als mir siedend heiß etwas einfiel. »Moment!« Ich kramte Livs Brief aus der vordersten Tasche meines Koffers und ging die Stufen wieder hoch. Jae-yong sah erst mich, dann den Brief verdutzt an, als ich plötzlich wieder vor ihm stand. »Der ist für dich«, sagte ich und hielt ihm den Brief hin. »Oder für euch, nehme ich an. Von Liv.«

»Deine Schwester hat uns einen Brief geschrieben?«, fragte er und nahm ihn mir ab.

»Ich hatte ihr eigentlich angedroht, ihn im Zug hierher zu lesen, aber ich hab es vergessen.«

»Ed ist ihr Liebling, oder? Dann sollte ich den Brief vielleicht an ihn weiterreichen.«

»Du wärst ihr größter Held.«

Er lachte. Seine Grübchen, seine warmen Augen – ich nahm das alles in mich auf und konnte nicht anders, als mich auf die Zehenspitzen zu stellen und ihn noch einmal zu küssen. Ganz automatisch vergrub er seine Hand in meinem Haar, als er meinen Kuss erwiderte.

Nach einer Weile zog er sich zurück. »Du solltest los, wenn du deine Bahn nicht verpassen willst.«

Ich stieß ein unglückliches Geräusch aus und schlang

meine Arme um ihn. Vermutlich müsste ich mich gleich ziemlich beeilen, um pünktlich zur Haltestelle zu kommen, aber ich wollte jede Sekunde auskosten.

Schließlich ließ ich ihn los, ging zu meinem Koffer und winkte ihm beim Losgehen so lange über die Schulter, bis ich ihn nicht mehr sehen konnte. Den ganzen Weg über hatte ich dieses merkwürdige Gefühl in der Brust, als hätte ich etwas vergessen, das eigentlich bei mir sein sollte.

Im Zug kam mir wieder meine letzte Reise in den Sinn, meine Fahrt von New York nach Chicago, nach der sich alles so katastrophal entwickelt hatte. Wie anders diese letzten Tage verlaufen waren … Vollkommen abseits von Kameras, neugierigen Fans und Reportern. Die Auszeit war für uns beide mehr als nur nötig gewesen.

»Ich bin wieder zu Hause«, rief ich. Die Tür fiel hinter mir ins Schloss und kündigte mich damit zusätzlich an. Meinen Koffer stellte ich neben der Garderobe ab, dann zog ich meine Schuhe aus und lief einmal quer durch die Wohnung. Mels und Livs Zimmertüren standen offen, aber keine von beiden war weit und breit zu sehen.

Die Stille war ungewohnt. Ich hatte Jae-yong die ganze Zeit an meiner Seite gehabt, auch wenn ich mit ihm genauso gut schweigen wie sprechen konnte. Die Ruhe hier fühlte sich nach den letzten Tagen verkehrt an. Ich wollte sie füllen, wollte alles, was die letzten Tage passiert war, mit irgendwem teilen. Aber Erin war nicht erreichbar und meine Schwestern waren nicht da.

Ich trug meine Sachen in mein Zimmer, ehe ich mich aufs Bett fallen ließ. Nach der Zeit mit Jae-yong, dem

Besuch meines alten Zuhauses, den Emotionen danach fühlte ich mich, als hätte ich mindestens zwei Wochen durchschlafen können. Jae-yong hatte mir vor einigen Minuten geschrieben, dass das Boarding seines Flugs gerade startete. Ihm meine Antwort tippen zu müssen, statt sie einfach sagen zu können, war nach nur wenigen Tagen schon ungewohnt. Ich musste dreimal darüber nachdenken, was ich schreiben wollte.

Seufzend zog ich mein Handy hervor und öffnete Twitter, um mich abzulenken. Ein paar Minuten scrollte ich nur durch die Timeline, klickte mich dann zu den Trends und musste schmunzeln, als mir ganz oben #byebyeNXT angezeigt wurde. Ihre Fans waren wirklich einmalig. Neugierig klickte ich darauf, gleich das erste Video zeigte NXT vor dem Flughafen. Jae-yong und Min-ho stiegen aus einem schwarzen Auto mit getönten Scheiben, als das Blitzlichtgewitter losging. Es waren ein Dutzend Reporter, die unablässig Fotos schossen, und mindestens doppelt so viele Fans, die in ein paar Metern Entfernung hinter Absperrungen warteten. Sie riefen die Namen ihrer Idole, während die Reporter sich beinahe gegenseitig überrannten, um das bestmögliche Bild zu bekommen. Jae-yong sah ein wenig müde aus, lächelte, winkte und verbeugte sich aber dennoch höflich.

Der Hashtag war voll mit dieser Art von Videos und Fotos. Auf manchen war er nur von hinten zu sehen, seine Cap war tief ins Gesicht gezogen, aber meistens sah man ein Lächeln auf seinen Lippen.

Er war wieder zurück in seiner Welt – und ich zurück in meiner. Ich konnte das Gefühl nicht definieren, das sich in meinem Magen einnistete. Jae-yong *war* berühmt, alle Welt kannte ihn. Daran hatte sich während unseres Urlaubs nichts geändert. Und trotzdem … trotzdem war es anders. Ich hatte Mühe, den Jae-yong, der mich über die Schulter warf und ins Wasser trug, mit den Fotos in meinem Handy zusammenzubringen.

Ich schloss die App und nahm mir stattdessen ein Buch. Als ich auf die zweite Seite umblätterte, ging die Wohnungstür auf. Ein paar Sekunden später hörte ich schnelle Schritte im Flur.

Liv stieß, ohne zu klopfen, meine Tür auf und sah mich mit großen Augen an. »Und? Und? Hast du ihm meinen Brief gegeben?« Sie war so aufgeregt, dass sie vor mir förmlich auf und ab hüpfte.

Ich schaffte es, ein Grinsen auf meine Lippen zu zaubern. »Ja, Liv, ich habe ihm deinen Brief gegeben.« Ich klappte mein Buch zu und legte es beiseite. »Und mit etwas Glück findet er sogar seinen Weg zu Ed.«

Wenn möglich wurden ihre Augen noch riesiger. »Ed? Ed bekommt meinen Brief?«, flüsterte sie beinahe.

Ich nickte und bereute kurz darauf, sie vor dieser Information nicht gebeten zu haben, sich hinzusetzen. Wie versteinert stand sie vor mir und starrte mich an. »Liv?«

Es dauerte Minuten, bis sie sich gefangen hatte. »Ed bekommt meinen Brief, Ella! Oh Gott. Er wird meinen Namen kennen.«

»Vielleicht hast du Glück, und er schreibt dir sogar einen zurück«, scherzte ich, verstummte jedoch, als ich ihren Blick sah.

»Das solltest du nicht mal als Witz sagen«, meinte sie

ernst. »Wenn Ed mir einen Brief schreibt – irgendwer von NXT, aber Ed vor allem … Ich glaube, dann würde ich vor Glück sterben.«

Abwehrend hob ich die Hände. »Ich hab nichts gesagt.«

»Ihr Abschlusskonzert soll großartig gewesen sein. Ich hab es mir extra aufgehoben, weißt du.« Sie schob die Unterlippe vor. »Aber ich weiß noch nicht, wann ich dazu komme, es zu gucken. Charlie will, dass wir uns schon ein bisschen Stoff für die Schule angucken.«

Oh. Oh! Wenn Liv von Schule redete, war mein Semesterbeginn auch nicht mehr allzu weit entfernt. Zeit war in den letzten Tagen so relativ gewesen, dass ich die Uni völlig verdrängt hatte. Meine Mails warteten auch ungelesen auf mich. Ein anderes Thema schob sich in meinem Kopf wieder nach vorn, und ich konnte kaum ruhig sitzen bleiben. Als Liv in ihr Zimmer ging, sprang ich sofort auf. Mein Laptop lag auf dem Schreibtisch, genau dort, wo ich ihn zurückgelassen hatte.

Als er hochgefahren war, öffnete ich mein Uni-Postfach, loggte mich ein, und … da war sie. Ganz oben, als hätte die Mail nur darauf gewartet, dass ich endlich nachschaute. Ich öffnete sie, überflog den automatisierten Text und quietschte glücklich. Ab diesem Semester konnte ich wirklich den Kunstkurs besuchen. Ich schickte Jae-yong ein Foto meines Bildschirms.

Ich: Guck! Guck mal, ich bin im Kurs!

Ich wartete ungeduldig auf seine Antwort, währenddessen hörte ich wieder die Wohnungstür, als Mel nach Hause kam.

Jae-yong: Wirklich? Moment, ich lese den Text.
Jae-yong: Oh wow, Ella. Glückwunsch.
Jae-yong: Ich suche nach einem GIF, das ausdrückt, wie sehr ich mich freue, aber das Internet ist im Flugzeug zu langsam. Stell dir hier bitte eins vor.
Jae-yong: Freust du dich?
Ich: Ich weiß nicht, ob ich das schon jemals über die Uni gesagt hab, aber ja. Ich freu mich auf den Kurs und irgendwie sogar auf das nächste Semester.
Ich: Läuft euer Flug denn so weit nach Plan?
Jae-yong: Bis auf ein paar Turbulenzen, ja.
Jae-yong: [.jpg]

Ich öffnete das Bild. Es zeigte Jae-yong vorn, grinsend, die Hand zu einem Peace-Zeichen erhoben. Hinter einer kleinen Mittelkonsole, die zwei Sitze voneinander trennte, zog Min-ho eine witzige Grimasse. Die beiden waren so häufig zusammen auf Fotos – wenn Jae-yong in eine Kamera sah, war sein bester Freund nie sehr weit. Es machte mich neugierig. Ob sie sich schon von Anfang an so gut verstanden hatten? Und wie sah Jae-yongs Alltag mit vier anderen Männern aus? Ich wollte noch so viel über ihn erfahren, dass ich mich kaum zurückhalten konnte, nicht sofort hundert Fragen an ihn zu schicken.

Ein Klopfen an meiner Tür riss mich aus meinen Gedanken. Ich drehte mich auf meinem Schreibtischstuhl um, als Mel hereinkam.

»Hey.« Sie lehnte die Tür hinter sich an, sodass nur noch ein kleiner Spalt offen stand. »Liv hat mir erzählt, dass du wieder da bist.«

»Ja, seit einer halben Stunde.«

Sie nickte, verschränkte ihre Hände vor dem Körper. »Hattest du … hattet ihr Spaß?«

In Gedanken wanderte ich zurück nach New Buffalo, zu dem Cottage, zu Jae-yong. Zu den Gesprächen und unendlich vielen Küssen. Zu unserem Haus, das noch so war wie früher, aber irgendwie auch ganz anders. Das alles in ein paar Worten oder Sätzen zusammenzufassen, war so gut wie unmöglich. Daher nickte ich nur. Zuckte mit den Schultern. »Ja, hatten wir.«

»Und er ist jetzt wieder unterwegs?«, fragte sie nach.

»Ja.« *Und in ein paar Stunden wieder am anderen Ende der Welt.*

Mel schwieg einen Augenblick. Es wirkte, als würde sie darauf warten, dass ich mehr erzählte. Dabei wusste ich nicht einmal, wo ich hätte anfangen sollen.

»Okay.« Mel ließ die Arme wieder an ihre Seite fallen und wandte sich zur Tür um. »Dann … falls was ist oder du einfach reden willst, bin ich in meinem Zimmer, ja?«

Ich erwiderte ihr Lächeln. Als die Tür hinter ihr ins Schloss fiel, sackte ich auf dem Stuhl zusammen. Die Luft war plötzlich raus. Der Abschied von Jae-yong war mir so viel schwerer gefallen, als ich angenommen hatte, ich fühlte mich völlig übermüdet. Ob es ihm auch so ging?

Ein paar Minuten drehte ich mich mit dem Stuhl langsam hin und her, ehe ich mich dazu entschloss, meiner Müdigkeit nachzugeben und mich jetzt schon ins Bett zu legen. Der Laptop schloss mit einem dumpfen Klick, ich zog mir meine Schlafsachen an und kroch nur wenige Minuten später unter meine Decke. Mein Kopf berührte das Kissen, und ich schlief beinahe sofort ein.

Immerhin hatte ich mir in weiser Voraussicht den Sonntag von der Arbeit freigenommen. Ich fühlte mich zwar um einiges erholter, als ich zur Mittagszeit endlich aufwachte, aber den ganzen Tag im Pyjama verbringen zu können, war das Tüpfelchen auf dem i. Ich bewegte mich so wenig wie nötig aus meinem Bett fort und schaute einen Film nach dem anderen. Ich hatte sogar versucht, *Goblin* weiterzugucken, aber irgendwie fühlte es sich ohne Jae-yong an meiner Seite nicht richtig an. Stattdessen bereitete ich mich nebenbei ein wenig auf die Uni am Montag vor und schrieb zwischendurch immer wieder mit ihm.

Jae-yong: Wir setzen uns morgen zusammen, um über ein neues Konzept für unser nächstes Comeback nachzudenken. Ich weiß nicht, ob ich nervös oder euphorisch sein soll. Min-ho hört gar nicht mehr auf, seine ganzen Ideen aufzuzählen.
Ich: Was glaubst du, wie es laufen wird?
Jae-yong: Ich hab keine Ahnung. Aber sie wollen alle das Gleiche wie ich: mehr tun, mehr geben, mehr von sich selbst in der Musik wiedererkennen.

Ich: Stell dir vor, es kommt ein Song mit auf das Album, den du selbst geschrieben hast.

Ich: Ich glaube, dann müsste ich recherchieren, wo ich K-Pop-Alben kaufen kann.

Jae-yong: In jedem Online-Shop, aber ich würde dir persönlich eins zuschicken, wenn das passiert.

Noch lieber wäre es mir, wenn du es persönlich vorbeibringst, dachte ich. Eine Nachricht von Erin ploppte auf.

Erin: Hast du Zeit zum Telefonieren?

Ich: Natürlich. Wann?

Erin: So in einer Stunde?

Ich: Ist gut.

Ich: Alles in Ordnung?

Ihre knappen Nachrichten brachten mich zum Stutzen. Normalerweise fasste sie sich nicht so kurz, sondern erzählte von ihrem Tag oder woran sie gerade denken musste. Es konnte nicht später als sieben Uhr morgens in Australien sein – ein Grund mehr, weswegen die Nachrichten ein ungutes Gefühl in meinem Magen auslösten. Dass sie auf meine Nachfrage nicht reagierte, verbesserte den Zustand nicht sonderlich.

Um mich abzulenken, schälte ich mich aus meinem Bett – ich hatte das Gefühl, langsam mit der Matratze zu verschmelzen – und klopfte an Livs Tür. Ein paar Sekunden später stand sie mit fragendem Gesichtsausdruck vor mir. Sie hatte sich die Haare zu einem unordentlichen Pferdeschwanz zusammengebunden und einen Kopfhörer im Ohr. Der Teil von ihrem Zimmer, den ich sehen konnte, war ein einziges Chaos aus Zeitschriften, Papieren und Stiften, das ich gekonnt ignorierte.

»Hast du schon Pläne fürs Abendessen?«, fragte ich. »Ich hab nämlich vorhin gelesen, dass zwei Straßen weiter ein neues indisches Restaurant aufgemacht hat, bei dem man auch bestellen kann, und dachte, den könnten wir ausprobieren.«

»Bin dabei«, sagte sie. »Übrigens, wo du gerade hier bist. Ich habe eben über ein Konzept für Mels Geburtstagsparty nachgedacht und ein paar Ideen aufgeschrieben.« Auf meinen verwirrten Blick reagierte sie nur mit einem Augenrollen. »Die Party? Über die wir geredet haben, bevor du mit Jae-yong weggefahren bist?«

Ah. Über meinem Kopf leuchtete eine Glühbirne auf. »Ich dachte, wir hatten gesagt, es wird nur etwas Kleines.« Für mich bedeutete »klein« ein nettes Abendessen, ein paar Geschenke und vielleicht noch einen Film zum Abschluss des Tages. Vermutlich hätte ich das Wort Liv gegenüber definieren sollen.

Sie drehte mir den Rücken zu und hob aus dem Chaos auf ihrem Boden ein Notizheft, in dem sie zu blättern begann. »Ich finde eine Mottoparty immer noch ziemlich cool, aber weil du das niemals mitmachen wirst, hab ich die Idee schon verworfen.« Sie reichte mir das aufgeschlagene Notizbuch. Die Doppelseite hatte sie in eine bunte Collage verwandelt. Während sie mir jede Kleinigkeit erklärte, deutete sie auf die Bilder.

»Schau, ich mache so einen Kuchen und bastel die Deko. Du besorgst Luftballons in dieser Farbe und die

Geschenke, und wenn wir Josh noch ins Boot holen, kann er das Essen machen.«

»Wieso muss ich mich um die Geschenke kümmern? Ich hab dir doch gesagt, dass ich keine Idee habe«, merkte ich an.

Daraufhin hob sie nur einen Daumen in die Höhe. »Ich glaub an dich.«

Ich verdrehte die Augen und stöhnte genervt auf, ließ mich nach ein paar Minuten aber breitschlagen. Es schien, als stünde eine Rechercheaktion an meinem Laptop an.

»Ist gut, ich kümmer mich drum. Such du dir schon mal aus, was du nachher bestellen möchtest. Ich red noch kurz mit Erin.«

»Liebe Grüße!«, rief sie mir hinterher, als ich mich wieder in mein Zimmer zurückbewegte. Mein Laptop leuchtete noch auf meinem Bett. Auf Erins Nachricht hin hatte ich den Film, den ich gerade geschaut hatte, mitten im dramatischen Höhepunkt angehalten. Es war ein fieser Cliffhanger, der nur darauf wartete, dass ich weiterguckte. Wobei ich mich im Moment ohnehin nicht gut darauf hätte konzentrieren können. Ich wartete ungeduldig, meldete mich bei Skype an und war kaum online, da erklang der vertraute Klingelton eines eingehenden Anrufs. Ich klickte auf *Annehmen*.

»Hey du«, sagte ich, während ich darauf wartete, dass das Bild sich aufbaute.

Es knisterte leise, dann hörte ich, wie Erin sich räusperte.

»Hey.« Ihre Stimme klang alles andere als fröhlich.

Sofort zog sich der Knoten in meinem Magen zusammen.

»Geht's dir gut?« Vielleicht hatte sie sich einfach eine Erkältung eingefangen und hörte sich deshalb so nasal an.

»Ja, schon. Ich …« Ihre Stimme brach. Mittlerweile war das Bild klar, und ich sah ihre traurigen Augen. Die dunklen Ringe darunter. Den Mund, der das erste Mal seit Langem nicht zu einem Lächeln verzogen war.

Zu dem Knoten in meinem Magen gesellte sich Angst. Angst und die Erinnerung an eine Erin vor einem halben Jahr, der es bereits alles abverlangt hatte, morgens aufzustehen. An so viele Tränen und noch viel mehr Hoffnungslosigkeit.

»Was ist los?«, fragte ich vorsichtig, wappnete mich innerlich.

Sie schniefte leise und mied meinen Blick. Es brauchte einige Anläufe, ehe sie die Worte aussprechen konnte, die ihr auf der Zunge lagen. »Ich will nach Hause.«

Ich hatte mit allem gerechnet – nur nicht damit. Vor wenigen Wochen hatte sie noch darüber gesprochen, ihren Aufenthalt in Australien verlängern zu wollen. Ich hatte mich in der Zwischenzeit sogar halbwegs mit dem Gedanken abgefunden, aber … Was war mit einem Mal passiert?

»Warum?«, hakte ich nach. »Möchtest du darüber reden?«

Für ein paar Sekunden wirkte es, als würde sie verneinen wollen. Doch dann atmete sie ein paarmal tief ein und aus.

»Ich habe mit Eric geschlafen«, sagte sie dann, und ich

sah, wie ein verräterisches Glänzen in ihre Augen trat. »Und ich habe geglaubt, dass es was bedeutet.«

Ich ahnte, worauf es hinauslief, noch bevor sie es aussprach.

»Aber … er spricht seitdem kaum noch mit mir und sieht mich nicht mal mehr an. Und dann hab ich ihn vorgestern auf einer Party gesehen. Mit seiner Ex-Freundin. Sie haben sich geküsst, kurz darauf sind sie verschwunden. Und er ist erst heute Morgen wieder hier aufgetaucht.« Sie lachte freudlos auf. »Ich bin so dumm, Ella. Er hat die ganze Zeit von ihr geredet, und ich war blöd genug, zu glauben, dass er endlich über sie hinweg ist.« Ein paar Tränen liefen ihr über die Wange, aber sie wischte sie wütend beiseite. »Ich hab keine Lust mehr, ihn jeden Tag sehen zu müssen, aber einen neuen Job zu finden, klingt noch viel anstrengender. Ich möchte nur nach Hause. Zurück nach Chicago und mit dir shoppen gehen oder über Bücher reden. Aber sobald ich das denke, werde ich so wütend auf mich selbst, weil ich nicht mal die letzten Monate einfach durchziehen kann …«

»Erin«, unterbrach ich ihren Monolog sanft. Ich wartete, bis sie mich wieder anschaute. Versuchte es mit einem kleinen Lächeln, das ihr zeigen sollte, dass alles gut werden würde. »Du musst es nur sagen, und wir buchen dir sofort ein Flugticket.«

Das ließ die Tränen nun wirklich überlaufen. Sie schnappte nach Luft, schniefte und nickte trotz ihrer Tränen immer und immer wieder. Das Bedürfnis, sie in die Arme zu nehmen, war übermächtig.

Nach ein paar Minuten hatte sie sich wieder so weit

beruhigt, dass sie sprechen konnte. »Findest du, es wäre schlimm? Wenn ich jetzt gehe?«

»Nein, gar nicht«, sagte ich mit Nachdruck. »Du musst niemals irgendwo bleiben, wo du dich nicht wohlfühlst, hörst du? Und ich bin mir sicher, dass deine Eltern das genauso sehen. Sie freuen sich bestimmt, wenn sie dich für ein paar Monate wieder bei sich aufnehmen können. Deine Mom sagt doch immer, wie sehr sie es vermisst, für dich zu kochen.« Sie nickte, und ich war so erleichtert, zu sehen, wie sich ihre Mundwinkel leicht anhoben. »Du sitzt dort nicht fest, Erin. Wir stehen alle am Flughafen, um dich zu begrüßen, wenn du dich dafür entscheidest zurückzukommen.«

Meine Worte beruhigten sie nur langsam. Es konnte in ihrem Kopf sehr schnell sehr düster werden. Wo sich bei mir die Gedanken drehten und mich nervös machten, lähmten sie Erin. Aber mit den richtigen Worten hatte ich es bisher immer irgendwie geschafft, sie dort herauszuholen.

Einige Augenblicke saßen wir nur schweigend beieinander. Mein Herz pochte schmerzhaft, wenn ich daran dachte, wie allein sie sich im Moment fühlen musste – Tausende Meilen von zu Hause entfernt.

Schließlich atmete sie tief durch, nickte ein weiteres Mal. »Danke, Ella.«

Ich schenkte ihr ein Lächeln, das hoffentlich aufbauend wirkte. »Wir schaffen das schon. Zusammen. So wie wir immer alles geschafft haben.«

25. KAPITEL

»Wie ist euer Gespräch gelaufen?«, fragte ich Jae-yong. Ich hatte mir für die Mittagspause einen schattigen Platz außerhalb der Mensa gesucht. Das Handy klemmte zwischen meinem Ohr und meiner Schulter, während ich versuchte, mein Sandwich aus seiner Verpackung zu lösen.

Mein erster Tag im neuen Semester war bisher erwartet unspektakulär verlaufen. Matt würde erst heute aus seinem Urlaub zurückkommen, daher verbrachte ich meine Mittagspause allein und hatte Jae-yong angerufen. Bei ihm war es bereits mitten in der Nacht, aber so wie er klang, war an Schlaf noch lange nicht zu denken.

»Ziemlich gut«, antwortete Jae-yong. Im Hintergrund war leise das verräterische Piepen einer Mikrowelle zu hören – Mitternachtssnacks waren bei ihm genauso beliebt wie bei mir. »Woo-seok hat nicht viel gesagt, er ist meistens vorsichtig, wenn es um so was geht. Ich nehme an, das ist so, wenn man als Leader immer zwischen allen vermitteln muss.«

»Und die anderen?«

»Min-ho sitzt seitdem in seinem Studio und arbeitet an ersten Ideen für das Konzept. Ich glaube, von uns allen verarbeitet er mit seiner Musik am meisten. Wenn wir wirklich die Möglichkeit hätten, mehr von uns selbst einzubringen, Ella …« Er stockte kurz, als wäre allein der Gedanke so groß, so umfassend, dass er ihn kaum begreifen konnte. »Wir haben in den letzten Jahren so viel erlebt und über so wenig davon jemals richtig geredet.«

Das Lächeln auf meinen Lippen kam unwillkürlich. Ihn darüber reden zu hören, war, als würde man einem Kind dabei zusehen, wie es Weihnachtsgeschenke öffnete. Ich konnte ihn vor mir sehen, wie seine Augen leuchteten, und das konzentrierte Runzeln auf der Stirn, weil er in Gedanken schon völlig in Ideen versank.

»Klingt, als könnten wir beide endlich das tun, was wir schon länger wollten«, sagte ich.

Geschirr klapperte im Hintergrund, und Jae-yong stieß einen leisen Fluch aus. »Apropos, bist du schon aufgeregt wegen dem Kunstkurs? Wann hast du deine erste Stunde?«

»Übermorgen.« Ich schraubte meinen kalten Eistee auf und nahm einen großen Schluck. Die Abkühlung war in der Mittagshitze dringend nötig. »Und ›aufgeregt‹ ist gar kein Ausdruck. Ich werde vorher tausend Tode sterben.«

»Solange du währenddessen Spaß hast, ist das doch nicht schlimm«, erwiderte Jae-yong.

»Ich will mir eigentlich noch gar keine Hoffnungen machen.« Am Ende würde mir der Kunstkurs gar nicht gefallen – und was dann? Dann würde ich wieder am Anfang stehen, ohne einen richtigen Plan zu haben, was ich tun wollte.

»Aber?«, hakte er nach.

»Aber ich tu's trotzdem.«

Ein leises Lachen erklang an seinem Ende der Leitung. »Ich hätte es schlimm gefunden, wenn nicht. Freu dich ein bisschen, Ella. Das darfst du.«

»Ja, ich weiß.« Ich spielte mit dem Etikett an meiner Flasche. »Ich versuch's.«

»Sehr gut.« Ich hörte ein Klicken, als würde er eine Tür schließen, und ein paar Sekunden später ein Knarzen. Dann seufzte er.

»Alles in Ordnung?« Er klang erschöpft, dabei war unser Kurzurlaub noch keine drei Tage her.

»Ja, ich hätte nur gern mehr Zeit. Für ein paar Lieder oder wenigstens, um das Konzept besser auszuarbeiten. Bestenfalls können wir es unserem Management diese Woche noch vorstellen, aber Woo-seok und Hyun-woo gönnen sich ohnehin nie eine Pause. Und Min-ho schläft an normal-stressigen Tagen schon wenig, ich will gar nicht wissen, wie viele Nächte er in nächster Zeit durchmachen wird.«

»Ihr tendiert alle dazu, euch zu überarbeiten, wenn ihr etwas wirklich wollt, oder?«

»Wir hatten nie eine andere Wahl«, erwiderte er leise, in Gedanken versunken. »Hätten wir es nicht getan, wären wir heute vermutlich nicht mehr zusammen.«

So viele schlaflose Nächte, so viel harte Arbeit. Ich konnte mir nicht mal annähernd vorstellen, was es jeden Einzelnen von NXT gekostet haben musste, dort hinzukommen, wo sie heute waren. Es war zugleich ermutigend und angsteinflößend, zu sehen, wie weit manche

Leute gingen, wenn sie stur an ihren Träumen festhielten. Wer konnte sicher sagen, dass die Arbeit sich auszahlen würde?

»Ich muss auflegen, Ella. Min-ho steht vor meiner Tür, ich glaube, er braucht bei irgendwas Hilfe«, unterbrach Jae-yong meinen inneren Monolog.

»Vergiss nicht, dich auch mal auszuruhen!«, rief ich, bevor er auflegen konnte.

»Jawohl, Ma'am.«

Ich stellte mir vor, wie er dazu salutierte, und lachte, bevor ich den Anruf beendete und mein Handy neben mich legte. Mehr und mehr Leute waren in den letzten Minuten, die ich auf Jae-yong konzentriert gewesen war, aus dem Unigebäude geströmt. Alle mit dem gleichen Verlangen, ein paar Minuten Sonne zu tanken, bevor wir den restlichen Nachmittag in überfüllten Vorlesungssälen verbringen würden.

Ich sah mich auf dem Campus um, während ich an meinem Sandwich knabberte. Außer Matt hatte ich mit kaum jemandem zu tun. Es studierten so viele Leute hier, dass man einfach in der Masse untergehen konnte. Dabei hatte ich, seit ich Jae-yong kennengelernt hatte, das Gefühl, ich müsste eigentlich auffallen wie ein bunter Hund.

Wie unterschiedlich unsere Leben waren … Es war nichts Neues, keine Erkenntnis, die mich überraschte. Aber sie wurde deutlicher in diesem Moment, in dem ich vor meiner Uni saß und mich umsah – kurz nachdem wir für wenige Tage zusammen und ganz gewöhnliche Personen hatten sein können, die ihren Platz in der Welt suchten. Während er die Welt bereiste und dafür arbeitete, anderen Leuten mit seiner Musik zu helfen, schaffte ich es nicht mal, mich für die eine Leidenschaft einzusetzen, die mich glücklich machte.

Du hast den ersten Schritt getan, Ella. Sei nicht so hart zu dir selbst.

Ich stieß einen langen Atem aus. Ja. Babyschritte.

Als ich am Abend zu Hause ankam, begrüßte Liv mich mit einem lauten Seufzer in der Küche. Sie stand am Esstisch über ihr Handy gebeugt und schien konzentriert etwas zu lesen.

Ich warf einen Blick über ihre Schulter. Eine Zutatenliste leuchtete mir von ihrem Handy entgegen. »Welchen Backwettbewerb versuchst du diesmal zu gewinnen?«

Sie legte ihr Handy mit dem Bildschirm nach unten auf der Arbeitsfläche ab. »Ich will versuchen, den Kuchen zu machen, den ich Mel für ihre Geburtstagsfeier backen will, aber es ist schwerer, als ich dachte.«

»Was für ein Kuchen ist es denn?« Sie hatte mir das Foto nur einmal kurz gezeigt.

»Ein Naked Cake mit frischen Erdbeeren, weil sie die im Sommer doch so mag«, erklärte sie. »Und ich wollte ihn wenigstens einmal probieren, damit ich Mels nicht versaue.«

Ich lächelte. Liv wollte unserer großen Schwester wirklich eine Freude damit machen. Allein dass sie an die Erdbeeren gedacht hatte … »Soll ich dir helfen?«

Liv runzelte unsicher die Stirn. »Würdest du?«

»Ja, klar.« Der erste Tag in einem neuen Semester brachte selten etwas Aufregendes mit sich. Meistens diente er nur zur groben Orientierung und der Vorstellung neuer Dozenten. Zumindest für heute hatte ich also noch nichts zu tun. »Haben wir alles dafür da, oder müssen wir erst einkaufen gehen?«

»Eigentlich dürften wir alles dahaben«, sagte Liv und hob ihr Handy wieder an. »Außer der Schokoglasur, aber das ist nicht schlimm. Ich wollte am Mittwoch einen Großteil mit in die Schule nehmen, damit Mel es nicht mitbekommt, und Charlie mag Schokolade eh nicht so gern.«

»›Schokolade‹ und ›nicht mögen‹ in einem Satz werde ich nie verstehen können.« Ich öffnete den Schrank, in dem wir unsere Backutensilien aufbewahrten. »Okay, schieß los. Was brauchen wir?«

Sie zählte eine Zutat nach der anderen auf, während ich sie aus dem Schrank zog und auf der Arbeitsplatte aufreihte. Liv führte uns durch die unterschiedlichen Schritte – Teig anrühren, in Formen gießen, backen. Danach bereiteten wir eine Buttercreme zu, schnitten die Erdbeeren, holten die Formen aus dem Ofen und ließen den Kuchen abkühlen, ehe wir damit begannen, alles zu einer Torte anzurichten. Ich hatte bei Weitem nicht so viel Spaß am Backen wie meine Schwester, aber dass wir Zeit miteinander verbrachten, war in den letzten Wochen ein wenig zu kurz gekommen. Nicht zuletzt meinetwegen. Ich fühlte mich ein wenig überfordert, mit dem Wissen, dass sie ein riesiger NXT-Fan war und vermutlich am liebsten alles über sie wissen wollte, während ich dem privaten Jae-yong immer näherkam … Die beiden Seiten vertrugen sich meist nicht sonderlich gut.

Wir waren zwei Stunden mit dem Kuchen beschäftigt. Das Ergebnis konnte sich wirklich sehen lassen. Auch wenn die Küche anschließend einem Schlachtfeld glich. Schüsseln stapelten sich auf jeder freien Fläche – und Liv stand mittendrin, alleinige Herrscherin über das Chaos. Sie hatte Mehl im Haar und auf der Wange und war völlig darin vertieft, die Erdbeeren präzise auf der Torte zu drapieren.

Ich gab dem Drang nach, ein Foto von der Szene zu schießen, um es Jae-yong zu schicken – Liv streckte in ihrer Konzentration sogar die Zunge leicht raus, wie Katzen es manchmal taten. Wie konnte ich das nicht festhalten?

Einen Augenblick wartete ich auf seine Antwort, bis ich die Uhrzeit sah. Ich rechnete kurz nach. In Korea war es gerade neun oder zehn Uhr. Mich würde es nicht wundern, wenn er gerade mitten in einem Interview saß oder Choreografien probte oder an dem neuen Konzept arbeitete und deswegen nicht auf sein Handy sehen konnte. Die Tage, die wir zusammen verbracht hatten, hatten mich einfach verwöhnt. Keine unterschiedlichen Zeitzonen, keine Arbeit, kein Studium, niemand sonst, der unsere Zeit beanspruchte.

Ich versuchte, das ernüchternde Gefühl beiseitezuschieben, steckte mein Handy weg und betrachtete die Torte, auf die Liv gerade die letzte Erdbeere gelegt hatte.

»Ich finde, das haben wir ziemlich gut hinbekommen.«

Liv trat einen Schritt zurück. »Er ist ein bisschen schief, oder?«

»Das macht ihn besonders.«

Liv grinste mich an, ehe sie ein Messer aus einer

Schublade hervorkramte und uns zwei Stücke abschnitt. Wir setzten uns damit ins Wohnzimmer und schalteten den Fernseher ein. Der Kuchen schmeckte so gut, dass ich mir nach dem ersten Bissen am liebsten schon ein zweites Stück geholt hätte. Er war trotz der Buttercreme nicht so schwer, wie ich angenommen hatte, und die Erdbeeren machten ihn schön fruchtig.

»Ich hatte ein bisschen Angst, dass das Rezept zu aufwendig ist«, meinte Liv zwischen zwei Bissen. »Aber dafür, dass er schmeckt, wie er schmeckt, war es ziemlich einfach.«

Ihre Definition für »einfach« hätte ich gern gewusst. Hätte ich versucht, den Kuchen allein zu backen, hätte es in einem heillosen Chaos geendet, da war ich mir sicher.

Wir aßen beinahe eine komplette Hälfte des Kuchens, ehe wir uns stoppen konnten. Die Magenschmerzen waren bereits vorprogrammiert, aber das nahm ich gern in Kauf. Im Fernsehen lief eine Tierdoku, der wir beide nur mit einem Ohr lauschten. Liv schrieb mit jemandem auf ihrem Handy, und ich war zu sehr damit beschäftigt, nicht in ein plötzliches Fresskoma zu fallen.

»Oh«, murmelte Liv da plötzlich. »Das hab ich fast vergessen.«

»Was vergessen?«, fragte ich.

»Morgen ist Moms und Dads Todestag.« Sie sagte es so beiläufig, so leichtfertig, dass ich einen Moment brauchte, um ihre Worte überhaupt nachvollziehen zu können. Und als sie endlich bei mir ankamen, nahmen sie mir die Luft zum Atmen.

26. KAPITEL

Meine Gedanken drehten sich im Kreis. Ich konnte sie auch mit Gewalt nicht von der Tatsache losreißen, dass ich zum ersten Mal überhaupt den bevorstehenden Todestag unserer Eltern vergessen hatte. Ich war so mit meinem Chaos beschäftigt gewesen.

Dennoch. Wie … wie konnte ich das vergessen?

Ich konnte mich nicht genau daran erinnern, wie ich das Wohnzimmer verlassen oder was ich zu Liv gesagt hatte. Vielleicht war ich einfach aufgestanden und gegangen, denn hier kniete ich nun vor meinem Bett und tastete nach der kleinen Box, die ich darunter aufbewahrte. Ich fühlte die raue Pappe, aus der sie bestand, bekam eine Ecke zu fassen und zog die Box vorsichtig unter dem Bett hervor. Mit der Schachtel im Schoß lehnte ich mich an mein Bett.

Ich hatte nur das kleine Licht auf meinem Nachttisch angeknipst, das den Raum erhellte. Es war gerade hell genug, dass ich sehen konnte, was ich tat – ein kleiner, beleuchteter Kreis, in dem ich mich befand, während um mich herum die Schatten warteten.

Die Pappschachtel war nicht besonders schön und ziemlich alt. Ich hatte sie irgendwann vor dem Müll gerettet, kurz nachdem Liv und ich hier bei Mel eingezogen waren. Die Ecken waren abgestoßen, und sie roch nach altem Papier, das lange vergessen herumgelegen hatte. Aber sie tat ihren Job. Sie beschützte die Erinnerungen, die mir am meisten bedeuteten, bis ich sie jedes Jahr am gleichen Tag hervorholte.

Ich hob den Deckel von der Box, legte ihn neben mich auf den Boden. Das Lächeln meiner Mom begrüßte mich. Sie konnte bei der Aufnahme des Fotos nicht viel älter als Mel heute gewesen sein. Ein kleines Bündel lag in ihren Armen, aus dem ein winziges Gesicht hervorlugte. Mom schaute mit so viel Wärme und Liebe in den Augen in die Kamera, dass mein Herz einen schmerzlichen Schlag aussetzte. Ich wusste genau, in welcher Reihenfolge die Bilder in der Schachtel lagen: Das Bild von Mom, dann ein Foto von ihr und Dad vor unserem Haus. Mel war damals gerade alt genug gewesen, um laufen zu können. Nur ihre Haare waren am Bildrand zu sehen.

Dreizehn Fotos für dreizehn Jahre, die sie in meinem Leben waren. Alle anderen Fotoalben und Erinnerungen lagen sicher verpackt in Kartons in unserem Keller – aber diese hier hatte ich immer in meiner Nähe behalten. Diese Box war eines der wenigen Stücke Vergangenheit, die ich noch hatte. Und ich sah sie mir jedes Jahr am gleichen Tag an. Am Tag, an dem mein Leben sich von Grund auf verändert hatte. Dem Tag, an dem meine Eltern bei einem Autounfall gestorben waren.

Und du hättest ihn beinahe vergessen, flüsterte eine düstere Stimme in meinem Kopf.

Ich versuchte, sie zu ignorieren, aber es fiel mir schwer,

mich nicht unter dem schlechten Gewissen begraben zu lassen. Hätte Liv nichts gesagt, *hätte* ich ihn vergessen. Und das, obwohl ich gerade erst in unserer alten Heimat gewesen war und vor unserem alten Haus gestanden hatte. Ich hatte keine Ahnung, wie das überhaupt passieren konnte.

Schuldgefühle umklammerten meinen Brustkorb. Ich zog die Knie an die Brust. Schlang meine Arme um sie. Machte mich ganz klein.

Ich traute mich nicht aus meinem Lichtkegel hinaus, aus Angst, die Schatten könnten mich dann überfallen. Dabei zerrte das Verlangen, Mel und Liv an meiner Seite zu haben, so sehr an meinem Inneren, dass ich mich zusammenkrümmen musste, um den Schmerz erträglicher zu machen.

Über die Jahre waren die Erinnerungen immer weiter verblasst. Erst Moms Augenfarbe. Dann ihr Lachen. Dann ihr Geruch. Dads wirre Haare. Seine Umarmungen, die immer der sicherste Platz auf Erden für mich gewesen waren.

Mel, Liv und ich – wir sprachen so selten über all diese Dinge, dass ich manchmal das Gefühl hatte, sie wären gar nicht echt gewesen. Liv sperrte sich an diesem Tag nach der Schule oft in der Küche ein und backte alle Rezepte von Mom und Dad nach, an die sie sich erinnern konnte, während ich mich in meinem Zimmer versteckte und Mel sich mehr als normalerweise in die Arbeit kniete. Das war fast das Schlimmste daran – dass jeder für sich den Tag durchmachte statt gemeinsam.

Die Nacht war nicht sehr gnädig mit mir. Ich wusste, dass es so sein würde – ich hatte genügend Erfahrung. Ich wusste, dass ich meine Ruhe brauchte, mein Schneckenhaus, in das ich mich zurückziehen konnte, während der Tag an mir vorbeizog. Aber ich konnte meinen Kopf nicht ausstellen – mit keinem Buch, keiner Musik. Es ging einfach nicht. Meine Gedanken waren lauter als alles, was ich probierte. Ich versuchte, sie beiseitezuschieben, sie zu verdrängen, aber jedes Mal schnellten sie mit so einer Wucht zu mir zurück, dass es nur noch mehr wehtat.

Mein Handy lag vernachlässigt neben meinem Kopfkissen. Ich konnte mich kaum dazu aufraffen, darauf zu sehen – geschweige denn, irgendjemandem zu antworten. Nachdem ich Matt geschrieben hatte, dass ich nicht zur Uni kommen würde, hatte ich es weggelegt und seitdem nicht mehr angefasst.

Bis jetzt. Der Wunsch, Jae-yongs Stimme zu hören, war größer als das Verlangen, mich von allem abzukapseln. Ich wählte seine Nummer und wartete. Wartete und wartete, bis mir eine automatisierte Stimme sagte, dass er gerade nicht erreichbar war. Nach kurzem Zögern öffnete ich die Messenger-App, um ihm zu schreiben.

Ich: Kannst du mich zurückrufen?
Ich: Heute … ist kein guter Tag.

Wieder und wieder las ich meine Nachrichten, während ich darauf wartete, dass er online ging. Fragte mich, ob ich mehr schreiben sollte, verwarf den Gedanken aber gleich wieder. Ich wollte es nicht auftippen – ich wollte es ihm sagen. Persönlich. Ich wollte von ihm in die Arme genommen werden und von ihm hören, dass alles gut werden würde. Ich wollte seinen beruhigenden Herzschlag spüren und seinen vertrauten Geruch einatmen und mich für einen Augenblick einfach nur fallen lassen.

Aber er rief nicht zurück. Ihn auf einem anderen Weg zu erreichen, war so unmöglich, dass ich mir schon ausmalte, in ein Flugzeug nach Südkorea zu steigen. Ein lächerlicher Gedanke.

Ich verkroch mich unter meiner Decke, schaltete meinen Laptop und dann eine Serie ein, die mich ablenken sollte. Es gelang ihr mehr schlecht als recht, reichte aber, um die Stunden zu füllen. Zwischendurch döste ich ein, wachte auf, sah die Serie weiter und aß einen Joghurt. Ich schaute nicht einmal auf die Uhr, blendete alles um mich herum aus.

Es war unsinnig – von außen betrachtet war der Tag heute nicht anders als alle anderen, aber es fiel mir dennoch schwer, mich von dem Datum nicht einschüchtern zu lassen. Als würde ein Fluch über ihm hängen und könnte noch mehr Schaden anrichten, wenn ich es wagte, heute das Haus zu verlassen. Je später es wurde, desto leichter fiel es mir, dann doch mein Bett zu verlassen. Das Vergehen der Stunden brachte einen gewissen Trost mit sich: das Wissen, dass morgen ein neuer Tag war.

Irgendwann, als ich es in meinem Schlafzimmer nicht mehr aushielt, schaffte ich es sogar, mich ins Wohnzimmer zu setzen und den Fernseher dort anzustellen. Der schlimmste Teil war die Stille, die in der Wohnung herrschte. Kein aufgeregtes Plappern von Liv, kein stetiges Tippen auf der Laptoptastatur von Mel. Es war die Einsamkeit, die es unerträglich machte. Die Tatsache, dass ich nur stumm meinen Gedanken hinterherhängen konnte.

Umso erleichterter war ich, als Erin schrieb und mich fragte, wie es mir ging. Selbst Tausende von Kilometern entfernt hatte sie daran gedacht, welcher Tag heute war. Ihre virtuelle Gesellschaft war nicht das Gleiche, wie sie neben mir zu haben – aber zu wissen, dass sie in Gedanken immer bei mir war, war ein tröstliches Gefühl.

Es war später Nachmittag, als die Wohnungstür aufging. Ich rechnete fest damit, Liv ins Wohnzimmer schlendern zu sehen. Zu meiner Überraschung war es Mel, die ihre Tasche im Eingangsbereich abstellte und mich begrüßte.

»Du bist schon zu Hause?«, fragte ich vorsichtig. Wann war sie das letzte Mal so früh von der Arbeit zurückgekommen? Ich konnte mich beim besten Willen nicht daran erinnern.

Mel strich sich nervös eine Haarsträhne hinter ihr Ohr. Mel. Nervös. »Ich hab heute früher Schluss gemacht.«

Ich konnte sie nur sprachlos anblinzeln.

»Ist Liv da?«, fragte sie und schaute in Richtung Flur, als könnte sie die Antwort auf diese Weise erahnen. »Ich dachte, vielleicht bestellen wir uns heute etwas zu essen. Und schauen einen Film dazu. Das macht ihr doch öfter so.«

»Du …« Ich unterbrach mich. Suchte nach den richtigen Worten, die meinen Unglauben erklären konnten.

»Du bist früher nach Hause gekommen, um mit uns einen Film zu gucken?«

»Heute ist doch Moms und Dads Todestag«, begann sie schließlich leise. Sie lächelte – ein wenig angespannt, ein wenig unsicher. »Die letzten Male habe ich einfach durchgearbeitet, weil ich immer dachte, dass es für uns alle so das Beste ist, aber … na ja. Wenn mir die letzten Wochen eins gezeigt haben, dann dass ich nicht immer recht habe. Irgendwie fühlt es sich diesmal nicht richtig an, im Büro zu sitzen. Und dann ist mir eingefallen, dass du in New Buffalo warst und wir noch nicht mal darüber geredet haben …« Sie zuckte mit den Schultern, zögerte einen Moment. »Oder wärst du lieber allein?«

Ich brauchte ein paar Sekunden, um mich aus meiner Starre zu lösen. Es war so ungewohnt, diese verletzliche, nicht ganz so selbstbewusste Seite von ihr zu sehen. Ungewohnt, aber schön. »Nein, ich …« *… hab mir gewünscht, dass ihr nach Hause kommt.* »Liv ist noch nicht da, aber wenn du magst, können wir schon mal einen Film raussuchen.«

Mel nickte zustimmend. »Ich zieh mir nur schnell etwas anderes an«, sagte sie und verschwand kurz darauf in ihrem Zimmer.

Sie hatte früher Schluss gemacht, um Zeit mit Liv und mir zu verbringen. Ausgerechnet heute. Mel war so schnell wieder zurück aus ihrem Zimmer, dass ich kaum Gelegenheit hatte, darüber nachzudenken, was das bedeutete.

Die Auswahl des Films war ein Akt für sich. Mel und ich hatten in den letzten Jahren nie wirklich aktiv etwas zusammen geguckt, außer es lief vielleicht gerade im Fernsehen. Wir waren schon beinahe Livs komplette DVD-Sammlung durchgegangen ohne einen gemeinsamen Nenner, als sie nach Hause kam.

Liv blieb im Eingangsbereich stehen, sichtlich verwirrt. Sie warf sogar einen Blick auf ihre Uhr und schaute erst mich, dann Mel fragend an. »Hab ich was falsch gemacht?«

Ich konnte mir das Lächeln nicht verkneifen, das sich auf meinem Gesicht ausbreitete.

»Was sagst du zu einem Filmeabend?«, schlug Mel vor.

Mehr Überzeugungsarbeit brauchte es bei Liv gar nicht. Sie schüttelte ihre Zweifel sofort ab und diskutierte mit uns über die Auswahl. Wir entschieden uns für einen Actionfilm, den bisher noch keine von uns gesehen hatte, machten es uns auf der Couch bequem und ließen uns einfach in die Geschichte fallen.

Als wir Stunden später in unsere eigenen Zimmer gingen, fühlte ich mich um einiges leichter als noch am Morgen. Ich war an diesem Tag noch nie allein gewesen, hatte immer Erin an meiner Seite gehabt, seit ich sie in der Schule unmittelbar nach meinem Umzug nach Chicago kennengelernt hatte. Aber es war etwas ganz anderes, an diesem Tag mit meinen Schwestern zusammen zu sein. Wir teilten die gleiche Vergangenheit und mussten nicht darüber reden. Das Verständnis lag in jedem traurigen Lächeln, jeder Geschichte über frühere Tage.

Ich saß auf meinem Schreibtischstuhl, einen Bleistift in der Hand, aber keine wirkliche Idee im Kopf, was ich zeichnen wollte. Ich war aufgekratzt und erschöpft gleichzeitig – ein Mix, der es mir unmöglich machte, sofort ins Bett zu gehen.

Mein Handy vibrierte neben mir, und ich schreckte aus meinen Gedanken auf. Als ich Jae-yongs Namen auf dem Display sah, ging ich ran, ohne nachzudenken.

»Ella?« Er klang erleichtert, und ich war verwirrt, bis mir die Nachricht einfiel, die ich ihm heute Vormittag geschickt hatte.

Ich räusperte mich. »Ja?« Meine Stimme war ein bisschen rau, weil ich sie heute so wenig benutzt hatte.

»Ich hab deine Nachricht gerade gesehen«, sagte er. »Es tut mir leid, Ella. Ich habe den ganzen Tag nicht aufs Handy geguckt, weil wir ununterbrochen unterwegs waren, und zu Hause bin ich sofort eingeschlafen. Was ist passiert?«

Ich malte Kreise und Linien auf das Blatt vor mir. Der Abend mit Mel und Liv hatte einiges von der Trostlosigkeit genommen, die mich den gesamten Tag runtergezogen hatte. Aber als er diese Frage stellte, fühlte ich trotzdem einen stechenden Schmerz durch mein Herz ziehen. »Meine Eltern … Heute sind es genau acht Jahre her.«

»Heute ist ihr Todestag?«, fragte Jae-yong geschockt.

Ich nickte, als könnte er es sehen, und biss mir auf die Zunge, als ich spürte, wie meine Augen feucht wurden. Mein Blick fiel auf die Uhr auf meinem Nachttisch, und ich räusperte mich noch einmal.

»Ja. Ein paar Minuten noch, dann ist er vorbei.«

»Gott, Ella.« Ich hörte, wie er die Luft geräuschvoll ausstieß. »Es tut mir so, so leid. Ich hätte …« Er stockte, und ich wusste, dass wir beide den gleichen Gedanken hatten. Er hätte nichts tun können. Selbst wenn er die Nachricht gesehen hätte, wäre sein Terminplan voll gewesen. Ich konnte mir nicht vorstellen, dass er darin Platz gefunden hätte, mal eben für eine Weile zu verschwinden, um mit mir zu telefonieren.

Er wusste das auch, daher behielt er den Rest des Satzes für sich. Stattdessen fragte er: »Bist du den ganzen Tag allein gewesen?« Ihm war anzuhören, wie sehr ihn diese Vorstellung quälte.

»Nein«, erwiderte ich schnell. Nun war ich es, die ihn beruhigte, obwohl ich bis vor ein paar Stunden noch genau das von ihm gebraucht hätte. Mir entging die Ironie nicht. »Mel ist am Nachmittag nach Hause gekommen und Liv kurz danach. Wir haben Filme geguckt und Pizza gegessen und … na ja. Das war das erste Mal, dass wir den Tag zusammen verbracht haben.«

»Zum Glück.« Er klang noch immer ein wenig angespannt. Ich konnte die Vorwürfe, die er sich machte, förmlich spüren.

»Gegen eine Umarmung hätte ich trotzdem nichts einzuwenden«, versuchte ich, die Stimmung ein wenig aufzulockern.

Ein trauriges, leises Lachen erklang durch die Leitung. »Ich wünschte, ich könnte sie dir geben.«

»Ich weiß.«

Die Entfernung nach den Tagen in New Buffalo war ernüchternd. Als könnte ich erst jetzt klar sehen, was sein könnte, wenn wir nicht in zwei unterschiedlichen Welten leben würden. Jae-yong wusste das auch – ich spürte es in dem Schweigen, das sich kurz über unser Gespräch senkte. Aber keiner von uns beiden sprach es an, und ich war froh, heute nicht auch noch darüber nachdenken zu müssen.

»Was habt ihr den ganzen Tag gemacht?«, lenkte ich das Gespräch in seichtere Gewässer. »Beschäftigt euch die Ausarbeitung des Konzepts noch sehr?«

»Auch«, sagte Jae-yong. »Vor allem die Lieder, die wir dafür brauchen.« Er verstummte kurz. »Ich habe es dir noch gar nicht erzählt, aber ich habe den Song, den ich in New Buffalo angefangen habe, fertig geschrieben.«

»Und das sagst du mir in einem Nebensatz?« Ich legte meinen Bleistift beiseite und zog die Beine auf den Stuhl. »Darf ich ihn hören?«

»Wenn du möchtest.« Er klang beinahe schüchtern. Im Hintergrund schien er etwas auf seinem Computer zu tippen.

»Absolut. Hat er einen Namen? Der Song, meine ich.«

»Bisher noch nicht«, antwortete er. »Aber sag mir Bescheid, wenn dir einer einfällt.«

Sekunden später begann das Lied. Hätte ich mehr von Musik verstanden, hätte ich vielleicht in Worte fassen können, was die Melodie in mir auslöste. Aber so lauschte ich nur dem Bass, der sich wie ein Herzschlag anhörte. Er blieb immer gleich, selbst dann, als der Rest sich langsam zuspitzte, mehr Klänge hinzukamen, die ich kaum benennen konnte. Es war, als hätte jemand einen schwarzen Untergrund genommen und mit jeder Note mehr Farben hinzugefügt. In einzelnen Punkten und langen Strichen. Mal gedeckt, mal grell leuchtend. Und zwischen die Instrumente wob sich Jae-yongs Stimme, so zart und zurückhaltend und anders als sonst, dass ich sie beinahe nicht als seine erkannt hätte. Das Lied brannte sich mir sofort ins Gedächtnis.

»Wow«, machte ich, als die letzten Töne verstummten. »Er ist so …«

»Erdrückend?«

»Ich wollte ›dunkel‹ sagen, aber ja, das passt auch.« Wie merkwürdig, dass ausgerechnet so ein Lied in New Buffalo seinen Anfang gefunden hatte. Für mich waren die Tage von einem unbeschwerten Gefühl geprägt, von hellen Farben und sanften Klängen.

»Ella?«, ergriff Jae-yong wieder das Wort, bevor ich nach der Bedeutung oder den Lyrics fragen konnte.

»Ja?«

»Es tut mir wirklich leid«, wiederholte er sich. »Ich … ich weiß auch nicht. Ich hätte nicht gedacht, dass es mir so schwerfallen würde, nicht immer sofort für dich da sein zu können.«

»Du bist jetzt da.«

»Stunden zu spät.«

Ich öffnete den Mund und schloss ihn wieder, als keine Worte hervorkamen. Bevor meine Schwestern nach Hause gekommen waren, hatte ich die ganze Zeit gehofft, dass er mich zurückrufen würde. Obwohl ich genau wusste, wie viel er zu tun hatte. Nur konnte ich diese Art von Gedanken manchmal nicht zurückhalten. Den Wunsch, genauso wichtig zu sein wie seine Band – wie seine Musik. Gleichzeitig fühlte ich mich schlecht, überhaupt darüber nachzudenken. Er gab sein Bestes, genau wie ich; mehr konnten wir im Augenblick nicht voneinander erwarten.

»Wenn ich könnte, würde ich uns beiden ein Happy End schreiben«, sagte ich, »oder malen, weil ich in meinem Leben noch nie eine Geschichte geschrieben habe.«

»Ich bin mir sicher, dass es auch von allein kommt«, sagte Jae-yong und klang dabei, als gäbe es in seiner Vorstellung gar keine andere Option. »Ich glaube, jeder macht vor seinem eigenen Happy End einige Dinge in seinem Leben durch. Umso schöner ist der Teil, der danach kommt.«

Seine Worte wirkten merkwürdig beruhigend auf mich. In letzter Zeit war es einfacher geworden, daran zu glauben, dass hinter dem Sturm Tage voller Sonnenschein auf mich warteten.

»Versprochen?«, fragte ich – als hätte er die Macht, etwas daran zu ändern, falls es nicht so war.

»Versprochen.«

27. KAPITEL

Liv war bereits in der Küche, als ich am nächsten Morgen zu ihr stieß, um mir Frühstück zu machen. Die Hand, mit der sie ihren Löffel hielt, stoppte auf halbem Weg zum Mund, damit sie mir ein »Guten Morgen« wünschen konnte, ehe sie sich die Cornflakes in den Mund schob.

»Morgen«, sagte ich zwischen zwei Gähnern. Ich war so müde, dass ich mich im Bett vorhin am liebsten auf die andere Seite gedreht und weitergeschlafen hätte. Die Erschöpfung hing ohne Frage mit dem gestrigen Tag zusammen – solche emotionalen Achterbahnfahrten verlangten immer alles von mir ab. Umso stolzer war ich darauf, mich trotzdem aus dem Bett gekämpft zu haben. Der Gedanke an den Kunstkurs hatte es leichter gemacht.

Ich nahm mir eine Schüssel aus dem Schrank, schüttete Cornflakes hinein und die Milch hinterher. Dann setzte ich mich zu ihr an den Tisch.

Livs Stuhl kratzte über den Boden, als sie aufstand und ihre Schüssel in die Spüle stellte. »Hast du schon einen Plan für Mels Geschenk?«

»Die Antwort ist immer noch die gleiche wie beim letzten Mal, als du mich das gefragt hast.«

»Ich meine ja nur.« Sie zuckte mit den Achseln. »Wir haben schon Dienstag.«

»Was mir noch vier Tage für das Geschenk gibt«, erwiderte ich – eventuell ein bisschen genervt. Es war nicht so, dass ich bisher viel Zeit gehabt hätte, mich auf die Suche zu begeben. »Ich wollte morgen eh in die Stadt, um mir neue Fineliner zu kaufen. Ich finde schon was.«

»Okay.« Sie öffnete den Kühlschrank. »Willst du noch ein Stück Torte, oder kann ich alles mitnehmen?«

»Nimm es ruhig mit.« Ich hatte immer noch ein bisschen Bauchschmerzen von der Hälfte, die wir vorgestern allein gegessen hatten.

Liv packte die übrig gebliebenen Stückchen in zwei Dosen, verstaute sie in ihrem Rucksack und machte sich dann auf den Weg zur Schule.

Ich aß mein Frühstück auf, dann ging ich zurück in mein Zimmer und kramte mein Handy unter dem Kissenberg hervor.

Jae-yong: Wie geht's dir heute, Ella?

Gute Frage. Ich setzte mich auf den Bettrand, während ich über meine Antwort nachdachte.

Ich: Es ging mir schon schlechter. Und ich freu mich auf den Tag, also alles in Ordnung.

Jae-yong: Ich weiß nicht warum, aber du klingst nicht ganz, als wäre alles in Ordnung.

Ich: Ich bin einfach noch so müde. Aber ich hab Angst, in einen Dornröschenschlaf zu fallen, wenn ich mich wieder hinlege.

Ich: Davon abgesehen geht es mir gut. Es ist … einfach immer der Tag, der mich etwas ausknockt.

Ich: Und bei dir?

Jae-yong: Ed hat schlechte Laune, seit er mit seiner Mom vorhin telefoniert hat. Ich bin mir nicht sicher, warum. Er redet nicht viel über seine Familie, aber wenn man ihn in dem Zustand allein lässt, schmollt er die nächsten Tage, dass niemand Zeit mit ihm verbringen möchte.

Jae-yong: (Was im Augenblick stimmt, aber erzähl ihm das nicht.)

Ich: Und wo sind die anderen?

Jae-yong: Min-ho ist noch in seinem Studio, Hyun-woo ist gerade in einen Putzwahn verfallen, und Woo-seok passt auf, dass er dabei nicht alles wegschmeißt, was wir besitzen.

Ich: Das klingt … aufregend. Dafür, dass ihr schon einen stressigen Tag hattet.

Jae-yong: Wir stehen alle ein bisschen unter Strom.

Ich: ☹ Ich hoffe, es wird bald besser.

Jae-yong: Das wird es immer irgendwie.

Jae-yong: Oh! Und ich drücke dir die Daumen wegen dem Kurs nachher. Es wird gut, da bin ich mir sicher.

Ich: Danke, das kann ich brauchen.

Ich: Apropos – ich sollte los, sonst komme ich zu spät zur ersten Vorlesung.

Jae-yong: Schreib mir, wie es läuft.

Ich: Aye, Sir!

Kurz danach verließ ich das Haus. Ein bisschen zu nervös, ein bisschen zu müde – aber vor allem auch mit einem leichten Gefühl in der Brust.

Das Department of Visual Arts, in dem der Kunstkurs stattfinden würde, lag ein paar Straßen entfernt vom großen Universitätskomplex, zu dem ich für meine Business- und Wirtschaftsvorlesungen musste. Es war ein lang gezogenes, flaches Gebäude, das von außen ein wenig an eine Sporthalle erinnerte. Den Eingang schmückten mehrere Gemälde und brachten damit die einzigen Farbkleckse an das Gebäude. Das Gelände war von Bäumen gesäumt, und ich müsste es nur zur Hälfte umrunden, um direkt vor dem Midway Plaisance zu stehen – dem großen Park, der die Universität in zwei Hälften teilte.

Ich betrat das Gebäude und sah mich staunend um, sodass ich beinah in eine Frau hineinlief. Bisher hatte ich keinen Grund gehabt, dieses Department zu betreten, daher fühlte ich mich ein wenig wie ein kleines Kind, das zum ersten Mal den Zoo besuchte. Ich wollte mir alles gleichzeitig ansehen: die Gemälde an den Wänden, die Statuen, die hier und da ausgestellt waren. Es war, als hätte ich eine neue Welt betreten. Ein Vibrieren lag in der Luft, das mir die Finger kribbeln und mich wünschen ließ, ich hätte gleich hier, an Ort und Stelle, meinen Skizzenblock auspacken können.

Stattdessen suchte ich den Weg zum Kursraum. Die Tür stand offen, als ich ihn endlich fand, und gab den Blick auf einen Raum frei, der nur halb so groß war wie die Vorlesungssäle, in denen ich sonst saß.

Im vorderen Bereich hing eine Tafel, Zeichnungen

zierten die gesamte Fläche, schräg davor stand ein kleiner Tisch mit einer Vase voller Blumen. Zaghaft betrat ich den Raum. Die Angst, jemand könnte mir sagen, dass ich hier definitiv falsch war, hatte ich auf dem Weg hierher nicht abschütteln können. Aber nichts passierte. Es waren bisher nur eine Handvoll Leute da, und die wenigsten von ihnen interessierte mein Auftauchen.

Ich suchte mir einen der hinteren Tische aus. Mir wäre es am liebsten gewesen, im Hintergrund zu bleiben und alles, was die nächsten neunzig Minuten über passieren würde, einfach in mich aufsaugen zu können. Ich hatte noch eine knappe Viertelstunde, bevor der Unterricht losging. Und weil ich mir nicht anders zu helfen wusste, kramte ich meinen Skizzenblock aus dem Rucksack hervor und nahm mir einen Stift zur Hand. Auf der Suche nach einer leeren Seite blätterte ich ihn durch, als ich über die Zeichnung von Jae-yong stolperte, die ich in New Buffalo angefertigt hatte.

Die Bleistiftzeichnung zeigte ihn nur im Profil, aber das reichte meinem Herzen, einen glücklichen Hüpfer zu machen. Ich strich über das Bild, dann blätterte ich weiter. Doch bevor ich mir überhaupt ein Motiv ausdenken konnte, betrat der Dozent den Raum und bat um Ruhe.

Mr Vega war älter, als ich ihn mir vorgestellt hatte. Durch Matts Erzählungen hatte sich in meinem Kopf das Bild eines relativ jungen, dynamischen Kunstlehrers eingenistet. Aber der weiße Bart und das schüttere Haar ließen mich ihn eher auf Mitte fünfzig schätzen. Er hatte einen leichten Wohlstandsbauch und trug knallrote Hosenträger, die mich maßlos verwirrten.

Er stellte sich vor die Tafel, die Hände in die Hüften gestemmt. Sein Blick schweifte durch den Raum, als wollte er jeden von uns einzeln begrüßen, und schließlich klatschte er in die Hände. Bei dem plötzlichen, lauten Geräusch zuckte ich zusammen.

»In Ordnung«, begann er. »Willkommen im neuen Semester. Ich bin Mr Vega, und wenn niemand sich verlaufen hat, wissen Sie, dass Sie sich hier in einem Kunstkurs befinden.« Ein paar Studenten lachten verhalten. »Ich weiß, dass Sie es vermutlich gar nicht erwarten können, einen Stift in die Hand zu nehmen und drauflloszuzeichnen – und dazu werden wir auch noch kommen. Aber vorher muss der organisatorische Kram erledigt werden. Damit Sie wissen, was Sie hier erwartet: Wir werden uns in den ersten Stunden vor allem mit der Theorie des Zeichnens beschäftigen, bevor wir zu Stillleben übergehen und schließlich zu echten Menschen. Es ist eine Aktzeichnung geplant, dafür sind mehrere Stunden angesetzt, aber bis wir dort ankommen, werden noch einige Wochen vergehen.«

Er trat zu dem Tisch mit der Blumenvase, und erst da fiel mir der Stapel Papiere auf, der danebenlag. »Bevor wir allerdings mit irgendwas anfangen, würde ich mir gern ein Bild Ihres Könnens machen.« Er nahm den Stapel auf und hielt ihn der Person in der vordersten Reihe hin. »Nehmen Sie sich ein Blatt, und reichen Sie es dann weiter. Wir machen zu Beginn einen kleinen Exkurs zu den Stillleben. Ich würde Sie bitten, mir eine Skizze dieser Blumenvase anzufertigen – mit so vielen Details, wie Sie in den nächsten fünfundfünfzig Minuten schaffen. Wir werden Ihre Zeichnungen dann an der Tafel anbringen und Sie uns gemeinsam ansehen.«

Fünfundfünfzig Minuten? Die Zeit würde niemals reichen, um die Vase und jede Blume vollständig einzufangen. Mein Brustkorb zog sich zusammen, als ich daran dachte, dass die restlichen Studenten meine halb fertige Zeichnung zu sehen bekommen würden.

Jemand tippte mir auf die Schulter. Das Mädchen hinter mir hielt den Stapel Papiere in meine Richtung ausgestreckt. Ich nahm mir eins davon, ehe ich ihn an die Person vor mir weiterreichte.

Ich spielte nervös mit dem Bleistift in meiner Hand. Es war nicht so, dass ich es nicht zeichnen konnte – aber der bevorstehende Vergleich mit den anderen Ergebnissen machte mich nervös.

Du schaffst das, Ella. Es ist kein Weltuntergang, wenn du Fehler machst. Deswegen bist du hier.

Ich atmete tief durch, dann senkte ich den Blick auf das Blatt vor mir und setzte den Bleistift an, zeichnete die Umrisse der Vase und des Tisches. Es dauerte einige Minuten, aber schließlich passierte das, was mich immer wieder zum Zeichnen brachte: Ich verlor mich vollständig in dem Bild. In den Feinheiten, den Details, den Blütenblättern und dem Licht- und Schatten-Spiel, das auf jeder Blüte ein wenig anders war. Das Stillleben nahm vor mir Form an. Einige Blumen waren bereits verwelkt und ließen ihre Köpfe hängen, während andere sich in die Höhe reckten.

Ich hätte den ganzen Tag so weitermachen können und dabei immer mehr Dinge entdeckt, die es zu verbessern oder korrigieren galt. Aber nach genau fünfundfünfzig Minuten stoppte Mr Vega meinen Enthusiasmus.

»Die Zeit ist um«, sagte er und erhob sich von seinem Platz. »Bitte hängen Sie Ihre Skizzen hier vorne auf.« Er stellte eine Schachtel voller Magnete auf den Tisch mit der Vase. Einer nach dem anderen erhoben sich die Studenten. Ich zögerte ein paar Sekunden, ehe ich es ihnen nachtat und meine Zeichnung nach vorn brachte. Ich wählte einen Platz am linken Rand der Tafel. Alle blieben vor der Tafel stehen, als die Zeichnungen hingen.

Mr Vega deutete auf die Skizze, die am weitesten außen hing. »Wem gehört die?«

Zögerlich hob ich meine Hand, mein Herz trommelte in meiner Brust. Kritik und ich – wir waren keine guten Freunde. Ich spürte, wie mich einige Studenten neugierig betrachteten, während Mr Vega meine Zeichnung in Augenschein nahm. Ich vermied es, die anderen anzusehen – vermutlich hätte es meine Nervosität nur noch schlimmer gemacht –, aber dann fing ein Mädchen doch meinen Blick auf. Sie stand schräg hinter unserem Dozenten, hatte die Schultern angezogen und sah genauso nervös aus, wie ich mich fühlte. Als sie bemerkte, dass ich sie ebenfalls ansah, schenkte sie mir ein kleines, verrutschtes Lächeln, ehe sie sich wieder den Zeichnungen an der Tafel zuwandte. Es war nicht viel, nur eine kleine Geste, aber sie beruhigte meine angespannten Nerven so weit, dass ich nicht mehr das Gefühl hatte, ich könnte jeden Moment umkippen.

Mr Vega betrachtete das Bild eingehend, und mit jeder Sekunde, die verging, legte mein Herzschlag an Schnelligkeit zu. Dann wandte er sich mir zu.

»Ich mag, wie klar Ihre Linien sind, und Sie haben ein gutes Auge für die Plastizität. Das Bild wirkt sehr lebendig – gut gemacht.« Damit widmete er sich der nächsten Zeichnung.

Mein Kopf brauchte ein paar Augenblicke, bis er seine Worte verarbeitet hatte. Ein Lob. Es war ein Lob. Ich unterdrückte ein breites Grinsen. Das starke Klopfen in meiner Brust war mit einem Mal nicht mehr von der nervösen Sorte. Meine Schultern entspannten sich Stück für Stück, als alle die Aufmerksamkeit auf die nächste Person richteten. Ich bekam kaum mit, was Mr Vega über die anderen Zeichnungen sagte – am liebsten hätte ich sofort weitergezeichnet. Sein Lob hatte gereicht, um mich mit euphorischem Tatendrang zu füllen. Allerdings beendete er seinen Unterricht, nachdem er alle Werke begutachtet hatte, und wünschte uns einen schönen restlichen Tag.

Ich packte meine Sachen zusammen und machte mich auf den Weg zu meiner nächsten Vorlesung. Kaum hatte ich das Gelände verlassen, zog ich mein Handy hervor. Jae-yong hatte gesagt, dass ich ihm danach schreiben sollte, aber ich wollte – musste – einfach mit ihm sprechen, um alles sofort loszuwerden. Ich wollte diesen leichten Stolz in seiner Stimme hören, der seine Tonlage sanfter machte und mir jedes Mal ein Kribbeln bescherte.

Im Gehen wählte ich seinen Namen und tippte auf den grünen Hörer. Viermal klingelte es, dann meldete sich der Anrufbeantworter. Ich probierte es noch ein zweites und drittes Mal, aber als er nicht abnahm, switchte ich doch zu unserem Chat und schrieb eine Nachricht nach der anderen.

Ich: Ich komme gerade aus dem ersten Kunstkurs.
Ich: Ahh, es war so gut!!
Ich: Ist es legitim, umzudrehen und einfach für immer dort zu bleiben?
Ich: (Ich möchte auch nicht zu meinem Marketing-Seminar, aber das ist nebensächlich.)
Ich: Er hat meine Zeichnung gelobt! Ahhhhhh

Es vergingen nur ein paar Minuten, bis ich eine Nachricht von ihm auf meinem Handy hatte.

Jae-yong: Auf die Nachricht hab ich gewartet.
Jae-yong: Ich freu mich so, das glaubst du gar nicht.
Ich: Und ich mich erst. Wenn nicht so viele Leute zugucken würden, würde ich über den Bürgersteig tanzen.
Jae-yong: Nimm es unbedingt auf, falls du dich doch dafür entscheidest.
Jae-yong: Ich muss erst mal weg, wir warten gerade auf den Start einer Fernsehaufzeichnung. Aber ich rufe dich später an, und dann erzählst du mir alles, okay?
Ich: Viel Glück!

Danach chattete ich mit Erin und schilderte ihr jedes Detail, nachdem sie mich in Großbuchstaben darum gebeten hatte. Die Freude mit ihr zu teilen, verdoppelte das Gefühl nur. Auch wenn ich den gesamten Tag sehnsüchtig auf den Moment wartete, an dem ich Jae-yong ebenfalls davon erzählen konnte.

28. KAPITEL

Ein Klingeln weckte mich aus meinem Tiefschlaf. Sofort saß ich aufrecht im Bett, mein Herz hämmerte aufgeregt in meiner Brust. Verschlafen tastete ich nach meinem Handy, kniff die Augen zusammen, als das helle Licht des Displays mich blendete, und nahm den Anruf an.

»Hallo?« Meine Stimme war noch ganz rau vom Schlaf.

»Erzähl mir alles.« Jae-yong stockte kurz. »Wenn du nicht zu müde bist.«

Ich nahm das Handy einen Augenblick von meinem Ohr, um nach der Uhrzeit zu sehen. 4:34. »Weißt du, wie spät es hier gerade ist?«

»So gegen halb fünf«, antwortete er. »Tut mir leid, Ella. Ich wollte dich den ganzen Tag schon anrufen, aber ständig war irgendwas anderes. Ich will hören, wie dein Kunstkurs lief. Außerdem habe ich deine Stimme vermisst. Mein innerer Egoist hat auf ›Anrufen‹ gedrückt, bevor ich ihn vom Gegenteil überzeugen konnte.«

Ein kleines Lachen entkam mir bei seiner Erklärung. »Du hast Glück, dass ich dich zu sehr mag, um böse zu sein.«

»Heißt das, du legst nicht in den nächsten drei Sekunden auf?«, fragte er hoffnungsvoll.

Ich würde es später am Tag sicher bereuen, aber … »Nein.«

»Danke.« Ein leises Knacken erklang durch den Hörer. »Dann bin ich ganz Ohr. Es hörte sich an, als hättest du einiges zu erzählen.«

Er konnte mich ja so einfach glücklich machen. Denn sofort blubberte die Euphorie wieder hoch, die ich nach dem Kurs empfunden hatte. Und es fühlte sich doppelt so gut an, weil ich sie mit Jae-yong teilen konnte und er zuhörte und so interessiert reagierte, wie ich es mir gewünscht hatte.

Als ich damit fertig war, ihm jedes noch so kleine Detail zu schildern, ergriff er das Wort. »Heißt das, du wirst ihn weitermachen?«

»Ich denke schon«, erwiderte ich. »Vielleicht kann ich mich besser durch den Rest des Studiums zwingen, wenn jeden Mittwoch der Kurs auf mich wartet.« Wir wussten beide, dass es – wenn überhaupt – den gegenteiligen Effekt haben würde, aber Jae-yong tat mir den Gefallen, es nicht auszusprechen. »Oh! Kann ich dir noch etwas zeigen?«

»Sekunde.« Seine Stimme entfernte sich für einen Augenblick, dann hörte ich ein Piepen an meinem Ohr – die Anfrage für einen Videochat.

Ich lehnte mich über das Bett, um die Lampe einzuschalten, ehe ich annahm.

Jae-yong saß in seinem Studio, zurückgelehnt in einem Schreibtischstuhl, und in dem Augenblick, in dem ich sein Lächeln sah, wurde mir klar, dass das hier seit unserem Kurztrip das erste Mal war, dass wir uns sahen. Er trug seine Brille, einen einfachen schwarzen Hoodie und hatte seine Haare in einem halben Pferdeschwanz nach hinten gebunden. Einzelne Strähnen fielen aus dem Zopf, aber das schien ihn kaum zu stören.

»Die Frisur ist neu«, kommentierte ich den Look.

»Sie sind zu lang. Wenn sie nicht gestylt sind, fallen sie mir in die Augen und nerven mich beim Arbeiten.«

»Ich mag die Länge.« Vor allem weil ich mit meinen Fingern durch sie hindurchfahren konnte, wenn er mich küsste.

Jae-yongs schiefem Grinsen nach zu urteilen, wusste er genau, was ich dachte. »Was wolltest du mir zeigen?«

»Ach, richtig.« Ich schälte mich aus meiner Decke und wäre beim Aufstehen beinahe hingefallen. Sein Lachen war wie Musik in meinen Ohren. Kurz legte ich mein Handy ab, um meinen Skizzenblock hervorzuholen und die gesuchte Seite aufzuschlagen. Dann ließ ich mich auf meinen Stuhl fallen und lehnte das Handy an die Wand hinter dem Schreibtisch.

»Ich hab vorhin noch mal an dem Bild von dir gearbeitet, das ich in New Buffalo angefangen habe. Und weil mich das Lob von Mr Vega gerade mutig macht, werde ich es dir zeigen, und du musst mir ehrlich sagen, was du davon hältst.«

»Auch, wenn ich es nicht mag?«, fragte er schmunzelnd.

Ich starrte ihn eindringlich an. »Dann musst du mir ehrlich sagen, dass du es liebst.«

Er nickte ernst. »Verstanden.«

Ehe ich es mir wieder anders überlegen konnte, hob ich den Skizzenblock vor meinem Gesicht in die Höhe. Erst war gar nichts zu hören, und ich verzog den Mund. Wenn es ihm wirklich nicht gefiel … Kurz darauf stieß er einen lang gezogenen Atem aus.

Ich ließ den Block sinken, zu neugierig, als dass ich mich weiter dahinter hätte verstecken können. Der Ausdruck auf seinem Gesicht war für mich ein Rätsel. Er runzelte die Stirn und presste die Lippen aufeinander.

»Ella«, sagte Jae-yong in die Stille. Ich schaute zögernd auf. »So siehst du mich?«

Mein Blick wanderte von ihm zu der Skizze und zurück, unsicher, ob ich seine Frage richtig verstand.

»Ja? Ist es nicht gut?«

»Nicht gut?«, fragte er ungläubig. »Ella, das ist fantastisch. Du weißt, dass ich deine Zeichnungen liebe. Es sieht so echt aus.« Er schüttelte den Kopf. »Du bist wirklich, wirklich gut. Ich verstehe nicht, wie du etwas anderes denken kannst.«

»Du hast nicht geantwortet. Und du hast ziemlich konzentriert geguckt.« Ich zuckte mit den Schultern. »Ich dachte, es gefällt dir vielleicht nicht.«

»Ich bin müde«, erklärte er. »Und meine Augen tun weh, weil ich seit Stunden auf die Monitore hier starre. Hyun-woo sagt immer, dass ich dann einen Gesichtsausdruck draufhabe, als würde ich einen Mord planen.« Er grinste schief. »Aber ich hab dir doch schon beim letzten Mal gesagt, dass ich deine Zeichnungen fantastisch finde.«

»Ja, aber Portraits fallen mir um einiges schwerer, als Beschreibungen zu nehmen und daraus selbst etwas zu basteln. So wie bei *Harry Potter*, weißt du? Da kann ich entscheiden, von wo das Licht auf einen Körper oder Gegenstand fällt. Und wenn die Nase etwas schief ist, kann ich sagen, dass das so gewollt war.«

»Lass das bloß nicht Daniel Radcliffe hören.«

»Ich werde mir Mühe geben, es vor ihm geheim zu halten«, erwiderte ich trocken. »Aber sag mal, was machst du, dass du die ganze Zeit vor deinen Computern sitzt?«

»Woo-seok meinte, wenn wir unserem Management wirklich ein Konzept vorstellen wollen, brauchen wir Lieder, die es tragen können. Und wir haben zwar ein grobes Thema, aber so viele unterschiedliche Ideen, dass Minho vorgeschlagen hat, wir sollten jeder ein eigenes schreiben.«

»Was ist euer Thema?« Ich unterdrückte ein Gähnen, das sich in mir ankündigte.

»Dinge, die uns am Herzen liegen. Und ich weiß einfach, dass das Lied, das ich im Cottage angefangen habe, das richtige ist. Aber ich bin mir nicht sicher, ob es gut genug ist. Ich bin nicht hundertprozentig zufrieden mit den Lyrics, aber jedes Mal, wenn ich versuche, mir einen neuen Text zu überlegen, schaltet mein Hirn sich ab. Ich hab gerade nicht mal eine Idee, wo ich anfangen soll.« Er lehnte sich frustriert in seinem Stuhl zurück, die Stirn gerunzelt.

Ich zog meine Beine an und bettete mein Kinn auf die Knie. Ich war so müde, dass ich auf der Stelle hätte einschlafen können, aber ich wollte weiter mit Jae-yong reden.

»Weißt du, worüber die anderen schreiben?«

»Ed möchte einen Song für seinen kleinen Bruder produzieren. Hyun-woo und Woo-seok arbeiten an Liedern, die ein bisschen mehr upbeat sind. Und Min-ho ...« Sein Blick glitt für einen Moment an der Kamera vorbei. »Er hat eine Art, mit Worten umzugehen, an die keiner von uns rankommt. Keine Ahnung, wofür er sich entscheidet, aber ich bin mir sicher, dass es großartig sein wird.«

»Und wenn du dir eine Mindmap machst? Und einfach aufschreibst, was dir gerade in den Sinn kommt? Zum Beispiel ...« Einen Moment schwieg ich, um einen passenden Begriff zu finden. »Nehmen wir an, dein Ausgangswort ist Schokolade, dann würde mir eine Torte einfallen, ein Kuchen, Schokoladentafeln, Ganache, mit Schokolade überzogenes Obst, Schokoeis.« Ich stockte, verzog das Gesicht. »Jetzt hab ich Hunger.«

Jae-yong lachte. »Wie kommt es, dass dein erster Gedanke immer etwas Süßes ist?«

»Das passiert, wenn deine kleine Schwester backen lernt und alle zwei Tage etwas Neues ausprobiert. Aber du lenkst vom Thema ab. Los, schreib ein Wort auf!«

Ein verwirrtes Blinzeln war die Antwort. »Jetzt?«

Ich zuckte mit den Schultern und nahm meine Strickjacke von der Stuhllehne, um sie mir über die Schultern zu legen. »Ich hab gerade nichts vor.«

Sein Blick ruhte mehrere Sekunden auf mir. Ich bewegte mich nicht, sah ihn einfach nur an und wartete darauf, dass er etwas fand, über das er schreiben wollte. Nach einer Weile wandte er den Blick ab, und ich meinte zu sehen, wie seine Ohren ein wenig rot wurden.

»Ich kann nicht auf Teufel komm raus etwas schreiben«, sagte er dann. »Ich brauch ein bisschen Ruhe dafür.«

»Soll ich auflegen?«

»Nein, musst du nicht!« Er antwortete so schnell, dass er sich beinahe verhaspelte. »Nein. Ob ich es jetzt oder nachher schreibe, macht keinen Unterschied.«

Ich verkniff mir das Lachen. »Ich bin mir sicher, dass es toll wird. Das ist es jetzt schon«, sagte ich und ballte meine Hände in meinem Schoß zu Fäusten, um die Daumen zu drücken. »Sie werden eure Songs lieben und das Konzept auch.«

Jae-yong schien sich bei meinen Worten ein wenig zu entspannen. »Danke, Ella.«

Mein Kunstkurs, sein neuer Song … Ich hatte das Gefühl, endlich einen kleinen Pfad im Nebel sehen zu können. Dass es bei Jae-yong ähnlich aussah, machte mich glücklicher, als ich mit Worten hätte beschreiben können.

Nur das Gespräch, das ich am Sonntag mit Erin geführt hatte, bereitete mir noch Bauchschmerzen. Sie hatte sich bisher nicht entschieden, was sie tun wollte, und mit jedem Tag, der verging, wurde meine Sorge ein bisschen drängender.

Jae-yong war mittlerweile so sehr auf mich eingespielt, dass er mir meinen Stimmungswechsel von der Nasenspitze ablesen konnte. »Was ist los?«

Ich fuhr mir mit beiden Händen durchs Haar. »Ich hab vor ein paar Tagen mit Erin telefoniert, und bei ihr ist grad einiges los. Sie hat sogar darüber gesprochen, zurück nach Hause zu kommen. Mir geht das Gespräch seitdem nicht mehr aus dem Kopf. Ich hab es noch nicht mal geschafft, ihr von unserem Urlaub zu erzählen.«

»Moment«, unterbrach mich Jae-yong, ehe ich weiterreden konnte. »Weiß Erin von mir?«

Ein paar Sekunden starrte ich ihn nur perplex an. Warum fragte er das? Darum ging es doch gar nicht. Das »Ja« kam mir nur zögernd über die Lippen, als ahnte ein Teil von mir bereits, dass mir der weitere Verlauf des Gesprächs nicht gefallen würde.

»Von … allem?«, sagte er und machte eine umfassende Handbewegung, die nichts und alles hätte bedeuten können.

»Wenn du das ganze Popstar-Thema meinst«, begann ich, »dann ja. Sie weiß davon. Warum?«

Er verzog das Gesicht, zögerte. »Wie wütend wärst du, wenn ich sage, dass ich im ersten Moment irritiert davon war, weil ich nicht möchte, dass es jemand erfährt?«

Mir blieb der Mund beinahe offen stehen. »Du möchtest nicht, dass es jemand erfährt?«, wiederholte ich ungläubig. Ein Stich fuhr mir durchs Herz.

Plötzlich wurden seine Augen groß, als realisierte er erst in diesem Moment, was er gesagt hatte. Er beugte sich in seinem Stuhl vor und sah aus, als wollte er am liebsten durchs Telefon springen.

»Nicht so. Nicht …« Er brach ab, suchte nach den richtigen Worten in der richtigen Sprache. »Wenn es nach mir ginge, würden es alle erfahren«, sagte er dann. »Am liebsten würde ich es jedem erzählen. Aber was das letzte Mal passiert ist … Du hast eine Verschwiegenheitserklärung unterschrieben, Ella. Wenn du es jemandem erzählst und es rauskommt …« Er schüttelte den Kopf. »Du bist nicht die Einzige, die Angst hat.«

Ich verstand seine Argumentation zwar, aber der bittere Beigeschmack seiner Worte blieb trotzdem. Nicht nur die Art, wie er es formuliert hatte. Nein. Wie er im ersten Moment darauf reagiert hatte, dass Erin von uns wusste. Als könnte ich meiner besten Freundin nicht vertrauen. Die Vorsicht, die immer ein Beifahrer in unseren Gesprächen war. Ich hatte es gewusst. Seit das Foto von uns beiden veröffentlicht worden war, hatte ich gewusst, dass diese Sache zwischen uns auf wackeligen Beinen stand. Und ich hatte mich trotzdem dafür entschieden, wieder mit ihm zu reden. Aber seit dem gemeinsamen Wochenende … Ich hatte das Gefühl, als hielte jemand ein Vergrößerungsglas über die Dinge, die kompliziert und schwer und erschöpfend waren.

Dass er ebenfalls Angst hatte, verunsicherte mich noch mehr. Wieder einmal versuchte ich, es beiseitezuschieben. Aber Gott, wie sollte mir das gelingen, wenn ich nichts lieber getan hätte, als einfach in den Flieger zu steigen, um ihn zu sehen? Wir wussten noch nicht mal, wann ein Treffen das nächste Mal möglich sein würde.

»Ella?«, fragte Jae-yong, als von mir nur Schweigen kam.

Ich schüttelte den Kopf, um die unschönen Gedanken zu vertreiben. »Ja, entschuldige, ich war grad in Gedanken.«

Ich rieb mir über meine müden Augen, die mittlerweile brannten. Die Vorlesungen würden mit so wenig Schlaf morgen spaßig werden.

»Bist du sauer?«, fragte Jae-yong leise. Er wirkte angespannt, dabei war es nicht mal so, dass ich darüber einen Streit anfangen wollte – geschweige denn konnte.

»Nein.« War ich wirklich nicht. Müde, ja. Erschöpft, ja. Aber nicht wütend. »Ich glaube … Ich glaube, der Alltag hat mich einfach ein bisschen zu schnell wieder eingeholt.«

Ich konnte ihm die Erleichterung beinahe ansehen. Anscheinend konnte er genauso schlecht mit Konfrontationen umgehen wie ich. »Wem sagst du das.«

»Macht es dir was aus, wenn ich zurück ins Bett gehe? Ich muss morgen früh raus.«

»Nein, gar nicht.« Schweigen. Dann: »Tut mir leid, dass ich dich wach gehalten habe.«

»Muss es nicht.« Ich lächelte, merkte aber selbst, dass es ein bisschen zu schwach war, um wirklich überzeugend zu sein. »Ich bin froh, dass du angerufen hast.«

Er hob seine Mundwinkel ebenfalls ein Stück an. Seine Augen sprachen Bände. Ich war nicht die Einzige, die gemerkt hatte, dass eben irgendwas zwischen uns verrutscht war.

Nachdem wir aufgelegt hatten, starrte ich auf das Portrait von Jae-yong, das direkt vor mir lag. Ich schob es beiseite und wollte vom Schreibtisch aufstehen, um wieder ins Bett zu gehen. Aber stattdessen erwischte ich mich dabei, wie ich die Deckenlampe auf meinem Weg anknipste und mich dann wieder an den Schreibtisch setzte. Ich schlug eine leere Seite in meinem Block auf. Meine Hand bewegte sich von ganz allein über das Blatt. Ich ließ alle Gedanken wie Wolken an mir vorbeiziehen und mich in eine Welt fallen, die ich mit meinen eigenen zwei Händen erschaffen konnte.

Keine Ahnung, wie viel Zeit dabei verging. Ich hielt erst inne, als mir bewusst wurde, was auf dem Papier gerade erschien: eine Szene aus *Sophie im Schloss des Zauberers*. Die, in der Howl kam, um Sophie aus den Klauen der Hexe der Wüste zu befreien. Es war nicht mal meine Lieblingsszene – aber in meiner Ausgabe standen an dieser Stelle die meisten Anmerkungen meiner Mom. Zu gern hätte ich es ihr gezeigt. Ob die Figuren wohl in ihrem Kopf ähnlich ausgesehen hatten? Oder war ihre Vorstellung eine ganz andere gewesen?

Was sie wohl zu den Entscheidungen, die ich in letzter Zeit getroffen hatte, sagen würde?

Ich lehnte mich in meinem Stuhl zurück und betrachtete das Bild vor mir. Es war so einfach, so befreiend, die Emotionen und Charaktere aus dem Buch zu ziehen und auf dem Papier einzufangen. Wäre die Realität doch nur genauso leicht zu gestalten …

29. KAPITEL

Der Shoppingtrip am nächsten Tag war eine willkommene Ablenkung. Ich machte mich am frühen Nachmittag direkt vom Campus auf zur Mall. Meine Fineliner kaufte ich immer im Schreibwarenladen, auch wenn es mir in den Fingern kribbelte, mal einen richtigen Künstlerbedarfsladen zu betreten. Nur hatte ich mich bisher nie getraut. Als müsste ich erst einen Test bestehen, bevor ich mich wirklich »Künstlerin« nennen konnte.

Zu meinem Glück war die Mall heute nicht überlaufen. Keine überfüllten Gänge und Geschäfte, und so konnte ich an den Schaufenstern vorbeischlendern, ohne jede Sekunde von jemandem angerempelt zu werden. Eine Idee für ein passendes Geschenk für Mel hatte ich nicht, aber ich würde die Mall nicht verlassen, bis ich etwas gefunden hatte. Wenn ich das nicht tat, würde ich es andernfalls bis Samstag hinauszögern und dann frühmorgens panisch durch die Stadt fahren, um auf die Schnelle noch etwas zu kaufen. Das wäre nicht das erste Mal.

Ich kam an einem kleinen Reisebüro vorbei, einem Wellnesscenter, unzähligen Klamottengeschäften … Am liebsten hätte ich ihr einfach etwas gebastelt, aber selbst da hätte ich erst einmal rausfinden müssen, worüber sie sich freuen würde.

Schließlich fand ich mich in einem riesigen Buchladen wieder – mein typischer Anlaufpunkt für Momente, in denen ich frustriert war. Ich stöberte durch die Regale, vorbei an den Thrillern und Krimis, mit denen ich noch nie viel anfangen konnte, als mir die Hörbücher ins Auge fielen und sich endlich die Idee für Mels Geschenk auftat. Sie mochte Geschichten genauso wie ich, nur fehlte ihr meistens die Zeit, um sich einfach mal mit einem guten Buch ins Bett zu legen. Zwar war ich mir nicht sicher, ob sie mit Hörbüchern überhaupt etwas am Hut hatte – aber wenn nicht, war das die perfekte Gelegenheit, das zu ändern.

Meine Wahl fiel schnell auf *Herr der Ringe*. Anschließend zog ich mich in meine liebste Abteilung zurück: die Kinderbücher. Es standen so viele Regale prall gefüllt nebeneinander, dass ich die Zeit aus den Augen verlor, während ich sie ablief. Kinderbücher verbanden meine beiden Leidenschaften auf eine Art, die mir immer wieder Freude bereitete. Sie hatten die magischsten, zauberhaftesten Geschichten und dazu meist noch wunderschöne Illustrationen, an denen ich mich gar nicht sattsehen konnte.

Ich nahm ein Buch aus dem Regal, eine wunderschöne Ausgabe von *Der geheime Garten*, und setzte mich auf einen der gemütlichen schwarzen Sessel, die in jeder Ecke standen. Ich verlor mich ein bisschen darin, so wie es mir mit fast allen Geschichten passierte, die ich las. Erst als mich eine Mitarbeiterin ansprach und erklärte, dass sie den Laden schließen wollten, sah ich auf.

»Oh, Entschuldigung.« Ich erwiderte ihr freundliches Lächeln, packte meine Sachen zusammen und überlegte kurz, ob ich mir wirklich schon wieder ein Buch kaufen wollte, wenn ich zu Hause noch gefühlt Hunderte hatte, die darauf warteten, gelesen zu werden. Aber letztlich war die Entscheidung leicht. Ich sah das Cover an und verliebte mich ein weiteres Mal in die vielen Details, die die Illustratorin eingebaut hatte.

Als ich die Mall verließ, mit Mels Geschenk und meiner neuen Errungenschaft in meinem Rucksack, konnte ich es gar nicht erwarten, nach Hause zu kommen und Liv zu zeigen, wofür ich mich entschieden hatte. Der Bus tuckerte vor sich hin, die Sonne ging langsam unter und tauchte Chicago in dieses goldene Licht, das es mir leichter machte, den Reiz an der Stadt zu verstehen.

Ich knipste ein Foto davon für Jae-yong, dann eins von meinem neuen Buch.

Ich: Großstädte haben auch ihren Reiz.
Ich: Und guck mal, wie schön das Buch ist!

Ich wartete einen Augenblick. Das Verlangen, die banalsten Dinge mit ihm zu teilen, war seit unserem Kurzurlaub stetig weitergewachsen. Ich wollte ihm von meinem Tag erzählen, alle Eindrücke und Erlebnisse in so vielen Details schildern, dass es sich am Ende anfühlen würde, als wäre er selbst dabei gewesen. Ich konnte den Wunsch nicht einfach ignorieren, sosehr ich es auch versuchte. Denn irgendwie war die Sonne ein bisschen weniger hell, die Farben meines neuen Buches weniger bunt, als ich keine Antwort bekam.

Mit einem Seufzen schob ich mein Handy wieder in meinen Rucksack. Ich lehnte mich in meinem Sitz zurück, schlug das Buch dort auf, wo ich aufgehört hatte, und reiste auf meinem Weg nach Hause kurz in eine andere Welt.

»Ein Hörbuch?« Liv hatte den Kopf schief gelegt und wog Mels Geschenk in den Händen. »Mag Mel Hörbücher?«

»Sie ist von Mom großgezogen worden – Geschichten mag sie auf jeden Fall.«

Unsere Mom hatte uns gar keine andere Wahl gelassen. Mel war zwar um einiges älter als Liv und ich, aber ich war mir sehr sicher, dass sie als Kind auch jeden Abend mindestens eine Geschichte vorgelesen bekommen hatte. Eventuell war ihre und Livs Liebe zu den Worten nicht ganz so ausgeartet wie bei mir, aber auch in ihrem Zimmer stand ein kleines, prall gefülltes Bücherregal.

»So kann sie sie auf dem Weg zur Arbeit hören. Sie beschwert sich doch immer über die schlechte Musik im Radio«, verteidigte ich meine Geschenkauswahl.

»Hmm«, machte Liv nachdenklich. »Und warum *Herr der Ringe*?«

Ich war gerade dabei, mir ein Glas mit Saft zu füllen, als sie die Frage stellte. In der Bewegung hielt ich inne und konnte mir das Augenrollen gerade so verkneifen. »Du gehst wirklich nur mit Scheuklappen in ihr Zimmer, oder?«

Liv streckte mir die Zunge raus, bestritt es aber nicht.

»Die meisten Bücher in ihrem Regal sind Fantasy«, sagte ich. »Und erinnerst du dich noch, als sie zu Weihnachten von Mom und Dad die komplette *Eragon*-Reihe geschenkt bekommen hat?« Liv war damals noch ziemlich jung gewesen, aber nicht so jung, dass sie sich nicht mehr daran erinnern könnte. »Sie hat sich den ganzen Tag nicht mehr aus dem Wohnzimmer wegbewegt und den ersten Band sogar beim Abendessen gelesen.«

»Doch, ich erinnere mich.« Mit einem letzten Blick auf die Rückseite der Hülle legte sie das Geschenk zurück in die Tüte. »Ich hab das große Prinzessinnenschloss bekommen, das ich mir die ganze Zeit gewünscht hatte, und du …« Sie runzelte die Stirn. »Was haben Mom und Dad dir geschenkt?«

»Meine ersten Aquarellfarben«, erwiderte ich. Mittlerweile waren die schon lange aufgebraucht, aber ich wusste trotzdem noch, wie sehr ich mich über sie gefreut hatte. Obwohl meine ersten Aquarellversuche eher ausgesehen hatten, als hätte ich im Kindergarten einen Tuschkasten in Wasser ertränkt.

»Ah, stimmt.« Liv schnappte sich mein Glas, das bis oben mit Saft gefüllt war, und nahm einen großen Schluck daraus. Auf meinen Blick hin zuckte sie nur mit den Schultern und grinste schief. »Josh hat übrigens gesagt, dass er Mel am Samstag ablenken wird, damit wir alles vorbereiten können.«

»Hast du Mrs Elliot gefragt, ob sie auch kommen möchte?«

»Ja, aber sie hat keine Zeit«, sagte Liv. »Sie sagt, wir sollen ganz viele Fotos schießen und sie ihr danach zeigen.«

»Das sollte machbar sein.«

Liv schoss bei Partys wie dieser ohnehin immer Hunderte Fotos mit ihrem Handy. Und ich würde Jae-yong und Erin ziemlich sicher mit allen möglichen Kleinigkeiten vollspamen.

Ich nahm meinen Rucksack samt dem Geschenk und meinem neuen Buch und ging damit in mein Zimmer. Die Tür lehnte ich an, dann schaltete ich die Lichterketten ein und kletterte auf mein Bett. Ich wollte mich gerade mit dem Buch zurücklehnen, als mein Handy klingelte.

Jae-yong: Tut mir leid, Ella. Ich hab das Gefühl, der Tag fliegt noch mehr an mir vorbei als sonst. Woo-seok hat einen Termin mit unserem Management gemacht, und wenn ich gedacht habe, wir waren vorher schon angespannt, ist das kein Vergleich zu jetzt.

Jae-yong: Aber die Illustrationen sind wirklich schön. Fast so schön wie deine Zeichnungen.

Ich: Du Schmeichler.

Ich: Wann ist der Termin denn? Wissen sie schon, worum es geht? Seid ihr gut vorbereitet?

Jae-yong: Sonntagmorgen, nein und ugh. Wir sind nicht nicht vorbereitet, aber … Gott, ich glaube, ich war noch nie so nervös. Mich würde es nicht wundern, wenn wir dort sind und ich einfach ohnmächtig werde, als wäre ich aus dem 18. Jahrhundert und jemand hätte mein Korsett zu eng geschnürt.

Jae-yong: (Ja, ich weiß, Männer haben selten Korsetts getragen, aber nehmen wir es für den Vergleich einfach an.)

Ich: Du stehst ständig vor Tausenden von Leuten auf der Bühne und bist weniger nervös als wegen diesem Gespräch.

Jae-yong: Wenn ich auf der Bühne einen Fehler mache, sind unsere Fans besorgt, ob ich mir wehgetan habe, oder lachen darüber.

Jae-yong: Wenn ich bei diesem Gespräch Fehler mache … Wie sollen wir weitermachen, wenn sie Nein sagen? Einfach als wäre nichts gewesen? Ich glaube, ich hab Min-ho noch nie so stolz auf eines seiner Projekte gesehen. Und die anderen auch nicht.

Ich: ☹ Ich wünschte, ich hätte eine Antwort für dich.

Jae-yong: Das musst du nicht. Entschuldige, dass ich dich damit gerade so überfalle.

Jae-yong: Eigentlich wollte ich fragen, ob du mir das Buch ausleihst, wenn du damit fertig bist.

Ich: Möchtest du nicht lieber den ersten Harry-Potter-Band zurück?

Jae-yong: …

Jae-yong: Ich hatte ganz vergessen, dass du den hast.

Ich: Hätte ich nur nichts gesagt. Er ist gut versteckt, und ich beschütze ihn mit meinem Leben.

Jae-yong: Vielleicht sollte ich ihn mir dann holen kommen.

Ich: Vielleicht solltest du das.

Eine leise Stimme in mir flüsterte: *Bitte tu es, bitte tu es.*

Jae-yong: Wenn ich könnte, würde ich es sofort tun. Ich hab das Gefühl, unser Wochenende ist schon Jahre her.

Ich seufzte und drehte mich mit meinem Handy in der Hand auf die Seite. Natürlich war es nicht einfach so möglich.

Ich: Ja, ich weiß. Mir geht es auch so.
Jae-yong: Nach Sonntag habe ich bestimmt wieder etwas mehr Zeit.

Wirklich?, wollte ich fragen. Und kam mir gleichzeitig so mies dabei vor, auf etwas zu hoffen, von dem ich von Anfang an wusste, dass es nun mal eine unabänderliche Tatsache war. Aber was war die Wahrscheinlichkeit, dass sie nach ihrem Meeting mehr Zeit haben würden? Sie hatten kaum Ruhepausen. Gab es keine Konzerte, wurden welche vorbereitet, oder sie arbeiteten an einem neuen Album – eines, das jetzt vielleicht oder vielleicht auch nicht ein komplett neues Konzept bekommen würde. Und selbst wenn er Zeit hätte, könnte ich nicht mal eben so in den Flieger nach Korea steigen, um ihn zu besuchen. Für jeden Reporter, jeden Fan wäre das ein gefundenes Fressen, das bei einem zweiten Leak vermutlich noch größere Ausmaße annehmen würde als beim ersten Mal. Da hatten wir mehr Glück als Verstand gehabt. Und jetzt, wo wir vorsichtiger waren, war es genau dieser Verstand, der mir sagte, dass es wahrscheinlich um einiges schwerer werden würde, als ich mir anfangs naiverweise vorgestellt hatte.

30. KAPITEL

»Und du bist sicher, dass sie erst in einer Stunde kommen?«, fragte ich zum gefühlt hundertsten Mal an diesem Abend.

Meine kleine Schwester rollte genervt mit den Augen und reichte Charlie ihren aufgepusteten Ballon. Mit den Knoten waren wir beide überfordert. »Josh hat gesagt, siebzehn Uhr. Es ist sechzehn Uhr. Demnach bleibt uns noch eine Stunde.«

»Und den Kuchen hast du im Blick?«

»Ella!«

Ich hob abwehrend die Hände in die Höhe. »Ich will nur nicht, dass wir erst halb fertig sind, wenn sie zur Tür reinplatzen.«

Auch wenn Mels Geburtstagsfeier eigentlich Livs Idee gewesen war, hatte ich mich in den letzten Tagen mit sehr viel Enthusiasmus in die Vorbereitung gestürzt. Ich hatte die Luftballons besorgt, die wir gerade aufpusteten, eine Girlande, einige Luftschlangen und alles an Konfetti, was ich irgendwie auftreiben konnte. Josh hatte Mel zum Übernachten zu sich eingeladen, um uns genügend Zeit zum Dekorieren zu verschaffen. Eigentlich lagen wir mit allem gut in der Zeit, trotzdem konnte ich nicht anders, als immer wieder sicherzugehen, dass wir nichts vergessen hatten.

Die letzte richtige Geburtstagsparty bei uns war schon so lange her, dass ich mich kaum noch daran erinnern konnte. Wahrscheinlich war es eine für Liv gewesen. Immerhin war sie diejenige, die ihrem Geburtstag jedes Jahr am meisten entgegenfieberte.

»Melanie würde sich sicher auch über einen halb gebackenen Kuchen freuen«, meinte Charlie gutherzig – und bekam dafür einen wütenden Blick von meiner kleinen Schwester ab.

»Ich würde niemandem jemals einen halb fertigen Kuchen vorsetzen«, meinte Liv. »Außerdem haben wir drei Timer eingestellt, die alle in ein paar Minuten klingeln sollten. Wenn wir die alle überhören, haben wir vermutlich größere Probleme als einen Kuchen, den wir nicht essen können.«

Sie behielt recht. Keine fünf Minuten später ging der Alarm los – einer nach dem anderen. Liv drückte sich vom Boden vor dem Sofa hoch, wo wir unser Partydekolager aufgeschlagen hatten, ging in die Küche und überließ es uns, die Handys wieder stumm zu stellen.

Wir pusteten die letzten Ballons auf, verteilten sie im Raum und leisteten Liv dann in der Küche Gesellschaft. In der nächsten halben Stunde halfen wir ihr damit, den Naked Cake, den wir schon letztens ausprobiert hatten, mit Schokoglasur und Erdbeeren zu verzieren. Gerade rechtzeitig wurden wir fertig.

In dem Moment, in dem wir den Kuchen im Wohnzimmer auf dem Couchtisch abstellten, ging die Wohnungstür auf, und wir hörten Josh sagen: »Ich hab dir ja gesagt, du wirst die extragroße Portion spätestens zu Hause bereuen.«

Mels Absätze waren zu hören. »Ich habe einfach den Milchshake nicht vertragen. Ich koche mir einen Kamillentee, dann geht das schon wieder …« Mit den letzten Worten bog sie um die Ecke und schien das Dekochaos gar nicht wahrzunehmen, bis Charlie, Liv und ich laut »Happy Birthday!« riefen.

Überrumpelt blieb Mel stehen. Ihr Blick flog über die Luftballons, den Kuchen, die wenigen, kleinen Geschenke von Josh, Liv, mir und Charlie, die den Tisch zierten. Über uns und zu Josh, der einen Schritt hinter ihr stand. Sie öffnete und schloss den Mund einige Male, brachte aber kein Wort hervor.

»Genau das ist die Reaktion, die ich haben wollte«, merkte Liv an und grinste zufrieden.

Josh legte seine Hände auf Mels Schultern und küsste sie auf die Wange. »Happy Birthday.«

»Du wusstest davon?«, fragte sie ihn, als sie ihre Stimme wiedergefunden hatte. Josh zuckte nur mit den Schultern – sein Lächeln machte eine Antwort unnötig.

Liv stieg über die Luftballons hinweg zu ihr und zog sie näher zum Tisch. »Okay, Mel, wir wissen alle, dass du nicht viel Zeit hast und vermutlich am liebsten wieder an deinen Laptop gehen würdest, aber du wirst nur einmal neunundzwanzig, also musst du damit leben, dass wir dir eine kleine Party schmeißen. Ein bisschen Kuchen, Geschenke auspacken, ein schöner Film – den du heute natürlich ausnahmsweise aussuchen darfst.«

Liv versuchte mit allen Mitteln, Mel davon zu überzeugen, sich für heute eine Auszeit zu nehmen. Darüber vergaß sie sogar, Luft zu holen. Ihre Wangen waren vor Aufregung gerötet, und sie ließ Mels Hand nicht los.

»Ihr hättet das nicht tun müssen«, wehrte Mel ab. Ihr war deutlich anzusehen, dass sie sich mit der Aufmerksamkeit unwohl fühlte.

»Wir wollten es aber«, sagte ich. Ich schnappte mir eines der Geschenke vom Tisch und hielt es ihr entgegen.

Sie zögerte kurz, ließ sich mit einem kleinen Stups von Josh in unsere Richtung aber erweichen und sank dann aufs Sofa. Liv wirkte, als wäre sie am liebsten aufgeregt um alle herum im Kreis gehüpft. Sie schaltete leise Musik im Hintergrund ein, dann setzte sie sich zu uns.

Mel nahm mir das Geschenk ab und wog es in ihren Händen. »Ihr habt mir Geschenke besorgt?«, fragte sie in die Runde.

Alle nickten. »Ella und ich haben dir zusammen eins gekauft«, meinte Liv und zwinkerte mir über Mels Schulter verräterisch zu. Ich schnaubte amüsiert. »Und Charlie hat dir auch was mitgebracht.«

»Aber nur eine Kleinigkeit«, sagte diese mit einem schüchternen Lächeln.

»Und wessen ist das?«, fragte sie und hielt das Geschenk in die Höhe, das ich ihr gegeben hatte.

Liv und ich hoben gleichzeitig die Hand.

»Damit du beim Autofahren nicht immer den schrecklichen Radiosendern zuhören musst«, erklärte Liv, bevor Mel überhaupt dazu kam, das Geschenk auszupacken.

»Aber wenn du lieber die Bücher haben willst, können wir es auch umtauschen«, fügte ich hinzu.

Wir alle schauten Mel gebannt dabei zu, wie sie vorsichtig das Geschenkpapier löste und die breite CD-Hülle zum Vorschein kam. Sie legte das Papier achtlos neben sich auf das Sofa und sah sich das CD-Cover an.

»*Herr der Ringe*«, las sie laut vor. Sie hob den Blick an, ein kleines Lächeln auf den Lippen. »Ehrlich?«

»Es war Ellas Idee«, meinte Liv, bevor ich etwas sagen konnte. Meine kleine Schwester warf mich liebend gern vor den heranfahrenden Bus, wenn sie das Gefühl hatte, dass etwas schieflaufen könnte.

Mel senkte den Blick auf das Hörbuch, strich über das Cover und las sich die Inhaltsbeschreibung leise durch – als wüsste nicht jeder, auch ohne den Film gesehen zu haben, worum es in *Herr der Ringe* ging.

Liv sah zu mir, aber ich zuckte nur die Schultern. Zugegeben, vermutlich hätte ich auch ein besseres Geschenk finden können …

»Wie böse seid ihr mir, wenn ich mich jetzt sofort in mein Zimmer einsperre und es mir anhöre?«, sagte Mel da – und ich entspannte mich.

Liv lachte. »Sehr. Du hast den Kuchen noch nicht probiert, und warte nur, bis du gesehen hast, wie sehr die Party noch durch die Decke gehen wird. Davon wirst du nächstes Jahr noch allen erzählen.«

»Ich dachte, wir haben nichts weiter geplant?«, fragte ich verwirrt. Liv grinste breit, behielt die restliche Abendplanung aber vorerst für sich.

»Wenn ich dafür hier sitzen bleiben kann und die Wohnung nicht mehr verlassen muss, könnt ihr so viel Party machen, wie ihr wollt«, sagte Mel und lehnte sich in der Couch zurück.

Mit der Aussage gab sie Liv für den restlichen Abend das metaphorische Zepter in die Hand. Meine kleine Schwester hatte nicht nur den Kuchen vorbereitet und ein wenig Deko geholt – oh nein. Sie hatte Spiele geplant, die ich teilweise das letzte Mal auf einem Kindergeburtstag gespielt hatte, und ließ keine unserer Ausreden gelten. Gefolgt von Brettspielen und einem Film – und so viel Kuchen, dass wir Stunden später alle auf dem Sofa saßen und auf unterschiedliche Weise schworen, nie wieder etwas Süßes zu uns zu nehmen.

Liv saß neben mir und unterhielt sich leise mit Charlie. Es war mittlerweile dunkel draußen. Im Fernsehen lief einer von Mels Lieblingsfilmen, *French Kiss*, den sie vermutlich schon hundertmal gesehen hatte. Trotzdem sahen sowohl Mel als auch Josh gespannt dabei zu, wie Meg Ryan über den Atlantik flog, um in der Stadt der Liebe ihren Verlobten zurückzugewinnen. Und es war so schön – einfach beisammenzusitzen. Ohne Streit, ohne etwas sagen zu müssen. Einfach mit dem Wissen, dass wir uns drei hatten.

Erst als der Abspann lief, kam wieder Leben in uns alle. Mel gähnte so ausgiebig, dass Josh sich neben ihr das Lachen kaum verkneifen konnte. Sie warf ihm einen bösen Blick zu.

»Ich glaube, ihr müsst ohne mich weiterfeiern«, sagte Mel kurz darauf. »Wenn ich noch länger hier sitzen bleibe, schlafe ich ein.« Sie beugte sich nach vorne und griff aus reiner Gewohnheit nach den benutzten Tellern. Josh nahm das als Zeichen, sich dem Geschenkpapier zu widmen, das seit unserer Aufregung in der letzten Runde *Wer bin ich?* nicht mehr so ordentlich auf dem Sofa, sondern quer über den Teppich verteilt lag.

»Wir räumen auf.« Ich beeilte mich, Mel mit dem Geschirr zu helfen, aber sie schob meine Hände beiseite.

»Das schaffe ich gerade noch. Mit dem Konfetti werdet ihr vermutlich ohnehin die ganze Nacht zu tun haben.« Sie stapelte die Teller übereinander und stand dann von der Couch auf. Einen Augenblick blieb sie auf der Stelle stehen und blinzelte, als wäre ihr etwas ins Auge geflogen.

»Alles in Ordnung?«, fragte ich sie leise. Sie sah blasser aus als sonst, jegliche Farbe war aus ihrem Gesicht gewichen.

»Alles gut.« Sie schenkte mir ein Lächeln, das vermutlich beruhigend wirken sollte. »Josh und ich sind heute schon durch die halbe Stadt spaziert, ich bin ein bisschen erschöpft.«

»Es hat bestimmt niemand was dagegen, wenn du dich jetzt schlafen legst«, sagte ich.

Mel schüttelte den Kopf. »Lass uns erst mal das größte Chaos beseitigen, dann kann ich immer noch ins Bett gehen.« Damit brachte sie das dreckige Geschirr in die Küche.

Liv und Charlie waren in ein Gespräch vertieft und schienen gar nicht ans Aufräumen zu denken. Ich kickte ein paar Ballons zur Seite und half Josh dabei, das Geschenkpapier aufzusammeln.

»Danke, dass du sie beschäftigt hast«, sagte ich und nahm ihm die Papierschnipsel ab, die er vom Boden geklaubt hatte.

»Kein Problem. Für das nächste Mal habe ich dann auch eine bessere Ablenkungstaktik.«

Ich schmunzelte, setzte zu einer Antwort an, aber …

Ein lautes Scheppern unterbrach mich.

Stille breitete sich aus. Livs und Charlies Gespräch verstummte abrupt. Unsere Blicke flogen alle gleichzeitig zur Küche. Bevor ich das Geräusch überhaupt zuordnen konnte, hatte Josh sich an mir vorbeigedrängt und war auf dem Weg dorthin. »Mel? Melanie?«

Liv sprang als Nächstes auf, folgte ihm mit einem besorgten Ausdruck im Gesicht, Charlie direkt hinter ihr.

Die Rufe drangen wie durch Watte zu mir.

»Melanie!«

»Mel!«

»Mel, wach auf!«

Ich stand im Türrahmen zur Küche. Sah Melanie auf dem Boden liegen, ihre Hand rot, voll … Blut? Josh saß neben ihr, zog ihren bewusstlosen Körper auf seinen Schoß.

»… einen Krankenwagen.«

Die Worte kamen kaum bei mir an. Erst ein Rütteln an meiner Schulter holte mich aus meiner Starre.

Livs Augen waren riesig, ihr Gesicht ganz blass. »Ella. Ella! Hast du dein Handy?«

Ich spürte, wie ich abwesend nickte, wie ich in meine Hosentasche griff. Ich überreichte Liv das Handy und hörte sie kurz darauf schon telefonieren.

Warum konnte ich mich nicht bewegen? Irgendetwas stimmte mit meinen Füßen nicht … Sie hörten nicht auf mich. Ich blieb einfach an Ort und Stelle stehen, während um mich herum der Sturm wütete.

Plötzlich waren da Sanitäter. Josh, der die Situation schilderte. Eine Trage. Dann Blaulicht.

Blaulicht.

Ich stand wieder in New Buffalo an unserer Haustür. Nachts, die Polizisten vor uns. Und ich bekam keine Luft, keine Luft, keine …

Wieder war es Liv, die mich aus den Klauen meiner Angst befreite. Nur einen Augenblick, aber es war genug Zeit, um tief Luft zu holen, bevor sie mich wieder unter Wasser zog.

»Ella?« Ihre Stimme war zittrig. Ich sah sie vor mir, acht Jahre jünger, in meinem Kopf nur der panische Gedanke, dass ich das nicht wieder konnte, nicht noch einmal, nicht so.

Liv wartete – auf beruhigende Worte? Dass ich ihr sagte, was als Nächstes folgen würde? Ich wusste es nicht. Aber Liv brauchte mich, egal, wie sehr der Sturm gerade an mir riss und zerrte. Etwas in mir hielt sich an diesem Gedanken mit aller Kraft fest, zog sich daran vorwärts.

»Hol deine Tasche, wir fahren hinterher ins Krankenhaus.« Meine Stimme klang fester, als ich mich fühlte.

Sie sah aus, als würde sie jeden Moment in Tränen ausbrechen, nickte aber mutig. Charlie fragte gar nicht, ob sie mitkommen durfte, sondern griff Liv einfach an der Hand und führte sie schnell in ihr Zimmer. Ich holte meinen Rucksack, stopfte mein Handy in meine Hosentasche. Zu dritt verließen wir die Wohnung.

Die Autofahrt war eine Qual aus angespanntem Schweigen. Ich schickte Liv und Charlie vor, während ich einen Parkplatz suchte, und hätte in meiner Hast, ebenfalls in das Krankenhaus zu kommen, beinahe einen Unfall gebaut. Als ich endlich bei dem Wartebereich ankam, saß Liv zusammengekauert mit Charlie an ihrer Seite in der hintersten Ecke.

Ich eilte zu ihnen und blieb vor den beiden stehen, zu nervös, um auch nur daran zu denken, mich ebenfalls hinzusetzen. »Habt ihr schon etwas gehört?«

Charlie schüttelte den Kopf und übernahm das Antworten. »Die Krankenschwester hat uns gesagt, dass wir hier warten sollen, bis jemand zu uns kommt.«

Glücklicherweise dauerte es nicht lang, bis Josh auftauchte. Er kam in den Wartebereich gelaufen, die Schultern hängend, und wirkte, als wäre er in der letzten Stunde um mehrere Jahre gealtert.

Liv setzte sich sofort aufrechter. »Geht es Mel gut? Können wir sie sehen?«

Josh fuhr sich mit der Hand übers Gesicht, wie um die Müdigkeit abzuschütteln. »Noch nicht. Sie haben ihr Blut abgenommen und einen CT-Scan gemacht. Anscheinend hat Melanie sich den Kopf angestoßen, als sie umgekippt ist. Ich habe es nicht mal bemerkt, bis sie mich drauf hingewiesen haben. Mir haben sie es auch nur erzählt, weil ich behauptet habe, ein Familienmitglied zu sein.«

»Und jetzt?«, fragte ich. Unbewusst ballte ich meine

Hände zu Fäusten und entspannte sie. Wieder und wieder, um wenigstens etwas von der angestauten Nervosität loszuwerden.

»Jetzt warten wir«, antwortete er und ließ sich auf einen Stuhl fallen.

Der Wartebereich war fast leer. Außer uns saßen noch vier andere Leute hier, die alle mit ihren eigenen Sorgen zu kämpfen hatten. Ich blieb mehrere Sekunden stehen, unsicher, was ich tun sollte. Dann setzte ich mich an Livs freie Seite.

Ich wollte meine Hand auf ihre legen – um sie zu beruhigen oder mich selbst, wusste ich nicht. Aber sie zog ihre unter meiner weg, verschränkte die Arme vor der Brust, als könnte sie meine Berührung gerade nicht aushalten. Ihre volle Konzentration war auf Charlie gerichtet, die leise mit ihr redete. Livs Augen waren rot, aber sie weinte nicht. Stattdessen klammerte sie sich an die Worte ihrer Freundin, als wären sie im Augenblick der Rettungsring, der sie über Wasser hielt.

Ich beobachtete sie und Josh, der versuchte, sich mit seinem Handy abzulenken, aber dabei immer wieder nervös zum Eingang des Wartebereichs sah. Die Minuten schlichen dahin.

Irgendwann kam eine Krankenschwester zu uns, die Stirn in Falten gelegt und mit einem verkniffenen Zug um den Mund. Mein Herz stolperte und trommelte so heftig in meiner Brust, dass ich darüber kaum etwas anderes wahrnahm.

Sie wandte sich an Josh, beachtete uns kaum. »Mrs Archer würde Sie gern sehen.«

Josh zögerte keine Sekunde und stand sofort auf.

Eilig drückte ich mich aus meinem Stuhl hoch und war mit wenigen Schritten an seiner Seite. »Ich komme mit.«

Die Krankenschwester drehte sich zu mir um, einen mitfühlenden Ausdruck in den Augen. »Tut mir leid, sie möchte nur ihn sehen. Bitte warten Sie hier.« Sie ging, bevor ich widersprechen konnte, Josh folgte ihr wortlos.

Ihre Worte brannten sich unnachgiebig in mein Hirn. *Sie möchte nur ihn sehen.* Nur Josh.

Mein Brustkorb zog sich schmerzhaft zusammen. Ich ließ mich auf den Sitz direkt neben mir fallen, sah zu Liv, die weiter mit Charlie redete. Meine Fingernägel bohrten sich in meine Oberschenkel, aber ich spürte den Schmerz kaum.

Sie möchte nur ihn sehen.

Mit zitternden Fingern zog ich mein Handy aus meiner Hosentasche. Ich tippte Jae-yong eine Nachricht, ohne darüber nachzudenken.

Ich: Hast du gerade Zeit?

Ich wartete ein paar Sekunden. Mein Bein wippte auf und ab.

Ich: Kann ich dich anrufen?

Nichts, nichts, gar nichts. Es kam nichts, sosehr ich auch stumm flehte.

Ich: Mel ist vorhin umgekippt. Wir sind im Krankenhaus.

Minuten vergingen, aber nichts passierte. Mein Blick glitt zum Flur.

Mel war mit dem Kopf aufgeschlagen – was … was bedeutete das? Da hatten Scherben unter ihr gelegen, oder nicht? War das Blut wirklich nur an ihrer Hand gewesen?

Ich stand abrupt auf. Der Stuhl kratzte unter mir über den Boden.

»Bin gleich wieder da«, sagte ich in Livs Richtung. Ich wartete nicht auf ihre Antwort, flüchtete aus dem Wartebereich in einen der Gänge. Meine Brust war eng, so eng, dass ich kaum atmen konnte. Die Hand, die mein Handy umklammert hielt, zitterte – nein. Mein gesamter Körper tat es. Meine Beine trugen mich durch die Flure. Ich drückte eine Tür auf, fand mich in einem Treppenhaus wieder. Die Tür fiel hinter mir ins Schloss, und … plötzlich stürzte alles über mir zusammen.

Ich hockte mich hin, kugelte mich ein. Ich lehnte meine Stirn an meine Knie und zog mit einer Hand den Kragen meines Shirts von meinem Hals weg. Mein Atem kam stoßweise, und Tränen liefen mir heiß über die Wangen. Ich verbrannte und erfror gleichzeitig. Das Zittern war so stark, dass ich kaum mein Handy bedienen konnte, aber ich musste einfach nachsehen, ob er geantwortet hatte. Doch stattdessen blinkten mir in unserem Chat nur meine unbeantworteten Nachrichten entgegen.

Ich wählte Erins Nummer, aber auch sie nahm nicht ab. Und als ich das Handy wieder von meinem Ohr wegnahm, ploppte eine Benachrichtigung von Twitter auf. Ich öffnete sie, und ein Bild von Jae-yong, Min-ho und Ed erschien auf meinem Handybildschirm. Wie Ed das

Gesicht zu einer Grimasse verzog. Min-ho und Jae-yong lachten, als hätten sie keine Sorgen in der Welt. Darunter ein kurzer Text: »Ed's face when we're happy. We love you, too, Eddie.«

Darunter standen schon jetzt Tausende Kommentare, und es wurden mit jeder Sekunde mehr. Tausende Kommentare, aber keine einzige Nachricht in unserem Chat.

Ich konnte mich gerade so beherrschen, das Handy nicht die Treppe runterzufeuern. In mir brodelte so viel Angst, vermischte sich mit Wut und Enttäuschung und ließ meine Gedanken in einem Tempo durch meinen Kopf jagen, dass mir schwindelig wurde. Und je mehr Zeit verging, desto lauter wurden die Stimmen in meinem Kopf, desto einsamer und hilfloser fühlte ich mich. Ohne meine Eltern, ohne Mel, ohne Jae-yong. Mit meiner kleinen Schwester im Wartezimmer, die sich besser unter Kontrolle hatte als ich.

Ein gepresster Laut entkam mir. Ich presste mir die Hände auf den Mund, um die Geräusche zu dämpfen. Dann schlang ich meine Arme um die Beine und ließ mich von der Angst überrollen.

Keine Ahnung, wie lange ich an diesem Ort saß. Nur der Gedanke, dass Liv auf mich wartete und jeden Augenblick eine Krankenschwester mit neuen Infos zu ihr kommen könnte, brachte mich dazu, irgendwann wieder aufzustehen. Das kleine Lächeln, das Liv mir schenkte, als ich zurück im Wartezimmer ankam, war Balsam für meine Seele. Meine Augen fühlten sich geschwollen und trocken an – vermutlich war mir anzusehen, dass ich die letzten Minuten damit verbracht hatte, alle Tränen zu weinen, die ich vorrätig hatte. Liv kommentierte es nicht, und dafür war ich ihr mehr als nur dankbar.

Sie löste sich von Charlie und drückte sich von dem unbequemen Stuhl hoch und griff nach meiner Hand.

»Die Krankenschwester hat gesagt, dass wir jetzt auch zu Mel gehen können. Aber ich wollte warten, bis du wieder da bist.«

Meine Schultern waren angespannt, und ich fühlte mich unendlich erschöpft. Aber ich setzte meine Maske auf, drückte Livs Hand und wartete, bis Charlie an ihrer Seite war. Alles war ein bisschen dumpfer, ein bisschen wattiger, und jeder Schritt tat weh. Aber ich biss mich durch. Irgendwie schaffte ich es zu Mel.

Liv traute sich als Erste durch die Tür. Dann Charlie. Ich warf ich noch einen Blick auf mein Handy, konnte nicht anders, als mich immer wieder mit dem gleichen Anblick zu foltern. Ich tippte eine weitere Nachricht, dann ließ ich das Gerät in meine Tasche gleiten – und schließlich wagte auch ich es, die Notaufnahme zu betreten. Ein Dutzend Krankenbetten waren hier aufgereiht, die meisten davon nicht belegt. Mels Bett befand sich im vorderen Bereich. Ein blauer Vorhang war halb um das Bett gezogen, und Josh saß auf einem kleinen Stuhl direkt neben Mel. Er sah auf, als wir näher kamen.

Die Erschöpfung in seinem Gesicht verwandelte sich in ein Lächeln auf seinen Lippen. »Sie schläft nur.«

Liv war sofort an ihrer Seite. »Geht es ihr gut? Weißt du, was passiert ist?«

Ich blieb am Fußende des Betts stehen. Mein Herz

rutschte mir in den Magen, als ich Mel sah. Sie wirkte so klein in diesem grässlichen Krankenhausbett. Ein Infusionsbeutel hing neben ihr, dessen Schlauch zu Mels Hand führte – ansonsten wies nichts darauf hin, dass es ihr schlecht ging.

»Sie hat eine Gehirnerschütterung, und ihre Hand hat ein paar Schnitte, wo sie in den Scherben gelandet ist.« Er strich vorsichtig über den Verband, der um Mels Hand gewickelt war. »Sie wird sich für ein paar Tage ausruhen müssen, ansonsten geht es ihr aber wohl gut.«

Mein Atem entwich mir vor Erleichterung. »Und … weswegen ist sie umgekippt?«

»Vermutlich aus Erschöpfung«, antwortete Josh, und sofort war da wieder diese Klammer um meinen Brustkorb.

Schuldgefühle nagten an mir. Ich hatte gesehen, wie sehr sie sich mit ihrem Job gestresst hatte. Ich hatte gewusst, wie überarbeitet sie war. Ich hatte gewusst, dass die Reporter ihr Stress bereiteten, dass sie sich wegen mir und Jae-yong Sorgen machte. Und all das bürdete ich ihr für länger als nötig auf, weil ich mich trotzdem für den Kunstkurs entschieden hatte. Und jetzt noch die Party dazu …

Mein Magen verkrampfte sich. Wie oft waren mir ihre Augenringe aufgefallen? Wie oft hatte ich das schlechte Gewissen einfach beiseitegeschoben?

Liv ging um das Bett herum, Charlie im Schlepptau, und stellte sich an Mels freie Seite. Ich stand wie angewurzelt weiter am Fußende. Ich konnte mich nicht bewegen, sprechen noch weniger. Die ganze Zeit starrte ich auf

Mel und vernahm die Stimmen der anderen nur wie ein Hintergrundrauschen.

Keine Ahnung, wie viel Zeit wir hier verbrachten. Es war spät und wurde noch später. Josh bot an, Liv und Charlie nach Hause zu fahren, und ich nickte. Spürte die kurzen Umarmungen von allen dreien, bevor sie die Notaufnahme verließen und mich mit Mel allein zurückließen.

Ihre Hände werden heilen, Ella. Sie wacht wieder auf. Alles wird gut.

Ich sagte es mir wieder und wieder und immer wieder. Es war mein Mantra, der Anker, an dem ich mich festhielt, auch wenn Mel vor meinen Augen ständig zu meinen Eltern verschwamm. Und es wurde so laut in meinem Kopf, dass ich meine Gedanken kaum noch von denen der Angst unterscheiden konnte.

Ich legte meine Hand vorsichtig auf Mels, beugte mich vor und bettete meinen Kopf auf meinem Arm. Mein Körper war so schwer, ich wünschte mir nichts mehr als Schlaf, aber ich traute mich nicht, Mel aus den Augen zu lassen. Unablässig sah ich dabei zu, wie ihre Brust sich hob und senkte. Es hatte etwas Beruhigendes. Sie lebte. Sie atmete. Sie war hier.

Und für den Augenblick war das genug.

EPILOG

Jae-yong

»Eure Lieder würden keinen Tag in den Charts stehen.«

Die Worte liefen mir noch immer in Dauerschleife durch den Kopf. Als hätten wir nicht alles von uns in diese Songs gesteckt – in das ganze Konzept. Als hätten sie mit diesen wenigen Worten nicht unsere Träume und Wünsche in der Luft zerfetzt und die Reste vor unsere Füße geworfen. Sie waren nur das Tüpfelchen auf dem verdammten i gewesen, als das sich das Gespräch mit unserem Management entpuppt hatte.

Wenn ich nur an die überheblichen Gesichter dachte … Ich ballte die Hände zu Fäusten. Sie ließen uns wie blutige Anfänger dastehen, die noch keinen Tag in der Musikbranche gearbeitet hatten.

»Es ist nicht so, als hätten wir eine andere Antwort erwartet«, versuchte Ed die Angespanntheit, die pure Wut im Raum zu schlichten. Er hatte sich auf der Couch breitgemacht und beschäftigte sich mit seinem Handy. Es war seine Art, Dinge zu verarbeiten: runterschlucken und weitermachen. Ich war immer wieder davon überrascht, wie schlecht er darin war, über Gefühle zu reden, wenn man bedachte, wie emotional seine Musik war.

»Das macht es nicht besser«, sagte Min-ho. Er saß neben mir, die Arme vor der Brust verschränkt. Die letzte Stunde über war er ungewöhnlich still gewesen und hatte allen anderen das Reden überlassen. Min-ho hing an diesem Vertrag – an der ganzen Band –, als wäre es seine Rettungsleine. Ich wollte mir nicht vorstellen, was die Worte unserer Manager in ihm ausgelöst hatten.

Ed seufzte. Ihm war anzusehen, dass er nicht weiter über das Thema sprechen wollte. Statt jedoch abzublocken, wie er es früher ständig getan hatte, steckte er sein Handy ein und schwang seine Beine von der Couch, um sich aufrecht hinzusetzen.

»Uns sind die Hände gebunden«, sagte er. »Was sollen wir machen, uns vor dem Gebäude auf die Knie werfen und sie anflehen, uns unsere eigene Musik schreiben zu lassen? Es klang für mich nicht so, als würden sie weiter mit sich darüber reden lassen.«

Ich merkte, wie Min-ho sich anspannte. »Dann willst du alles wegwerfen, obwohl wir tagelang alles von uns da hineingesteckt haben? Und mit diesem generischen Müll weitermachen, der eventuell ein paar Stunden Spaß bringt, aber nichts weiter? Wenn da draußen Leute sind, die diesen ganzen Mist, den wir zusammen durchgemacht haben, allein durchstehen müssen? Leute, denen wir *helfen* könnten, wenn wir es wollten?« Die letzten Worte schrie er Ed fast entgegen.

Der lachte freudlos auf. »Wie sollen wir irgendwem helfen, wenn wir es nicht mal schaffen, unser eigenes Label davon zu überzeugen, dass es eine gute Idee ist? Hast du darüber schon mal nachgedacht?«

Stille. Min-ho brodelte vor sich hin, und ich wusste, dass die Situation vermutlich bald eskalieren würde, wenn wir die beiden nicht unterbrachen. Aber … ich wusste nicht, wie. Ich wollte es auch gar nicht. Die Wut hatte sich so in mir angestaut, dass ich beinahe hoffte, sie hier entladen zu können.

»Wir könnten sie noch mal überarbeiten«, schlug Hyun-woo vor. Er und Woo-seok hatten sich zurückgezogen, nachdem wir zur Wohnungstür reingekommen waren, stießen jetzt aber zu uns. »Wenn sie alle ein ähnliches Genre hätten und ein wenig mehr Mainstream wären, könnten wir vielleicht Glück haben.«

»Bullshit«, murmelte Min-ho leise. Ich warf ihm ein verstehendes Lächeln zu. Er sprach aus, was ich dachte.

»Was willst du machen, Min-ho?«, fuhr Ed ihn an. »Das Leben ist kein Wunschkonzert, find dich damit ab oder tritt aus der Band aus.«

»Vielleicht sollte ich das tun!«

Ich packte Min-ho am Arm und hielt ihn fest, als er aufspringen wollte.

Das Schweigen, das daraufhin folgte, war ohrenbetäubend. Ed starrte Min-ho entgeistert an. »Das meinst du nicht ernst.«

»Wenn das die zwei Möglichkeiten sind, die wir haben, ist es nicht so, als hätte ich eine Wahl, oder?«

»Bist du jetzt völlig verrückt geworden?« Ed sprang von seinem Platz auf dem Sofa auf und machte einen Schritt auf uns zu. Ich spannte die Muskeln an, bereit, zwischen die beiden zu gehen, wenn es nötig sein sollte. »›Wir machen das zusammen‹, sagt dir das zufällig noch was?«

»Ed«, sagte Hyun-woo, eine Warnung in seiner Stimme.

Aber Ed würdigte ihn keines Blickes. Er ließ Min-ho nicht aus den Augen. »Wir haben gesagt, wir machen das zusammen. So lange, bis es nicht mehr geht.«

»Dann sind wir jetzt vielleicht an dem Punkt angekommen«, erwiderte Min-ho.

Ed machte einen großen Schritt auf Min-ho zu, streckte die Hand aus, als wollte er ihn am Kragen packen und die Vernunft in ihn reinschütteln. Aber bevor er dazu kam, durchschnitt die Stimme unseres Leaders den Raum.

»Kommt mal wieder runter!« Alle Blicke lagen auf ihm. »Ihr benehmt euch, als hättet ihr in den letzten fünf Jahren nichts gelernt.« Er seufzte und fuhr sich durch die Haare.

Woo-seok aufgebracht zu sehen … es verunsicherte mich. Wenn wir durchdrehten, war er es, der die Ruhe und den Überblick behielt.

»Welche Entscheidung auch immer wir jetzt treffen würden«, fuhr er fort, »es wäre eine Affekthandlung auf das, was wir uns vorhin anhören mussten.« Er bedachte Min-ho und Ed mit einem strengen Blick. »Aber mit einem habt ihr recht: Sie wirkten nicht, als wären sie verhandlungsfreudig, also bleiben uns zwei Möglichkeiten.« Ein weiteres Seufzen, viel tiefer diesmal. »Entweder wir ziehen das zusammen durch – wir alle. Oder … wir kaufen uns aus unseren Verträgen raus.«

Ein wildes Durcheinander brach daraufhin aus. Ich

spürte abwesend mein Handy in meiner Hosentasche vibrieren, ignorierte es aber für den Moment.

Min-ho sprang jetzt doch von seinem Platz auf, ein empörtes »Hyung!« war von ihm zu hören. Als hätte er die Idee nicht als Erster aufgebracht. Ed lachte freudlos auf, schüttelte ungläubig den Kopf. Hyun-woo starrte Woo-seok einfach nur an, und ich? Ich wusste nicht mal, womit ich anfangen sollte.

Woo-seok wartete, ließ alles über sich ergehen, bis wir uns wieder beruhigt hatten. »Ob ihr es wollt oder nicht, wir müssen darüber sprechen. Ihr wisst genauso gut wie ich, dass wir nicht als halbe Band weitermachen können oder werden. Wenn einer von uns ernsthaft darüber nachdenkt zu gehen …«

Er sprach es nicht aus, aber wir wussten auch so, was er sagen wollte. Alle oder keiner. *Wir machen das zusammen.*

Min-hos Verzweiflung ging in Wellen von ihm aus. Sie trafen mich mit solcher Wucht, dass es mir den Atem verschlug. Er starrte Woo-seok an, als hoffte er darauf, dass dieser alles als einen miesen Scherz abtun würde. Aber als das nicht passierte, schien ihn der Ernst des Ganzen zu überrollen.

Er schüttelte den Kopf, wieder und wieder. »Meinetwegen. Dann trennen wir uns eben.« Damit verließ er den Raum – und ließ uns vier mit diesen Worten hier zurück.

Woo-seok rieb sich über die Schläfen. Hyun-woo verzog das Gesicht. Keiner von uns konnte gut damit umgehen, Min-ho zu verletzen. Wir wussten alle, dass die Band eines der wenigen Dinge war, die ihn aufrecht hielten.

Eds Blick traf meinen. »Redest du mit ihm?«

Ich ballte die Hände wieder zu Fäusten und löste sie kurz darauf. Dann erhob ich mich. Nickte.

Woo-seok legte mir eine Hand auf die Schulter, als ich an ihm vorbeiging. Er musste nichts sagen, damit ich seine Geste verstand: Wir würden es alle gemeinsam entscheiden.

Das Vibrieren meines Handys fiel mir erst wieder ein, als ich gerade an Min-hos Zimmertür klopfte. Während ich auf seine Reaktion wartete, warf ich einen Blick auf das Display meines Handys – und hätte es fast fallen lassen, als ich die Nachrichten darauf sah.

Ella: Mel ist vorhin umgekippt. Wir sind im Krankenhaus.

Mein Herz rutschte mir in den Magen. Ich wollte sie sofort anrufen und fragen, was passiert war, als mein Handy noch einmal vibrierte. Genau in dem Moment ging die Tür auf.

Min-ho stand mir mit roten, glasigen Augen gegenüber. Jeglicher Glanz war aus ihnen gewichen, und seine monotone Stimme riss an meinem Herzen. »Ich kann das nicht mehr.«

Ich sah auf mein Handy, das noch immer in meiner Hand leuchtete. Auf die letzte Nachricht, die Ella mir vor wenigen Sekunden geschickt hatte. Und spürte dabei überdeutlich, wie meine zwei Welten Stück für Stück in sich zusammenfielen.

Ella: Ich brauche dich.

DANKSAGUNG

Und wer kneift mich jetzt? Ich habe noch nicht mal richtig realisiert, dass *When We Dream* endlich draußen in der Welt ist, schreibe aber schon an der Danksagung für den zweiten Teil. *When We Fall* war ein ziemlicher Brocken – zumindest im Vergleich zum ersten Band. Die Überarbeitung hat mich einiges an Zeit und Nerven gekostet, aber ich weiß, dass es das wert war. Genauso wie ich weiß, dass ich es allein niemals so hinbekommen hätte.

Steffi, wer weiß, wie es um Ella und Jae-yong stünde, wenn du nicht alles aus dem Text rausholen würdest? Ich bin dir so dankbar für die aufmunternden E-Mails und Anmerkungen, für die Zeit und das Herzblut, das du in die Geschichte steckst. Damit motivierst du mich immer wieder, mein Bestes zu geben.

Simone, was soll ich sagen? Dir ein Buch zu widmen hat nicht ausgereicht, deswegen ist *When We Fall* auch für dich. Du hältst meine Hand nicht nur durch jedes Hoch und Tief, sondern sorgst auch noch dafür, dass alle Welt von meinen Geschichten erfährt. Ohne dich würde ich mich über die ganzen großen und kleinen Erfolge nur halb so viel freuen. Danke. Von ganzem Herzen.

Conny – in den stressigsten Phasen igel ich mich in

meinem Zimmer ein und vergesse die Welt um mich herum. Wenn du nicht wärst, hätte ich unzählige Mahlzeiten verpasst und mich vermutlich nie von meinem Schreibtisch fortbewegt. Ich hoffe, du weißt, wie sehr ich das alles zu schätzen weiß – auch wenn ich kurz vor einer Deadline grummeliger sein kann als Brummbär.

Lea K., jedes Mal, wenn Du dich über Erfolge von mir freust, geht mir das Herz auf. Du hilfst mir, ohne Fragen zu stellen, feuerst mich an, und ich weiß nicht, wie ich dir je dafür danken kann. Hundert Herzchen an Dich.

Und auch diesmal kommt am Ende wieder meine Familie. Weil ich euch einfach so viel zu verdanken habe. Die ganzen Bilder, die ihr mir stolz geschickt habt, als *When We Dream* rauskam, die Fragen, die ihr mir dazu gestellt habt, die vielen lieben Worte am Esstisch. Ich bin damit jedes Mal unendlich überfordert und freue mich trotzdem riesig. Danke, danke, danke. Ich hab euch lieb.

Ellas und Jae-yongs
Geschichte geht weiter:

Erscheint am 21. Dezember 2020.

LESEPROBE

Morgane Moncomble
Never Too Close

Ich sehe toll aus. Ich sehe toll aus. Ich sehe …

»Autsch!«

Ich lasse das Glätteisen fallen, um meine verbrannte Hand zu erlösen, und springe hastig beiseite, damit es nicht auch noch auf meinem Fuß landet. Verdammt! Mit dem schmerzenden Finger im Mund hebe ich es wieder auf. Wo war ich stehen geblieben? Ach ja. Ich sehe toll aus.

Der Spiegel zeigt allerdings etwas anderes.

Ich entkräusele die letzte meiner blonden Locken und achte darauf, das Glätteisen auszuschalten, ehe ich es ablege – ich bin gerade erst in diese Wohnung eingezogen und sollte vielleicht noch ein wenig warten, bis ich das Haus in Schutt und Asche lege.

Für ein natürlicheres Aussehen fahre ich mir mit den Fingern durch die Haare, ehe ich einen letzten Blick in den Spiegel werfe.

Toll ist vielleicht nicht die exakteste Bezeichnung für mein Aussehen an diesem Silvesterabend, aber egal. Es geht schon. Immer noch besser als Anfang der Woche, als ich mich krank und hundeelend herumgeschleppt habe.

Scheißgrippe.

Ich trage transparenten Lipgloss auf, während ich versuche,

mir mit einer Hand die High Heels anzuziehen. Wie eigentlich immer bin ich spät dran. Dabei habe ich extra zwei Stunden früher angefangen, mich fertig zu machen, um genau dieses Problem zu vermeiden. Aber das scheint unmöglich zu sein.

Die grünen Paillettenshorts liegen auf der Couch. Ich schaffe es reinzuschlüpfen, ohne eine Laufmasche in meine Strumpfhose zu reißen. Erste Herausforderung erfolgreich bestanden! Nachdem ich meine weiße Bluse abgebürstet und einen kurzen schwarzen Blazer angezogen habe, schaue ich mich in der Wohnung um.

»Hab ich was vergessen?«

Scheint nicht so. Also stopfe ich mein Handy und meine Schlüssel in die Tasche und lasse die Tür hinter mir zufallen. Schritt zwei: *Well done!* In diesem Augenblick vibriert es unter meinen Händen. Meine neue Freundin Zoé ruft an. Ich gehe dran, während ich den Fahrstuhlknopf drücke.

»Hallo?«

»Hi, ich bin's. Alles klar?«

»Bestens. Und bei dir?«

Der Aufzug befindet sich im obersten Stockwerk und braucht unendlich lange. Ich fluche leise vor mich hin. Zoé wird mich umbringen. Sie hasst unpünktliche Menschen.

»Sag bitte nicht, dass du zu spät kommst.«

»Ich? Auf keinen Fall«, leugne ich, während ich wie bescheuert immer wieder auf den Knopf drücke, als ob der Fahrstuhl dadurch schneller würde.

»Sicher?«

Sie kommt mir misstrauisch vor. Ich befürchte fast, dass sie im Aufzug steht, wenn sich die Türen öffnen, mit dem Finger auf mich zeigt und »LÜGNERIN!« ruft.

»Wenn ich es dir doch sage! Wo bist du gerade?«

»Vor der Bar gegenüber von Claires Wohnung.«

»Siehst du mich etwa nicht?«, erkundige ich mich, als wäre ich überrascht.

»Äh … nein.«

Ich weiß, dass sie mir nicht glaubt. Obwohl ich in Mathe eine totale Niete bin, rechne ich kurz nach. Wenn ich mich beeile, kann ich in einer Viertelstunde dort sein. Ich gehe zu Fuß. Zum Glück habe ich daran gedacht, mein Pfefferspray einzustecken – mein Vater wollte mich nicht aus dem Jura nach Paris ziehen lassen, ohne mich mit einer Großpackung davon zu versorgen. Er hat kein Vertrauen in diese Stadt. Als ob sich alle Perversen der Nation hier versammeln würden.

»Bist du blind oder was? Ich sehe dich doch! Ich winke dir sogar gerade.« Der Aufzug macht »Ding«. Ich huste, um es zu übertönen, und betrete die Kabine. »Okay, weißt du was? Bleib, wo du bist, ich komme zu dir.«

»Okay.«

Mit Sicherheit bringt Zoé mich um. Ich kenne sie zwar erst seit September, aber sie ist sehr emanzipiert und nimmt vor allem kein Blatt vor den Mund. Schon bei unserer zweiten Begegnung hat sie mir in der Toilette unserer Hochschule, der *École supérieure des arts et techniques de la mode*, ihre Brüste gezeigt und mich gefragt, ob ich ebenfalls der Ansicht wäre, dass sie auffällig groß seien. Ich musste ihre Brüste berühren. Zweimal.

Ich lege auf, während sich die Türen schließen. Gerade will ich meine Strumpfhose noch einmal zurechtziehen, als sich eine kräftige Hand zwischen die Türen des Fahrstuhls drängt.

Ein Typ steigt zu, begrüßt mich höflich und stellt sich vor mich. Langsam gleitet die Kabine nach unten. Die Stille nervt mich. Soll ich vielleicht ein Gespräch beginnen? Konversation gehört zu meinen starken Seiten, zumindest wenn mein Vater mich daran erinnert, keinesfalls über Pinguine zu reden – darauf komme ich später noch zurück. Immerhin bin ich erst vor Kurzem hier eingezogen, und es wäre vielleicht keine schlechte Idee, mich mit den Nachbarn gut zu stellen.

Die Art, wie der Typ mir den Rücken zukehrt, veranlasst mich jedoch, den Mund zu halten. Vermutlich ist er in Eile – oder ein Arsch.

Plötzlich erzittert der Aufzug und bringt mich ins Wanken.

Ich stütze mich an der rechten Wand ab, während mein Nachbar langsam seine verschränkten Arme löst. Der Aufzug bockt noch einmal, dann steht er still. Ich rühre mich nicht, denn ich habe Angst, etwas kaputtzumachen. Wer mich kennt, weiß, dass das nicht abwegig ist.

Sekundenlang stehe ich wie versteinert, bis die Information mein Gehirn erreicht. Wir stecken fest. Wir stecken fest! Als ich den Ernst der Lage begreife, reiße ich die Augen auf und schlucke. *Atmen, Violette. Einfach weiteratmen*. Das ist weder der richtige Zeitpunkt noch der Ort für eine Panikattacke. Seit ich in Paris wohne, hatte ich keine mehr und habe auch nicht vor, wieder eine zu bekommen. Ich bemühe mich also, meine Atmung zu kontrollieren, während der Mann schimpfend den Notfallknopf drückt.

»Was ist los?«

Es sieht mir ähnlich, nachzufragen, was los ist, obwohl die Antwort auf der Hand liegt. Trotzdem will ich es hören – will den Klang einer anderen Stimme hören. Ich muss wissen, dass ich nicht allein bin.

Keine Panik, Violette, keine Panik.

»Stecken wir fest?«

Jetzt gerate ich doch in Panik. Scheiße! Ich sehe zu, wie mein Nachbar versucht, die Türen mit beiden Armen auseinanderzustemmen. Er drückt und drückt, bis es ihm gelingt, doch er lässt sofort wieder los.

»Wir sind zwischen zwei Etagen«, murmelt er vor sich hin.

»Oh mein Gott.«

Mit einer Hand auf der Brust dränge ich mich an die Rückwand der Kabine. Ich zähle meine Atemzüge, merke aber sehr schnell, dass ich durcheinanderkomme. Als letzte Hoffnung suche ich den Blick meines Nachbarn. Ich will, dass er mich beruhigt und mir versichert, dass so was ständig passiert, aber in aller Regel schnell wieder in Ordnung kommt. Leider starrt er nur auf sein Handy, vermutlich auf der Suche nach einem Netz.

»Sagen Sie mir bloß nicht, dass wir hier … für länger festhängen …«

»Beruhigen Sie sich, ich bin bei der Feuerwehr«, sagt er, ohne mich auch nur eines Blickes zu würdigen.

»Glauben Sie, das macht es besser? Feuerwehrmann oder nicht, Sie stecken mit mir in diesem verdammten Fahrstuhl fest und ich habe keine Ahnung, wieso diese Information mich beruhigen sollte.«

Zum ersten Mal seit dem Betreten der Kabine schaut der Mann mich an. Und was kommt mir als Erstes in den Sinn? *Es muss einen Gott geben.* Wäre das nämlich nicht der Fall, würde ein solcher Blauton nicht existieren, eine unglaubliche Mischung aus Lapislazuli und Azur. Ein dunkles Blau wie eine sternlose Sommernacht. Sofort verliebe ich mich in diese Augen. Ernst und geduldig blicken sie mich an. Sieht aus, als wäre er so etwas gewohnt. Trotzdem erkenne ich in ihnen einen ungläubigen Schimmer.

»Wenn ich dir empfehle, dich zu beruhigen, dann weil ich weiß, dass es keinen Sinn hat, der Panik nachzugeben.«

Mein Herzrasen beruhigt sich trotzdem nicht wirklich. Meine Kehle zieht sich immer mehr zusammen, genau wie die Wände. Die Kabine ist zu klein und mir ist heiß, viel zu heiß.

»Ich leide unter Klaustrophobie«, presse ich als Erklärung hervor.

»Atme tief durch die Nase ein und aus. Ungefähr zehnmal.«

Ich gehorche und schlucke Tränen der Frustration hinunter. Ich hasse mich in diesem Zustand. Und dabei hatte ich es so gut unter Kontrolle! Jeder andere könnte mit einer solchen Situation gelassen umgehen, nur ich nicht. Was hier gerade passiert, ist einer meiner schlimmsten Albträume.

»Konzentrier dich auf positive Gedanken, das sollte funktionieren. Und keine Panik, alles wird gut.«

»Leichter gesagt als getan, Monsieur von der Feuerwehr«, flüstere ich.

Er geht über meine sarkastische Bemerkung hinweg, ohne mit der Wimper zu zucken, kommt zu mir in den hinteren Teil der Kabine, setzt sich und lehnt sich mit ausgestreckten Beinen an die Wand.

Ich gehorche, bin aber immer noch am Durchdrehen. Keine Ahnung, wie er es fertigbringt, in dieser Situation ruhig zu bleiben. Dann fällt mir ein: Er ist Feuerwehrmann. Er kennt vermutlich Schlimmeres.

Ich fühle mich, als würde mein Herz unter meinen Fingern davonrennen. Ich versuche, bewusst durch die Nase zu atmen, zapple aber in der engen Kabine herum. *Konzentrier dich auf positive Gedanken, Violette. PO-SI-TIV.* Eine Katze, die vor einer Gurke erschrickt? Eine rappende Oma? Die Herbst-Winter-Kollektion von Valentino? Offenbar ist das alles nicht positiv genug, sondern beunruhigt mich nur noch mehr. In meiner Qual trete ich meinem Nachbarn auf den Fuß.

Er schreit vor Schmerz auf. »Oh, sorry!«, rufe ich.

»Jetzt setz dich endlich und hör auf, dich zu bewegen.«

Mir gefällt nicht, wie er mit mir redet, auch wenn er so leise spricht, als hätte er Angst, jemanden aufzuwecken. Aber ich versuche, mich in seine Lage zu versetzen – am Silvesterabend mit einer klaustrophobischen Irren im Aufzug festzustecken. Nach einigen Sekunden Rebellion setze ich mich neben ihn.

Er schließt die Augen und lehnt den Kopf an die Wand. Ich nutze die Gelegenheit, um ihn verstohlen zu betrachten. Merkwürdigerweise beruhigt es mich, ihn anzusehen. Er ist nicht übel. Eigentlich sogar ziemlich süß. Der Feuerwehrmann hat an den Schläfen kurzes und oben längeres, kaffeebraunes Haar. Seine Kiefermuskeln sind ständig in Bewegung und seine Augen haben mich vorhin geradezu geblendet.

Mit gerunzelter Stirn erkenne ich einen seltsamen Fleck an seinem Hals. Zunächst denke ich an ein Muttermal, ehe mir klar wird, dass es unter seiner Jacke verschwindet und sich bis zum Kinnansatz hinaufzieht. Die Haut ist dort rosiger und glänzender. Wie nach einer Verletzung.

Ich wende den Blick ab, weil ich es unhöflich finde, ihn anzustarren, auch wenn er es nicht sieht.

»Erzähl mir von dem schlimmsten Einsatz, den du je erlebt hast.«

Es ist mir so herausgerutscht. Wenn ich ihn sprechen höre, muss ich vielleicht nicht ständig daran denken, dass ich mich in einem derart engen Raum befinde, und fühle mich weniger schuldig, Zoé und die anderen zu versetzen. Mein Nachbar hat mich gehört, das weiß ich. Trotzdem hält er die Augen geschlossen.

»Das willst du nicht hören.«

»Wie kommst du darauf? Schließlich habe ich dich darum gebeten!«

Ich kann den Blick nicht von seinem Gesicht abwenden. Er scheint ein wenig älter zu sein als ich. Wenn er schon Feuerwehrmann ist, kann es nur so sein. Ich bin fast neunzehn.

»Wenn das so ist, will ich eben nicht darüber reden.«

Okay. Wenn er Spielchen spielen will …

»Gut, dann vom zweitschlimmsten.«

Dieses Mal öffnet er die Augen und schenkt mir einen müden Blick.

»Du gibst wohl nie auf?«

»Selten. Und schon gar nicht bei knurrigen Typen wie dir. Entweder du redest oder ich bekomme eine Panikattacke. Du hast die Wahl!«

Er erkennt meinen flehenden Gesichtsausdruck. Ich will es ihm nicht zeigen, aber ich habe Angst. Angst vor einer Panikattacke, weil ich so etwas nur zu gut kenne. Es ist die Hölle. Ich habe keine Lust zu glauben, dass ich heute Nacht sterben muss. Eigentlich wollte ich feiern und ein paar Cocktails trinken, um das neue Jahr angemessen zu beginnen.

Er wendet den Blick ab und starrt vor sich hin. Ich muss ein paar Sekunden warten, ehe er beginnt:

»Es war in einem Mietshaus in Paris, ein bisschen so wie dieses hier.«

Erst jetzt, da mein Herz wieder mit einer akzeptablen Frequenz klopft, stelle ich fest, dass er eine schöne Stimme hat. Ein wenig rau, aber nicht so, als hätte er zu viel geraucht. Sie klingt eher, als wäre eines seiner Stimmbänder leicht beschädigt.

»Als wir ankamen, schlugen Flammen aus einem Fenster. Draußen standen Menschen. Meine Kollegen kümmerten sich um sie. Alle waren in Panik. Wir sagten ihnen, sie sollten sich beruhigen und auf die Sanitäter warten.«

Ich hänge an seinen Lippen. Die ganze Szene spielt sich vor meinem inneren Auge ab.

»Diejenigen, die noch im Haus festsaßen, riefen um Hilfe und flehten uns an, sie zu retten«, fährt er fort. Seine Stimme klingt wie weit entfernt, wie in den Flammen verloren. »Einige schrien sogar, dass ihre Füße brennen würden.«

Instinktiv halte ich mir eine Hand vor den Mund. Er hatte recht – das will ich wirklich nicht hören. Um meine Schwäche nicht zuzugeben, beiße ich mir auf die Lippe und lasse ihn seine Geschichte fortsetzen.

»An einem der Fenster im dritten Stock brannte es noch nicht. Eine Familie wartete darauf, dass wir sie rausholten. Ein Mann, seine Frau und ihre ungefähr fünfzehnjährige Tochter. Ich habe keine Sekunde gezögert. Ich nahm die Schiebeleiter, ging in den Hof und kletterte an der Fassade hoch.«

»In den dritten Stock?«

»Jep. Die Leiter war ein Stück zu kurz, aber ich kletterte Stockwerk für Stockwerk nach oben. Als ich bei ihnen ankam, bat mich der Vater, seine Tochter mitzunehmen. Ich sah sofort, dass es nicht mehr lange dauern würde, das Feuer hatte sich bereits in den Raum gefressen. Es war unglaublich heiß … Ich habe der Kleinen gesagt, sie sollte sich an mir festklammern, und den Eltern befohlen, nacheinander gleich hinter uns runterzusteigen. Aber die Leiter reichte nicht bis ganz nach oben. Ich wusste, es würde zu lange dauern.«

Er zieht die Beine an und stützt die Ellenbogen auf die gespreizten Knie. Sein Blick ist auf seine Hände gerichtet, als suche er nach einer Antwort auf etwas. Vielleicht darauf, wie er sie alle hätte retten können.

»Ich hatte mit der Tochter gerade den ersten Stock erreicht und die Mutter den zweiten, als das Feuer in der dritten Etage voll ausbrach. Der Vater erkannte, dass er nicht mehr schnell genug hinunterklettern konnte.«

Er unterbricht sich. Der Rest macht mir Angst. Atemlos frage ich nach dem Ende: »Ist er verbrannt?«

»Nein. Er ist gesprungen, weil er hoffte, die untere Etage erreichen zu können. Aber er landete zerschmettert auf dem Bürgersteig. Vor den Augen seiner Familie.«

Ich reibe mir die Augen und mir wird plötzlich schlecht. Ich kann Menschen, die einen so furchtbaren Job ausüben, nur bewundern. Sicher, sie retten Leben. Allerdings sind sie auch Zeugen des Todes. Und zwar ständig. Das ist etwas, was ich nicht ertragen könnte.

»Haben Mutter und Tochter es geschafft?«

»Ja«, seufzt er und reibt sich den Hals. Er sieht müde aus. »Ich konnte sie rechtzeitig hinunterbringen und kümmerte mich darum, dass sie mit Sauerstoff versorgt wurden.«

»Eine schreckliche Geschichte.«

»Ich habe dich gewarnt.«

»Warum machst du das?«

Er runzelt die Stirn, ohne mich anzusehen. Schon seit dem ersten Moment fällt mir auf, dass er es vermeidet, meinem Blick zu begegnen. Was ich nicht verstehe. Oder vielleicht doch: Es bedeutet, dass ich immer noch halbtot aussehe. Und das finde ich alles andere als gut.

»Ich liebe meinen Job. Ich fühle mich gern nützlich.«

Was soll ich darauf antworten? Ich glaube, ich weiß, was er meint. Aber ich studiere Modedesign, also kann ich es wohl doch nicht wirklich verstehen. Menschen das Leben zu retten und BHs zu nähen ist nicht ganz dasselbe. Mein Vater ist allerdings Polizist. Und ich habe seine Beweggründe immer respektiert. Auch wenn es fürchterlich ist, sich ständig Gedanken machen zu müssen, ob er abends lebend zurückkommt. Ich weiß nicht, ob ich damit umgehen könnte.

»Ich glaube, ich würde doch lieber über was anderes reden. Zum Beispiel über Babypandas oder Lindsay Lohans letzten Entzug …«

Eine lange Stille folgt. Natürlich machen sich sofort meine Stresssymptome wieder bemerkbar. Sobald niemand mehr redet, fällt mir auf, dass die Kabine viel zu klein ist. Kein Fenster, keine Luftzufuhr, ich habe nicht mal Wasser dabei und – oh Gott – was, wenn ich aufs Klo muss? Ich nehme mir vor, in Zukunft immer eine Flasche dabei zu haben.

Völlig überraschend ist er es, der die Stille bricht:

»Wohnst du hier?«

»Ja.«

»Seit wann?«

»Seit drei Monaten. Letztes Jahr war ich im Studentenwohnheim, aber da hat es mir nicht gefallen, deshalb wollte ich für mein zweites Jahr eine eigene Wohnung mieten.«

»Allein?«

»Was soll die Frage? Bist du etwa ein Serienmörder?«

Er dreht sich zu mir um und betrachtet mich mit einem seltsamen Blick, den ich nicht definieren kann. Wenn ich nervös werde, antworte ich oft, ohne nachzudenken, rede zu schnell, sage einfach irgendwas. Das ist meine Art, mit der Situation umzugehen. Um nicht allein dem Stress ausgesetzt zu sein. Vielleicht auch, um unverblümt die Wahrheit sagen zu können. Nach dem langen Schweigen leide ich jedenfalls unter den Folgen.

Mein Nachbar spricht langsam, als ob er Angst hätte, eine negative Reaktion auszulösen:

»Du bist ein echt komisches Mädchen.«

»Oh danke.«

Ich lasse ein paar wertvolle Sekunden verstreichen, ehe ich antworte:

»Ja, ich wohne allein. Genau genommen mit Mistinguette, meinem Kaninchen. Sie ist ganz schön bissig, deshalb würde ich dir nicht unbedingt empfehlen, dich in meine Wohnung zu schleichen.«

»Warum sollte ich das tun?«, fragt er verwirrt.

»Ich weiß nicht genau, was Serienmörder normalerweise so

tun; vielleicht um mich zu beobachten, während ich friedlich schlafe oder unter der Dusche stehe?«

Mein Fahrstuhlfreund beobachtet mich, ohne zu wissen, wie er reagieren soll. Offenbar schwankt er zwischen Grusel und Belustigung. Schließlich entdecke ich ein kleines Lächeln in seinem Mundwinkel – das erste! Er hat ein schönes Lächeln. Mit bezaubernden Grübchen, die meine Finger sofort gern verewigen würden.

»Denkst du manchmal nach, bevor du losquatschst?«

Ich werde rot vor Scham. Er ist nicht der Erste, der mich darauf aufmerksam macht. Aber es ist nicht meine Schuld, sondern ein Mechanismus, der automatisch einsetzt, wenn ich in Panik gerate. Reden hält mich davon ab, über die aktuelle Situation nachzudenken.

»Nicht, wenn ich unter Stress stehe. Bei meiner mündlichen Abiprüfung war ich so aufgeregt, dass ich es mitten in meinem Vortrag über *Der große Gatsby* für sinnvoll hielt, den Prüfern mitzuteilen, dass Charleston-Kleider ›wirklich sexy sind, auch wenn sie nicht gerade die Titten betonen‹. Ich glaube, da ist die zukünftige Designerin in mir zum Vorschein gekommen. Immerhin hab ich fünfzehn Punkte geschafft, auch wenn ich das Wort ›Titten‹ benutzt habe. Ziemlich gut, der Rest meiner Klasse ist unter vierzehn geblieben.«

Ich höre auf zu reden, um Luft zu holen und auch weil ich merke, dass ich wieder einmal meine Lebensgeschichte erzähle. Glücklicherweise sieht er mich nach wie vor mit diesem leichten Lächeln an. Kaum wahrnehmbar, gerade genug, dass man es erkennen kann.

»Wow«, murmelt er. »Ich hab zwar schon von Mädchen wie dir gehört, aber immer geglaubt, ihr wärt ein Gerücht.«

Ich verstehe nicht. Was soll dieses »Mädchen wie ich« heißen? Ich frage lieber nicht, was er damit meint, da ich fürchte, mich mal wieder lächerlich zu machen. Stattdessen ziehe ich die Knie bis unters Kinn an und denke an Zoé. Inzwischen hat sie mich angesichts der fortgeschrittenen Stunde sicher längst abgeschrieben. Ich frage mich, ob ich nicht lieber wieder nach Hause gehen sollte – über die Treppe, versteht sich. Schließlich habe ich noch eine Menge auszupacken. Ich hasse Umzugskartons.

»Dann wohnst du also auch hier«, sage ich, um das Thema zu wechseln.

»Ja, richtig. Nummer 122. Aber ich würde dir von dem Versuch abraten, mich nackt unter der Dusche zu beobachten.«

Mit der Wange auf den Knien wende ich ihm das Gesicht zu. Es überrascht mich, ihn Witze machen zu hören.

»Ich hab zwar kein Kaninchen, das auf den hübschen Namen Mistinguette hört, aber bei mir wohnt Lucie. Meine Freundin.«

Autsch. Er hat eine Freundin. Natürlich hat er eine. Was dachte ich denn? Ich spüre, wie ich dümmlich erröte. Ich hoffe, er hat das nicht absichtlich gesagt, um mir zu zeigen, dass er nicht an mir interessiert ist. Wie auch immer, ich finde es schade. Er ist nett und sieht gut aus, ist aber in einer Beziehung. Und Männer in Beziehungen sind für mich tabu. Grundsätzlich.

Peinlich berührt tue ich so, als hätte ich seine letzten beiden Wörter nicht gehört.

»Dann kann ich mir wohl demnächst sonntags Mehl von dir leihen. Freut mich, dich kennenzulernen. Wie heißt du?«

Wenn aus besten Freunden plötzlich mehr wird …

Morgane Moncomble
NEVER TOO CLOSE
Aus dem
Französischen von
Ulrike Werner-Richter
464 Seiten
ISBN 978-3-7363-1122-0

Seit sie gemeinsam in einem Aufzug eingeschlossen waren, sind Loan und Violette beste Freunde. Das zwischen ihnen ist vollkommen platonisch – zumindest bis jetzt. Denn als Violette beschließt, dass sie nicht länger Jungfrau sein will, ist es Loan, den sie bittet, ihr auszuhelfen. Schließlich vertraut sie niemandem so sehr wie ihrem besten Freund. Loan ist von der Idee zunächst alles andere als begeistert, doch schließlich willigt er ein. Es ist ja nur dieses eine Mal … oder?

»Ich bin total verliebt – in die Atmosphäre, den Humor, die Figuren.« LA FÉE LISEUSE ET LES LIVRE

LYX